过往

郭党生 著

中国华侨出版社
·北京·

图书在版编目（CIP）数据

过往 / 郭党生著. -- 北京：中国华侨出版社，2025.4. -- ISBN 978-7-5113-9270-1

Ⅰ．Ⅰ247.5

中国国家版本馆CIP数据核字第2024FG7791号

过往

| 著　　者：郭党生
| 责任编辑：王慧玲
| 经　　销：新华书店
| 开　　本：880毫米×1230毫米　　1/32开　　印张：11.75　　字数：242千字
| 印　　刷：北京鑫益晖印刷有限公司
| 版　　次：2025年4月第1版
| 印　　次：2025年4月第1次印刷
| 书　　号：ISBN 978-7-5113-9270-1
| 定　　价：68.00元

中国华侨出版社　　北京市朝阳区西坝河东里77号楼底商5号　　邮编：100028
发行部：（010）64443051　　传　真：（010）64439708

如发现印装质量问题，影响阅读，请与印刷厂联系调换。

目 录
CONTENTS

001
过 往

295
慈 家

过 往

一

　　于守诚与妻子张秀花在二〇一二年从成都方池街搬家到了温江平安镇桂花小区居住。这年，于守诚已是六十岁的年纪，他妻子比他大两个月。本来，夫妻二人是与儿子媳妇还有一个孙子一起住的，可能是老年人与年轻人在生活上的看法不同，处事上的态度有些差异，再者，生活上的习惯各有差异，相处久了就有些不自在。是般，老夫妻两人搬回了以前厂里分的老楼一套二居室的老屋里生活。这套居室共有五十一点几平方米的面积，夫妻俩与儿子和儿媳妇还有孙子在新买的一套三居室同住时，这房子是出租了的。当初为了多收些房租，两间寝室分别租给了两个年轻的打工仔，一间小客厅还有厨房和厕所由两个打工仔打伙使用。租了三年，才又租给了带着一个儿子一个女儿的一对年轻夫妻。这对年轻夫妻在附近的菜市场租得有一米见方摊位，靠买卖蔬菜挣钱，生活上忙碌些，租下房子一住就是很多年，从来没滞交过房租，便是合作愉快的了。所以，于守诚鼓足勇气向这对从简阳农村来城里打工的夫妻说起要收回房子自己住时，依着合约上的文字，等了有两个多月后才得如愿。不过，当两个人去收拾屋子，看着墙壁上颓败和设施上破损真的是迫在眉睫，打整了将近大半个月，还请人来简单地修葺过后才搬进去住。也是，于守诚夫妻与儿子一家分开住有了距离感，大人孩子都欢喜，见着面又找回了以往那般亲热的氛围。

  这样，老夫妻两个在老楼房里住得有一年半载，被邻居家的一个举动扰了心绪。原来，这邻居家的处境与他家差不多，先与儿子儿孙住在一起，把老楼的一套二住房出租，隔了些年生老两口搬回来居住。一天，老于与邻居在楼下打麻将，听到这老两口说起要去郫县郊区的三道堰买房子。不想，说者无心听者有意，于守诚回家后就和妻子说起了这事。这老于夫妻两个都是同在一个厂里工作的。老于是工厂总务科的干事，妻子张秀花是车间里的工人。因工厂与一家公司重组精简编制，老于夫妻落在了被辞退的名额里。又因夫妻俩都是五十三岁的人了，与其他年龄大的职工一道厂里给买了社保，今后的日子里每人每月发给了二百多元钱的生活费，生活有得过，到了六十岁就领社保工资。其他年轻的职工根据工龄年限长短发给了安置费，有七八万元的，也有两三万元的，各自去谋生活出路。说实在的，老于夫妻一个月有五百多元的生活费，节俭着开支，买油盐柴米酱醋茶肉和一些生活用品，还能剩个百儿八十的存起来。当然，这是夫妻俩会过日子。还有就是，钱不多的人家总想口攒肚存的，有些积蓄以备不时之需。事实上，老于夫妻退下来过得有半年，就搬到儿子媳妇家生活，这套房子便出租了出去，一个月吹糠见米的能收到租金八百多元钱。两个人与儿子和儿媳妇商量，这钱就存入了银行。许多年过来，也就有了七八万元钱的存款。再是，夫妻俩上班时省吃俭用存得有几万元钱，只是张秀花拿去炒股。虽说经常被股票套牢，可妇人耐得住性子，等过几年几番涨跌后总能解套出来，倒也没蚀本。二〇〇八年股市大跌，她买了几手低价股，等得有两年股价涨起来出手，一下子就赚了十多万元钱，一家人很是乐了些时候，就连于守诚人前人后说起股票的那些事，都会夸老婆有些经济头脑。所以，当两个人到了六十岁领了社保工资，一个月合拢来有五千二百多元钱，于是，翻老账看今朝地一合计，觉得社保工资隔年便涨，再者，家里有些积蓄，便起了去三道堰买房再把现在住的房子出租的念头。

这么，二〇一〇年三月的一个星期三早上，两人坐上公交车几经辗转到了三道堰，看见庄稼地里冒出来的楼盘如雨后春笋一般多，弄得人这一站那一看眼花缭乱地望着高楼发愣，一时间不知从何所以。也是，好在其间来来往往的有许多买房客户，就眼观耳听地跟着一伙人随走随行。走了好一阵，大概晓得了这里的房子早在几年前从八九百元钱一平方米卖起，现在已卖到了一千八九百元钱一平方米了，由于来买房的人多，行情还在看涨。还有，这里的楼房差不多是小产权房子。于守诚听后心里几个念头纠结着了一处,一个是价格上的前后差别太大,还有就是小产权房子。小产权是什么?这样的房子该不该买?买房的钱可不是小数目,这钱可都是辛辛苦苦攒出来的呀。嗨,就在他思维迷惑,又不停脚步当儿,张秀花提醒老伴,这么走下去不是办法,咱们是来看房的,可不是来这溜达。于守诚回过神来,看了妻子一阵,说我们今天是第一次来这里,许多事都不晓得,听那些人说东说西的,倒把人心思弄乱了,我看还是先熟悉环境得啰。张秀花听了丈夫的话不以为然,说来都来了,就在路上听人唠叨,连售楼部都没进去一下,跑来搞啥。这么说过,两人便进了一家售楼部。一打听,这楼盘的房子已卖到二千一百元一平方米,把于守诚的眼睛都听大了,心里就想着路上听着的这以前的房价才八九百元一平方米,怎么不出几年的时间,房价就翻了一倍还多。说实在的,他一时半会儿转不过弯来,售楼部工作人员说的啥话都没听清楚,就听到了后面说的一句话,这房价看涨,过两天来便不是这价位了。还是张秀花经常在股市进出,说到钱的事稳得起,任凭那售楼部里的一个男青年跟着身边转来转去地鼓噪,一点儿都不动声色,围着沙盘上布景的楼房旋了两圈,问了些想知道的话,之后,与丈夫出了售楼部。

也是,两个人出来后心里乱糟糟的一团,你一言我一语的对话上都没头绪。走了一阵,看天光已过中午,路过一家卖豆花的小饭馆,进去坐下后向饭馆招待点了一盘回锅肉,两碗豆花及两碟蘸卤又两碗米饭,吃饱下来总共花了十八元钱。可能是走累了想多坐一会儿，吃过饭扯了些饭桌上放的卷筒卫生纸揩嘴就不起身，把饭馆的招待看得挤眉眨眼不好说话，见着来了客人要招待，忍不住去抬了两条小凳子要两人旁边坐。于守诚夫妇都是六十岁的人了，生活上的事哪样看不穿呢？这招待明里抬凳子与坐，实则是撵人走。哎，于守诚叹了一口气，本想说招待几句，转念一想，何必平白无故讨气怄。也不去凳上坐，叫了老伴走人。张秀花看出丈夫的情绪，忍不住嘴说招待后脑勺上该有张脸。那招待忙事没心细想，问她何意。妇人说简单，你前脸迎客后脸吆人。招待晓得是骂他，只是碍着要接待客人，红着脸皮说我抬了凳子与你坐的。妇人懒得理他，随丈夫扬长而去。

走了没多远，看见一间茶铺，外面的坝子上都坐满了茶客，看样子差不多都是来看房子吃过饭后休闲的。于守诚有坐茶铺的习惯，便要去喝碗茶。张秀花喝茶不上瘾喝水能解渴，晓得丈夫有这个爱好，每次进茶铺都跟着去。自便，两人去找了位子落座。很快，茶铺的小工就端了两碗茶来掺水收钱。这时，来了一位茶客，看着小工就喊帅哥，倒碗茶来。小工听着呼唤，嘴里应了声，忙颠忙颠地过去应酬。待小工离开，张秀花就抿嘴笑起来。于守诚问她笑啥。妇人低着声音说你没听到那边喊帅哥啊，走拢去不吓他一跳。于守诚在小工掺茶时正忙着打手机，没注意到小工的相貌。听妻子这么一说，便问小工长啥模样？妇人说你没看到，眼皮底下长了一颗黑痣，还冒出了二三根长长的毫毛。唉，现在的人吃饱撑的，招呼人乱七八糟地喊,一点都没规矩。就像接头似的,对上号就行。于守诚听了这话乐得一笑,说这样的事多得去了,你叹啥气。就如手机上的短信,标点符号没有,错别字一个接一个的,懂得起意思就行了。要是去理论,哪里讲得清楚,弄不好,字都写错了,他还说旁人没文化,哪个要是去较真,弄不好还要吵架呐。说过话,两人喝过茶水,张秀花拿出手机玩游戏,于守诚闭目养神,耳朵里就听着旁边的茶客谈论买卖房子的事情,大致与路上收集的信息差不多。到了下午四点过钟,两人才坐公交车返城,换乘了几趟车,走拢屋已是天黑。

二

第二天晚上,于守诚与妻子去了儿子家,把看房子的经过与心里的打算讲了出来。当儿子的听了爹娘的讲述心里有些想法,觉得父母有钱买房说明经济上过得去,自己以后的日子也好过些。买了房子,爹娘家里也就多了一份固定资产,这自然是好事情。再者,住进新房把老房子再租出去有现钱进账多了收入,符合现代人经济理念上的操作模式。当然,谈及房子小产权的问题。为了具有说服力,年轻人懂电脑,自便去打开计算机从网络上找出相关信息一条一条地讲解说明。之后,一家人达成共识,对这样的楼盘避而远之坚决不去购买。这般,老两口在买房子的事情上有了定盘星,心思里少了些烦躁。隔了几天,两个人又去了一趟三道堰。哪知,前些日子问过的二千一百元一平方米的楼盘去打听已涨到二千四五百元一平方米矣，弄得两人面面相觑一阵，找感觉不晓滋味，只得怏怏心情离开。好不容易问着几处大产权的房子，有的在筹建，有的楼盘修了一半，打听价格，都在三千二百元一平方米以上。于守诚默了一下，问妻子这大产权的房子买不买？张秀花说这大产权的房子买下来无妨，只是清水房要装修，钱又哪里去找。于守诚觉得话在理上，便没了言语。沉默一阵，张秀花看着丈夫叹了口气，说本以为来乡下买房子能看着田园风光，呼吸新鲜空气。哪知跑了两趟，这里的楼房密集，与城里没有什么差别。何况，从城里坐公交车的单边路程都得要两个多钟头才能到达，与其跑来跑去地折腾，还不如就住着老房子清闲。也是，这番话说来简单，倒把两人心情弄得潮起又潮落，骤然间没了买房子的念头，回了城就径直去了儿子家里，把心里的想法讲了出来。儿子听了话说了一声谨慎为好，也就没了多的言语。老两口听着儿子简洁的话语看着其表现出的态度，明白了其内心想法，自己不出钱的事少去鼓噪，省得相关说法上的麻烦。怎么说呢，好多事情谁能看得透，此一言彼一言又该何从。毕竟买房子的钱对一个工薪阶层的家庭来说不是小数目，省吃俭用地存钱要多少年。这样，两个人便不去想三道堰买房的事，安安心心过日子，时常坐公交车去郊游。

过得有三月，两人去了文家场玩耍。一看，这地方完全变了模样。以前，两人来这赶场买过菜。文家场处于成都与温江的交界，一条街的场镇出来四周都是农田。眼下，这里楼房毗邻，差不多看不到田了。两人一路走着，看到场镇上的新面貌就忍不住地说变化大，心里不自觉地翻出些老印象。张秀花说老于啊，你还记得不，这里以前是卖油盐柴米的农贸市场。嗨，现在修起了高楼房。老于告诉老伴，怎么不记得，八几年时我俩来这里买了五斤糠回去喂鸡。妇人听着笑起来，说喂了三只母鸡下蛋，隔壁老段起来开门闻着鸡屎臭，张嘴就说臭肮啰，还去厂里总务科与保卫科告你的状，弄得你与老段几个月不说话。老于听着笑了一阵，说当时喂鸡想着下蛋吃，还说老段嫉妒这一嘴。后来我家不喂鸡了，隔壁老周家喂了两只鸡，走过路过才觉着硬是难闻。妇人抿了一下嘴说这事难怪，自古道，说人容易说自己难，你今天能这么讲也是一个真诚的进步。老于一笑，说都六十多岁的人了，事情也是见得多了，真话假话掺和着过来，哪个还去计较一个真诚的进步。妇人听着笑起来，刚要说话，这时过来一男一女两个年轻人，手里各拿着一摞售房广告单见人就散发。男士递了一张广告单给于守诚，老于接着了。女士递一张广告单给张秀花，妇人见丈夫手里有了，便向女士摆手示意不要。女士不肯收回这张广告单，叫一声阿姨，说你收下吧。男士在一旁看妇人还是没有出手接的动作，也叫一声阿姨，说你就收下吧，可以递给他人看的。老于看两个年轻人诚诚恳恳的样子，向着妇人看一眼，说他们都这样儿要你收下，你就收下好了。张秀花听丈夫这么说了，这才伸手去接。两个年轻人见妇人收下了广告单，向着面前两位老人端端正正鞠躬行过礼后走了。老于有些感慨，对着妇人说现在的年轻人懂礼貌，就像电视剧里演绅士和淑女的人儿。话刚落音，又过来两个中年妇女，也是各自手里拿了一摞售房广告单散发。看得出这两个妇人是当地人，发广告是挣外快，还没等老于夫妇有啥反应，笑微微说声来看房啊，一手一张广告单递在了面前。夫妇两人被这一笑一个动作搞得手忙脚乱下意识地去接着了广告单，连那两个妇人的样子都没看清楚，就见着两个身影从两边轻飘飘地过去了。这么，走了得有十几步路，夫妻两人各自手上便捏着了六张售房的广告单子，才算没遇了人递送。回头一瞧，原来是路过几幢新建高楼的售楼部大厅。张秀花看着丈夫说声老于，手上捏着这些做啥，我看还是丢了的好。老于去看着妇人说不用丢，等会儿走累歇气，正好拿来垫坐。妇人听不得累字，听着后朝丈夫说自己走累了。老于听妇人说累了，引得自己也想休息，放眼一观察，看见了楼房下一排铺子面前砌了地砖的坝子中间移栽了一株大黄桷树，大树下的花坛四周边沿都铺嵌了瓷砖，便对老伴说我们去那儿坐会儿缓口气。妇人笑一下看着丈夫点头，说你的话讲着了，这广告单派上了用场。

这样，两人去到了大树下，一人拿了一张广告单垫坐。可能是累了，也没说话，各自拿着手上的广告单翻来覆去瞧看。刚一会儿，妇人就把自己手中的广告单递给丈夫瞧，嘴里说你看看，这温江平安镇房子的广告都打到这里来了。于守诚接过来看了一遍二遍，像是对妇人说又像是自言自语，房子两证齐全，六层楼高有电梯，取名桂花小区，卖三千元一平方，还有优惠。他嘟囔至此，默默看图片上楼房外墙粉饰淡黄颜色，造型欧式，绿树环绕。大门里，径直路道像桥，两排垂柳轻盈。路道两边是人造小湖，水荡涟漪，湖边夹杂花树，荆棘丛拥，罗织四季景象。嗨，他忍不住又嘟囔起一句话，这地方好啊。之后去看着老婆问一句，这平安镇在温江什么地方？妇人被他突然一问，糊涂不知方向，摇摇头说不知道，没去过那地方，谁个晓得哟。于守诚看着老婆盯着自己眼里有问的意思，摇摇头说自己也不知道平安镇在温江哪儿。这下，两个人把广告单裹卷着一处扔在一旁。妇人看天色已是晌午，便要去找馆子吃饭。于守诚也不想怠慢自己肚皮，听着话依言起身走了。两人沿着路边漫步而行，一边走一边看，路过几家装修的饭馆与几家面店，都因价钱不合适而离开，一直走到了路口，看着了一家写着豆花饭的小馆子，一头扎进去找了位子坐下，向跑堂的小哥问了菜价后心中有数，点了一碗豆花与一份酱肉丝。当于守诚看着端上桌的热腾腾豆花和香气四溢的酱肉丝，心里有了想喝酒的念头，把意思对老婆说了。妇人说你想喝就喝，这还要问个话。老于听着招手跑堂的小哥过来，问有无油酥花生米，又问有无泡酒。跑堂的小哥说有。老于问过价钱后，点了一盘花生米与二两枸杞泡酒。跑堂的小哥应诺要去，妇人叫住他端碗饭来。这小伙儿冲妇人一笑，抬手指一下墙角叫声阿姨，饭在那大甑子里，吃多少舀多少随意。说过话遛脚去矣。于守诚想着有酒喝，心里悦乎，赶紧起身拿碗去舀饭。等着他端着一碗热气腾腾的白米饭过来，桌上已摆上了一杯酒一盘花生米。

　　老于吃酒有个爱说话的习惯，只要高兴了模样上会露些声情并茂的做作。他夹了一坨豆花去蘸碟里一滚，接着往嘴里一送，滋味就出在了脸上，再去嘬一小口酒，眉挑眼眯嘴腮动，轻轻地吁气一声迸出安逸二字，随之向老婆说豆花下酒，天天都有。妇人正在吃饭，听着话想笑又不敢笑，含着一口饭仰头闭气眼泪花都有了，忍一会儿才缓过气来，向着丈夫翻了一下眼珠，说你呀，只要有酒喝，吃啥菜都是这个话，也不怕把人呛着。老于听后说一日复一日，谁又不是把话翻来覆去地说呢。你不要呛着了，夹菜吃。说过了话，自己去夹了几颗花生米吃，慢悠悠地端杯儿喝酒，时不时嘴巴还吱溜声响。是般，差不多半个时辰，二两酒下肚，去舀了碗饭把桌上的菜连汤带水吃个干净，放下碗叫声买单。跑堂的小哥听见连忙过来，嘴皮子翻得快，一碗豆花三元，酱肉丝一盘十五元，花生米六元，枸杞酒一元一两，一人一元饭钱，拢共二十八元钱。老于听后默了一阵，觉得账目正着，问不要发票多少钱。小伙儿听着愣了一下，反应过来晓得遇到冲人，放低声音叫声叔，低消费的没有发票。老于听后绷着脸说各行各业都正规化了，怎么没有发票。小伙儿是打工的，便说去问老板，跑了一趟过来冲着老于又叫了声叔，老板讲的二十八元钱，没有发票。妇人在小伙儿跑去后就说丈夫酒喝多了，没事找事的耽搁时间。老于一笑说我只是随便一说，又没当真。妇人埋怨了一句，你这随便一说，遇到歪人咋办。老于听后没话说，妇人从裤兜里搜出了二十八元钱来。这时，听了小伙儿的话便把钱递了过去，清账后走人。小伙儿见妇人明事理，叫声阿姨，你慢走。妇人已出了饭馆。

老于跟着妻子身后走了几步，有些酒意上头，去到了老婆身边，突然啊了一声。妇人扭过头看他好好个的，问他惊咋啥子。老于指着街对面的一家院子对老婆说你看那老院坝，这不是早先文家场的场口吗。妇人顺着老于指的地方望了一阵，脑子里想起了往日的景象，去看着丈夫说就这么个事，看把你大惊小怪的样子，声音若吼雷，惊吓人呐。老于笑了笑说不是我惊诧。多少年没来，这里变化好快，那些瓦片房都没了踪影，街道也多了起来。说着话，两人过了街去，到了老院子一看已没人居住，再仔细一瞧，院门上写了个拆字。这下，两人站在当处，望着四周团转的高楼，还有朝城里方向一字摆开过去的修楼塔吊，心里由不得生出感慨。风吹树叶变换了季节，时光流转交替了岁月，睹物思情，不知不觉人见老了。妇人看着丈夫说你还记得否，有一次来赶场走晚了时的情节。老于笑了一下说怎么不记得。那还是九十年代的一个五月天，我们到这来已是下午五点过钟，站在这户人家篱笆门前公路边的大桉树下等回城的班车，看着一眼望不到边的农田里，到处是农民割倒的油菜秆和麦秆，还有那平整出来准备栽秧子的水田，这家人大大小小都去地里忙着收获，就是一个老太守屋，你还去问了她班车的事。妇人笑了，说自己以为耽误了赶车的时间，心里慌得个不得了，还说与你走回城去，听你说走回城起码得晚上十点过钟,只好消了这念头。后来,见着有人陆陆续续来赶车,情绪才稳定了下来。老于看着老婆说过后你见着赶车的人越来越多,心里又慌了起来,恐怕挤不上车。妇人笑了笑说你不要五十步笑百步,看着来赶车的人打堆,把场口都堵了一半,你也慌得在那里走来走去打转转。老于说咋个不慌嘛,差不多要到晚上七点钟,班车才来,还没停稳,大家就一窝蜂的一拥而上。我好不容易挤到一个位子,呼唤你来坐,半天你都挤不过来。到了苏坡桥有人下车,生怕你下去了,就连声呼唤,没听到你应声,使得我坐在位子上都心慌。一直到了光华村下了几个人,你才挤过来坐了。妇人说可惜,还没坐一会儿车就到了青羊宫路口终点站。老于笑了一下,说不知咋的,你下了车走得风快。我在后面听有人问司机,今天这班车怎么晚点?司机说汽车在开往文家场的途中左后边轮胎爆了,等修理工来换了轮胎,这才耽误了时间。妇人说那会天都黑尽了,我倒忙着回家。嗨,你还把这小点儿的事记得这么详细。老于一笑说生命的过程中有很多的回忆,有的会忘记,有的会记一辈子。

  这般,两个人在老院子那里缅怀过了往事,老于看了看手表对老婆说时候尚早,想去茶铺喝碗茶。妇人说回家也没啥事,你想喝茶就去。说过了,两人去找茶铺。顺着新修的街道走了一程,见前面新建的楼房在修路灰尘扑扑的,只得蹭身从一条小巷穿过到了另一条大街路口,顺着街道转了一圈,看着有两家装饰过的茶楼,夫妻俩是不进去的。老于有了主意,去向楼房下开铺子的老板打听,依着告之的路线走过去,菜市场旁边寻着了还是瓦片房子的老茶铺。刚坐下来，茶老板就拎壶过来一人给泡了一碗茶，收了四元钱茶钱。妇人端茶碗觉着烫，缩回手看着丈夫说幸好你问了路，不然还在街上转呐。哎，人都走累了。老于说是啊，我也觉着累，想眯下眼瞌睡。说着话，去拖过一把竹椅子在自己面前，接着去把坐的椅子摆正对着，坐下后一个人就背靠椅子把两只脚放到了对面的椅座上，自我作声说了声舒服。妇人看了他一眼，也不作声，拿出手机打起了斗地主游戏。老于晓得妻子沉湎于网上的娱乐，便自个去眯上了眼睛，过一会儿，人就迷迷糊糊睡着了，还扯起了轻微的鼾声。等着醒过来，端起茶碗咕咚咕咚喝了茶水，拿出一支红河牌香烟点燃慢慢吸一口又慢慢从鼻孔嘴巴喷出烟雾，之后悠然自在地问老婆自己睡了多久。妇人看了他一眼，说差不多有一个多钟头。老于伸了伸颈项晃了晃头，说人上了年纪，喝点酒就想眯眼睛睡觉。妇人放下手机去看了看他，说不要矫情，你年轻那会儿喝点酒也就是这副模样。老于听着话笑了笑，也不作声。两人喝了会儿茶水，约莫着时候出了茶铺，去坐了公交车回家。

三

过了两个月，一个黄昏，老于夫妻吃过晚饭去街上遛弯，顺着路地去了欧尚超市。刚到超市门口，就见十多个人在散发售房广告单。看着人来超市就你跑我奔地拥着面前快递。不接手还作罢,接了一个的,其他轮个而至凑来,广告单接着手叫声叔叔阿姨,要是不接手,便要作脸作色,使得人还看不得他表情。说实在的,那时的你走在街上,迎面来一个人冷不丁地就会朝你递送一份广告单。有售房广告、药广告与商品广告。起始,弄得人不知如何是好,有接了单的,也有接了单扔地上的。后来,路人有了避而绕之的应对方法,遇着那追着散发广告的大姐大哥,接过手话也没句就随手扔掉。确实,这广告单纸张不错,跟着会有人捡去积攒多了后拿到废品站卖钱,也是皆大欢喜的事。是般,老于夫妻在超市门前都背着手踱着脚走不接那凑来的广告,终于冲破层层阻扰进了超市门里。才缓了一口气,张秀花发现自己手里不知啥时就捏着了一纸广告单,大概是在超市里转悠,没地方可扔掉,只好捏在手里与丈夫东看看西瞧瞧地逛了一个多钟头,两个人商量着买了一提打了折的卫生纸回家。走拢屋后,张秀花先去沙发上坐下,顺手拿着广告单看了。这一瞧,人便笑了起来。老于过来坐一旁,看着老婆睇着广告单发笑,便问她笑啥。妇人也不说话,把广告单递给了丈夫。老于接过来一看,自个儿也有了笑意。原来,这一纸广告单上竟是两个月前在文家场看到过的温江平安镇桂花小区售房消息。这么一来,老于看过后有了一个想法,去看着老婆说这事有点缘分了。妇人看着他一笑说是啊,隔了那么久的日子,今天又遇着那么多的人散发单子,我的手都背在身后,觉得一张广告单都没接着,怎么偏偏就捏着了它。而且,怎样到手的都不晓得。这下,夫妻两人有了话题,你一言我一语地说了自己的想法，到了晚上十一点过钟要睡觉了，事情都还在彷徨之间。老于说先让儿子上网搜索一下去温江平安镇的路线，再来决定哪天去桂花小区看楼盘。妇人说买不买房子是回事，我两人有时间，也当是去一趟郊游。

　　第二天下午，两个人到菜市场买了菜后去了儿子家，做好晚饭等着儿子下班回来说了这事。小于听了爹娘的话笑了笑说你们不是说不打算买房子了，怎的又有了兴趣。老于看着儿子把广告单的事说了一遍，也提到了缘分的意思。小于听后一笑，说事情真的有些巧。老于点点头说三道堰那边是小产权房，这广告单上清楚标明桂花小区的房子是大产权。我与你妈商量过了，想去那里看一看。妇人接过话说你老爹的意思合着我的意思，还是想买一套房子住，好把现在住的房子租出去。小于说你们的想法我赞成，能买得一套新房住，把老房子出租，有几个钱的收入，也好帮补生活。只是，这温江我去过，平安镇在哪里就不知道了。离成都远不远，交通方便不方便也都不晓得。老于说今天来就是要你上网查找去那儿的路线，我与你妈去看了后根据实际情况再做打算。这时候，媳妇子下班从娘家接了五岁大的女儿回家来，听到公公婆婆又说要买房的事，心里有些想法，觉得老两口这事像风吹芦苇摇摆不定，不好言语。说不赞成呢，买房子的钱又是老两口自己的。说赞成呢，自己又不出一分钱，怎么都行。前一阵，小两口想买辆小汽车，正准备向双方老的要点赞助，还没说出口，就听着说去三道堰看房子的事，小两口还私底下嘀咕来着。小于劝过媳妇，说爹娘要买房是好事，我们等一年再买车。媳妇直率，对丈夫说自己不就是晚一年有车开嘛，没啥，你不找爹娘要钱，我也不回家去要赞助。小于听着高兴，看着媳妇说你讲这话我赞成，我们先把买车的事放一放，你可不要怄气。媳妇说我不是那小气的人，你爹娘买了房子住新的，旧房子出租有收入，这是好事。我懂这个道理，父母有钱，福泽子女。当然，这是小两口的想法。所以，媳妇子大致问过了事情的经过，便进厨房把做好的饭菜端上桌，又忙着去拿碗筷。五岁的小女儿是老于夫妻带到三岁上幼稚园的，看着爷爷奶奶问这说那亲热得不得了。这小女孩每天早上由父母送去幼稚园，下午的时候由外公外婆接回家，等着女儿的妈下班后再去娘家接回来。这样的安排，都为了下一代。分工不同，大家都有个忙也都有个闲。这么，就在媳妇子张罗着碗筷，老两口逗着小孙女说话时，小于已进寝室打开电脑查找到了去温江平安镇的路线，为此还画了一张坐公交车的示意图。大家吃饭，就便说着了这事，你一言我一语的热情洋溢，一直到吃过饭后老两口要回家了都还说得个没完没了。出门时，媳妇子问公公婆婆，哪天去看房？妇人说这事才说起，还没定日子呐。

这般，老于夫妻回家路上都还兴奋着，走拢屋就商量起看房子的事情。老于说打铁趁热，我看明天就可起程。妇人看着丈夫默了一下，说明天就去，是不是慌了点哦。那地方多远都不晓得，总该打听一下才好。古话说得好，做事情都要未雨绸缪。现在的话来讲，就是提前要做些功课。老于听了话，说儿子不是给画了示意图吗,去打听个啥,我们可按图索骥地去。当然,一路上要去问个方向,问个车站什么的,也是在所难免。就像我们去三道堰,不就是这样行走去的。江湖再大,也有个边缘。妇人晓得丈夫是个犟拐拐,一句话说上劲了自己变头牛去拉都拉不回来,弄不好闹意思的要拗着怄气,也就不再作声。第二天,两人打早起来就出了门,在路边的小吃摊拿出六元钱一人买了一碗豆浆和两个肉包子呷下肚后,按照儿子画的示意图先去了西门的百花潭公交站,坐上三一九班车到了温江。在车上的时候老于问过了司机,到了花木交易中心站下车又坐上了二○九公交车。这二○九公交车是场镇线路班车,出了温江城,老于夫妇的新鲜感觉就来了。一条宽且直又平坦的公路望不到头,公路两边是看得到的农家小院和望不到边的田垄。二十世纪九十年代农村富裕起来后,农村的田园风光很美。在温江,农家地里不种粮食作物而栽花和树卖钱,其间居家差不多都修起了小楼房。一路观去,沟端路直树成行,郁郁葱葱的绿逶远寥廓,花开几朵掩映庭园。那风景,把老于夫妻看得美到心上去了。老于对妻子连声说安逸,碧树连天远,花开气息新,小楼影朦胧,风轻燕子飞。开车的司机听着笑了起来,说老人家是第一次来。老于笑着说正是,第一次来这里。司机笑笑,说老人家不错,诗情画意都出来了。老于嘿嘿一笑,说有些感觉,念了几句顺口溜。是般,两个人有一话答一话聊了几句,司机专心开车去了,老于便去欣赏车窗外的景色,一副乐陶陶的样子。这么,坐了有半个多钟头的车到了平安小镇，下车来就看见前面不远的公路边几幢六层楼高的房子，黄墙赭色板瓦，仿欧式建筑的风格，两人瞧着心里就喜欢了，一点都不怠慢，径直去到了售楼部。刚到门前，就有一位年轻的工作人员接待，客气得很，寒暄几句话就说出了自己的姓和名。随即，领着两人先看了摆设的沙盘模型，接着互相询问交谈了些事项，之后，小伙儿陪着两人去小区里看房子。

进了大门，老于看着面前的景致就激动起来，连声对妻子说你看，真的是和广告上的照片一样。妇人见丈夫豁出性情来，担心会有些过分暴露出购房意图，在与开发商谈价钱时没得回旋的余地，便不作声，自己保持着矜持。小伙儿领着两人从湖中间的柳荫道走过去，先去右手边看了十栋楼。进了二单元门乘电梯上五楼，看了一套七十六平方米大的二室一厅带厨卫的房子。两人看过房间后到了阳台，还没眺望远方就看见了整个楼房旁边是一处宽阔的坝子。老于刚才在小区大门处向妻子发感慨没听到回声，又从其眼色中明白过来自己有点失态，自便去稳住了情绪，一路过来也不再多话。妇人看着偌大的坝子问小伙儿，空这么大的地盘做什么？小伙儿笑吟吟地说开发商本先是要再建两栋楼房的，不知怎的不建了，留下来当作停车场。老于问小伙，这地儿能停多少辆汽车。小伙儿想一下才搭话，说大概能停一百多辆车吧，这在别的楼盘是看不到的。妇人点了点头去四下观望，指着对面坝子当头处一幢楼问小伙，那是几栋楼。小伙儿说那是一栋楼，你们要去看看吗？老于双手抱怀侧颈颔首面带微笑，说我们去看看户型。小伙儿也不多话，招呼着两人出了十栋楼顺着坝子与小湖之间的花径去了一栋楼，进了一单元门乘电梯上三楼，也是看了一套七十六平方米大的二室一厅带厨卫的房子。睇过房间去了阳台，看见向着外面的公路，也不多话，东看西瞅一阵，也不表态，就与小伙儿一同下了楼来。小伙儿领着老于夫妻瞧观了两套房子，就看见老头在进小区大门时发出了一声欢喜的感叹，接下来没听着两人说一字可意的话，一时猜不透二人的心思，便邀着去看其他楼栋的房子。妇人看了看天色已是中午，觉着肚子饿了，向着丈夫说要去吃饭。小伙儿知情识趣嘴甜，道声叔叔阿姨，公路对面的小镇上有饭馆。你们吃过饭要是有什么还要咨询的，可回这里来，我就在这里等着。有一件事情告诉二老，下午的时候有接送人看楼盘的交通车回城里去。

这般，两个人去了小镇。这小镇的风光一半是九十年代修建的二层小楼房和街道，毗连着的小楼大抵是楼上居家楼下商铺。另一半便是老旧一通铺板墙和半墙砖上搭小窗的房子和坑坑洼洼的道路。有句话说得好：经历过的事情才能有回忆。夫妻俩在镇上转了一圈，来到了老旧房屋的街道徜徉，看着瓦片房想起来了以前自己居住的环境，也想起来了自己有过的生活往事。可以这么说，城市里已经很难看到这样的老房子老街道，就是现在小镇上看到的旧房街道也将会逐渐消失，随之而来的将是新楼房和宽敞的街道。只是，在老于夫妻这代人心中有忘不掉的过来时光。是般，两人边走边看地来到了丁字路口，看到一间卸了铺板向街当灶的饭铺走了进去，在饭堂不大又桌椅板凳不配套的靠墙处找了位子坐下。老于今儿真的高兴，看到了美丽的田园风光，又看到了自己想买的房子，来这小镇还惹出了怀旧心肠，向着张秀花说自己想喝点酒。于是，夫妻二人点了一份韭黄肉丝，一份烧豆腐，一盘油酥花生米，二两青果酒。妇人不喝酒，舀了一碗甑子饭吃。老于用筷子撮了一颗花生吃了，待花生在嘴里迸出香味，才端杯儿嗄了口酒下肚，看着老婆问看过了房子，心里怎么想？妇人吞下一口饭，说自己心头有点意思，就是觉得离城远了些。老于哦了一声，说我也有此想法。可是，现在的楼房满地遍野都是，不远一些怎么能看到这么好的田园景色，能呼吸到这么清新的空气。那小伙儿说这里是天然氧吧，我信，我喜欢。妇人斜了他一眼，说那小伙说一下你就着迷就欢喜。真是的，越老越张吧。就如刚才进大门时，冒不得要抒发感情了，不是我用眼色挡你，不晓得还有啥过场要耍出来。唉，不是我说你，这事还要商谈价钱，心里高兴也要稳住情绪，免得露出马脚，让他钻了空子，自己占不到便宜。老于呵呵一笑，说我知道，看着你使过来的眼色就知趣了，后来不就庄重起来。不过，这地方我真的喜欢。要是你也喜欢，我看，可以签下意向书。妇人放下了碗筷，拿眼把丈夫打量一阵后，说你今天在咋子哦，说出来的话一点成色都没得。说实话，我也喜欢这地方，可一下要拿出那么多的钱出来，又不是小数目，总该谨慎些才好。老于见自己几回说的话都被老婆驳了转来，情绪未免受挫，干笑一下，说你都不慌我慌个啥。我不过想，这房子不只是我一家

| 过 往 | 021

在买。妇人见丈夫有些不高兴,也不便多话,端碗拿筷吃饭起来。过了一会儿才去看着了丈夫,说你心里想的啥我心里也念叨着,可做事情着急不得。我不是在这说一句,看那小伙儿卖房子的劲就像使不完的样子,隔会儿我们过去他肯定在门口巴望等着。老于不吭声,喝着了闷酒。

果然,两个人吃过饭去小区,老远就见小伙儿在大门口张望,待到两人走拢,热情招呼后领着又去五栋楼看了一套八十多平方米的房子,下楼来问二老有何打算?妇人说我二人觉得满意。不过,这事还需回家与儿女商量后才能决定。小伙儿晓得买房人的心态,事情到了这步,劝狠了事情反而搞不成,相劝不如留点悬念,递了一张名片给两人,笑脸诚恳地送二人上了看房交通车回城。汽车开动时,他站在车门外笑微微挥手,说我给你们的名片上有电话号码。

四

进了城,夫妻两人就径直去了儿子家。等着儿子与媳妇子回来,老于按捺不住心情把自己所见所闻一股脑儿说了出来。先说了田园风光,接着讲了小镇景象,又喜形于色地叙述看到的楼盘有点仿欧式建筑,六层楼高设有电梯,还是一门进一门出,楼下花园大树小树草绿,两处小湖,中间道路垂柳拖絮,湖边花树围绕,风乍起,湖泊涟漪泛光,花径落絮沾衣。还有,小区后面是温江第五福利院,紧邻着一家私人开的医院，旁边有二十来亩地，是开发商买了来没钱修楼房荒芜在那儿的，准许买了小区房子的人家去开垦一畦地种菜。更可以的，凭自己手上的广告单可优惠一千元钱，若是付现款还可优惠到一万多元钱，要是讨价还价能再捏他些空儿，说不定还要捡几千元钱的便宜。不想，一席话听得儿子儿媳心旌摇动，一呼啦地嘀咕，仿欧式建筑的楼盘，小区绿化环境优美，倚着小镇，周遭是望不到边的田园风光。要紧的是，房价上还能讨些便宜。末了，两个年轻人同声同气说要去看看。

这么，等着到了星期六，一家子打早起来，整理妥当，浩浩荡荡去了欧尚超市门口，要乘坐购房交通车。哪知，等了好一阵不见交通车影儿，儿媳等得有些不耐烦，看着两个老人说有没有搞错哦，是在这儿等交通车吗。老于一个笑脸，说没得错，上次我与你妈就从小区坐车到这下来的，还问过了司机，要去看房就在这儿等车的。还有，广告单上也写清楚了坐车的地点是这儿。儿媳听了没话说，等了一阵，叫过丈夫去一旁嘀咕了一会儿。之后，小于来到爹娘身边，说这样等下去也不是个事，要买他房子，途径是要熟悉的，还不如坐了公交车去，也好知晓公交车线路的来回，以后走起来方便。老于听儿子的话里有买房的意思，自是同意。可张秀花听了不愿意，说等都等了半天，还在乎刹那。何况坐购房交通车随他开去，人少些折腾，怎么说是要买他房子，这点便宜也是应该的。儿子听了话不好反驳，杵在了那儿不作声气。老于见情形打圆场，说我们再等一歇，要是车不来，就自家去坐公交车走。众人听了话，也不再言语。老于见小孙女有点累的样子，看着商场旁边守自行车的岗棚外面有一空凳子，牵着孙女的手去坐下。才落座，岗棚里出来一个老头，直乎乎地瞧着老于不转眼。老于不等他喳腔，赶忙拿出兜里的红河香烟递上一支，自己也抽了一支，说小娃儿累了，坐一会儿。老头抽了口烟，说没事的。见老于站的地处临着商场地下汽车停车库过道边上，招呼他过来，又去从岗棚里抬出一条板凳来请坐。这边小于看见老爹与女儿有凳子坐，说老爹灵醒，要娘亲也去坐会儿。张秀花抿嘴笑了笑，说去不得，他爷孙俩坐那里刚合适，多一人去了怕遭了讨嫌，弄不好大家都没坐的。说过后去看丈夫，望着老于抽着烟与老头闲聊。老头问老于，我看见你一家人站了有一会儿，是等车吗？老于笑答是啊，今天一家人去看房子。老头一笑，说可是等那去平安镇桂花小区的交通车？你们没约过？老于点点头，说我与老伴去看过一回房子，是坐交通车回来的。那卖房的小伙给过一张名片，没有相约，我一家人今天直接就来了。老头听过话看着老于，说你们来晚了一步，购房的交通车刚载着客户开走，就你们来时的前一会儿。老于听着，身子立马直起了胸膛，看着老头叫声老人家，这车去了多时回来。老头摇摇头，说没个定准，跑得快路上不堵车一个来回得要两个多钟头。如果没有客户相约看房，交通车开过去就停那儿，要下午才开回来。第二天在这等客户，如果没有客户车就一直停这里等待。不过，售房那边有事召唤，空车也是要开过去的。老于听过话坐不住了，起身后对着老头弯腰要还板凳。

他这般年纪的人,这动作是个习惯,也就是表示个讲礼。老头看见,也连忙弯弯腰说你放那里,待会儿我要坐的。老于向着老头连声道谢,之后牵着孙女去到家人面前,把老头的话讲了一遍。几个人一阵商量,觉得起个心人又约得齐不容易,看天色尚早,就决定了坐公交车去。老于要调节气氛,说一句,莫道君行早,还有早行人。张秀花听着向丈夫一嘟嘴的撇了一句话,你说的啥子喔,早行人都坐着车走了,落得你贫嘴。嗨,那老头说可以打电话,为何不给他打一个让他们开车过来接人。老于侧头一颔首,说你的话有道理。可是,这电话打过去,对方多久才开车来到,我们会等到什么时候。唉,还是儿子的话说着了,我们要买房子,也该是要熟悉去的路线,以后行路有个方便。众人听着没言语,觉着话到机要,大家起步开走。一行人在一环路口坐上二十七路车去了百花潭公交站,换乘三一九路公交车到了温江国色天香,再转乘了二〇九路公交车。这般,坐在了去平安镇的车上,两个年轻人就被窗外沿途的景色迷住了。天苍苍,野茫茫,我的家在成都平原上,风轻天辽阔,绿树倚农舍,小河流水绕村庄。

来到平安镇场口下车,看时间,已是十二点过钟。大家觉着有些饿,便说先吃饭,一家子去了镇上。老于熟悉环境,前面走着去了夫妻俩吃过的那家小饭铺,等着众人过来,儿子儿媳看饭铺简陋嫌脏乱差,站在外面不进去。老于瞧出端倪,踅身出来,大家顺着路走,走过一条街到了小镇另一头的楼房地带,看见一家饭铺玻璃门墙,里面的桌椅配套颜色整齐,一家人进去选位子坐下,看菜单点了一份酱肉丝,一份盐煎肉,一盘土豆丝,一碗蔬菜豆腐汤,打了两个蘸碟。等着菜上桌,各人拿碗去甑子里舀饭吃,想吃多少任意添。当地有句俗语,放开肚儿整。等着几个人吃得饭饱胀肚,桌上的菜也吃得个干净。一算账,酱肉丝十五元,盐煎肉十二元,土豆丝八元,蔬菜豆腐汤八元,两个蘸碟两元,五个人的饭钱五元,总共五十元钱。儿媳买单,问老板有没发票。老板说没有,优惠了两元钱。老于看着心里一乐欢喜上来,去望着妻子透出笑意。张秀花怕他多话,便不看他,一家子脚前脚后出了饭铺。想着才吃了饭,去镇上溜达了一圈。六月的天气,阳光晒着有些热,好在眼前的小镇使人有新鲜感,怎么样的感觉都被眼前的景色融合着了一处成了欢喜,转了一圈,都说有点世外桃源的感觉。接着,众人收拾心情去了售楼部。一行人刚进门,那小伙儿眼尖,看着老于夫妻就叔叔阿姨地叫。认识了小于夫妻,便哥啊嫂地称呼,还夸五岁的小女孩像妈妈一样漂亮。众人晓得是奉承话,乐意受用,跟着他去沙盘看了小区模拟建筑图,随后彼此间说了些相关事宜,讨论了一些事情上的细节,达成了一致。根据于家的要求,小伙儿领着几个人去了九栋一单元五楼,看了一套九十五个平方大客厅三居室单间厨卫带阳台的房子。小于自从坐上二〇九路公交车,心里就充满了新鲜的感觉。这时看了房子,那悦意的眼神就从眼眶里透出来了。先看了一眼妻子,接着去望着爹娘,心里的意思已昭然若揭,让旁人一目了然。那小伙儿卖房子看得来机势,拿出手机打电话出了门去,好让他一家人诉说观房后的感想并商量买房的事宜。

老于见小伙儿闪身出去了,再也抑制不住情绪,看着儿子与儿媳问感觉,怎么样,你们满意吗?小于摇晃着脑袋,连声说不错呵不错,这地方空气新鲜,含有丰富的氧离子,何况原野辽阔,看不见楼房,草树连天绿,气息舒万物,是个养老的地方,也是个休闲的地处。儿媳接过话,说这里不仅是养老休闲之处,还是成都的后花园呐。张秀花在一旁看见仨人喜形于色,便装出一副镇静样儿,说你几个把情绪稳住,等会儿还要谈价钱,不要鸡蛋破壳被他瞧出端倪,小伙儿在门外瞅着呐。小于开玩笑,叫声老妈,我们装不装买房的样子,他呀即便是瞧得出来,买不买房还在我自己,又与他何干。张秀花白了儿子一眼,说你去装样子,又不是变个模样,我可不装。不过,这也是个法儿,此后的谈判,说不定用得着。老于一旁听着话不置可否,看着妻子说这房子造型不错,我没说的,你的看法呢?张秀花说我的意思与你同般。老于去看着儿子儿媳,说你们看过了,有什么要说的。儿媳想一下,说做事图个喜欢,你们满意就好。小于说既然大家都觉得好,这样,我们先稳起,再去看看其他的房子。老于说你这法儿好。不过,我与你妈都去看过了几套房子,就觉得这套房中意。小于看着老爸笑笑,说我的意思是,做事情不急哪会儿,哆嗦一下,才把事情拖得出节拍来。老于哦了一声,说我明白了,你现在就和他计较了起来。小于正要点头,这当儿,小伙儿进了来,问叔叔阿姨意下如何?老于听了不作声,张秀花看着小伙,说我们看过了,都还觉得满意。小伙儿忙不迭地露出笑脸,说这套房客厅大,房间也大,又透光。要是你们满意了,我们去售楼部签购房合同。小于迟疑了一下,说先不着急去签合同,我们还想看看其他的房子。小伙儿望了一眼小于,心里想小哥做作。只是,客户要买房,也只有要拉拢客户,自己要想赚钱,只得依着了客户意思。这般,一行人乘电梯下楼出单元门,看清楚了对面有土堆的假山,栽种了花树,假山上修了一座四柱坐栏杆草顶亭子。小孙女见了拉着老于的手顺阶梯上去,大家看着跟在了后面。众人上了亭子四下眺望,看见了楼栋当头有一处羽毛球场地。

　　小伙儿想拉得一个客户购房有提成,只好跟着众人后面屁颠跟随,随他说些应景的话儿,直到几个人兴趣够了,才又领着大家去六栋看了一套八十三个平方二室一厅的房子。进了门,小于就问东说西地提出了些问题。小伙儿想着事情已做到这份上,怎么不耐烦都得耐烦,怎么挑剔地问都得一丝不苟地答,一点儿不能懈怠。是故见招拆招,见问释疑。老于见事情差不多了,对小伙儿笑笑,说我们一家人商量一下,看买哪套房子。小伙儿听这家人要做决定了,由衷地一笑,眉毛眼睛欢喜到一处,哪里敢打岔,赶紧去门外候着。老于去门口张望一下,看见小伙在打手机,一副眉开眼笑的样子。接着,老于转身过来看着自己一家人问感觉,说看过了这两套房子,我们买哪套房合适?张秀花心里盘算着钱的事情,便没作声。小于看着老于叫声老汉,你喜欢哪套房子?老于说我当然喜欢套三的房子。小于去看着妇人叫声老妈,你的意思呢?张秀花看了一眼儿子,说你不要打岔,我在想钱的事情。小于拿出手机来,手上一阵输码,一下子两套房子三千买一平方米的答案出来了。他去看着娘亲,说套二的房子价钱是二十五万三千元,套三的房价是二十八万五千元。张秀花看着儿子吔了一声,相差三万二千元。小于看着娘亲叫声老妈,这不是钱相差的事,是房子大小的事。你选择哪套房就是哪套房子的钱。张秀花看着儿子,说你这般多话,我不晓得这些嗦。我是在想我家有多少钱,怎么来操办这事。小于兴趣来了,看着娘亲小声问准备有多少钱,说来听听,我们好帮拿个主意。张秀花瞄了一下门口,然后小声说够买一套房子。小于说娘呐,够买哪套房子?张秀花一笑,说这两套房子买哪一套都行。老于在一旁听了话,说既是可以选择,依我之见,还是要一套三居室的房子。小于问为什么呢?老于看着儿子,说你的女儿都长大了,过来也要有一间屋子住。张秀花来了这么久,一路过来没听着儿媳说句话,去看着媳妇,说他们都讲了自己的想法,你怎么看?儿媳说我觉得老汉说得是,我们来这里有一间屋住,娃儿也该有一间屋住才好。张秀花看着丈夫,说你是这个意思,娃儿也是这个意思。自古道,二桃杀三士,我随了你们的意,免得起争执。小于没明白娘亲说的话,去看着老爹问老妈讲的啥文化?老于看着儿子笑笑,说你妈是戏里看着的,大王拿两个桃子给三个臣下分,结果三个臣下为争桃子都没了生命。小于哦了一声,说我明白了,老妈是为了避免大家在购房意思上不合而同意了我们的说法。老于听了儿子的话一笑，说自己想去上一趟卫生间，出门来问小伙儿。小伙儿说售楼部有盥洗室，大伙一齐步去了售楼部。

进了售楼部的门，小伙儿先请一家子去配了沙发凳的玻璃茶几团团坐下，接着又忙去饮水机拿纸杯倒茶叶泡水。之后，要去找销售经理，老于要去卫生间，跟着小伙儿走了。到了办公室门口，小伙儿给老于指了方向，自己进了办公室去。这销售部也就这么一间办公室，房间里分隔一堵墙，外面是经理坐堂，里面是收银柜台。此时，经理与一家客户签完单，正看着出纳在收款机上跑钱。听小伙儿说又有客户要签单，哪敢耽搁，拿出一份购房合同书两人一道过来。小伙儿向一家人介绍了经理姓程，大家一阵寒暄，随即坐下，再聊后话。这么，程经理去看着张秀花，问阿姨看上了哪套房子。妇人哼哈了一下，说还没定准，这得要老伴来了才能牵墨吊线。程经理以前做过木匠，晓得话里的意思，笑了笑向着小伙儿问叔叔还在看房吗。小伙儿刚要答话，老于来到，连忙向经理介绍一番，彼此握手后坐下来，客套一阵，谈到了正事。程经理看着老于笑笑，说刚才问过阿姨，说要待叔叔来后方可决定看上了哪套房子。所以，事情便等着了。老于看了老婆一眼，又去瞅了瞅儿子儿媳，然后去看着了经理，说我们看上了九栋一单元五楼那一套三住房。程经理笑笑说叔叔好眼力，几栋楼房里就数九栋一单元的房子敞得开，又亮堂。楼后围墙外是广袤的田野，眼睛看得老远，风景如画的清楚。回头看院子里，楼前人造景色也是几栋楼里最好的。堆了假山修了亭子,楼房当头处还有羽毛球场地。老于点点头,说这些场景,我们都看到了。环境确实不错,只是离城里远了点。程经理听了话默默笑一下,问老于,叔叔与阿姨退休在家吗。老于不想说自家的事,点头答声是啊,刚退休不久。程经理说这地方风物端方适合养老。张秀花见老伴与经理你一句我一句地说得个没完没了,咳嗽一声看着了程经理,问买房子有什么优惠。程经理默了一下说凭售楼广告单可优惠一千元。小于一旁听着话,问经理有没有其他的优惠呢。程经理说这要看用什么方式购房。有银行按揭方式购房,有现金付款方式购房。小于问经理,比如说用银行按揭方式购房。程经理摇摇头说银行按揭方式购房没得优惠,只有现金付款方式购房才有优惠。而且,这得看购房是分期付款还是一次性付款。老于逮着了话,问这其中有什么区别。程经理说其中优惠的额度不同,一次性付款的优惠肯定比分期付款的多些。张秀花说我家不银行按揭,也不分期付款,一次性方式付清,这其中的优惠该是多少。程经理心里默了一会儿,又把小伙儿叫到一旁议论了一阵。之后,两人过来,程经理向一家人说办公室有事,嘴里念叨了几声对不起又对不住,就便匆匆走了,留下小伙儿来与一家子商谈。

张秀花看着程经理离开,暗地里一声冷笑,觉得经理耍伎俩,故意避开自己的话儿。所以,小伙儿来向一家人报喜讯般说可以优惠八千元时,她也故意在人群之后落寞,连个表情都没。老于听着话感觉与老婆不同,觉得优惠的价钱有了阶段性的落实,笑呵呵问这八千元包括了那广告单一千元没有。其实,妇人心里的感受做丈夫的何尝不晓得,化有形为无形,这是老于处事老到之处。说实话,人活了几十年,什么事没经过。内心世界的翻腾,随着岁月的磨蚀,人老了,性格还小,脾气古怪,买东西锱铢必较,上公交车就想人让座位,一点小事稍不如意就怄气。不过,有了几十年的阅历,晓得克制,事情上看重结果。小伙儿先以为自己说出优惠价的数目,一家人会表现出兴高采烈的样儿。哪知,事与愿违,看众人脸谱面相寡淡清楚,才反应过来一篙杆插进了深水里。小于看着小伙儿一笑,问除了这些优惠,还有没有些优惠呢。我家可是买的一套三的房子,优惠上也该比那些小面积房子多些。小伙儿微微摆了摆头,说实话,他卖房子,见过了多少买房者为了自家利益而有的表现,也能猜着些意为。只是,面对着这一家人,虽是猜着意思地看出了些想法,怕说错话把生意搞砸,也就不出声气。老于看小伙儿摆头不出声,问他怎么不说话。小伙儿聪明,叫声叔叔,有些话是不该我来说的。张秀花说我家是真心实意来买房的,你做不了主就不要来周旋。小伙儿听了话,苦笑一下,说阿姨不要着急。谈到优惠的事我做不了主,这要等程经理处理完手头上的事过来,你们去问他,或许会有说法。要不,你们先看看购房合同。老于看小伙儿脸上苦瓜样儿,说这样吧,我一家人先看着购房合同,你去请程经理过来,顺便把我们刚才说的话告诉他。小伙儿听了话,脸上的汗珠儿如剖开的西瓜上淌出的水珠子,向着老于叫声叔叔,你老人家谅解。经理这时办事情要紧不好打岔子，我先陪你们看合同，等会儿再去好不好。老于看小伙儿说得可怜，心想要买房子，合同是要看的。去看着老婆孩子说他把话都讲到这份上，我们就先看看合同，其他的事隔会儿再说。张秀花见丈夫都这样发话了，觉得做事情都要有转圜的间隙，既然要买房子，做作上也不要过头。这么想过，朝着儿子儿媳地看看，脸上露出知会的意思。也是心有灵犀，理会出儿子儿媳的想法与自己差不多，又看孙女坐在沙发里疲眼乏相的想瞌睡，便对儿子说我来守着孩子，你们去陪着老爹看合同。注意，瞧仔细点，别漏了细节。小于心里突然有了一个主意，本想说出来，听了老妈的话，觉得读好合同是一家人当下重要的事情。心思上头，神态严肃起来。

小伙儿见一家子奔着合同来了，脸上的样儿笑起来，把合同放在老于面前的茶几上。一家人不敢打晃，逐字逐句研读起来，不明白的语句就去问小伙儿。那小伙儿很耐烦，语词说不清楚的便要翻来覆去举例比喻，一问一答地解释都很上心。这般，几页纸的合同就读了两个钟头。还好，读完了合同，知道了自家一次性付款不仅能有八千元优惠，依着合同上的条款还能优惠四千多元钱。这让一家子欢喜了，笑意露在脸上，还有一阵攻坚克难后的喜悦。小于止不住把心头想的那个主意说了出来，要小伙儿把卖房登记册拿来瞧一瞧。小伙儿听过话心里乐了，脸上露出惊讶之色，说何故要看它，这可是商业秘密。其实，小伙儿刚才与经理一阵嘀咕，让老于一家人看合同时得些便宜。所以,看着他一家人乐,小伙儿心里也在乐。不想,小于冷不伶仃说要看卖房登记册,这才说了商业机密的话。小于不作腔,张秀花在一旁,说不就是买卖房子的登记,拿出来做个参考。有什么大惊小怪的,还说是商业机密。小伙儿真的一时为难,说阿姨这么讲,我去向经理汇报,看他怎么决断。正说着,程经理走了过来,小伙儿当即就把事情向经理做了陈述。程经理听后悄声对小伙儿说他们要看售房登记册,你去告诉会计是我讲的,要他随便拿一本给你带过来。小伙儿听着点头忙去了办公室,程经理坐下来看着老于,问老人家,你们看过了合同有什么打算?老于刚要答话,张秀花一旁说我们有打算,这也要看你们卖房子的诚恳,如是这支吾一下那应付一下,我们就是有打算也会落空。程经理听到这话有点躁人,去看着妇人叫声阿姨,我们有哪些地方做得不好吗。张秀花说我先前问你话,你声息都不出的就跑了。我们大老远地跑来,别人的事是事,我们的事就不当回事。程经理这才明白妇人话里冲自己发火的原因,堆起笑脸叫一声"阿姨",说刚才办公室的事急了点忙着处理,是我做事不周,你不要往心里去。现在,你有什么话讲出来,我能回答的,一点不打闪板。小于在一旁接过话说,我娘亲的意思,我家买房是一次性方式付清,这该有怎样的优惠。程经理在和妇人说话时,就在想这家人心思上有些名堂。老头子一团和气,妇人脸色不好看,两个年轻人不咋言语,小哥儿会不经意时冒些话出来,让人有警觉不到的意思。不过,这家人购房意愿是明确的。是般,他心里起了预案，了不得再给些优惠。当然，优惠的额度也不能太多。这么一想，他去看着老于，说老人家，你家里的想法都是实在的。其实，每个客户来都有这样和那样的要求。我们呢，也是在合同的条款和开发商规定的范围内尽量给予满足。

这时，小伙儿拿了一本购房登记册来，小于接过去翻看，程经理便与小伙儿说起了优惠的话题。小伙儿告诉经理，自己已把优惠的数目讲出来了，还把从合同条款上省出来的金额一并说了的。程经理默了一会儿，看着老于，说老人家，这么想啊，几头加起来也有一万三千元之多，优惠已是不少的了。老于说是啊，可我前期来，遇到一个客户，他说一次性付款就优惠了他一万元，还没说及其他的优惠呐。程经理正要答话，小于在登记册上翻着一页叫声经理，你看，这家人买房怎么是二千八一平方。程经理看了登记在册的栏目后说声小哥，你仔细瞧，这家人购房是三年前的事了。那时，这房子刚开始建设，价钱上与现在肯定有区别。说句实话，买卖房子都有时间性，不能同日而语。还有，老人家刚才说的那事，也是有的。这要看房子的户型、方位和采光好不好给予的。张秀花一旁听着话说这才怪了，他先来，挑颗糖也该他选大的，怎么去求其次，是不是脑筋有问题。要不然就是掉进你们挖的坑里没爬上来。程经理叫声阿姨，说我们是光明正大地卖房子，来买房的差不多约着人同来，情况和你们相同。要是脑筋有问题的，我们也不敢卖房给他。想想看，今天买了房去，明儿就来退房，这不累人吗。不过，这样的事还真的没有发生过。阿姨，我说实话,你不晓得,有些人买房是不来住的。张秀花听着这么含蓄的话,心里才晓得不是自己的一张嘴会说话,别人的嘴巴比自己会说。也是,想来有些好笑,妇人被经理一说,仿佛口腔里被涩住一般。其他人也没了话,都安静地坐在了那里。过了一会儿,程经理去看着老于,问老人家,你们今天买房是付现款?老于摇摇头,说我们今天没带那么多钱来。要是签下了合同,明天或是后天,就一准带着银行卡来交钱。程经理问老于,你们今天多少是带了些钱来的。老于说有一些,事情办得成,准备交些押金。程经理沉默了起来,时间很短,之后去看了看小伙儿,接着又去把一家人看了一遍,最后把目光落实在老于身上,说老人家,我看你家是真心来买房。这样吧,你之前说的买房优惠一万元的事,我现在去给上面打个电话,看能不能再给你家优惠两千元钱。说过话,见一家人不出声地望着自己,起身去一旁拨打手机。一会儿,就转身去了办公室。

张秀花看经理离开,也不管卖房的小伙儿坐在那里,去对着儿子儿媳小声说这经理讲事情就像弄盆栽,绕来弯去的想法都是他的意思。嘿嘿,我倒要看看有什么过场。老于没听清楚老婆说的话,去看着仨人,问经理说的意思,你们觉得怎样?小于去看了小伙儿一眼,那厮知趣,起身去了一旁。这般,小于才说出了自己的看法。觉得有两千元钱的再优惠,事情也是差不多了。老于赞成儿子的说法,去看着老婆说买卖是双方的事,大家都要有点想头,生意才做得成。张秀花呲了一声,看着丈夫说你就是只蚂蚁,捡到半粒米的饭,便满足得起劲。他敢少别人家钱,也敢少我们家钱,这里面的水就深得很。老于看着老婆,问你这么讲,有什么意思?张秀花说你与儿子都同盟了,我还不和你们站一条线作甚。其实,妇人想着有了那么多钱的优惠,心底下是欢喜的,就是脸面上要稳起。老于听了话后去问儿媳有什么看法。儿媳说事情已摆在了桌面上,我的意思与你们同般。这样,大家想法一致,便去说起买房后的其他事情。隔了一会儿,程经理过来坐下,告诉一家人上面同意了再优惠二千元的事。老于一家听了后也没话说,大家凑一处签合同。程经理见事情成了,坐了一阵要走人,临走时提及押金的事。张秀花从挎包里掏出一沓钱,有五千之数,要儿子随着程经理去办公室交钱。老于看着后拦下来,说儿子脑筋灵活,留下与小伙儿一同逐一再参详合同里的条款,自己随经理去交押金。张秀花把钱数了一遍后递给丈夫,要他再数一遍。这会儿,她去对看着程经理,说这时已下午四点过钟,等办完手续也不晓得要多久。这里离城有点远,我一家人也不熟悉路途,只有坐你们交通车回家。程经理笑了,签下一单生意,卖出一套房子,心里乐兮兮地笑得有点开心,向着妇人叫声阿姨,说你放心好了,这事包在我身上。这样,老于跟着经理去办公室交钱,等着他拿着单据过来,看见儿子正与小伙儿议论合同上难懂的词句,老婆与儿媳在一旁仔细地听着,便悄悄去沙发凳上坐下来。小伙儿很有耐心,每一问的回答都清清楚楚,要小于心里明白,也要一旁耳聆的人心里明白。是般,这合同议完费了些时间。老于是户主,待到他刚要提笔签字,妇人叫住了他,去看着了小伙儿问广告上不是说买了房子有一畦地吗?小伙儿先以为又有啥事,听了后一笑叫了一声阿姨,是有这么回事。待叔叔签了合同,我就领你们去。张秀花听了承诺,这才让丈夫去合同上落墨。这么一来,等签过合同,一家人去看了一畦地,天色已擦黑。程经理守信用,已安排交通车等着。上车时,小伙儿向一家人说了一席话,要叔叔阿姨在一周之内来交钱拿房钥匙,过了一星期不来,后果自负。遇着有人要买这房,就得出售,押金也概不退还。老于告诉小伙,我都交了五千元钱押金,这事不会耽搁。小伙儿一笑,去关上车门。司机开动汽车,老于向小伙儿挥手,大家说了声再见。

五

老于夫妻在买房子的事上确实没敢打晃。回家的第二天就去把房钱的金额数齐拢到一张银行卡上,隔天两个人就坐交通车去售楼部交钱拿了房钥匙。这样,房子拿到手,心情上高兴了一阵子,接下来又忙着了装修的事情。由于新买的房子离城远不远近不近的,先在城里找了几家装修公司,算账下来价钱都在六七万之间。有的说是给了优惠,有的嫌路程太远根本就不接招。东不成西不就浪费了几天时光,后来找了平安镇上当地的一家装修作坊担纲此事。双方你来我往地讨价还价后,装修的费用比城里的装修公司少得有一万多元钱。当然,这事情一家人做过商量,一致认为,价钱上便宜了些,质量上就要把好关，装修材料得是市面上流行的牌子货。于是，这夫妻俩不敢散漫，隔三岔五就坐公交车来看装修房子。遇着家里有事，老于一个人也要跑一趟平安镇来瞧看。小于夫妻想着爹娘花了那么多钱买房装修，差不多时候会带着孩子陪着老两口一路同往。年轻人想法是开朗的，城市里住久了，便想周末去郊外游玩。坐在公交车上，看着田野风光，心情是舒畅的。再者，看过了风景，再去看看装修的房子。怎么说呢，是爹娘买的房子，可有自己的住处。这般事，总是有些牵肠挂肚的欢喜。去瞧一瞧房子装修的进度，看看工人师傅的手艺和原材料的质量，心里觉得踏实。

也是，人有事情做时间过得快，不知不觉有了两个月，房子就装修好了。一天，装修作坊的老板给老于夫妇打了电话，要他们来结账。老于听了话，当晚就去了儿子家告知了这事，一家人进行了商量。于是，打了电话回复了作坊老板，把结账的时间约在了周末。那作坊老板小经营，没得资金周转，承包客户工程，差不多采用借骨头熬汤的手段，与老于夫妇洽谈业务当初，使用打白条盖手印的方法，要两人交了两万元钱之后，才买了材料进场烈烈轰轰施工。过得有一月，又打白条盖手印的向老于夫妻要了一万五千元钱，之后有半月时间又用同样的方法要了八千元钱。一天，老于向妻子说起老板的所作所为，觉得老板做事抠眉抠眼。张秀花说与他相谈业务那天就看出来了，说起话来绵扯扯的要去绕个圈子，有时还爱理不理的。老于说是啊，有一次，老板请的两个小工做吊顶骨架，我看到铁钉子铆得稀,要他们钉密点,两个人理都不理我。后来,我去找着老板说了此事,他听后去两个小工面前叽里咕噜说一阵,那两个小工就瞅着我笑,钉子还是钉得个稀。他跑到一边去了,我找着他磋商,你猜他对我讲些啥子,他说随便吊个人都垮不下来。还有一次,看到工人安门缝隙大,去与老板言状,他答话门安好装上门坊条框就看不到缝隙了。待到安门师傅走后,我去瞧,从外面看不到缝隙,可从屋里看门缝还是有间隙。去问他,半天都不作声,冷不丁回我一句话,门没点缝隙开关都不方便。唉,好在是卧室的门,看他脸色不对应的样子,弄得我都不好多话。其实,老于说的都是实际。只是,装修房子遇到这蝇头大的瑕疵算是好的了,可能是老于看不惯装修老板那副佯装不睬人的样子。当然,这也是人与人之间在事情交集上的态度。有点好笑,厌恶别人的当儿,自己是不是这副板相。张秀花听了丈夫的话说了一句,你啊,就是跌倒不痛爬起来痛。是我,立马就要找着他说透彻,该重新做的便要重新做,一点都不打闪板。老于说我当时也是这么想的。可想着房子还在装修,装房子的钱差不多都给了他手上,扯起来筋来不好看,事情过得去就行。张秀花哼唧一声,说有啥好不好的,生意大家做的,都得讲规矩。钱给了他咋的,房子不装好,怕他跑了。他是青蛙,我有手电筒,他是黄鳝,我提着油灯壶,照样抓他。何况,盖了手印的纸条在我们手上捏着,跑得脱,马老壳。房子装得不合我意,定要找他说个一二三。

  这话说过的第二天,夫妻两人放下家里的事情,就坐车到平安镇看房子。张秀花去看大门安装得合缝,几个房间的门也安得周正。整个屋子经过装修,比清水房看起来宽敞多了。再去每个房间仔细瞧过,都还满意,不像丈夫说的那回事,便去问老板房子装修何日竣工。老板晓得妇人躁辣,答话不敢怠慢,嗯声拖气说就是一个星期的事了。自古道,卤水点豆腐,一物降一物。张秀花看着老板,说今天过后,我家有些事耽搁,就不过来了。你装好房子就打电话,到时我们过来。老板嗯呀嗯了几声才说那装房子的尾款呢。张秀花瞄他一下,说这事你不着急,等房子装好自是与你清算。不过,房子要装好,不光是我俩老人过来检查验收,我家孩子也是要来的,可不要有什么纰漏或瑕疵,那时人弄尴尬话都不好说。老板听了话自个嘀咕了一会儿,说你们放心,装下来会是令人满意的。若有什么瑕疵,说出来一定重新做过。当然,这都得按我们定的规矩来。张秀花听了也不再多话,与丈夫又去屋子里四处仔细看过一遍,这才走了。离开时与老板约好了电话联系。

这般,接到老板打来电话,一家人星期天到了平安镇的新家,把屋里铺的瓷砖,粉白的墙壁,吊顶上的装饰,电线插板安装,厨房和卫生间与阳台都仔细地瞧了个遍,总体说来都还约意。小于讲了自己的意思,这房子装修得勉强。儿媳在一旁听着说我也是这等看法,要说装得不好呢,找不出毛病来。要说装得好呢,也就是过得去。张秀花听了儿子儿媳的话,说我与你老爹也是这么说的。不过,自家的东西,大家再仔细地看看,跟着就要结账给钱。如是事后找他,瞧他那绵扯扯样子，恐是麻烦。其实，妇人说得没错。这装修老板拿了钱，会是个百说绕口不答一句的家伙。你说这没做好，他半天冒出一句话，觉得是好了的。若要他修改，他会站在那里长时间发愣充呆就是不动手。任你叱咤风云都不出声气，会找个理由扯皮气走人。要想再找他，踏破鞋子都寻不着。要是路上碰着说此事，他会当不晓得，弄得你是自找烦恼。小于听娘亲的话，明白意思，叫上妻子又去挨着房间瞅。瞅一阵下来，看到几处破绽，都是些毛边豁口的地方没收拾好，当即就指给老板看。老板看后默了好一阵，嘟哝着声音说小伙儿挑剔，随便哪个来装修，这些都是难免的。张秀花听着了，说找哪个来，我也是这么说事。你说挑剔，你笑着跳个舞给我看，再听我说挑剔话是啥言语。再者，我又没拿皱的烂的票子给你。老板听了话不作声，一对眼儿看着妇人转都不转一下，可能是想着装修的尾款还没到手，打电话叫了两个工人来，把那几处破绽打整了一番，过得眼了，大家没话说坐下来算账。

之前，在签合约时谈好承包装修总价五万八千元钱，接下来陆陆续续给了老板有四万三千元，剩下没给的尾款是一万五千元。所以，人心里就跟明镜似的用不着精打细算。妇人拿出盖了手印的纸条和一万五千元钱，要老板重新写一张收到装修款五万八千元的纸条作凭据，并要写上钱款付清。老板晓得妇人不好说话，收了钱又想早点离开，只得依她说的照葫芦画瓢，写了字据给她，接着把以前写的纸条和钱拿到手上，去把钱接二连三地数一阵，觉得无误，这才与两个工人一道走了。这么，看着他一干人走后，一家人放开心情欢喜起来。老于说房子装修得不错，宽宽敞敞亮亮堂堂让人看着都舒气。小夫妻两个听了话乐。儿媳说便宜了许多的钱，又装修得过眼，这在城里是遇不到的事。小于说是啊，这就是地域之间的差价，要不说城里的房子卖得贵呢。老于看着儿子，说你这样讲是个道理。不过，话得说回来，这小镇上的装修与城里的装修比起来也是有区别的，毕竟城里的装修走在前端，这小镇上的装修跟着样儿去的。只是，这在装饰创新上不足，便想他做活路上实在些。到底一分钱一分货，事情是依着钱做主。小于感慨，说居住在乡下，买房与装修下来，花费比城里少了一大截，总算遂了自己心愿。张秀花看着众人乐得笑，说要不是我们把他盯得紧，事情也不会这般功德圆满。也是，众人一阵闲话后，又去房间里徜徉了一番，让心情彻底澎湃过了，才锁上房门坐公交车回城。路上，老于问孙女儿新房子安逸不安逸。小女孩点头说安逸，还说以后到了周末，都要到新房子来住。

进了城，已是黄昏，一家人说起吃晚饭的事情。小于说新房子装修完毕该庆祝一下，提议去呷一顿火锅。张秀花想自己才给了装修款，一家人火锅吃下来少说也要花一二百元钱，有点扯手，便说自家屋里烧得有一碗没有动过的排骨，回去下面条吃。这便，众人去了老屋。张秀花去厨房烧水煮面条，儿子跟了进来问娘亲，这次买房装修下来家里还有多少钱。张秀花看着儿子说你问这做什么，难不成要帮补我几个。小于一笑说娘呐，你是晓得的，我与小汪每月的收入，要养一个娃，向往的事情又多,一个月能存几个,不经意的下个月又用出去了。当然,要说帮补,千儿八百是拿得出来的。张秀花笑笑,说我就晓得你说话磨嘴。造一只耳朵有好大,掏一坨耳屎有多少。你有这个心,我听了都是高兴的。我告诉你,这次买房装修下来,差不多还剩得有万把块钱。小于嘿嘿笑一声,说就只有这些钱了。张秀花说是啊,家里的老底都挖出来完了。小于又嘿嘿笑一声说娘呐,你这话说得好苍凉吔。张秀花笑了,看着儿子说这话有什么苍凉的,买房装修又没借过一分钱。我与你老爹商量过了,这剩下的钱全盘拿出来购置新房子的家具。小于听着话翕着嘴笑了笑,说原来你们都准备好了的,是有计划有步骤地进行着。张秀花说儿啊,我与你老爹这辈人做事情,差不多都是想清楚了,准备好了才着手。说这买房装修,要是钱没攒够,怕惹人讥笑,话都不敢讲出来。这时,老于走了来,说你母子俩说啥呢,这般投入,锅里的水烧开了都不晓得。这样,大家一起忙着兑佐料下面条,三下五除二一碗煮好的面条每人就端在手上,舀上烧排骨,味道喷香吃起来实在。吃面的时候,小于问老爹打算多久搬新房子住。老于说这得看你妈的意思。不过,刚装好的房子总要敞些日子才能住人。小于说是啊,手机短信上经常发这样的消息,新装的房子甲醛气味重,人住进去会引起身体的不适。儿媳在一旁接过话,说自己单位同事小李,参加工作就租房子住。好不容易贷款买了新房子,装修好后,为了节省几个租房子的钱,着急忙慌地就搬进去住。隔了两天,身上就迅雷不及掩耳地起满疙瘩,痒得一张脸通红，幸好去医院及时，住了快半个月的院才出来。也不敢去新房子里住了，接着租房子住了将近半年，才试探性地又去新房子住过几次，觉得没事了，这才全心全意住下来。老于听了话，嘴里还有面汤，忍不住就打起喷喷声来。张秀花问他，你这是发出的什么声音。儿子儿媳听着都笑了起来。小孙女在一旁也跟着乐。当然，这是一家人闲聊。

大约过了有两个月，老于夫妻将就剩下的一万多元钱简单地买了家具与一些生活用品搁置去了新屋。也是，根据手上钱的多少，三间卧室各买了一千多元钱一张的木质带席梦思床垫的新床，两个人住的房间又安装了两千多元钱的挂式空调，客厅里买了四千多元钱一套的皮质沙发，一个七百元钱的茶几和一个一千二百元钱的电视柜，买了一个一百多元钱的电饭煲，整个新家看起来显得空荡荡的。只是，恭维了生活，生活回馈了快乐，夫妻两人心情上欢喜满满。张秀花对丈夫说眼下也就这个样子了，你我每月退休金合拢有六千元钱之多，以后过日子俭省些，存了钱再来陆陆续续添置些新的家具。老于说我也这么想的。不过，老屋里有旧的柜子方桌板凳，可先搬过来用着。张秀花想一下，说我有一句话先讲在前头，好马配好鞍，新屋新样子。搬旧家具用可以，但要选择好的，不要啥子舍不得的都搬来挤起，今后买了新的看不得旧的扔了弄得人心痛。老于兴冲冲地说搬家时你来操作，要怎么都依你的意思。这样，过了有一月，夫妻俩花了六百元钱请了搬家公司派了一辆车和两名员工，遵照张秀花的吩咐搬了老屋的方桌板凳和一个大衣柜,搬了电视机,卷了床单被盖,打捆了穿的衣裳,收拾了锅碗盆盏及日常的生活用品浩浩荡荡向平安镇进发。到桂花小区新家楼下,已是下午四点钟了。老于知趣,拿出红娇牌香烟递给了司机和随车来的员工各一支,自己也抽了一支。过后,大家抽过烟,两名员工就不歇气把车上杂物往屋里搬,司机要不要帮着拿些东西进屋,夫妻两人一个在楼下帮忙,一个在屋里整理。大概有一个小时,车上东西搬完,司机载着两名员工走了,老于夫妇在新家住下来。

六

到了新地界,感觉上好奇。第二天打早,夫妻俩煮面条吃过,就乘电梯下楼去平安镇。出小区大门,两个值夜的保安站在门口张望着同事来换班,见着两人过来就笑微微打招呼,说了声出去转耍。老于应了一声,拿出昨天没抽完的红娇牌香烟一人散了一支,自己也抽燃一支,说这是去场上买点菜,顺便看看周围环境。之后,大家互相问了姓氏,一个保安喷了一口烟,说今天镇上不赶场。记住嘛,这里逢场日子数单号。另一个保安说镇上有个菜市场,平日里有卖菜的。老于说声谢谢,与妻子走了。过了几步,张秀花看着丈夫小声说你今天大方哦,人都不认识就散烟抽。老于嘿嘿一笑,说他俩是保安,以后进出大门有个什么事方便。如是其他人,我才懒得散他烟呢。张秀花看了丈夫一眼,也不说话。两人到了镇上,因为不逢场,除了几家卖吃食的铺子开门迎客,其他的铺子都还关着门。街上行人不多,听得见人家呼唤的声音和锅儿碗瓢碰出的声响。这已是腊月间,黎明时分,黑夜与白昼交替,原野中的小镇,露雾迷茫,空气冷冽清新,沁人心脾。老于长长吸了一口气慢慢呼出来,去看着妻子问怎么样,这里的感觉就是令人舒服。张秀花说守到这么宽的田野,又都栽着树子,不舒服才怪。老于说在这里买房子,你我的选择没错。张秀花说就是离城里远了些。老于说这要看说哪里,温江一座城,现在交通方便,坐趟车就到了。张秀花说我的意思城里是哪儿,你不清楚嗦,给我绕口令。老于嘿嘿一笑,说怎么不知道,开个玩笑嘛。张秀花呲了丈夫一声,说现当当的事情摆在那,开玩笑意思也要表达清楚。老于便没再说话。

  两个人到了菜市场大门,见着门里两边搭了大棚,间隔了售货框架。大棚过去是一条通道,再过去是偌大一处的坝子。仔细看,整个菜市场是围了墙的,并且靠墙都修了简易的平房,顺大门两边的平房是出租了的商铺,只有向着大门的坝子当头那儿墙边修了一排单间住房。此时,有几间住房亮着灯光,听得见做早饭的声响。可能是早了些,摊位上不见菜贩,夫妻二人便去四处溜达。在菜市场旁有一条小河,河堤两岸砌了砖栏杆,旁边的空地间隔距离栽了花树。确实,行步于旁,望着天上曙光,闻着花香,听着流水淙淙之声,两口子情绪里有一股从脚板心涌上来的欢喜。一切是那样的新鲜,令人陶醉。张秀花喃喃地说这地儿真美。小镇古朴,田野广袤,我们就要在这里生活。啊,老于,我记得你说过的一句话,待我们老了,就去乡下过日子,这不就是眼前的现实。老于听着老婆一连串的抒情话语,禁不住也有些激动,听了话说是啊,我们现在不是还有一畦地吗,等着开垦出来,想栽什么菜就栽什么菜,到那时,我挑水来你浇园。张秀花跟着也有些激动起来,声音嘻嘻地说我真的没想到。以前你我下乡当知青,到了农村便想回城里,心里忧愁得紧,巴不得很快就调回城里工作。现在老了,却想在农村里生活。你说说看,这心情上的变化是怎么来的呢?老于摇了摇头,说你问我,我问谁去,欢喜自然,心里想着就来了呗。张秀花叹息了一声,说每次都是这样,与你说话在要紧的时候总是让人感到失落,你就不能把话讲得惬意一些。不过,两人说着话,心里是高兴的。

这时,天色亮开了,两人去菜市场,见围墙侧边开了门,进去一看,是市场里大棚旁边的那条通道,一旁的蔬菜摊位上有个圆头圆脑的小伙儿卖菜,看着两人笑嘻嘻地招呼,买菜啊。两人停住脚步,看他摆开的菜蔬品种有些多,菜色水灵灵的瞧着舒服,老于问他,蒜苗多少钱一斤?老于前些天在城里买过蒜苗烩豆腐,晓得蒜苗的价钱。小伙儿答,五元钱一斤。老于听了没吱声,心里已经有谱,价钱比城里便宜了一至两元钱。小伙儿没看出老于有买菜的意思,搭讪起来,老辈子,这是香蒜苗,土生土长的本地货。老于说我晓得是香蒜苗。这样,你给我称二两,卖不卖?小伙说怎么不卖,大小是个买主。说过,去抓了把蒜苗过秤,收了老于一元钱。张秀花在一旁看着问小伙子,这萝卜卖多少钱一斤?小伙儿忙答应,一元五角钱一斤。张秀花问价钱有没有少。小伙儿叫声阿姨,说没得少了。都要过年了,好多菜都涨了价,我还按原价卖,也就是图个长摊位老买主。这萝卜是霜打过的,吃起来化渣有甜味,保证你吃过了还要来买我的。张秀花听他话说得好,去选了三个萝卜过秤,有两斤半,给了三元七角钱。小伙儿收了钱,问妇人还买些别的菜不?我这白菜也是好吃的。老于一旁听着问他,你的白菜卖多少钱一斤?小伙儿说还是卖一元五角钱一斤。老于去选了一颗白菜,称下来有三斤六两重,小伙儿收了五元三角钱。这下,两个人拎着菜要走,小伙儿看着老于问了一句话,老辈子,你们是成都来的?老于一笑,看着他问你怎么知道的。小伙说听口音晓得的,你们住在桂花小区?老于说这个你也知道。小伙笑笑说那里的住户都来我这买过菜。张秀花听着一笑,说你还会拉客户。小伙说寒场天,就我这独一摊卖菜。老于笑笑,说你的意思,寒场天你是独家经营。小伙说不是的,等一阵会有些农户来卖菜的。老于看着小伙子说你人不错,讲话做事实在。说过,也不再多话,与妻子拎着菜走了。看见对面大棚里是猪肉摊位,有一个中年人与一个年轻人各自站在摊位前卖猪肉。老于对妻子说我们买了蒜苗,割点猪肉回去炒回锅肉吃。张秀花说好啊,煮肉的汤正好拿来煮萝卜。说着话,就走近中年人的摊位前,老于便朝着汉子问一声你的肉卖多少钱一斤?中年人看了老于一眼说我的肉不卖,是卖猪的肉。老于哦了一声,连忙说自己一时间口误了,不是故意的。张秀花在一旁拉了丈夫一下,自个儿去了年轻人的猪肉摊。老于看见,跟着过去了。妇人问了猪肉的价钱,年轻人答了她,猪腿肉十三元一斤,五花肉十元钱一斤,前胛肉十二元一斤,排骨十四元一斤。两个人商量了一下,要买一斤半猪腿肉,结果称下来有一斤八两。没得话说,给了钱拎着了装肉的塑料袋走人。

出了菜市场,夫妻俩朝着住家的小区方向往回走。张秀花一路上都不作声,也不看丈夫一眼。老于问妻子,你刚才拉我一下,怎么就走了。张秀花说他应个话都瞪眉瞪眼的,你给他磨蹭个啥。老于一笑,说我就猜着你是这么想的。其实,这种人就是嘴上说话不落下风。张秀花看了丈夫一眼说老于,不是我说你,在你心里啥子事都明亮得很,就是要做出一副绵扯扯的样子。自古道,话不投机半句多,他都在杵你啰,你还在装闷,还对他说不是故意的,显得你懂礼数有教养。嗨,人大面大的,我都晓得你不是故意的。他说他的,不惹是非,转过身走开不就了了。老于听着妻子数落,也不吱声就当教诲。夫妻间生活了几十年,谁不知道谁的想法与个性。晓得老婆是吃一点亏就要崩话的人,说过也就没事。这样,夫妻俩顺着镇上的路走了一阵,到了一个丁字路口,看见一家卖挂面的铺子,花了八元钱买了一把三斤重的挂面,顺着路走了一会儿到了镇边上的公路。

这条公路是从温江来去都江堰的通途干道,桂花小区就在夫妻俩走过来的路口大街斜对面。也是,初来乍到的人生地不熟，转了一个早晨，老于看手表出来走得有两个钟头。这般，两个人径直进了小区大门，看见门上的保安换了人，还对着两人招呼，问他们住几栋几单元。老于答了话，又把香烟拿出来给两个保安一人递了一支，自己抽上一支，又还是互相问过了姓名。这次，张秀花在一旁看着没得话说。她觉得丈夫的想法对头，请保安抽一支烟，以后进出方便。由于几个人刚认识，也没啥多的话。过一会儿，夫妻俩拎着买的东西回了屋。进了门，两人把东西放在茶几上，趁身赶快地坐在沙发上歇气。过了一会儿，张秀花缓过劲来，看着丈夫叫声老于，你觉得不，这里有点冷清，在大门站了那么一阵，就没看见院子里有人走过。老于说自己也看到了，小区的楼房装修过的不多。张秀花问丈夫累不累，想去院子里转转。老于说上下都乘电梯，方便得很，我也想去四处看看。

这么，两人下了楼来，在小区里转了一圈，看见十栋底楼当头站着一对老夫妻。大家打过招呼，互通了姓氏，知道了老头子姓洪，夫妻俩都是七十多岁的人了，来这里居住已有了三个多月。老于夫妻问了些小区里的情况，洪大爷的老伴不怎么说话，老人家就将自己晓得的一些事都说了出来。小区里目前有三十几家人居住，四栋那里居住的多些，挨边有十户人家。张秀花说小区的绿化这么好，怎么住户这样少。洪大爷说你不知道啊，听说买房子的人来自五湖四海，有甘肃的、新疆的、北京的，还有哪些地方的说来都记不住，有的是网上购房。不过，这些天又有几户来装修房子。老于说有三十多户人家居住，怎么就看不到人呢。洪大爷说四栋住了几户当地人，一个老板买了他们老屋要开度假村，便买了这里的房子搬迁过来，老屋那里还有田栽着花树，平时就过去伺弄，那是生活来源，不敢耽搁。还有些温江与成都来买房的，城里住几天，到这里来住两天，说是来吸氧的。老于问洪大爷，老人家敢情也是成都来这买房的。洪大爷说是啊，我夫妻年纪大了，哪都去不了，就住这儿，这儿空气好，大千世界，自由自在。老于听着话朗声一笑，说洪大爷的话明事理，要明白的人没几个。洪大爷听了嘿嘿一笑，两个人亲近了些。张秀花在一旁见两人意思投契，想着以后好相处，朝着洪老尊敬地叫声洪大爷，这里人烟稀少，平常你们又怎么打发时间呢。洪大爷看着两人对自己虔诚兮兮的，心里落得受用，自便肯讲真话，说自己与老伴平时看看电视，要不就去四周的田野走一走，风景很美的。这镇上隔天赶一次场，便去场上买菜。还有，开发商在那边空了一块地，本来是要修楼房的，不知什么原因不修了，我儿子买房时要了一畦地，这便有事做，时间就过得快了。老于告诉洪大爷，自家买房时也是要了一畦地的。你们先来，种了些啥，我们也好跟着种些。洪大爷笑笑，说我与老伴在地里种了萝卜和白菜秧。说话到这，他告诉老于夫妻，每天，这小区里都有几户人家去地里忙活，大家说些话儿，时候不知不觉就过去了。老于说我们刚来，想种地可是莫得工具。老人家，这场上有卖锄头铲子的吗。洪大爷说怎么没得，明天逢场，菜市场里就有卖的。老于听了话点头，张秀花说要去地里看看，两个人就向洪大爷夫妻作别,出了小区去。

走了出来,张秀花改变了主意,向丈夫说我们没得工具,去地里看了也没用。现在时间九点过钟,还不如去四处转转。老于没话说,两人右拐弯走去。走了一阵,看见路牌上标示着陈家桅杆的方向,两人便拐右边顺着铺了沥青路面的小路走。虽说是小路,也是修得宽阔。两边田里栽着花树,簇簇拥拥,青枝绿叶,煞是好看,空气里弥漫着乡村泥土的气味和花树散发出来的温馨,使得夫妻二人看着四周不丢眼。张秀花看一眼丈夫,说老于,你看这里安逸不安逸,呼吸的空气都是纯的,看着这望不到边的花呀树的,心情都舒畅。老于笑笑说是啊,在这里过日子,对身体都有好处。这般,两个人说着话,到了陈家桅杆。望眼一看,这是一处老院房子,经过了修缮,大门黑漆,屋檐翘瓦,有些气派。夫妻俩过了小河沟石桥,看到去的左手旁边四五亩田大的池塘,水面上漂着浮萍。池塘边有两排高树,一条小溪从两排树中间流过,在朝大门去处修了拱桥。下拱桥就见路旁两边各立着一根大树干粗的石柱桅杆,上端雕有石斗。过了桅杆便是铺了石砖的大坝子,齐着了老院房子的围墙。在去的右手边的围墙角边有一间木屋,挂着售票处的牌子。老于夫妻都是六十岁的人了,身上揣着老年证,在城里进公园都不出钱买门票,就便径直去了大门处。只是,守门的保安要看他们的老年证,才能放其进入。老于这时想起,夫妻二人临时起兴出来转悠,老年证放在家里,向着妻子一笑,只好作罢。这样,两个人踅身回到小路上。张秀花还不想回家，夫妻俩又沿着小路前行，走一路看一路，听着小路边小溪流水声，看着田野里变化着的景色，内心里的新鲜感一阵又是一阵，一直走到小路尽头，看到偌大的一片桂花树林，旁边有二三户人家，过去一问，才知树林尽头有一家取名乌龙岛的农家乐。老于这时看手表对妻子说时间已是十一点二十分过了，我们该回家去了。张秀花听了话，说难怪不得哦，肚子都觉得有点饿。老于笑笑，说回家去还要走快些。说过话，两人顺来路往回走。

也是，这一路急忙忙往回赶，走拢屋已快中午一点钟。两人回到了家里，张秀花坐在沙发上就不想动了，老于去厨房烧水准备下面条吃。哪知，等他打开天然气灶，就看到火苗子一悠一悠的过会儿熄了。老于想天然气灶是新买安装好的，早上煮面条吃还是火焰熊熊燃烧，怎么这会儿就扯拐。搞不懂状况，肚子又饿得慌，幸好搬家把电磁炉带上了的，赶紧拿出来插上电源，把掺了水的锅儿坐上，接着去兑好佐料，才出厨房来向妻子说天然气灶的事情。张秀花听了话，说既然天然气灶能出火苗子，无论是大是小，就没得问题。等吃过了饭，去物管公司问一下，如是天然气灶扯拐，我们有保修单，要是供气的管道有问题，就要他们找人来修。老于听了点头，想到电磁炉上烧着水，便进了厨房去。待了会儿，端了两碗面出来放桌上。张秀花刚要起身，不想脚下软劲，一屁股又坐了下去。她笑一下，说这一趟走远啰，脚都有些酸胀。好在当知青下过乡，锻炼过，要不然人不晓得咋个难受。说过话，双手去撑着沙发站起来，脚步一拖一拖地到了桌边凳上坐下。老于本想把面端给她的，见她过来，也就放弃了想法，看着她说你累了，下午就不出去转了。张秀花说还敢去转啥，看不把人身子弄散架。老于一笑，说你这话闹得凶，事情没那么严重吧。张秀花白了丈夫一眼，说闹得凶，你来试一试看看。老于不再多话。两个人饿了，大夹大夹捞面条往嘴里凑，佐料兑得好吃，汤水都喝了干净。老于把碗拿到厨房去洗了，出来一看，老婆已坐在沙发上看电视。其实，老于也走累了，便去沙发上坐下来，看电视演的是一群宫妃斗心机子的连续剧。往常，老于是爱看的，还要去和老婆唠叨，探讨这些人之间的心思，猜一猜是否凑合了自己的念头。猜着了乐得笑声出来扬扬得意，没猜着落下唉声叹气惆怅满怀。大概是今天走路走得久了人累，老于坐上沙发觉得疲惫，过一会儿，嘴里就发出了呼噜声。张秀花在一旁看着电视剧，先还稳得起，后来听着呼噜声就觉得瞌睡虫在面前绕似的，就一会儿人也迷迷糊糊睡着了。恰巧，电视屏幕上演着了丫鬟与主儿的对话。丫鬟说，娘娘，那窥视我们的老妇已睡着了过去。娘娘说，是么，她睡着了。丫鬟说，那厮还打起了轻微的呼噜声。

也是，夫妻俩这一觉睡了两个多钟头才醒了过来。老于先醒，见妻子还睡着，怕惊醒了她，便靠着沙发不动。去看电视，屏幕里已换了枪战片，打起来子弹飞发出嗖嗖声响。不想，这时候张秀花睁开了眼睛，先瞄了下电视，接着问丈夫几点钟了。老于看手表说已是四点半了。张秀花说看着电视听到你扯鼾声，人便不知不觉睡着了。嗨，这一觉睡得安逸。老于问老婆睡了起来脚还酸胀不。张秀花站起来走了几步，说不酸胀了，就是有点糯肌肌的。恐怕是今天不能下楼了。老于说下不了楼就不下楼，我的脚后跟也有点痛呐。好久没这样走过了，有些反应很正常。这般，两个人坐在沙发上看电视，差不多五点钟，老于起身要去厨房做晚饭，哪想到站起来就是一个趔趄。幸好是在沙发跟前，就坐了下去。张秀花看着急忙喊声老于，怎么回事，反应比我还大。老于说刚才脚下一软，没注意到就踏空了，没事的。张秀花说算啰，你休息一下，这晚饭我去做。说过，起身，脚下一拐一拐去了厨房。老于坐了会儿，觉得缓过劲来，便去厨房帮着做事，看到电饭煲里煮着饭，天然气灶上煮着肉咕噜咕噜汤开，老婆切萝卜，正忙得个不亦乐乎，去对着妻子说，刚才煮面时天然气弱熄熄的，怎么这时烧得火猛。张秀花说你问我，我去问哪个。老于想自己问的话没找对方向，哑然一笑，就去拿了蒜苗来择。这当儿，妇人已把煮得半熟的猪肉捞在菜板上，又把切片的萝卜放进锅里，看着厨房窄，两个人同在一处做事有点挤，对着丈夫说你炒的回锅肉好吃，剩下的就你来做。说过，去坐在了沙发上看电视。说来也是奇怪，人是磨肇的主。先前两个人都说身上这疼那痛的，做了事情，反而好好的了。老于把蒜苗淘洗干净切了节，又把猪肉切了片，闻着肉汤里煮的萝卜发出熟了的味道，去打了一个蘸碟，这才去熄了火。在另一边炉灶上支了铁锅，开火烧烫后放点清油烧辣，放切好的肉片，炒转后把火关小,待着肉片起灯盏窝时放了几颗豆豉,接着放了适量的郫县豆瓣酱小火炒红,接着放适量的酱油白糖味精大火炒匀,再放蒜苗翻炒二铲子起锅,颜色好看,香气四溢,端上桌就引人食欲。张秀花见丈夫端了回锅肉上桌,便去关了电视,厨房拿碗筷。老于这时把焖着汤的萝卜揭开锅盖舀一大碗,连同蘸碟一道端出来。张秀花准备去舀饭,老于看着说要喝点酒。张秀花说你要喝酒,咋不酥点花生米。老于说不是买得有蒜香花生么,剥了壳壳吃米米,喝酒味道长。张秀花听了不去舀饭,两人去桌子边坐下来。老于把自己泡的枸杞酒倒了一杯,有三两的样子,喝了一口,去剥花生吃。张秀花夹了一片回锅肉吃,吃过了叫老于,还是你炒的回锅肉好吃。现在饭馆的厨师把肉炒得干巴,吃起来挺牙。妇人也是要喝酒的,喝得不多,一般在外面不喝,怕喝酒上脸不好看。在家里,除了节气,平时也是不喝的。今天走累了,吃过菜端杯儿喝了一口,这一口酒比丈夫喝得多些,杯子里看得出酒少了一截。这么,两个人喝酒吃菜说闲话,倒是自在。老于喝簑衣酒,吃点菜喝一口,说过话喝一口,杯里酒慢慢见少。妇人吃菜说话,觉得今儿的酒好喝,端起杯子又呷了一口,接着剥了几颗花生吃,拿筷子去夹了一片萝卜在蘸碟里一滚,吃进肚里说这萝卜稀溜耙,好吃。真像卖萝卜那人说的,霜打过的,吃起来回甜化渣。老于一笑,不慌不忙喝了一口酒,说这煮萝卜也有个紧要处,好了的时候大火一催熄火,不要去揭锅盖,就像焖饭一样,等其在锅里酣透,那口感就是你说的化渣。说过,他去夹了一片肉吃。

张秀花这时喝得脸上红霞飞，笑一下说你就吹吧。我记得你有时煮萝卜硬戳戳的。老于说那是放了好久的萝卜，你要喊煮汤吃，当然是那般化的滋味。说过，他去端杯喝酒，见酒显了杯底，便又斟酒，问妇人还喝些不。张秀花摇摇头说不喝了，再喝就要醉了，你好捉弄糊涂人。老于嘻嘻一笑，也不说话，自个儿端杯喝酒。张秀花便去舀饭吃，等着丈夫把杯中酒喝了吃完饭，她起身收拾碗筷去厨房洗了。两人去沙发上坐了一会儿，想着看了一下午的电视，便想下楼走一走。

这般，夫妻俩乘电梯下楼。院子里很静，路灯亮着。两个人顺着道路转了几圈，就没遇着个人。看见小区大门冷清清的，两个保安在值班室里一个玩手机游戏一个翻短信，瞧得仔细还乐嘻嘻地笑。再去看楼房，十栋有五户人家亮着灯，自己住家的九栋有四户人家灯亮，五六栋的状况差不多，四栋人家亮的灯光数一下大致有九户，三栋整楼都是黑黢黢的，二栋有六户灯光，一栋有五户照亮。当然，这是两人在院子里看到的情景。每栋楼都有朝围墙外的住家户型，那里有多少灯亮着不得而知。张秀花问丈夫几点钟了，老于去路灯下看手表，告诉老婆晚上八点过一刻。张秀花听了说人都遇不到一个，天气又冷，还是回家看电视好。说过，两个人回了屋。大概是刚到这里还在适应环境，这个晚上，夫妻俩半天都没睡着觉，就听着夜静悄悄的，风儿摇动树枝发出的婆婆声。

七

第二天赶场，夫妻俩吃过早饭去菜市场，走过镇上的长寿街，看见路两边摆着摊位，卖吃的，卖穿的，卖用的，接二连三，从街这头到街那头，一条街熙熙攘攘人声鼎沸。附近的村民来赶场，路上人流来来往往川流不息，买卖声，说笑声，邻里遇着招呼声此起彼伏，很是热闹。挨着了过年，热闹里透着喜气。张秀花身受其景，看着丈夫叫声老于，这里过年的景象与城里不同，人之间的交往就这么原生态，每个人看着都笑得真诚。老于哦了一声说是啊，装修房子跑来忙去的，还没顾得着过年的事。算算日子，今天都是腊月二十二了，家里一点准备都没得。张秀花说没准备有啥碍事的，现在超市里腊肉香肠摆起地卖，到时候买一坨腊肉，买两三根香肠煮起，倒也方便。嘿，刚才我见一个人提着一只大红公鸡过去，该问他一声在哪买的。不想，她的话刚完，旁边走着的一位中年妇女接过话说菜市里就有卖的，都是自家喂的土鸡。张秀花问这土公鸡一般卖多少钱一斤？中年妇女说差不多二十元钱一斤。不过，买卖大家做，说得下来也有一斤少一二元钱。说过话，中年妇女遇着一个熟人，便打招呼去了。张秀花道一声谢谢，转过来对丈夫小声说老于，城里难得吃到土公鸡肉，我家买一只过年。到时候，把鸡煮好宰小块，撒点盐，给点鸡汤，放熟油辣子花椒面，勾点白糖放些酱油，再放点味精和葱节，操转泼些红油，一坨坨鸡肉吃在嘴里爽口，想起来都味道长。老于一笑，说看你把话说得有声有色，就像那凉拌鸡在面前一样。张秀花说这又不是没有吃过。嘿，我问你，今年的年在哪里过，是在这里过，还是在城里过。老于说这要看你的意思。当然，也要问问儿子他们。张秀花说我倒是想在这儿过。如果他们不愿意也就随他们的便，回城里去。怎么说呢，在哪里都是过年。老于说我的意思，要是在这里过，我们好早做打算。张秀花说我是这么想的，具体的得听儿子他们的意思。这样，你打电话去问下，我们也好操作。老于听了话，拿出手机拨了儿子电话，听着一片忙音，跟着嘟的一声脆响，手机断了线。

张秀花在丈夫打电话时，就竖起耳朵一旁听着。两个人不停脚步随着人群走，到了菜市门口，没打通电话，老于把手机揣进衣兜，跟着老婆进了菜市，一边走一边看，有了见识。菜市里人头攒动，买卖声嗓，气象景观都是快乐的。进大门左边四排卖猪肉的摊位，昨天只有两家做生意，今天就人儿齐员。买猪肉的人也很多，许多是乡里乡亲的买卖，还有亲戚舅子老表的，吆喝着听到招呼声买卖声嘈杂。夫妻俩喜欢这般闹热，就说过去转一转，看有什么买的。哪知，两人刚踏脚第一排猪肉摊位当头处，就听人喊张婶，你来买猪肉。张秀花姓张，话声音又是冲着自己背后来的。只是，这说话声是当地口音。妇人想，自己初来乍到，本地人还一个不识，怎么会有人招呼。她不作声，回头一看，果然，见一个年轻女子向着自己身旁一个中年妇女睇着笑。中年妇女看着年轻女子，叫了一声秀花，你也来买猪肉。张秀花听着中年妇女叫年轻女子秀花，心里就咯噔了一下，去看丈夫。老于向她直是努嘴，意思她莫要吱声。年轻女子对中年妇女说我妈想吃肉圆子，过来割点猪肉回去做给她吃。说着话，去到中年妇女身旁。中年妇女已看好了一块五花肉，割下来上秤有十七斤三两重。卖肉的说收一百八十元，省掉了三角钱的零头。中年妇女拿出两张一百元的钞票递了过去，请师傅把猪肉分割成二斤多重一块的刀头。这时，年轻女子问中年妇女，张婶，割这么多猪肉，家里请客么。中年妇女说没事请啥客哦，我是买回去做腊肉。年轻女子说都啥时候了，还做腊肉。中年妇女说有什么做不得，之前做了二十来斤腊肉都吃得差不多了，现在做些过年后吃。两人说话到这，卖肉师傅已把猪肉打整出来装塑料袋递过来，中年妇女拎着，等着找了她二十元钱后向年轻女子说秀花，到我家去耍。年轻女子说今天不得行，我老娘在家等着呐。这样，两人互相说了拜拜，中年妇女提着猪肉走了。就在她两个说话分别的当儿，张秀花看起了摊位上摆着一根猪蹄，对丈夫说买根猪蹄，隔会儿去买两根莴笋回家红烧着来吃。老于说好啊，猪蹄烧莴笋油气汤香。便去问卖肉师傅猪蹄多少钱一斤。师傅说十三元一斤。老于吱了一声，吓，这猪蹄骨头多，怎么卖这般贵。师傅说不贵，现在吃猪蹄的人多，好卖得很。老于问价钱上有没得少？师傅看了老于一下，说我看你不是本地人。老于说我们刚搬到这里来住。师傅想了一下说这样吧，我就一斤优惠五角钱，以后你们多来照顾我的生意。张秀花一笑，说你这么实惠，今后我们肯定来光顾你的买卖。说过话，拿起那根猪蹄递给师傅过秤，有一斤二两多，收钱十五元。师傅依妇人的话把猪蹄砍成小块，装塑料袋递出来，老于接着，师傅向两人说了声慢走。夫妻俩想着以后好买卖，客气地冲他一笑后走人，顺着猪肉摊位转一圈。中途，张秀花对丈夫说老于，这里的人抛派哦，腊肉做来吃了又做，拿钱出手一点不打闪板。不像你我，买根猪蹄都要想半天。老于一笑，说莫去想这些。我来看房子装修，坐这公交车上就听说过，这里的人种花、种树卖钱，家境都肥得很。张秀花听了说海水不可斗量，人不可貌相。你看刚才那妇人，衣服穿得简单，人样子一般，哪里起眼，可花起钱来，就那么自在出得了手。老于摇摇头，说人不能去比较。她自在，我们从城里搬到这来住，不也是图自在么。说不定，在她眼里，还瞧着我们说自在呐。张秀花笑一下，说你就是这点强项，自得其乐。有一口水喝，一天都不觉得嘴渴。老于说是啊，都是六十的人了，也该是有些明白事理。锅盔上千年，也都是面做的。是什么木头成什么料，很多事可以去想，成不成也是一点心思，寻着乐趣欢喜，寻着烦恼自找。不过，无论怎样，都是过日子罢了。

这么，两个人说着话顺着猪肉摊位看了一圈，出来见旁边是卖衣服的摊位，又蜓身进去瞧看。只见得衣服挂了一排排，大人小娃的都有，只是布料样式都是当地货色。张秀花去问了价钱，倒是便宜。去试了一件，人胖了，穿起不受看，只好走了。在服装摊位旁边是卖农具的摊位，老于看见有锄头卖，便要去买。张秀花挡住他，说这阵就买来扛在肩上不累人嗦。老于听老婆的话说得有理，也就作罢。于是，两人去了对面大棚卖菜的摊位，在胖小伙那买了两根莴笋。这胖小伙的摊位在当头处占了口岸，里面的摊位没人租空出来。是般，他又勤快，赶场天卖菜，寒场天也卖菜，嘴巴又会招呼人，树了印象，买他菜的人也多。在他摊位旁边有一块空地，几个农人站在那里卖自家喂的土鸡，老于去问价钱，如在路上听到的那个妇人说的价钱二十元一斤。卖鸡的农人看着他，说老哥，眼看就要过年，买鸡的人多了，一天是一个价。今天不买，隔场来买，价钱上又会多一二元钱。老于摇摇头，说我倒是想买，可离过年还有几天，买回去没地方喂。他话说这停了一下又去问农人，过年时，鸡最贵的价钱卖多少钱一斤。那农人笑笑，说我晓得的，会卖到二十六七元钱一斤，那时，你还得搞快些。张秀花一旁听着，说都卖到这个价钱了，搞快些有啥用。那农人说腊月二十三就是小年，有的人家陆陆续续吃年饭了。等到了三十，都忙着吃年夜饭，就是逢场，来赶场的人也不多，都是上午卖半天，不抓紧的，这乡村地界，有的东西想买都会买不到手上。老于哦了一声，说你这么一讲，我晓得了，谢谢啊。说过，夫妻俩就离开了。

在这卖鸡的旁边有一处空地，散乱地停放着一些摩托车和自行车，过去是两排卖腌卤的摊位，靠着进大门的右边。两人顺着摊位朝里走，有卖腊肉香肠的，有卖卤鸡卤鸭的，有卖凉拌菜的。到了里边摊位尽头，便是市场围墙边搭建的一排简易房子，一间间屋子卷帘门卷起，有卖活鸡活鸭，还带点杀，旁边是卖活鱼的摊位，帮着打整鱼身砍块切片。两个人沿着看了一遭，又趑身从那几个站着卖鸡的农人身边走到市场另一道大门过道，看着了里面的坝子。这坝子比大棚这边大些，地上画了线，分了摆摊的区域和过道。进大门去的左边由农家户卖花草树木，右边任农户家卖自家种的蔬菜。有市场管理，派员扯发票收摊位费，连及镇上赶场天临时摆摊的，都属管辖。睹物酌价，收钱不多，合情合理。老于平时爱栽些小花小草的，自然与妻子先去卖花草树木区转悠了一圈。之后，才去了卖菜的地界花二元八角钱买了一颗白菜，接着去了卖农具的摊位，花十元钱买了一把锄头，又花七元钱买了根锄把。待到卖货郎把锄把契合上锄头，老于扛着要走，张秀花想着街上人多，提醒他说你扛着走，看撞着人。老于听话觉得在理，把手里拎着的菜递给妇人，自己握着了锄头把子走路当杵拐棍。两人不去场上转了，顺着大路回家。

　　进了屋，老于想妻子在家做饭，自己去挖地。张秀花不愿意，说丈夫炒的菜好吃，要两个人下午一同去地里开垦。老于听着没得话说，去把砍成块的猪蹄煮水氽过洗净后，锅里放油烧辣，下猪蹄中火翻炒，老姜洗过拍破，大葱择洗过挽成把先后下锅炒转，放料酒加水大火烧开后旋小火慢烧。在他炒菜时，张秀花也不空着，淘米去电饭煲煮饭，接着，去把两根莴笋削了皮，老于接过手去水龙头下洗过切滚刀，脱手后去揭锅盖用筷子在锅里焯了一下，见猪蹄肉紧缩，勾点盐下锅又用筷子焯转罩上锅盖，转身去老旧的菜篮子里抓了一把独独蒜出厨房，准备去饭桌边坐下来剥蒜皮，一眼见到老婆坐在沙发上看电视，便也去沙发上坐下来，一边剥蒜皮一边看电视里放着的谍战片。老于喜欢看谍战片，觉得故事里你来我往用尽心机地明争暗斗产生出的悬念一个接一个刺激人，有时还会让人出现紧张感，产生悬念，心里有时也明白其中套路，但是又想看，真的是欲罢不能。

这么，看完了一集电视剧打广告时，老于才拿着剥了皮的蒜颗子去厨房，揭锅盖看猪蹄烧得耙了，把蒜子与莴笋倒了下去，用筷子蘸汤汁尝盐味合适，罩上锅盖改用大火烧，听到锅里咕嘟咕嘟开，又改成了小火。他默到电视里剧情，正准备要出去看，却见妻子关了电视过来，便问她怎么不看了？张秀花说都中午了，现在换了别的电视剧。你想看，只有明天上午接着看。老于听了话转身去准备碗汁，放了少许鸡精勾芡，搅匀下锅翻转，待了一会儿，用筷子戳一下莴笋说声好了，便把葱姜捞起来不要，接着撒了些胡椒粉下锅，香气冒出来，又勾些芡汁下锅，开大火烧了一会儿熄火。接下来，他去洗了两人吃饭的碗筷和一个装烧菜的大碗与一个装泡菜的小盘子，之后去泡菜坛里捞出一根泡萝卜，用刀切成胡豆般大小的碎块，萝卜红通通水灵灵的好看。张秀花过来后就一直站在厨房门口作壁上观，见丈夫洗好碗筷，她就拿出去摆在桌上，又在桌上放木板锅垫，去把煮好的饭端上桌，看丈夫在切泡菜，她又去把烧菜舀了满满一大碗放桌上，问一声丈夫喝酒否？老于在厨房里说有菜,当然要喝一口,下午挖地才有力气。张秀花听了去拿了泡酒与杯子放丈夫座位面前,才拿起自己面前的碗舀饭,之后坐下来,就等丈夫端出泡菜来后开干。老于把泡菜装盘后放了果酱,端了出来。这泡菜有许多吃法,有从泡菜坛里捞出来就髡头板脑吃的,有切细了炒来吃的,有切碎了拌熟油辣子吃的。老于与张秀花耍朋友时,一回,两人去了春熙路上的东方红西餐厅,吃了一份炸鸡,吃饭的时候要了一盘泡菜。服务员端上来,红皮子萝卜泡得红通通的切了小块勾了果酱。老于觉得好奇,心想泡菜在成都家家都有,这种吃法自己还是第一次遇见,去看女朋友张秀花,已经搭筷吃了,看样子还喜欢,忍不住去吃了一块。果然,咸酸味的泡萝卜渍了果酱,激发了萝卜的水汁,吃在嘴里分明的脆爽,有了甜兮兮的果酱香味。也就是这一回,以后两个人再也没去过西餐厅。不过,张秀花心里喜欢上了这种味道。老于是个会过日子的人,每月领了工资由妻子掌管,但在买菜做饭的事情上是自己操持,所以肯在做菜上下功夫。买一坨猪肉回来,他都要用心去想怎么炒才好吃。晓得妻子喜欢吃甜兮兮的果酱香味泡菜,要不要做上一回。是般,老于喝酒,张秀花喝了一口酒吃饭。这猪蹄烧莴笋,没放豆瓣酱油,纯属白烧。吃一坨猪蹄到嘴里,蹄筋都是耙了的,口感软糯,滋润咸香。莴笋烧得软硬合适,齿间留有莴笋的清淡味道。这顿饭,两人吃了些时候。

有言道,饱懒饿新鲜。两个人吃过饭,人都觉得想歇一歇。张秀花去床上眠觉,老于在沙发上躺下来。差不多下午三点钟，两人睡醒起来，老于扛着锄头，张秀花甩手甩脚跟着一道去了自家那一畦地里。想着有地种菜，人便有些意气风发。老于不说话，鼓劲抡起锄头就朝地上一挖，没想喳的一声挖着了土下一块鹅卵石，一下把手都震麻了，甩了锄头说吧，卖灰面遇着当头风，我挖地就遇到鹅卵石。张秀花去捡起锄头，说这泥土还是泡的，你省着点劲嘛。说着举起锄头连挖几锄。两个人都下乡当过知青，基本农活自是做得来。老于缓过气对妻子说刚才莽撞，不知深浅，才中了地里埋伏。还是我来吧，你歇一会儿。张秀花多久没这样奋发图强地做过事，挖了一会儿地人也有些累，顺势把锄头给了丈夫。老于接过来便一锄头一锄头挖起来，还用锄头根背把泥块打碎。张秀花在一旁看着土里散出石头，去捡起来丢在一边堆起。过一会儿，瞧着洪大爷夫妇开着前后排坐的电瓶车过来。洪大爷和老伴都穿了雨靴，大家打过招呼，老人家慢条斯理地去电瓶车上拿下来锄头、塑料桶、农家舀粪水用的竹竿把子囟囟。他老伴手上拎着塑料袋，袋里装了复合肥料。原来，他家地里撒了萝卜种和白菜秧子种已发芽，两人来浇水施肥。老于夫妇累了一阵正想歇气，过来找话说，问了场上哪里卖这些菜秧种子。洪大爷七十多岁了，身体硬朗，一边做事一边把卖菜秧种子的地处说了。老于见他去旁边沟儿提水，要去帮忙。洪大爷不愿意，说自己就是闲里找事做。老于听话想着他说得在理，也就歇住了，拿出烟自个抽了一支。

这时，来了一个与老于年龄相仿的男汉，扛着锄头，嘴里叼着一支烟。大概与洪大爷熟悉，见他老伴在地里施肥，便朝他大声叫一句，洪大爷，你地里种子刚出苗就撒肥料，要得不哟。洪大爷听了答话，说晓得的呢，我也不清楚。那老汉悠声一笑，说恐怕是早了些，看把菜秧子烧死了。洪大爷听了话一默神，连声说是哈，听人劝，得一半。说过，他去到老伴身边叫了一声小芬，我们今天不撒肥料，先浇些水便了。洪老太看了丈夫一眼，也不吱声，去把手上装肥料的塑料袋放地上。这边，男汉看着了老于夫妇，老于夫妇也看着了男汉，都翕着嘴想打招呼，又怕唐突了不好意思。洪大爷过来，看着叫了男汉的姓，老杨，他是老于，夫人姓张，才搬来的，住九栋。老杨听了话朝老于夫妇一笑，说我住十栋，和洪大爷同住一栋楼。老于拿出香烟要请老杨抽一支。老杨晃了晃手上的烟头，说抽着烟的。老于不依他，就把烟递在面前。老杨挡不过情面，把烟接在手上。也是，抽烟的人说，烟是和气草。老杨接了老于的烟，两个人心里有了好说话的意思。洪大爷看着老杨，说你把地都挖好几天了，怎不见你播种栽菜。老杨说我那口子才打来了电话，说她明天就要过来，我就想等她来了再考虑，是撒种子还是栽菜秧。洪大爷说你两个感情好哦，栽个菜都相敬如宾。老杨看了老于夫妇一眼后对洪大爷说是这么回事，没得那般高尚。搬到这来住，开地种菜商量着，图个高兴。如是我去买菜秧种子栽上了，她来看到不欢喜，这又何必呢。就在老杨话音刚完，听到一个妇人声音，你们在说啥，这样闹热。众人去看，是一个身材年龄与张秀花差不多的妇人，脸上笑着，手里提了塑料桶。老杨叫声何嫂子,还是你勤快,撒了种子,菜都长出好深一截。何嫂笑眯眯说我这是笨鸟先飞。洪大爷一旁听着,说你才不笨呐,栽的菜比我们先吃到嘴里。何嫂看着洪大爷取笑,说你就在这里说话偷懒,让老伴一个人在那做事。洪大爷说你这样讲,我老伴不会说啥子,马上我就要去提水浇园。老于夫妇听他几人把话说得这样熟稔,心里觉得人情美美,在一旁眯眯笑着,让人看得出愿意交往的态度。

果然,何嫂去看着两人说你们住九栋,是前天下午搬来的。张秀花听后问她,我们搬家来,院子里没看着人,你怎么知道。何嫂笑笑,说这里住的人少,只要有搬家的来,大家都上心。那天下午我从地里回来,刚要到大门口,看见搬家公司的车子开进了小区,便跟着去看,车停在九栋楼下,这位老哥在帮着搬东西。老于听她把话讲完后叫声何嫂,我姓于。说过去指着妻子说她姓张。何嫂笑笑,说听你讲话就是个明白人,他们一叫我,你就晓得了,省得我来自我介绍。洪大爷在一旁说你们话讲完没有,我要去做事了。何嫂说你也该去干活了,省得老太在那望着。说过,冲着老于夫妇一笑,说我也要去给菜浇水了。老杨呵呵笑一下,说又不是隔得好远,就在这一处做活路,有啥话随便说,都听得见。这便,众人去到自己的地里忙活。

八

隔了两天，老于夫妇耘好了地，捡样儿地去撒了萝卜和白菜秧种子。也是，有事情做，时间上好混。这里隔天赶一次场，逢着赶场天，两人就去场上走一走，买些菜和生活上的用品。寒场天，就去地里拾掇，又认识两户人家，一家姓李，一家姓邓，众人一边做事一边说话儿，心情上感到不寂寞。本来，这开了地种菜的有二十多户人家，只因要过年了，差不多的回到家乡去与亲人团聚。啊，人儿从何方来，来自四面八方。洪大爷是新津的，之后随着读了大学的大儿子在成都工作居住了十多年，后来买了这平安镇桂花小区的房子，老两口就搬了来住。也是老两口年纪大了，走哪去腿脚都不方便，儿子女儿说到他这来过春节，就在家等孩子们来。何嫂的儿子在双流，过两天她要去儿子家过年。老杨的女儿在自贡，他也是要去女儿家过年的。就像老于家，从成都来，那儿的房子待租，回去还有住的地方。要不然就得去儿子家住，虽有一间屋安顿，总觉得人多了有点挤，不那么自在。这次给儿子打了电话，说好是三十那天来乡下过年。老于夫妻商量过了，因为刚搬了新家，又是第一次在这过年，不说要弄得轰轰烈烈，也要办得个喜气洋洋。有了计划就有了安排，准备二十九那天去镇上买只土公鸡来喂起，到了三十宰杀出来煮好凉拌，鸡味道鲜，肉吃起来滑嫩，不像隔夜的鸡吃起来难嚼。张秀花告诉丈夫,今天都二十七了,明天要去温江买些年货。老于笑笑说晓得,我还想买两饼火炮来放。城市里住家地头窄,放一管烟花都不晓得往哪冲。你看这儿多开阔,二十六那天晚上,有一家人放烟花,我看了手表,差不多有半个小时。张秀花笑笑,说你呀,哪年不放火炮,屋里谁都拦不住。也是的,过年不放火炮心里觉得不爽气。记得八十年代,成都还是老城,大街小巷放鞭炮,噼噼啪啪响个半天,那鞭炮烟子就像泼雾般似的,每条街弄得烟雾缭绕的。老于笑笑,说你还不是一样的,站在旁边捂着耳朵欢喜个不得了。张秀花听了直是笑。不知怎的,人上了年纪爱想往事,想着心里还乐滋滋的。

这样,到了腊月二十九,夫妻俩去菜市场买了一只大红公鸡,二十八元一斤,鸡有七斤六两重。接着去猪肉摊割了一斤净瘦肉,花了十六元钱。买了两斤五花肉,用去了二十九元,又买了三片猪排,有一斤六两重给了二十五元钱,跟着又去了卖鱼的铺子买了一条一斤三两重的草鱼。平常里,草鱼差不多卖十元钱一斤,这会儿,一斤草鱼卖到了十三元。老板要帮着宰杀,老于说不忙,自己要拿回家去喂,向老板要了大塑料袋子装水后放鱼提着,两个人才又去了胖小伙儿的菜摊。韭黄八元钱一斤称了六两,蒜薹十二元一斤称了七两,两元钱一斤的白萝卜与三元五一斤胡萝卜各称了一斤,一颗三斤重的大白菜给了七元五角。过来,看着有响皮卖,问价钱四十元一斤,说称二两,老板也卖了给他。老于看菜买得差不多了,与妻子提着了回家,赶紧用绳子拴了鸡脚系在门外楼梯的栏杆上,接着把鱼倒在大盆子里放水喂起，空了后，又把头天去温江家乐福超市买的一坨腊肉和两根香肠煮下锅，这才淘米煮饭，闲下来手不空去掰了几皮白菜叶子泡水里后，才去沙发上坐下来。张秀花回屋后，帮着丈夫把鸡和鱼收拾停当，人就累得不行，便去坐在沙发上看电视，银屏里演的还是那部谍战连续剧。老于坐下看了一会儿，心里默到锅里煮的东西，担心腊肉香肠煮太耙了吃起来没得嚼劲不香，便不敢打晃，要不要起身去厨房看看，待到腊肉香肠煮好起锅，电视里换了别的电视剧。这下，老于安下心来做饭。煮好的腊肉汤煮白菜，有的人爱吃，有的人不爱吃，可老于夫妻好这一口。是便，淘洗干净的白菜下了锅。中午这顿饭吃得简简单单，但夫妻俩吃得可口。吃下来，张秀花赞了一段言子，好吃不过素菜饭，好看不过素打扮。

第二天，两个人打早起来，把公鸡宰杀打整出来，老于去把两片鸡胸脯肉剔了下来，跟着把一只鸡用大铝锅淹水煮，放了姜块大葱，等煮开后改用中小火揭了锅盖慢煮。其间，两人抽空一人下了一碗面条吃。过后，老于在家做菜，嘱咐老婆去场口旁一家卤肉摊买半只卤鸭儿和两元钱一坨的豆腐回来。张秀花听了不耽搁，碗也不洗就出门去了。这边，老于挽起衣袖忙碌起来。既然喜欢做菜，就想在饭桌上弄几个名堂。先把五花肉一分为二，一半拿来蒸夹沙肉，一半留来另作他用。之后，把响皮用淘米水发在一旁，就去把要蒸的五花肉烧开水汩了一遍，捞起来后铁锅烧热放少许油关小火放红糖化开再放煮好的五花肉炙皮，窍门是待肉皮焦黑时起锅晾冷，用开水把肉皮泡煮一下刮洗干净呈红褐色起皱，顺刀切长条片，再每一片逢中切一刀至肉皮，中间包裹油糖豆沙。然后把蒸碗抹些猪油，再把包了洗沙的肉片一封书地在碗里摆齐整，接着，糯米在锅里煮得半生熟滤起来用冷水涮透，放白糖、红糖、少些猪油搅匀去铺在肉片上齐碗平。为什么要齐碗平呢？这是老于自个儿摸索出来的。菜少于碗沿，蒸出来的菜塘水。这时，公鸡煮熟了，捞起来晾冷。老于又去把剩下的五花肉切了一大半来炸酥肉，留下来的去了皮，切了些瘦肉洗净，剁了肉臊做炸圆子。这当儿，张秀花买了菜回来，看丈夫在做烧什锦菜的配料，自便去把韭黄蒜薹拿来理了，又把才买的两根莴笋与昨天买的白萝卜和胡萝卜削皮。老于把酥肉和圆子炸好，接着去把排骨砍成小块。也是他想得出来，三片排骨要做两道菜，一份糖醋排骨和一份椒盐排骨。张秀花晓得丈夫做菜少而精，少是他自己的定料，精也是他自己做法，说白了，就是各自的家常味道。不过，有的菜还真的好吃。怎么个好吃呢？就是吃过以后还要想着那味道。这么，两个人忙一阵，不知不觉时候就要中午，老于去煮了饭，把鸡杂炒了个鱼香味，两个人吃饭，把菜的汁渍都泡着了饭吃。过了，老于累了一上午，去沙发上坐下看电视，张秀花便去把碗筷收拾去厨房洗干净。之后出来，两人坐在沙发上看着电视各自眯眼了一会儿，听到手机声响，是儿子打来的，说一家子都在来的路上了。

老于看时间已是下午三点过钟，晓得孩儿们赶公交车过来要两个多小时，也不慌张，把夹沙肉放锅里蒸，接下来把煮好的鸡砍成两半，两只鸡脚以及两个鸡翅膀前半截砍下来宰成小块放在一个盘里，留了半边鸡放进冰箱，余下的半边砍成块装不锈钢盆里，腾出手开始做糖醋排骨。张秀花在丈夫宰鸡的时候，已去拿了葱姜蒜择洗。人家户的，厨房里的活路做惯了，得心应手有些从容不迫。老于在锅里放点油烧辣，拍松一块姜下锅，放排骨炒一下放些料酒，勾了一点盐后放酱油炒转加水烧开，倒点醋下锅放红糖和冰糖，待到汤汁要烧干放醋关小火慢炒，直到肉质紧缩淌油发亮起锅装盘，那醋和红糖混合出来的香味，能感动肺腑。做好了糖醋排骨，老于又去酥了一盘花生米，跟着去把鸡胸脯肉切了丁，把瘦肉切了丝，韭黄蒜薹切了节，萝卜莴笋切了长条，锅里烧水把莴笋萝卜氽了一下捞起装盆后舀了些鸡汤煨起，接着把要用的葱姜蒜和要配菜的佐料准备齐整，闻着蒸菜的香味出来去关熄了火，隙了锅盖。这会儿，看时间已是五点过钟，拿出手机打给儿子，问走到哪里了。小于告诉他，已坐上了二〇九公交车。夫妻俩听后赶紧抬大圆桌面子扣在方桌上，张秀花拿抹布去擦干净，接下来就去把做好的糖醋排骨和切摆好的腊肉香肠及酥好的花生米端上桌。厨房里，老于放出了手段，先舀了鸡汤在锅里烧开，依次放姜葱蒜和砍成小块的鸡脚鸡翅膀前半截。这时，问了老婆一句话，记得冰箱里还剩的有点午餐肉。张秀花听了话打开冰箱一搜索，在旮旯儿找出来。老于接过手切了长条，又把发好的响皮洗干净切长条，再把酥肉切了厚片，跟着去泡发了些银丝粉条。这也是老于做菜出奇，他要在烧什锦里放粉丝。当然，粉丝需在什锦起锅时才放,如是放进菜里时间久了,粉丝会发粗断节,味道也差吧。想想,当在盘里夹过菜吃,而后就用筷子去打捞一下,粉丝带有弹性,夹在碗里再送到嘴里一吸,有滋有味的粉丝顺着入口,那吃相是惬意的。又是当然,这是老于在家里创新的一道菜。一天,儿子一家人回来吃饭,老于那天买了猪肚,准备做一道肚条烧莴笋,听到孙女儿要他做一道蚂蚁上树的菜,便买了肉臊,泡发了粉丝。也是人上了年纪,一日有三荤,在肚条烧莴笋要起锅时勾芡,随手端碗往锅里一倒,却把泡的粉丝倒进锅里。那肉臊只好炒了芽菜粒放葱花做成另一道菜,端上桌蛮香的。在他把烧的肚条烧莴笋端来放桌上,张秀花就叫了一声,老于,当真是自家屋头,炒菜就可以不依谱喽。老于笑笑,说我勾豆粉,把泡的粉丝倒了下去。张秀花看着丈夫笑笑,却不说话。老于向着她问你这一笑意味着啥子。张秀花看着丈夫微微摆头,说岁数不饶人,你我老啰。说过,举箸去盘里相向,吃了肚条吃莴笋条,再吃粉丝,不想,味道吃到肚子里去了。抬起头看着丈夫咦了一声,老于,你这是啥法子,层次感都出来了。老于笑笑,说好吃吗,误碰误撞,事出偶然。这顿饭,老于还做了鸡块烧土豆。烧鸡时,他把一斤五花肉切坨合在一起烧,一道菜就油气重了些,味道好吃香味浓。儿子爱吃这道菜,回家来总要老爹做来吃,说吃了人觉得骨头缝连着筋的舒服。这会儿,小于正在吃这道菜,吃得嘴里油爆爆的,听着了话说,老汉,许多创造都出于偶然,又因偶然而璀璨。张秀花听着一声笑,说儿子油嘴滑舌的，吃着老汉的菜说巴结的话。如是，老于从此以后做这道菜总要走这方式，放些粉丝图一家子喜欢。只是，老于今天做团年饭，烧好什锦自然有这路数，想着孩儿们还在路上，便没急着放粉丝，去把卤鸭砍条摆盘后泼油，卤鸭儿经油一烫，鸭皮收紧油光光的又香又好看。张秀花去把菜端上桌，手机响了，儿子说他们快要到了镇上。老于不敢怠慢，赶紧把椒盐排骨做出来。这般，凉菜等拌好鸡块就齐了。老于要做豆瓣鱼，张秀花便来拌鸡，照她说的法子，一大盘鸡块拌得红亮亮的，色香味都有。有一句话讲的是，菜要做得好，还要装盘好，上桌也要摆得好看。张秀花把一大盘鸡块摆正中，几个凉菜团转一围，人退后几步一打量，觉得像个样子，便问丈夫今晚汤菜做什么。老于在厨房里说做道开水白菜。哦，你来帮我把白菜整理出来。张秀花听了赶忙进厨房拿白菜掰下几皮青叶子，老于见着说要得了，接过手去切了白菜头渣，用水一淋后顺着剖成四牙瓣后又拼做一起放不锈钢盆里，跟着放了一大坨猪油，撒了些盐，放了点味精和胡椒粉，又拍破一坨姜放进去，之后把蒸锅里那碗夹沙肉端出，把锅里又放了些水，再把装白菜的盆子放进去，端到灶上蒸起来。

张秀花在一旁看着嘿了一声，老于，你觉得不，这些日子天然气都还有些赛杠哦。老于反应过来，说你不说还不觉得，这几天真的好用。可能吧，要过年的，总要弄巴适。张秀花看着丈夫，说才没得好久听人讲，四栋的欧太婆去温江天然气公司闹过。老于听了不相信，说闹啥子哦闹，事情闹得起嗦。那个老太婆我见过，说话声音本来就大声。真的是，带物带少，带话带长。张秀花又嘿了一声，老于，我跟你说话，你哪根筋翻了，瞠眉瞠眼的。老于连忙说我不是针对你，只是听不惯这些充愣的说法。人胖说自己跑得快，人瘦得干豇豆似的风都吹得摇摆，还说自己能举一二百斤，这不都是吹牛皮么。说话到这，听到电梯声音响，对老婆说快去看一眼，是不是儿子他们回来了。张秀花看了他一眼，说什么是不是的，这单元几层楼里就住我们一家，我这就去开门。说完就去开了门张望。这时，锅里的豆瓣鱼烧好了，老于拿出大条盘装了。闻着白菜香，他去熄了火，用洗碗帕垫着手把白菜端出来，又把夹沙肉端进锅里蒸起。接着把炒菜的铁锅放过一边，去把烧什锦的锅儿坐在炉灶上，等烧开了下粉丝。也就刚做完这些，听得门外说话声。老于把鱼端上桌，就看见儿子前头进屋来，一只手提着包装了的泸州老窖酒，一只手拿着一条红娇牌香烟，向着老于叫声老爸，过年了，单位上发了年终奖，我给你买了两瓶酒一条烟来。老于笑得前仰后合，说你给我买条烟有个意思就够了，还买啥酒嘛，你们还要攒钱的。张秀花与儿媳孙女走在一处，手里拿着一件新披风，听着话说儿子给你买东西来，你还说西东嗦。小于叫声老妈，懂得起的哈，老爸这是讲礼。孙女儿走到老于面前叫了爷爷，老于答应一声，问孙女一路过来坐车的人多不多。孙女儿说从城里到温江的人多，到这路上就没几个人了。老于正要说话，儿子问他厨房里还要做啥，我来搭手。老于说就只炒四个菜，你来摆碗筷。说过，又去对儿媳孙女儿说你们先去看会儿电视,我炒完菜就吃饭。这般,父子俩进了厨房,小于拿了碗筷上桌,老于去灶上忙活。炉灶上咕噜咕噜响,他先把粉丝放什锦锅里,才去关了蒸菜的火。端出夹沙肉扣在大圆盘里,跟着把鸡汤端上灶要烧开,这会什锦也好了,他又安铁锅炒菜。炒了一盘宫保鸡丁,一盘蒜薹肉丝,一盘韭黄肉丝,一盘红油豆腐。老于炒菜时,小于摆好碗筷就来端菜上桌。鸡汤开了,老于放点盐味精胡椒粉,继而把蒸好的白菜撇去姜不要倒进鸡汤里,见汤开就起锅倒在大汤碗里。一颗白菜活灵活现,汤清花亮色,香气扑鼻,味鲜适口。

这时,已是六点半钟,一家人围着桌子坐了,张秀花拿了一大瓶百事可乐和一瓶剑南春摆在桌上。小于看着眼睛一亮说老妈,你这回去买的酒啊。张秀花说哪哦,这酒都买了十多年了。那年你老汉说要升副科,几个同事要他请吃酒,家里去买了两瓶。哪晓得,几个人带了两瓶五粮液来,大家就闹着喝五粮液,我就把这酒搁了起来。你老汉有回想喝,寻了半天没找到,结果这次搬家翻了出来。小于眨眼一笑说老妈,你是故意藏起来的哇。张秀花白了儿子一眼,说不是的,当时我也寻了半天没找着,你老汉还差点和我吵起来。老于听了说没找着好啊,今天不就喝着了。张秀花说老于,你现在说话轻松了,没看到你那天的板相,眼儿珠珠突突的就像足球队员在顶球似的。听着这话,儿媳笑了起来,众人都跟着笑,张秀花自己也笑了。笑过后,小于拿过酒瓶拍开瓶盖倒酒。老于对儿子说剑南春酒好喝,味道醇厚,入口缠绵,不燥喉不上头。小于给众人斟酒，听着话问老汉，你前面说得明白，怎么说不上头。老于说有的酒喝多了睡起来，脑壳就有些隐痛的不舒服。小于说是有这么回事啊，哦，明白了，感觉不一样。这样，父子俩是喝酒的，张秀花与儿媳也是要喝点，孙女儿倒了杯饮料。老于端起酒杯祝词，过年啰，祝大家新年快乐。新的一年里我和你妈身体健康，诸事如意。祝你们身体健康，工作顺利，祝娟子身体健康，学习上进。大家端起酒杯，儿子儿媳对二老说了祝福的话，孙女儿也向长辈说了祝福的话，张秀花也不落空，把丈夫说的祝福话对儿子儿媳及孙女说了一遍，才去对着丈夫说搬了新家，你我两个也都老了，要开开心心过好每一天。有句话说得好，锻炼身体，保卫自己。好日子慢慢过，一年就有两万多。来，我敬你。老于听了话本是想笑的，可内心里颤了一下眼泪花就往上冲。觉得妻子说得太朴实了，那么直白又那么简单，就扑心里去。他没作声，怕说话喉咙里哽咽变了腔调，举杯与妻子的酒杯碰一下，正要喝酒，儿子儿媳及孙女的杯子都伸了过来。

于是，大家碰了杯吃菜。老于啃了一坨拌鸡，用纸巾揩了嘴问儿子，这里过年怎么样？小于笑笑说安逸。以前看到打工的忙忙慌慌回家过年，心里总有一种说不出来的滋味，要去猜想别人回家路上的心情，还有见到爹娘的样子和过年的景象。今天，我一家子从城里来，有了些体会，回家路上的心情是急切的，见到爹娘是欢喜的。农村天广地阔，这时候家家都在团年，四处静悄悄的，一家人守着一桌子菜，吃吃喝喝说说笑笑一团和气。张秀花笑一下对儿子说你这样的感觉我们是有过的。那阵下乡得远,要回家过年,几个女知青邀约一路,带点农村的特产,走路喔,走几十里的路到县上才能坐火车。那心情,兴奋,身上的干劲,就像使不完似的。累,就像不晓得一样。嘿,老于,那时是怎么过来的,你回想得起来不?我有好多事都想不起来了。老于说过了那么久的事,谁还记得那么多。嗨,大年三十的,说这些干啥。你不是给孙女儿准备了红包么,现在该拿出来给了吧,等会儿就要看春节晚会了。张秀花看了丈夫一眼,说我本是吃过饭拿出来的,被你一说,只好现在拿了。老于啊,你心里就是存不住事,总是短我的意思。说过,起身进了寝室。其实,说到过年发压岁钱,在老于和张秀花的童年里,那只是听说,从来手头上就没得过。老于家兄弟姊妹六个,他是老五。父母两人挣工资吃饭,一家八个人过日子,吃的穿的用的两个老的手都抓紧了,哪里有钱来给。好在街坊邻居李家是这样,刘家也是这样,其他家庭都差不多,孩儿们在一起玩耍也不说这事。张秀花家里兄弟姊妹七个,她是老四,情况一般样的相同。只是有那么一次,她哥哥姐姐有的上高中,有的读中学,她那会儿念小学。临近要过年了,听爹娘说起,三十那天准备要给每个孩子一人五分钱的压岁钱。哪知道,她老爹去排队买猪肉,排拢肉铺肉架子面前时去衣服口袋里掏钱,半天都摸不出来,钱和猪肉票在哪掉的都不晓得。弄得一家人那天没吃成肉,为这事连过年要发的压岁钱也没得了。也是,等到这么些孩子长大成家后有了孩子,大家聚在一处说起这些往事，头脑里有发压岁钱的印象，却没有得到压岁钱的感受。有一回，张秀花向丈夫说起这事，老于笑她说了等于是没说。张秀花听了话怄气，两天没与丈夫说一句话，两个人睡觉还分开各盖被子。后来，张秀花不再提这事，就是孩子问起他们那代人怎么过年的事情，她也懒得再提心里这段旧事。真的，有的回忆一碰就碎。是般，等着他们这辈人的孩子大了以后，到了八十年代，虽说哥姐的孩子有两个，自家的孩子只有一个，过年时，便有了给压岁钱的事。先是几元钱，逐年后随之十元钱二十元钱，再来年有的给上百元钱。这种状况，兄弟姊妹底下商量过，发压岁钱是图个孩子们快乐，有个意思就行了。这下，有了行动指南，每年指标定在一百元的数额内。然而，随着社会的发展，兄弟姊妹身处的环境不同，收入上有的家庭发达起来，有的家庭却落入困顿的处境。就像张秀花的七妹，丈夫下海去做生意发了点小财，一到过年发给儿辈们的红包里装三百元钱。然而，张秀花的二姐因单位解体，工作都在寻找出路，哪里拿得出多的钱来凑这热闹，就是老于夫妇的单位也有了不景气的状况，所以，大家在过年给孩子们的红包都是有的，只是金额有多有少。直到孩子们工作了，这红包才不发了。等有了孙辈，便才又给孙辈发红包。各家的环境不一样，红包里的金额也不相同。这么一来，当张秀花把红包给了孙女儿，这孩子甜甜地喊了爷爷奶奶，大家又喝酒吃菜。小于要看女儿得的红包，张秀花对孙女说娟子，现在吃饭，不要给你爸看。孙女望着奶奶一笑，说我的压岁钱都是老爸保管的。张秀花说现在不给他看，让他有点念想。这孩子此刻肯听妇人的话，去冲着她老爸笑笑了事。

这么，到了八点钟，电视里春节晚会开始了，孙女儿要看电视，饭也不想吃了，要下桌去，被张秀花喊住才舀了点饭，匆匆忙忙吃了就去坐在沙发上，一双眼盯着电视便不肯旁顾。儿媳也想看电视，便去舀饭吃，张秀花看着叫她顺便舀了饭，两个人吃过饭也去沙发上坐下来。老于见几个都下了桌去，与儿子喝完杯中酒，吃了点饭就收拾起来。张秀花看着过来帮忙，儿媳坐不住，起身拿了扫把等着扫地。这样，人多做事快，二三下就搞定了。老于去丢垃圾，顺便要去停车场遛几圈，问张秀花一道去不？妇人已坐在了沙发上，就朝着他摇头，说春节晚会都开始了，还去遛什么弯。老于一个人下楼去，丢了垃圾便朝小区外走。四处静悄悄的，人都看不到一个。到了大门口，两个保安在门房里看电视，听着脚步声看见是他，彼此打过招呼，老于拿出烟一人递了一支，自己也抽了一支，互相说过新年快乐的话，这才去了公路上，过年了，车影儿都没得，就看到镇上路口的公路边上摆着几家炮仗摊子，灯光点得雪亮。他去一家摊子上买了两饼鞭炮，给孙女儿买了两根冲天炮。回到家里，一家人都看着电视入迷，支吾几声，他便去旁边坐下，随着大家一道看着电视节目，该笑就笑该激动就激动。等着到了半夜十二点钟，一家人忙匆匆下楼去小区门口放鞭炮图吉利。遇着几户人家也放鞭炮，熟识的打招呼互道祝福，不认识的认识了相互问候道一声新年好。等着放过鞭炮回到屋里,差不多人都困乏了,忙忙地洗漱过,各自进房间歇息。

九

初一早上,老于和张秀花醒来已是天光大亮。两人赶紧起床洗漱,跟着搓汤圆。差不多快十点钟,儿子一家才起床。小于出寝室门看着张秀花就叫声老妈,这安逸,睡觉听不到外面一点声音,醒来就听着树上鸟叫。张秀花笑一下,说你不看看时间,都好多钟了嘛。快去洗漱,就等着你们起来后煮汤圆。小于听了话回了屋去,隔会儿出来去卫生间漱口洗脸。就一会儿,儿媳与孙女出房间来。孙女儿还没睡醒,两只手不停地揉眼睛。老于在厨房听着声音开火烧水,等着把汤圆煮好,儿子一家刚好收拾停当,端着汤圆吃,一人碗里四个。孙女儿说自己还是饱的不想吃。张秀花说过年了,汤圆怎么的也得吃两个。孙女儿听了话就要朝她爹娘碗里扦。小于端碗避开,儿媳也端碗避开。只得扦了一个在老于碗里,又扦了一个在张秀花碗里。老于看着儿子说我是你这般年龄,一碗汤圆十个轻轻松松就吃下肚,那阵的汤圆比现在的还大,可汤圆心子比现在的小,吃得人津津有味,吃了还想吃,就像吃不够似的。上了年纪,就吃不得了。张秀花听了话,说人上了年纪好多事才明白,我看那时,你老汉吃了十个汤圆还在看锅里呐。老于听着都笑了一下,向着老婆说你这个人,就爱和我混扯起说,我说的是我现在上了年纪吃不得了。张秀花脸摆了一下说我没听出来。老于这时吃完汤圆,也不多话,进厨房去下面条。锅里水是滚的,火一冲就开了。他给每人下了一小碗汤面条,放点盐和味精,把昨晚剩的菜连汤带水先就热开放着一边,这会儿一个碗里舀了一汤匙,再撒上些葱花。一碗面好看,味道都巴着年夜饭的香气。众人刚吃过甜味,被面的咸鲜一搅和,顿觉开了胃口,一筷筷面条呼啦下肚。张秀花吃完面去洗碗,刚洗了一个,儿媳进厨房来拿扫把。妇人看着说今天是初一,不扫地的。儿媳笑一笑,说习惯成自然,我都搞忘了。小于听着厨房里说话声进来,看见老妈在洗碗,便说娘呐,你都忙了一早上,我来洗碗。张秀花听了说好啊,我去把外面收拾一下,等会儿我们一家去平安镇修的绿道走一走,听说那儿的风景好。说过,把手上的水甩一下出了厨房。儿媳看着丈夫乐得笑,小于问她笑啥子?儿媳凑到丈夫面前说你那点心思被识破了,弄假成了真。小于嘴上哦一声,我本身是要来帮着洗碗的。儿媳笑吟吟地鼓着眼朝他一下,说你内心是不想洗碗的,只想说好话来听听,不想弄假成真,呵呵轻声笑笑,转身出了厨房。

这么,等着小于把碗洗完出来,一家人都做好了出门的准备。小于忙去屋里拿羽绒服穿上问去哪里。老于看着大家,说初一天的,都是要出屋转转。也就在附近走走,应个景儿。小于看着二老说那就好,下午我们要回城去的。张秀花去问孙女儿,你们有啥事嗦?孙女儿说我大舅家初二请吃饭。张秀花听了看着儿子儿媳说你们有事,我们就去围着镇边的田间路上转一圈回来。说过，大家出屋。老于拿出钥匙反锁门，他口袋里的手机响了，一听是他大哥打来的，问有什么事。电话里说初三请酒，要他们一家人都去。这边，老于刚听完电话，还没进电梯，张秀花的手机也叫唤起来。妇人拿出来凑耳听是她七妹的声音，问有什么事。电话里说初五请客，要她们一家人都去，还说初七要来她新家看看。这下，一家人在去镇边的田间路上便滔滔不绝地话议起了这些事。小于的意思，等吃过了午饭，爹娘同他们一起回城。张秀花不同意，说屋里剩了那么多菜，进城去了，这家亲戚走了去那家，回来也不晓得是哪天，这些剩菜浪费了可惜。小于说你们明天不也要进城。张秀花说是啊，我们今天吃些，明天再吃些，说不定也就没啥剩的了。冰箱里还有煮好的半只鸡，看样子吃不到哪去，你们今天吃过午饭就把它带走，我与你老汉回城，冰箱的电插头是要扯了的。

这般，大家也不再说饭菜的事情，一路走着去看团转的风景。天空辽阔，大地春意，田间树绿，有些早开的花朵。一路上人来人往接踵而至还擦肩而过，优哉游哉，眼见耳听都是欢声笑语。老于看见一根树棍捡起来不丢手，孙女儿看着，问爷爷捡着这棒棒做什么？张秀花把孙女儿拉到一边，小声说法不传六耳，他这是捡财回家。众人听着都乐呵呵笑，老于说你们莫笑，初一天出来就是要讨个彩头。孙女儿看见路边有一条枝丫，便要去捡。张秀花拉住她，说你捡来做啥。孙女儿说不是讲讨彩头么，我也想讨些儿。张秀花说你现在捡来，隔会儿拿

| 过 往 | 085

着手里久了，又要去丢。孙女儿说我捡了就不得丢的，要带回家去。说过，去捡了起来。张秀花看着拿她没得办法，打趣说一个老财迷，一个小财迷。是般，一家子走到进镇上的路口，便随着人群去逛了一圈。初一天的，铺子都关着门不做生意，来来去去的人流笑脸看着笑脸，就图个热闹。一家人溜达出来，看天色快至晌午，早饭吃得晚，肚皮不觉饿，便说去绿道上走走。这么一来，他一家顺着田间路看景色，到了绿道就走了半个钟头。绿道边有条绿水泛波的大河，对岸是郫县辖区，也是一样乡村景色，河里有浅滩，看得有二三只白鹭飞。老于夫妇搬来平安镇住也没几天，绿道是听说了的，还没来过。乍一见，心情就爽开了，张秀花按捺不住，也不管娃娃在一旁，一系列的话出来了："河里绿水流，两岸人行走。田园树林子，鸟飞声啁啾。"老于听着一乐吨了一声，说斯文都出来了。儿子儿媳孙女儿听着都笑，小于说老妈，你还有两把刷呐。张秀花笑着说，我们这代人书读得不多，可顺口溜三句半会念的。不信，叫你老汉也来两句。老于说你念过了，莫把我拉扯出来。小于说老汉我听他念过句子的。小时候，看他与朋友吃酒划拳，差不多的要念些四言八句。老妈，你这一咏诵，我真的是第一次听到。啊，来到了好地方，看着了好风光，听着了好文章。儿媳一旁乐个不休，看着自个丈夫也在抖擞文字，说怎么，你酝酿了，也要井喷。听着话，一家人都笑个不住。

这么，一路走一路说笑又看风景，时间便过得快了，老于看了手表，已是一点过钟，告诉众人，这才往回走了。走拢屋，差不多两点半钟，人也乐了累了饿了，热了饭菜吃，香得不得了。吃下来盘里就剩了些腊肉香肠，其余的碗盘里都是油汁汤水。张秀花看着儿子，说走时把那半只鸡带走，剩下的这些，明天我和你老汉刚好打整得干干净净后回城。小于看着桌上就剩了点腊肉香肠，去看着妇人说老妈，我们把鸡带走了，你们菜都没得啥子啰。张秀花摆下头，说今天晚上我与你老汉将就这么些汤水下碗面吃。明天早上把剩的那点汤圆粉子解决啰，那还有点青叶子菜，中午拿来炒了，这点腊肉香肠蒸热，不是就有菜下饭。下午，我们也就坐车回城。这半只鸡又吃不了，又要关冰箱，你们不带走，咋办。接下来几天都走人户，去哪里不吃个油水满肚。回到这里，农家户的菜新鲜。所以，生活上的事你们不要操心。小于听了不再有话，走时也就把鸡用塑料袋装好提在手上。老于与张秀花吃过饭想散散步，送儿子一家去了车站。

第二天，夫妻俩吃过午饭，小憩了一会儿，接着把屋里收拾了一遍，关了天然气，拉下了电闸，老于又去楼下拧紧了总水阀，张秀花在丈夫下楼后锁了门。老于是个仔细的人，又上楼来把门看一遍，两人才放心走了。到了车站等车，张秀花对丈夫说这时候了，我们还要坐车进城，感觉上真的有一种说不出来的滋味。说高兴吧又有点欠落落的，为啥要搬到这来住。老于说，为啥要搬这来，是为了把城里房子出租。张秀花看着丈夫，叫声老于，不是我说你，和你说话，有时，你真的还赶不上趟。我说东，你说西，我这阵说感觉，你说租房子。

也是，两人说话到这，才想起城里房子要出租，搬家搬得床上的棉絮被子都是空的，连米都没剩得有一颗，回去了，睡哪吃啥。老于说要不去儿子家。说过，拿出手机拨号。张秀花连忙挡住，说老于，他们正在亲戚家里过节，你打个电话过去说啥子。要不然，我们明天打早走，你觉得怎样。老于说明天去，今晚我们吃什么？张秀花说熬点稀饭，捞点泡菜将就吃了嘛。

这便，两个人打了倒转，走到小区门口，老于说我们回家是不是早了些。张秀花问丈夫是不是想去走一转。这样，两人又去田间地头转了一圈，呼吸了新鲜空气，回到屋里将近五点过钟，老于去煮稀饭，张秀花没开电视看，立在了窗前发愣。老于过来问她想什么？张秀花半天没作声，之后喃喃声起，风景是好，却是冷清，我们选择这里住是为了什么。老于听了，说你现在觉得住这里还不习惯，城里的房子还没出租。这样，我们拿一两床被盖床单回去，是般，可在城里住，也可在这里住，做个策应之全，等待习惯。张秀花侧了半边脸看丈夫，说我不是这意思，是在想，这里人地两生，却要到这里来老养齐身。老于嘿嘿一笑，说只要快乐，哪儿不是活。张秀花看了丈夫一会儿，说你的话虽是粗犷了些，也是一种生活态度。我们走过了许多地方，到过大城市，到过小城市，去过小镇和农村。天远地远的，人们的家在哪里，就生活在哪里。就像看到的，就那一处，有的人老了，还没出过远门，一辈子就守着家过日子，自得其乐。老于笑一下，说有一句话讲了，一方水土，养活一方人么。张秀花说是啊，我就在想，你我都一把年纪了，为什么搬这来住，又要住多久呢？你看，今天说要回城去的，又回不去，是不是自己找起事来做。老于说当初买房子，你不是很欢喜吗，怎么说起这话来，难道后悔了。张秀花说都搬来住了，己心之欲，唯恐不至，有啥后悔头。我心里是这么想，你问到我就说了出来。不过，城里的房子还是要租出去，有点钱有点收入嘛。等到了晚上，你给儿子打电话，说我们进城后要去他家住几天。

也是，妇人说过话出来，也不再站在窗前发愣了。两人吃过饭，看了一会儿电视，下楼去小区走了几圈，看着农家放烟花，便驻足立在那看。现在种树的村民有了钱，有的人家放烟花十多二十分钟不歇气。两个人看着过瘾，又不花一分钱，都说当地人舍得。差不多九点钟，两人回屋又看电视，老于抽空给儿子打了电话，说了刚才两个人谈话的内容。小于听了要老妈和老汉明天早点过去吃早饭，然后一道去亲戚家。张秀花听了话告诉儿子，明天坐车转车不方便，大家等来等去的耽搁时间，干脆在他大伯家见面。这么商量妥当，夫妻二人看了一会儿电视，想着明天要早起，挨近十点钟，便上床睡觉了。

翌日天刚见亮，老于翻身爬起来，匆匆洗漱过，就去炉灶上烧水准备下面。张秀花听着丈夫进厨房，也不敢耽搁，起床理好床被，跟着去洗脸漱口，等她收拾好，老于把煮好的面条端上桌。两人吃过早饭，关好了水电气，又把屋里检查了一遍，提着儿子给的那两瓶泸州老窖酒，这才锁好门走了。下楼来走到小区大门，就看着二〇九公交车开过去，夫妻俩只好望车兴叹，说早出来一步就好了。老于看表，刚好七点过五分。走到镇路口车站，等了半个钟头，下一趟车来，两人上车一看，也就两个乘客，算上他两个和司机，拢共也就五人。节日放假，人们大多睡得晚起得也晚，路上看着的商铺都关着门，行人也少。公交车在要离开小镇的路口有一站，上来了三个人，沿途陆续上来有二人，车到了温江城边花木交易中心站，老于夫妻要转车，下来看表八点十七分钟。大概等得有八九分钟，坐上三一九路公交车到百花总站，已是十点一刻，等二十七路车到东门大桥转乘三路车到沙河大桥，下来再走一段路，到了老于的大哥家，差不多快到十一点半。

　　老于大哥家住一栋楼当头底楼，有一处空地，他家拦了起来。平常设了一张方桌在那吃饭，准备得有一张大圆桌面子，来客多了，就扣在方桌上铺展开来，屋里坐一桌，空坝上坐一桌，倒也朗得开。是般，老于的兄弟姊妹都喜欢在他大哥家聚会。本来嘛，兄弟姊妹当大哥是要抻头的。这时，两人走拢，外面的圆桌有人打斗地主，屋里的方桌一伙人打麻将，厨房里几个人做饭菜。老于夫妻招呼了兄弟姊妹，嫂子弟媳，又招呼了姐夫妹弟，娃儿大小都凑拢来随称呼喊人。招呼的话儿此起彼伏滔滔不绝了一阵，一番闹热，众人嬉笑。只有那些打着牌的人因要忙着对付堂子上的变化，向着二人仰头支脸略略地应付一声了事。夫妻二人懂得起，斗地主的二整一，输了加翻要双倍给钱。打麻将的四人血战到底，兴着刮风下雨杠上花，哪个摸牌出牌都不敢闪神大意，输了是要掏荷包拿钱出来的。他大嫂过来看着两人，说你们怎么这阵才来，你大哥都望了好半天了。张秀花说我们七点钟就出门了，中途要转几道车，忙天慌地地赶来，不想时间过得快了些。老于的五妹在一旁看丈夫打麻将，听着话说你们住的地方好远嗦，要耽搁那么久。张秀花问五妹，你去过温江没有，过去还有二十多里路。老于的六弟媳也在旁边看丈夫打麻将，接过话问，你说的温江哪个地方哦。张秀花说平安镇，你去过没有嘛。六弟媳笑一下，说平安镇啊，我晓得嘛，走成青路过去。不过，我没去过。这边，几个妯娌说话，老于把提的酒递给他大嫂，说走得急了些，就带着两瓶酒来了。他大嫂说四弟呀，你就是讲礼，带了酒来还这么说。先前，你儿子一家来已经提了一大包水果。老于笑笑说蒸笼分着高低，他讲礼是对的。咦，怎么没看到他们人呢？他大嫂说跟着你二姐和三哥一家人到沙河边晒太阳去了。老于问大哥呢？他大嫂说在厨房做菜，你来了正好去帮他。老于听了话笑一下，去了厨房。

十

这么，到了中午十二点过钟，一干亲戚家去沙河边晒太阳的众人回来了。小于看着张秀花就问老妈，你们好久来的？张秀花说我和你老汉走拢来，挨边要十二点了。小于问老汉呢？张秀花正要说话。厨房那边传来声音，准备吃饭啰，打牌的就最后一盘了哈。大家听着了都欢喜起来，斗地主刚好在洗牌，也就打住了。麻将这边还有两人在血战,其他两人和了牌,去自己桌面前的抽屉里收了钱数一下,一个说赢了,一个说输了二百多元。之后,两个人起身去那两人背后观战,直到一个人出牌放炮,战局这才结束。这盘牌说赢的人是自逮,放炮之人输了三家,掏出八十元钱扔桌上,那赢家顺手就捡起来揣进了腰包。正所谓应了牌场上一句话,亲兄弟,明算账。不过,兄弟姊妹经常聚一处就要斗地主打麻将,输赢都有来回。现下的人爱说一句,打麻将动脑筋,可预防老年痴呆。不管这句话当真与否,有一点是见得到的,就是打牌好混时间。也是,习惯成自然。如是亲戚朋友坐在一起,不打牌真的还没得啥话聊。还有,要是打牌不赌钱,没得人想给你在一起娱乐。脸色就是态度,怕输钱的只好一个人去街上溜达。是般,这打牌的人散伙时还有一件事要做,就是上卫生间。为什么呢?这打牌讲手气,怕去屙屎尿霉了手气输钱,所以牌桌上有屁都裹在肚里,一旦牌局完了,一个个都争先恐后要去释放。可人家户差不多是单卫,也就是一间卫生间,后面的人去晚了只能等候。几个人等着也不寂寞,有说有笑讲些打牌的经过。

这样,等他几个收拾停当过来,桌上的菜已摆好。大家找位子坐下来,老一辈的坐了屋里的方桌,这一桌要喝酒的,余下的座位后辈中吃酒的来捧场。屋外的圆桌坐了妇女和孙子辈,还有不喝酒的男汉。坐的位置有点挤,可大家心情快乐,欢喜无边。张秀花心里有件事,起身去到屋外,那孙子辈的看着就婆婆和舅婆地叫,闹嚷声不断,朝着她拜年。妇人心里有数,一对一地发了红包,才又回到屋里方桌边坐下。这当儿,她面前的杯子掺了酒,在座的各位已酒过一巡。妇人喝酒量少,大家知道,也就都不在意。几口酒下来,脸都泛了红晕。一桌子菜,一大盘凉拌鸡,围了八个荤素相搭的冷盘,一碗甜烧白,一碗油红蹄髈,一盘红烧鱼,四盘肉炒菜,一大碗鸡块竹荪汤。也是,桌面上简单识相。只是,八个冷盘中有道菜好吃,叫着川北腊肉。这腊肉差不多是肥肉,色相本来,味道鲜香不输火腿。众人吃一夹二眼观三,一道菜绝早光盘。妇人曾经问过他大嫂,眼下还是这样问着,腊肉是买的还是自家做的。他大嫂说八十年代在骡马市街的轻工大厦商场买过两回,后来轻工大厦商场转型成写字楼,又去人民商场和对面的红旗商店买过没得,只好回家依着吃过的味道摸索着做来,样子有点像了,可味道和腊肉的颜色还是差了点。张秀花笑笑,叫声大嫂,你当知青不是下乡在江油么。那当地的人家做腊肉是不是这般样儿。他大嫂摇摇头,说那会儿农村的生活吃菜都不容易,人家都是去公社屠宰场卖猪下来返还钱和肉票后,才买几斤猪肉吃,都是吃肥不吃瘦。要过年时,也看到人家户做腊肉,与城里人的做法差不多。有一次要回家过年,在县城的一家干杂铺见着卖川北腊肉,觉得肉肥,吃起来有油气解馋,刚好身上有当地两斤肉票六元多钱,便买了腊肉放夹背里去火车站买票,包包里就剩了几角钱回成都。记得,那次回家,我带了十来斤干玉米籽,几斤糯米,几斤干黄豆,三只自己喂大的鸡和那两斤腊肉,一家人看见着实高兴了几天。三十晚上,川北腊肉端上桌,一大家子人都说好吃,手上的筷子就没停过,欢腾的劲儿和愉快的笑声人老了都想得清清楚楚。我那七妹,才上中学,一边吃一边看着我直是叫五姐,你明年再多喂几只鸡多买几斤川北腊肉回来吃。张秀花笑一笑,说这故事我听你讲过,你家七妹是没下过乡的。他大嫂说是啊,她福气好,是按政策留下来分配工作的。唉,说到工作,你下过乡,有过这番滋味。张秀花笑笑,说怎么不晓得,想调回城里工作,哪怕是扫大街拉粪水车都愿意。他大嫂说那阵也不知是怎么想的,每次要回农村,心情都是揪着的难受,出家门就眼里泪花打转。张秀花说我也是,出家门走到没人的地方就要哭一场。回到农村屋里,倒不哭了。这么,这顿春酒吃着说着在快乐的气氛中结束。

  吃过了饭,还没歇一会儿,打麻将斗地主重又开战。屋里搓麻将的众人想晒太阳,把方桌搬到外面打。有趣得很,看打牌的人多了,坝子里氛围更加热闹起来。见着是,那打牌的人儿身子一俯一仰地摸牌打牌生怕打错章子,各有脸相,有使心的也有装着不使心的。这就有趣了,使心的一脸正经,话都舍不得多说一句,装着不使心的便要找些话来说,还有卖弄牌艺的,打一张牌出来,总要说些意思,好叫一旁看牌的人明白自个出牌的用心。精不精明呢,打个广告。就想讨些誉谀之词。只是,一旁的人管你这些干啥,你的输赢关他什么事,只是大家逢着一处相聚娱乐,情面上是要讲的,说你这张牌打得机智,让下家看着瞪眼无可奈何。可不想,下家看着上家莫名其妙地笑一下，慢着劲儿去摸一张牌，在众目睽睽下一反手腕说声和了，把一桌牌局推上了高潮。都说牌好不如手气，有赞美声一片，也有叹息声一片。待着余后摸牌的间隙，对家看着对家说你打牌就打牌嘛，卡他做啥嘛。让他马儿跑，说不定摸不到，一下子赢了三家。这对家的听着话一笑，说我不卡着他的牌，让他捌转钉耙，说不定他更要赢咱个努尔哈赤。一旁的人听着话风趣，忍不住都笑起来，说打麻将能打出个斯文来，也是有了档次。总之，大家寻着开心，有茶水喝，且又嗑着瓜子吃着糖，看过斗地主又去看打麻将，输赢都不出钱，悠悠然还评头论足，说赢了钱的脸都笑烂了，说输了钱的脸拉长得像苦瓜。他大哥把厨房收拾好后出来，见着旁观打牌的人多，进屋去拿着一副八九十年代的老麻将牌出来，牌腔子小些，经过岁月打磨，有着了点泛旧色斑。接着，又去抬出那些年做的麻将桌架支起，他一个，老于一个，老于的三哥还有五妹凑齐一桌人打将起来。张秀花见丈夫打牌，抬了板凳坐在旁边看，他大嫂也抬凳子去坐在了丈夫的身旁，虽不说要出谋划策，则关心着郎君的输赢。这下，跟着来了人围观。开始还说说笑笑，打牌认真了，也不说笑了，要不要听着一旁有人惊乍出声。有时，看打牌的人比打牌的人还扎劲。也是，但凡打牌之人，输了的想翻身，赢了的还想赢，都不肯放手。这坝子上的牌局，从吃过饭后一直打到天色擦黑才收工。他大哥七十多岁了，是麻将桌上的老将，熟谙牌路子。只是人上了年纪，做事在思维上有些力不从心爱打昏章，好在今天手气不错，自逮了一个清一色，和了一把杠上花，赢得有百二十元钱，心情上自在，看天要黑了的时候，嘱咐夫人去把中午剩的菜一锅热烩。他大嫂晓得事体，去厨房焖了满满两电饭煲锅干饭，把中午剩的腊肉香肠重新摆了两盘，其余菜搅和一起热了一大铁锅。这热过的菜汤汤水水酸辣甜咸综合着在一起出了另外一种味道，吃酒下饭两相宜。

刚做好，那些去街上闲逛的人回来。这下，坝子上又热闹起来。看打牌的人多了，嘴就零碎，站在打牌人的后面，你一言他一句把刚到手的牌章子都漏了出来。打牌赢了的也伙着闹，嘻嘻哈哈弄得牌桌上都像刮风似的，只是那输了的高兴不起来，板着脸惹人取笑，还要耐着性子哼哼应几声。听着他大嫂出屋说饭菜都好了，才便散了场合。这顿饭也不讲究，还要吃酒的几个人去屋里围着方桌坐了，菜是那两盘端正过了的腊肉香肠，一盆烩热的杂拌菜。想着要下酒，他大哥把买的蒜咸带壳花生捧了几捧放桌上。说实在的，几个人中午酒喝得二麻麻的，菜也吃得够味，这会儿小酌，真的称心如意。屋外边，大圆桌中间放了一大瓷盆烩菜，两个电饭煲锅饭都端了出来。众人个个拿碗捉筷，有的围桌坐了凳，有的干脆就站着，舀碗饭，去夹撮菜，人人吃得嘻哈打笑，老少同乐。没一会儿工夫，锅里剩了些饭，那一大盆菜连汤带水没啦。他大嫂看着没了菜，便说要下面条。众人几乎异口同声说这顿饭吃得合适，多吃一点胀人，少吃一点精神。他大嫂听着也不去忙乎，收捡桌上的碗筷。有人见着帮忙，一道去厨房洗了。张秀花进屋看丈夫还在吃酒,也不多话,顺便去桌上抓了两颗花生剥壳吃。老于的三哥喝了一口酒后,拿出手机翻日历,正儿八经竖着脸说了日子,请兄弟姊妹去他家吃酒。众人听着自是应允,又有说要请酒的,大家便掰着指头算天数。几乎每家人两边都有亲戚,这边请了那边请,看有空没得。那请客的不依,说不来要怄气。老于咳咳几声,说自家初七请客。众人说他才搬了新家,一定是要去他家庆贺,吃过饭好去溜达田园风光。这样,屋里的人吃酒说话闹热,屋外吃过饭闲聊的人听着都来看闹热,有搭话挑衅的,声音一个比一个高朗。这酒吃得是喝酒的乐,看喝酒的也乐,一直到夜晚了,亲戚有的告别回家。这么,喝酒的看着去舀饭吃。有的喝了酒不吃饭,去抽支烟喷烟雾。老于是酒要喝烟要抽的,去舀饭吃,那晓得喝了酒眼蒙蒙的动作有些差池。他三哥看着说四弟,你不要喝高了哈。老于说哪有,你我上了年纪,手脚有些迟缓很正常。酒喝多少,心里就跟明镜似的。张秀花一旁听了话,要身边站着的儿子去给他老汉舀了点饭。老于吃了,想着丢下碗就走不好得,抽支烟,与众人聊些话后,说要去等公交车,一家人这才走了。

也是,接下来的日子,老于一家接二连三走人户吃春酒,又请了两边的兄弟姊妹来新家吃饭。看过了田园景色,众人都说他两口子会生活,选了绿色氧吧的地儿住家,还有一洼地种菜,既锻炼了身体,还提高了生活乐趣,有自家种的新鲜蔬菜吃。老于夫妻听了话心里乐呵,觉得众人之说实际,邀请兄弟姊妹家经常来耍。这样,快乐的聚会一直过了大年十五才告一段落，才又恢复了平常的生活。年轻人上班，小娃儿上学，老年人在家休闲。说实话，老于夫妻过完年，家里身上用得一分钱不剩。不过，两个人心里一点不慌，回到平安镇住了几天，等到社保工资到账，拿着卡坐车去温江建设银行取了出来，回到小镇，去邮政储蓄所存了三千元，身上留了两千六百元做两人日常生活开支。第一件事花了九十二元钱去买了一袋五十斤重的汉中大米放家中。第二件事花了一百元钱去镇上榨油坊亲眼所见现榨现卖的清油买了十斤。确实，现在的人吃饭不得行，以老于来说，他年轻时买的这五十斤米一个月放马儿跑地要他吃，真的还就轻轻松松地吃了。可现在，他夫妻俩五十斤米要吃两个半月。也就是说，肚里油水足了，吃米饭就吃得少了。老于一个月要抽一条半的香烟，要喝七八斤白酒。来到这里，他把一包烟的消费提高了几元钱，以前抽十五元钱一包的红颜色娇子烟，现下抽二十元一包的软包装的云烟。白酒是去酒厂买的二十元钱一斤纯粮食烤酒，当地人称平安镇五粮液。平时，去炒货铺子买点瓜子花生，赶场天去水果摊子买些水果。所以，一个月生活规划，手上的生活费差不多用去了一半。这么一来，剩下的钱便是买盐醋酱茶和日常生活用品与吃菜的开支。夫妻二人生活了几十年，老于又会做菜，什么当买，什么可以将就，怎样操作，用钱多少，过日子自是有一套经验办法。再者，到了农村小镇，又是隔天赶一次场，买了菜吃两天，自然是好盘算。今天赶了场，明天不去镇上，一分钱都不用花费，一个月下来，觉得时间过得快，那社保卡又打钱上账，手上还有没用出去的生活费累计到下一个月。等着几月下来，卡上的钱都不用取。

当然，两个人节约，但生活上绝不怠慢自己。老于对妻子说你我年轻时上班又要带娃儿，生活上忙来忙去的过得粗糙。现在上了年纪退休在家，过日子就要对得起自己。社保卡上的钱就是这么多，与那些退了休拿钱多的不能比。是般，不去想，免得找烦恼，就看自己眼面前。说到穿，时下的衣服穿不烂，你我都是节约惯了的人，丢了觉得可惜，也就将就着穿。说到吃，我想一天三顿饭要保齐，就是菜要吃得精致。早上这顿饭，可变着花样吃，昨天早上喝了一包牛奶，吃一个鸡蛋，今天早上就可做些肉臊吃面条，明天早上可吃汤圆，后天早上吃稀饭馒头或者是包子。总之，有那么多的小吃，我们一天天变着法儿吃。中午饭呢，我想一般就炒两个菜，一荤一素搭配，但菜一定要做好吃，绝不轻慢，绝不拖泥带水，回锅肉就要像回锅肉的样份，鱼香肉丝就要有鱼香的味道。晚饭呢，最好是把中午剩的菜打整了，下点面条或者煮点烫饭，做到不吃隔夜菜。张秀花听了一笑，说老于，你菜炒得好吃，我是晓得的，可你说的这些不就是我们以往的生活方式么，怎么又说起吃饭的菜要精致些。老于笑了一下，说我是这样想的，你我都是上年纪的人了，搬了新家，日子要好好过。一顿饭菜吃不好，对不起自己，一天没过好，也对不起自己。张秀花说难怪不得，你现在抽烟喝酒都提了档次，原来是这样想的。老于嘿嘿一笑，拿手机打通关游戏。

这款游戏是过年时儿子给他下载的,他玩过了几次坠入沉迷中,麻将打不打都无所谓了。回到平安镇家里,电视也不怎么想看了,有事没事都要把手机拿出来打上几个回合才觉过瘾。张秀花笑他,说儿子教了老子,老子比儿子还着迷。老于听了哈哈笑,对老婆说这里面有些乐趣,不像以前玩打斗地主。你没看到,我们这些老辈打牌时,年轻人差不多都拿着手机玩么。去一看,才晓得好玩儿,倒把时间混得不知不觉过去了。张秀花打趣丈夫说是啊,不看不知道,你一看就迷倒。老于笑了,眼睛不离手机说不是我迷进去了,就是你的儿,不也迷得个一塌糊涂。还有那些侄儿男女,哪个不是拿着手机不丢手。我打斗地主游戏,还被他们笑话,说现在都打通关游戏,谁还要这落后的玩意儿。张秀花听了话嗨了一声,说现在的年轻人,书读得多,啥子都晓得。可我就不明白,这些游戏是八九十年代街上卖的儿童游戏机里就玩的花样,怎么打起来就没个完。走在路上,就能看到有的人瞅着手机发笑,使得一旁的人看见都觉着有点痴,他还做出一副精气神的样儿装不屑一顾的姿态。老于听过话说你说的那儿童游戏是初级版的,现在人玩的是高端游戏。你没有玩,无知者无趣,不知者无所谓,所以没这方面的快乐。我告诉你,我现在手机上玩的通关游戏是电脑版的。等上了阶段,便是真人在电脑上较量,那才是玩脑。打耍的话,赢了他给你竖大拇指。输了他骂人是猪脑壳,啥子怪话都骂得出来。还有,你见到路上看着手机发笑的,那不尽是玩游戏的。现时的人爱上网发消息发视频,想引人注意逗人发笑，嗤话假话脏话矫情写意，发些猪翻跟斗鸡唱歌的图片，以博得他人相顾，看的人多了称为"粉丝"。记得不，有一次我们去郫县唐昌镇赶场，在茶铺里看到旁边桌子坐七八个老头老太，年纪比我们大些，听口音从成都来的。一个瘦小老头与旁边的老伙伴们称雄说他自己网上发文，点击率现有四万九千个。哪知一个胖老头听着话咦哟了一声，说有这么多的点击率，不简单啊。我自己上网发表些小诗，写点调笑文章，顺便下载转发些老年人买保健品之类的网文，想吸引眼球，以凑"粉丝"堆积，也就有三千多个"粉丝"，有的点赞，有的还怪话乱说。张秀花听着丈夫的话一笑，抿抿嘴说我咋个不记得，瘦老头后面说要帮助胖老头，准备把胖老头写的东西去他网页上转发，胖老头听了一激动，屁股坐在椅子边上脚下一滑差点儿跌一跤。这时，同桌的一个妇人还喷了胖老头几句，说他没名堂，网上就图个热闹，"粉丝"多少有个啥子嘛，还去计较得那么真，差点摔到地上。胖老头回了妇人一句，说你只晓得打麻将打长牌，哪知网上乐趣。这网上的粉丝就如麻将桌的钞票，多了才起干劲。张秀花话到这嘿嘿一声，看着丈夫说那天我问过你，你也说了网上乐趣的话。不过，你那时没学会上网打通关的游戏，还没迷着网上去发视频。老于看着老婆说网上的东西我还真的不知所然，至于网上打通关的游戏有啥感觉，你喜欢跳舞，那滋味在心里面是什么，你都体会得到，这手机上玩游戏，与其差不多。以前，我手机拿着也就打电话用，了不得有时给亲朋好友发个短信。嘿嘿，哪知道网上的内容多，涉及面广，乐趣也多。一机在手，能看很多东西，我也在逐渐熟悉。说实话，那个瘦老头在网上有那么多粉丝，真的不容易。要知道，你在视频里一说一唱，一笑一颦，关他人何事。没得你一厘钱的好处，没尝过你一丝丝糖味，为啥要来给你点赞，成为你的粉丝。要知道，有的事站着说很容易，弯着腰去做就很难。许多事不在意时觉得没啥子，上了心后才知事情不好做。如是，我听了那个瘦小老头的话心里蛮佩服的。张秀花呵呵一笑，说你这一辈子，难得听到说佩服人的，我看你也默到心里去了。老于一笑说这有啥子嘛。以前你不跳舞，看着别人跳舞便说男男女女搂着一处成何体统。现在去跳舞了，不也是着迷得不得了。生活中有一种现象，温水煮青蛙，其实，时间慢慢把我们都煮了。张秀花笑了，笑得呵呵的，笑过了说你呀，看起来有点呆，心里倒是丰富着呐。只要你喜欢的事，东说西说都有话。好了，你打游戏，我看电视，个人自得其乐。老于嘿嘿一笑，也不说话，身体在沙发上挪动一下，整个人坐得舒舒服服地玩起游戏来。

十一

老于在手机上学会了打游戏，人就像翻新了一样。整天只要得空，都要拿出手机上下划来划去地刨，站着刨坐着也刨，有时做着事也拿出来刨，一副孜孜不倦任劳任怨的样儿，比他读书上班那会儿还要展劲。久了，张秀花一看到丈夫打游戏，心里就有点发闷。原因很简单，小区里住家户少，平时见着面的人也少，想说个话都难得，心里面总觉空落落发慌。其实，老于心中也是这般状态，只不过他还没醒豁过来，自己迷恋手机上打游戏，也就是找个事来混时间。一天，两个人去赶场，看见一个人拉着拖兜车卖广场舞碟子。老于劝老婆买一张碟子回家连接了电视放出来学着跳，好打发时间。张秀花爱跳舞的，最近又迷上了广场舞，合了意思，买了一张碟子回家放电视上边看边学。过了几天，将近黄昏，儿子打了电话来，说有人要租城里自家的老房子。两人商量了大半夜，第二天一早就进了城。事情倒也顺利，租房子是一对才结婚不久的年轻夫妻，刚从农村来城里打工。也是，这对年轻夫妻让老于夫妇长了见识。怎么说呢，大概是这男的做事有点卖晃，爱说些有来头的话。几个人才见面，所问还没个搭处，就扯了些别的话进来。小伙子便说自己是在亲戚家开的公司上班，租房子不是两个月三个月地住，租房子一住就是两三年，要老于夫妇在租房的价钱上少一些。老于听着小伙子说话先声夺人，心里觉得被动，可转念一想别人是要出银子的又去在乎什么气概，与老婆一阵商量，觉得房子租出去的时间长会少些麻烦，便同意在喊价上少了一百元。本该一千二百元的租了一千一百元。年轻夫妻听后一阵商量同意成交。于是，这桩事正儿八经签了合同。年轻夫妇要租两年，每月定着日子交租金。老于在写合同时起了心机子，觉得计划没得变化快，得随着市场消费行情来，房子只能一年一年地租。这般，年轻夫妇交了七千元押金，交了一个月房租,收了老于写的合同和押金字据,安心地住了下来。老于夫妇收了钱,给儿子打了个电话,两人便坐车回了平安镇。确实,房子租了出去,每月都有一千一百元钱的进项,夫妻两人心情上着实舒畅了几天。张秀花学跳舞有了干劲,可老于在手机上玩通关游戏少了兴趣。怎么说呢,这老头拿着钱后,突然有了一种感觉,手上要有钱人才实在,手机上打游戏玩不过是人没事情做时的消遣。这么一来,热情经不得冷水浇面,清醒了过来,才又觉得自己以前沉湎网上斗地主游戏和玩通关游戏有些幼稚。赢了怎样,输了又怎样,又不能饱肚子解口渴,也就是自己闲得慌的时候找些好耍来混眼前的无聊,弄得还大惊小怪的样子,迷迷糊糊得一本正经,现在静下来一审度,暗自都有些好笑。

　　当然,生活里有许多这般乐子,喜欢的程度因人而异,差不多是一时新鲜。就像老于八十年代学跳交际舞,人一个激动,听着音乐声脚就痒痒。平日下班后,吃过晚饭走老远的路都要去公园。那时,跳舞的人多,公园里人头攒动,有场地之处,人群一堆一堆的,有放录音机的,有弹吉他的,只要打得起节奏,人们就跳啊,兴奋地跳着,跳得筋疲力尽后兴高采烈地回家。这样,老于心里一激动,产生了想法,想把交际舞跳好了,不说要去比赛夺个大奖,也要让周遭熟悉的人对自己刮目相看,说老于是有文艺细胞的人。于是,他就不打闪板地跳舞有三年,直到一次与一位女士跳舞,那女士吃了蒜,满嘴气味熏得他难受,严重地影响了他的情绪,此后,便再也不去跳舞了。多少年后，他把这事说给张秀花听，老婆笑他，说他没名堂，抱着一个柔软的身体转来转去，还嫌嘴里出气闻不得味道。老于像要对老婆表忠心似的，说你没有闻着也就不晓得那味道熏人，我出了舞厅心里就发翻打嗝，一个人几天都不舒服。当然，这都是些陈年旧事。现在，老于与妻子在这入住率少的小区里过日子，无聊的时候一会儿来一会儿又来。找不到耍的，无所事事人觉闷躁，想看电视，老婆又放着碟子学舞，下楼遛一圈见不着人，去与门卫聊些话，谈天就是云，说风就是雨，说些啥都是打着哈哈，没得说回家来，这间屋晃一下，那间屋蹿一下，电视看不成，书又不想看，耐不过只好拿出手机玩游戏，打几盘觉着无趣，坐在沙发上看老婆跳舞，一会儿，眼睛就细眯起来，禁不住打响了鼻鼾声。等着他醒来，身上盖了一件衣服，老婆已在厨房里煮饭淘菜。他赶忙去厨房，要妻子去休息，自己来炒菜。张秀花笑了笑，也不说话，出了厨房，觉得闲着无事，也不开电视，嘴里哼着调调，在客厅里回旋舞步。真的，妇人勤学苦练，已差不多跳得来了碟子上三首歌的广场舞，人处在兴头上，乐此不疲。待丈夫端了一盘烧白菜，一盘包肉片放桌上，她才收了脚步。两个人吃饭，老于这两样菜做得地道。烧白菜锅里放油烧辣，放点盐放一坨拍碎的姜，倒白菜锅里炒匀，放点盐掺些水待菜熟了后勾点胡椒粉和一些些儿味精，再勾些水芡起锅装盘。这白菜与生姜和胡椒碰撞后烧出来的香气新鲜，盐和味精与菜融合的味道好吃。包肉片这道菜在成都是有传说的，肉片厚薄均匀，放点酒搅和后，再去冷水里浸泡一会儿沥干，放些盐和味精与胡椒粉水豆粉蛋清和匀。锅烧辣放猪油滚后放肉片炒散放姜蒜片，之后放葱节勾二流芡起锅。这菜油烘烘的，肉片嫩滑，吃在嘴里，胡椒和味精顶着的香味让人起舒服的感觉。有句老话，遇着会做菜的厨子有口福。张秀花听到这句话是她奶奶说的，当时不明白意思，问过了知道奶奶那一辈人活在男尊女卑的年代，妇女裹着小脚，嫁给有钱人过日子有吃有穿不愁。若嫁人是平民对着百姓，男人有手艺自食其力，日子过得一般般。要是男人没手艺，只有靠气力挣钱吃饭，生活起来坎坷。如是男人不争气，在外面当混混，日子就过得不好说了。混得好，有吃有穿倒也过得，若是混得蹩足，一家人都得挨饿受穷。再要是遇着差不多像讨口子一般的男人，日子就过得惨了，有的卖儿卖女事都要出来。张秀花问奶奶这句话的意思，老人家告诉她，人生在世，无论穷和富，都要说吃和穿。富人家不说了，有享受的。论到平民百姓，当属手艺人。在手艺人中，厨子专做吃的，吃和穿是不是占了一字。再又说，厨子做菜，都是有钱人吃的，嫁了他是不是吃得着好味。张秀花听这话已是六岁有多，去问爹娘，奶奶的话可是真的。他老爹告诉她，奶奶说的是她老人家那年代的事，是真的。只是啊，到了新社会，这样的事都过去了。爸妈都工作上班，每月有工资，安居乐业有吃有穿生活有保障，你哥哥姐姐上学，等你满了七岁，也要上学读书。所以，现在的人已不再是你奶奶那辈人过的那种生活。后来，张秀花读书下乡又调回城里工作，生活中经历了许多事情，也晓得了生活中自己还没经历的许多事情，还有自己不晓得的许多事情。当有一天，儿子差不多六岁时，吃早饭把一个煮鸡蛋的蛋黄丢在了桌上不吃。她看着舍不得，捡起来就从嘴里吞下肚，之后问儿子怎么不吃蛋黄。儿子摇头说不想吃蛋黄。张秀花不再说话，送儿子去幼儿园路上，讲了自己六岁时吃鸡蛋的故事。那时候，兄弟姊妹连自己七个，一年三百六十五天只有自己过生日那天才能吃上一个鸡蛋。一个人吃一个鸡蛋，周围六个哥哥姐姐弟弟妹妹六双眼睛都盯着你看得不眨眼。小儿子听着话问娘亲，你们不吃鸡蛋吃什么呀。张秀花说吃米饭啊。每个人都配得有粮票。儿子问，米饭多吗。张秀花说一家九个人粮票买米的斤数合拢来每月有两百多斤，粮店米卖一角四分二厘一斤，光是每月买米的钱都要用掉你婆婆一月工资的一半。你么姨那时小，一月只有十多斤粮票，吃饭不晓得让嘴，便是你外爷外婆护着，每顿饭都是忍嘴让她吃饱。小儿子听了话又问娘亲，你们没得鸡蛋吃，过得苦么。张秀花对着儿子摇头，说有饭吃，有衣穿，有书读，比起你爷爷婆婆小时候，不知好到哪里去了。我们这一代，生活上节俭，桌上掉一颗饭，大家舍不得都会捡起来吃。不像你现在，鸡蛋吃得都不想吃蛋黄了。儿子听了这话，吃鸡蛋不再丢蛋黄。怎么说呢，人生一辈子，先说吃，后说穿，吃穿二字最讲究。过了，便是要知足。这是心情上的事情，涉及方方面面。心不知足，欲望天远，哪里有个完。所以，张秀花晓得自己是一个草根百姓的命，也没啥多的想法。守着丈夫会做菜，心里倒也

| 过 往 | 107

满足。

　　吃过了饭,两人睡了会儿午觉起来,张秀花本来是要放碟子跳舞的,看着丈夫一上午走来走去无所事事的样子,她不跳舞了,对丈夫说去地里看看。也是的,两个人在过年之间与亲戚看过自家种的菜地,那时间菜秧子才刚刚生起来,可能是来来去去忙着过年疏于打理,那些菜秧子长势并不好。过了年,两人去地里看过,长出来的菜秧子差不多枯萎了。本要是重新买苗子栽过,可一时也不知栽什么好,再又是节日里来来去去走人户后觉着累,这事便搁那儿了。其间,乡村小镇的生活虽闲情逸致,毕竟住家的小区太过冷清。那几户才认识说过话的邻居过了年还没回来,其他见过面没说过话的邻居偶尔能遇着,微微笑地想招呼又没招呼,走过了让人都有些徘徊。大概心里的想法,要是有个人抻头,或是有件事能让大家聚一处,彼此借机说些话,也是认识的起始。邻居家嘛,今后好有个照应。可是啊,每个人有自己的性格和心态与脸面。人心隔肚皮,别人怎么想的,谁能够知道。不过,有句话说得是,会猜闲事为聪明。有的人心思被人看出来,你把他说着了,可他就是不承认你说出了他心里的意思。当然,人之间相为的事在理解。脾气好的还宽容得过去,脾气怪的便难得说了,对他人说的话心领意受了呢大家笑脸相向,若是一句话不对,弄不好就要起口角,以后又怎好相处。这方面,人与人之间仿佛心有灵犀,你怎么个意思,说不定别人也是这个意思,就是不说出来彼此也感觉得到,装模作样也看得出来。所以,打过照面,相互之间招呼过后有了来往，这便是人情美美的事，可有的就做起不理人的样子，好像高人一等似的，根本就与他人不来往。当然，这是个人的性格和德行还有生活圈子交往的习惯所致。有的人喜欢和人交往，有的人不喜欢与人交往，还有的人不屑与他人交往。是般，老于听了话看着妻子笑笑，说要去看菜地，为啥不跳舞了。张秀花说我跳舞，你一个人没事做晃来晃去难过。我看啊，今后我们白天有空去地里或是去转绿道看景色。吃过晚饭，我再去小区跳舞，你呢就去停车场转圈儿，走走步锻炼身体，看着时候回屋看会儿电视。这里清净，晚上差不多的九点过钟都熄灯睡觉了，我们也要适应这里的生活。老于笑笑，说你讲的话也是个法子。从古就有一句话，上了那个坡，就唱那儿的歌。来到这里，自是要习惯这儿的生活。

是般，两人扛着锄头去了地里。走拢时看见洪大爷与老伴在自家地里扯草，大家打过招呼说了些年后祝福的话。之后，洪大爷叫声老于，你地里的菜苗苗都荒芜了。老于笑笑说过年忙了一阵，前些天来看过，晓得菜秧儿干枯了，今天来挖地，打算重新栽过。洪大爷问回来几天了，怎么没见着你们。老于说回来得快一个星期了，下楼来看不着人，又回屋里。嗨，你老两口过年进城去过没有。洪大爷说初三大女儿家开车来接我们去耍了一天，初九幺儿子又开车来接我们去耍了一天，都是当天就回来了。老于说你娃娃接你们去耍，都没在城里住。洪大爷说娃儿要留我们住，可我们不愿意。在这住习惯了，还是觉得这里舒服自在。话说到这，老于夫妻去挖地。过了一会儿，来了一对夫妻，男的差不多同老于一般老，扛着锄头，女的相貌上看得出比她丈夫要小些，提着一个塑料桶儿，与洪大爷打过招呼，径直去了一洼地里，也不动手做事，看着老于夫妻。老于停下了手上的活路，张秀花在捡地里的石头，也停了下来，去看着了他两人。大家没见过面也不认识，今天是第一次遇着，四双眼里，都是热络络的。那女人对身边的丈夫打了个话茬儿，嘿，老王，又来新邻居了。接着便向着老于夫妻问你们是才搬来的，住几栋楼。张秀花笑一下，说我们住九栋楼，是过年前搬来的，春节去城里过的年，回到这也没几天。你们呐，住几栋，又是好久搬来住的，怎么从来都没见到过。那女人说我们住六栋，是去年七月间搬来住的。住得有两个多月，觉得这里人少，便回城去住了几月，前天才回来。嘿，听口音你们是成都人。张秀花点头说是成都人，听你说话，也是成都的。那女人连忙说我住西门，你们呢。张秀花说我们也住西门。你们住哪条街。那女人说我们住三道街，你们呢。张秀花说我们住方池街，离你们住的地方隔了几条街。这样，两个妇人说着话就凑到了一块。大概住在这小区里感到寂寞难耐，遇到肯说话的，彼此都有相见恨晚的感觉。也是，就在两个妇人连珠炮般问话答说时，两个老男人也走到了一块，互相拿出香烟请对方，跟着打听了姓氏。老于知道了面前的男人姓王，他老婆姓罗。这下，几个人也不客套，就老王老于地喊，妇人就称呼张嫂子或张大姐与小罗或罗小妹，都喊得答应，回声袅袅的，也找得到话说，你一句我一句的没完没了，地里的活路都不想做了。直到天色平西,两家人才一路回家转。进小区大门分手时,小罗对老于夫妇说,吃过饭后我两人会到停车场转圈儿走步,你们来不来。张秀花不等老于喳腔,捞起话就说,你们都要去,我们一定来。说过,各自回家煮饭吃。老于夫妻觉着今天遇着了聊得来的人,心情好得不得了,做饭炒菜都喋喋不休说着老王夫妇。一个说老王说话稳重,待人接物有分寸。一个说小罗人直爽,会说话。当然,他两个唠嗑着老王夫妇,这老王夫妇也念叨着他两个。一个说老于说话委婉,处事方圆。一个说张嫂子直性子,说话不拐弯抹角。总之,两家人觉得投缘。晚饭后又在停车场会面,说着话转着圈儿走了有一个钟头,约好明天一同去赶场,才依依不舍各自回了各自的屋。

第二天,老于夫妇早上七点钟起床,把饭弄来吃了已是八点过钟。张秀花洗碗,老于便下楼去六栋楼张望,没见着老王夫妇,又去小区停车场遛了两圈,过来又去六栋楼张望,还是没见着他两个,只好回了家。张秀花在屋里等着,见丈夫进来,问了事情经过,两人商量一下,猜不着老王家的意思,决定自家去镇上。说过,出屋锁上门,乘电梯下楼,刚出单元门,就看着老王夫妻站在楼旁小径处张望,见着两人就打招呼。原来,老王夫妻起得早,天见亮就去挖地,老于去张望时,他两人刚从地里回来上楼,一人下了一碗面条吃,这才到九栋来张望,碰巧老于夫妇从单元门里出来。于是,四个人说着话一路去了镇上,邀邀约约在街上转了一圈,随着人群去了菜市场,你买白菜他帮着问价钱有少没得,他买萝卜你帮着说价钱少一些,也是人情攻势,说出话来都比往常有了些胆气。这便,买了菜从菜市出来,接着又去正街旁边一条巷子买菜秧子,这个说要给地里分段撒萝卜种栽些白菜秧,那个说你栽啥我就栽啥。这么一来,大家说得闹热,各家买了两元钱的萝卜种子四元钱的白菜秧子,便往回走。来到镇上大路口,见一旁横街当头处有几个补鞋匠,老王穿的皮鞋尖有处脱线,问鞋匠补一下多少钱。鞋匠看看他脚上的鞋子说要两元钱。老王去小板凳上坐下,脱了鞋递给鞋匠,就见鞋匠把着手摇补鞋机转了几圈,皮鞋就补好了,还补得巴适。老于看着来了兴趣,问补鞋匠擦不擦皮鞋。鞋匠看着他说擦皮鞋一元钱,你擦不擦?老于说擦嘛。老王给了鞋匠两元钱,穿上皮鞋起来让板凳给老于坐。老于坐下也不脱鞋,鞋匠就擦起来。老于叫声鞋匠,擦鞋多上点鞋油。鞋子擦得亮,走路……他一时找不到话说。鞋匠听着把他的话说了,鞋子擦得亮,走路有方向。四个人听了都笑起来。本来,几个人心情就高兴,现在被逗开了,这个说鞋匠会说话,那个说鞋匠有对子。擦过鞋,老于给了鞋匠一元钱,大家说说笑笑地回了小区。分手时候,两家人约着下午一道去地里种菜撒种,为了方便联络,互相说出手机号码,还拨通了听铃声印证,落进朋友圈行列。下午,小罗就给张秀花打来电话,两家人约好一起去了地里劳作。老王夫妻早上就把地挖泡打细,这阵到了地里撒萝卜种栽白菜秧,三下五除二就把活路做完了,过来看老于两口子忙活,也不搭手,就在一旁说话。老于把昨天没挖的地挖泡,接着把土打细刨平挖窝,张秀花就见窝里栽一苗白菜秧子。没栽几棵,就见他两个来唠嗑,也不停手也不匆忙,东一句西一句与他两人搭讪,觉着做活路有人陪着说话,还有点闲情雅致。这老王夫妇在一边闲聊,一边要不要对两个人讲些栽菜窍门,一副君子动口不动手的姿态。后来,老于两口子晓得了这小区里的人不帮他人干田里的活。怎么说呢,就那么一洼洼儿地,种菜也就那么一点点儿乐趣,你去帮着做了,别人不是少了这些儿兴致。是般,这小区楼房有七百多户型,差不多的人士都喜欢田园式的生活,才跑到这农村来买房子。可是啊,土地有限,开发商修楼盘,没曾想到离城远了,楼房降低了价钱都不好卖,而且还卖得艰难,剩下的二十多亩地再不敢修楼,怕修了楼房卖不出去,便在田垄四周砌了砖墙围起来。土地放敞那儿不种庄稼,隔了几月就长出蓬深窝草。这般,售楼出于商业目的,要扯买卖的篷子,把闲荒着的土地拨出二亩地来要吸引买主,分成一畦一畦儿送给签约的业主临时种植。后来见购房的业主多了,二亩地怎么分送,只得蒙一个是一个。到头来,七百多户型的小区,有这畦地的也就是二十多户人家。而且也知道,这一畦地能种多久没个定准。开发商若要修楼,说收回去就得收回去。不过,人顾眼前,在这里居住有一畦地种菜,闲情之中掺杂些劳作且又能带来些丰收的喜悦,优哉乎游哉。

十二

过了几天,老于种地认识的几户人家回来了。当然,还有一些老于之前种地没见着过的人家。大家聚在一处,不认识的认识了,认识的熟稔了。春光明媚,树芽花开,众人一边劳作一边说笑,好不热闹。小区里一些没地种的人家过年后回来,晓得这处人多,转都要转过来凑一脚,说些话,心头才安逸。要不,一个人在屋里在小区里在街上待来待去的转来转去混时间觉着难过。一天,一个姓蔡的老妪过来告诉众人,小区里又搬来一户人家。大家听了心里都有些莫名的高兴,觉得开了春,这小区住的人家会越来越多。一个姓吴的老媪,是攀枝花市人,丈夫姓刘。她爱种地,丈夫不喜稼穑,时常是她务农,老刘就拿着傻瓜相机在小区里转悠,遇着好看的花枝树型或是飞鸟走狗,一高兴就拍照一张。这会儿,吴老媪听过蔡老妪的话,心里默了起来,也不去听众人说话。过一会儿,她对大家说我想了一会儿,小区里大概现在住有了七十多户人家。有天晚上,我和老刘在院子里转了几圈,数了一下,亮灯的人家有四十三户。蔡老妪摇摇头,说我前天去交物管费,听着物管张经理与其他的两个物管还有收钱的小赵讲,这小区里搬来住的人家有一百五十多户。我问张经理,小区里已有一百五十多户人家搬来住,怎么平日难得见人。张经理告诉我,这儿买房子的来自五湖四海。有买了房子不来住等房价涨起来后卖的,有现在上班等退休后来住的，有来住了后又去儿女家带孙孙的。总之，各家有自己的想法，各家有自己的事情。再者，这儿住的人家差不多在其他地方都买有房子，来了又走，走了又来。所以，现在这儿常住的和时间住得久的人家大概有五十多户。不过，过了年后，倒是又有几户人家来装修。唉，蔡婆婆呐，我们物业也想这里住的人多嘞。一旁的何嫂听了话，说他们当然希望这里住家的人户多啰，多了好收管理费嘛，说到钱，有谁嫌弃多的。众人听过，一笑了之。过了年后种地的人家陆陆续续回来，忙着地里的生产的有鳏爷周老汉，钱家夫妇，郑家老两口，寡妇刘太婆，李家夫妻。周老汉接着了何嫂的话，说他物管怎不想这住家户多嘛，坐办公室的一个常住干事和收钱的小赵连同经理三人，门卫七个，扫地的六个，一个月下来，光是发放工资都要好多钱。这些钱从哪来，还不是靠收物管费才有。一旁的老杨听着，说周工啊，你这话值得商榷，如是靠现在住户交的物管费，明眼人都看得出来，哪够他几个的工钱。周老汉说是啊，我就是不明白，这生意怎么做，就像寡妇养着几个娃，收入从哪里来。老王的妻子小罗笑了笑，说做生意能让一般人看得出来卯巧，破落户会有几个。郑家老汉听了话，说这么讲我爱听，他物管公司见不着光明，怎朝着亮处进步。所以，生意之人，都在利边行。郑老汉将近七十岁的人，满头白发，说话出声张弛有度，有言语，有典故，爱赞言子，仪态从容，看不上的人从不打招呼，熟悉的人总是笑脸一张。不想，他老人家说倒是说了，一旁种地的李家夫妻难得出了言语。这两口子都是快六十的人了,老家在资阳农村,老李以前是公社农机站开拖拉机的,由于他的关系,妻子在本大队的小学当了代课老师。妇人姓白,虽说老了,人样高挑,使丈夫老李显得矮胖。老李种地与老郑有了接触,一来二去熟悉后觉得老郑说话有学问,口吐珠玑。此时,听了郑老汉的话笑了笑,叫声郑老,你一席话说到了大处,就像酒瓶掀开了瓶盖儿,闻着味道都舒服。郑老汉皱起了眉头看人,之后一笑,说也不是说到了大处,一根竹竿,一根竹影儿。现下的人,油水足了,谁个不精明。啥子事不明白,亏本的买卖哪个肯做。旁边做活路的刘太婆,都是七十多岁的人了,听了郑老汉的话说老郑,你这话说得透彻,人都是聪明的,就看用在哪方面。他物管几个,没得金刚钻,敢揽瓷器活。那么些人做事情,没得工资,谁肯待着这里不动身。郑老汉听着今天上午就有两个人奉承他,心里乐啊,神情上不显露,不再说话,一副云淡风轻的样儿。蔡老妪这时想起要去镇上,对众人说今天新街上祥福超市开张,我刚才过来,听着当地人讲有赠送礼品。刘老太抬起头看着蔡老妪,问送什么东西。蔡老妪笑笑,说听到是送几个鸡蛋。刘老太一笑,说正好我要买鸡蛋,随你一路去看看。一旁的何嫂停了手上活路,向着两人说你们都要去,等着我。老李的妻子白大姐看着了众人要去超市领不要钱的鸡蛋,嘴里嘀咕,常言道,猴肉好吃,猴相难看。你们光去他超市领鸡蛋,买不买他的东西。蔡老妪一笑说领了鸡蛋,想买东西随各人,不买东西去他超市里逛一圈出来,也没得人说闲话。周老汉说吃鱼吐骨头,手上拿着他赠送的鸡蛋,不管怎样是要了他的东西,不买他的商品,面目相对,总像贪了他便宜似的,大家看着了不安逸,自己心里也不好受。蔡老妪说有啥不好受,又有啥不好意思。又不是我在发施舍风,管他起什么雷。他敢赠送,我就敢要。他敢撒钞票,我就敢捡钱。要知道,他这样做,是为了拉买主,都不领他的情,没得人去奉承,他不是唱独角戏呐。小罗听了话看着丈夫说老王,有这不出谷子得米的事,我们也去凑个热闹。说过了去看着老于夫妇说我们要去,你们去不去?张秀花说你们都去了,我们当然要去。要是得到他送的鸡蛋,了不得以后就去他超市买东西。这样,大伙儿鼓噪起来,有的说去,有的说不去。郑老汉先是不去的,见去的人多了,文绉绉地说了句,众人作揖我弯腰,也要去了。还有的人,听着伙伴们差不多的要去,也不说话,拾掇起锄头桶儿走人。其他各位见着有人先奔,谁肯落后,话都不想说了,赶紧去随其步伐。世俗有一句口说俚语,什么好吃,欺头好吃。欺头是占便宜的意思,这也是人心里备份了的念头。确实,生活中有许多事情,交集着了利益哪个愿意吃一点亏,占了便宜谁又不喜滋滋地乐。其实,这一拨人都是闲居在家,每月拿着社保养老金安度晚年。有的人养老金拿得多,就像郑老汉,一月有六千多元。当然,还有比他拿得多的。又是当然,也有养老金拿得少的。就像老于,退休金一月才接近三千元。也是,还有人比他老于拿得少的。有句话说得是,有哪个嫌钱多的。有了的还想有,没有的想追求,遇到这不花钱就能拿着几个鸡蛋回家，不跑快点等啥。就一会儿，菜园地里便没了人影。

　　就这样，这群人伙到一起，生活不再是以前那样孤单地过了。白天，这菜地园子便是大家相聚之处。做活时，众人有一句答一茬说话。累了休息，大伙儿拢在一起闲聊，你有你的遭遇，我有我的故事。人熟悉了，什么都说，天上地下，宇宙地球，亘古今朝。说大点，包罗万象，说小点，各人喜好。远在天边近在眼前，神龙见首不见尾，真亦假时假亦真，凑着一处图闹热。当然，一群人都是有岁数的了，老大不小的也都是经历过了岁月沧桑。孩子时候怎么过来的，年轻时候怎么过来的，老了又该怎么来过，礼义廉耻，七情六欲，见识不同说法不同。只是，受着自身的性格使然，遭遇不同，处境不一样，社会发展开了，各人挣钱方式差异，到头来有的人有钱，有的人就没得钱，生活上的档次自是有差别，可以说差别还大。说到吃穿，差不多的过得眼去。可说到用钱，别人拿得出来随便散漫，自己拿得出来不，心里清楚得很。也是，人过了五十年纪，想起了往事，明白了许多情理，年轻时的豪情壮志随着光阴消磨，逐渐晓得了自己的过来被生活定型，且又老之将至，未免惆怅落怀。然而，人活在生活的现实中，每天都会看到和遇到很多事情。有平淡的，有刺激的，有想法呀，心欲静又不能静的，谁又能够心如止水不起涟漪。所以，这拨人裹拢堆，便是找些乐子说话图个快活。老于夫妇与众人熟悉了，晓得自家每月的收入比其他人家的少，做人也就低调些，只要邻里间说话上涉及钱财收入，嘴里总是含糊其词地敷衍过去，不透真相。老于与张秀花心里清楚，人不能耿直的把自己说白了，要是把自家说得穷兮兮的，得不到一分钱帮助不说，反而会遭人嫌弃。其实，他两个每月养老金和城里租房子钱投拢来也有七千多元，在这里生活两人放开用也要存个三千多元，平常不去东想西想，怎么说心里的感觉都是惬意的。是般，他两个在与人交往上保持着不卑不亢说笑逗乐的态度，使得一旁爱翻是非的势力眼儿之人不敢小觑。可见，活人也有法则。小区里有位姓颜的老媪，独身一人，都八十岁的年纪，有一儿一女两个娃，儿子去了国外，女儿在上海一家大公司当白领，儿子女儿都是挣大钱人士。颜老太退休得早，养老金不多，每到时候，儿子女儿都要给她寄钱来。有多少呢，老人家总是不透真相，笑哈哈说用不完。二十世纪九十年代，开发商建楼用地，赔了她两套房子。颜老太住了一套卖了一套。因为卖得是时候，赚了几万多元的票子。自此，她看到了商机，把卖了房子的钱凑合着平日积攒下来的钱，又向儿子要了五万，女儿要了两万去买了一套房子。那时，城里楼房的价格不贵，差不多的卖一千多点儿一平米。这颜老太有点体会，以前总觉得自己心思涣散，脑袋不够用，从买房卖房起，心思集中了，脑子一天比一天好用起来，低价买进，等一段时间高价卖出就赚钱。这下，老人家的心智激发出来，做事灵光了许多，就这么鸡生蛋又蛋孵鸡地倒腾起来还干劲十足，口风又紧，十多年下来，赚了多少钱连儿子女儿都不清楚。不过，人有了钱样子都光抻，当儿女的看到老娘的照片甚感欣慰。到了二〇一一年，颜老太来桂花小区看着园林景观满意，觉着楼房价钱偏低，一伸手就买了三套房子，使得售楼部接洽业务的小伙儿对着她净说巴结的话。其实，颜老太在城里与双流还有几套房子，而且，那儿的房价逐渐看涨。她心里有盘算，在有生之年里，房子能卖个好价钱，除开自个用的，其余的都留给儿女，也不算枉过一生。只是，想着自己已老迈，儿子女儿不在身边，请了一个保姆照顾，可保姆过年过节要走人，落下她一个老人孤单单的不方便。是便，又在大邑县和崇州靠着山麓地处比较高级的两家养老院挂了单，平时由保姆陪着，想住就去住，自由自在的，要不要来小区住些时候。颜老太到小区来住，觉得居住的人少，没得啥耍事，吃过午饭就去镇上的茶铺打麻将。八十岁的人了，打起牌来利势得很，坐上桌就说打五元或打十元一盘，刮风下雨血战到底，一点都不打闪板，算账又快，好多年轻人都不如她。这么，熟悉她的人都晓得她打麻将厉害，时不时的一些年轻人看到她坐在麻将桌上等人打牌，都不敢上桌。一天，颜老太来到菜园地里，见人多说话热闹，随着一处闲聊起来，也算与众人认识了。第二天上午，颜老太又来菜园子与大家摆龙门阵，说话倒随便了些，东说南山西说海一阵，说到了麻将的事，老人家便邀约人打麻将。当然，众人都是会打麻将的人，自是有凑合之声。小罗本就喜欢打牌的，来到这里人少的缘故，凑不成伙，常有荒废其技的感觉。这会儿听了颜老太的话，便问去哪儿打麻将？颜老太一笑，说小区里没得俱乐部，更没得麻将室，只有去镇上的麻将铺子。小罗听了说我还以为去哪个屋里打牌。原来是去镇上茶铺,那里的堂子不熟悉,不好去得。颜老太说莫得啥怕的,我一个老太婆去都打得上好,你们小我一二十岁,脑袋反应比我快,打起牌肯定比我厉害。小罗听后摆了摆头说打牌的事哪个说得清楚,上桌时个个都说自己笨,一打起牌来仿佛人人都身怀绝技,我就遇到过,开头赢了几把牌,后头就输得一个人瓜起,喷嚏都打不出来。从此以后,遇到不熟悉的人相约打牌,我决计是不去参与的。旁边的人听着一笑,也都没言语。颜老太听了话笑笑,说这般情况我也时常遇着,开始还怵他,经过几次便不怕了。嘿嘿,小区里人少,成天待在这里不打麻将有啥好混的,守着这乡村田野,要不我们大家约起去农家乐,那儿有麻将桌,吃过午饭,想打麻将的打麻将,不想打麻将的可以去逛田园景色。几个人听着话来了兴趣,你一个我一个都说好啊,便邀约着要去农家乐。小罗看着颜老太一笑,说我们都是打小麻将耍的,一盘的输赢就在一元或两元之间,也就是大家凑在一起图个热闹。颜老太听着话扭脸仰头笑笑,然后去看着了小罗,说我以前也是打小麻将来的。有句话讲得好,麻将打小点,大家玩久点。我问句话,虽说一盘输赢是一元或两元,可是得有翻翻加根,打起来血战到底。小罗笑笑,说现在的麻将打法基本都是这样,不然就失去了精彩。颜老太笑笑,便不再多话。这般,小罗问老于夫妻去不去。张秀花说你们都要去,我们怎么不去。老于说这下好啰,平时种地,隔天这又赶场,要不要大家约着去转绿道去农家乐玩,日子便过得充实了。小罗说是啊,到了这儿，大家经常约起去耍，哪点不好嘛。老杨说要想经常约着去耍，我看得有人抻头才行。老于接过话，说老杨的话讲得好，是该有人来抻这个头。不过，还有一句话该讲到前面。常言道，先说断，后不乱。大家出去耍，要想耍得时间长久，中午在农家乐吃饭得碗头开花，各人出各人的钱。众人听后觉得是个理，便要小罗和老于出来主事。小罗听了摇摇头，说我经常要回成都，这事怕耽搁了大家，还是老于担纲得好。众人听过话去看着老于，颜老太对老于说小罗不来主持你来，要不然才蓬起的场合就散了。老于听了话想一下，说我倒是在这儿常住的，你们信得过，我就来抻个头。这般，一伙人除洪大爷夫妇和蔡老妪不去外，其他的都要参加，看天色接近十一点钟，颜老太说小镇边上有家竹林盘农家乐，吃他的饭打麻将不收桌子钱，还管茶水。众人想着来这儿是第一次聚会，时间又快晌午，先要老于和颜老太去打前站，各人回家放锄头桶儿，约好十一点半钟在小区门口集合，随后就到。

十三

竹林盘农家乐在小镇公路边上，老板是当地农民，男汉壮年的没外出打工，守着家里承包的六七亩田栽花种树赚了些钱，买了一辆奥迪小车，一副风起云涌的样子。用他的话说，做生意不容易，一口屎，一口糖。这几年树木生意行情疲软，他另辟蹊径地圈出三亩田修建了一通平房，打造了花园，请了两个厨师，自己和老婆打下手，招聘了附近三个村妇当服务员。农家乐的生意不怎么好，苦心经营撑着，一月下来除了成本和工钱，有的月份能上千，有的月份也就剩个几百。好在自己地盘和房子不出钱，他一家人大大小小的饭都在这吃了。还是他说的话，花了这么大的奔头，没有亏本，不做这又做啥。今天，都要到中午了，他看着来了十多位客人，一张脸就笑起来了，连忙起身招呼，大声吩咐服务员上茶水。三个服务员没经过培训，招待客人随随便便，就像她家里请客应酬亲戚似的。一个妇人手掌上还有葱叶子，一手提着一壶茶水，一手拿着纸杯就来。大伙有十七人众，分两张桌子坐了。这妇人便见人头一人面前端了一杯水。紧接着，一个妇人呈上菜单，小罗接上手大约瞧了一下递给了老于，问妇人，你这农家乐有啥特色菜没有。妇人说有脆皮豆花和鲤鱼烧凉粉，客人来了都是要点的。老于问妇人，脆皮豆花多少钱一份，鲤鱼烧凉粉又是多少钱一份。妇人说菜单上写的有价钱，你看了就晓得。郑老汉听着打了个哈哈，说农家乐我是去过的，还是第一次听服务员这样说话，也是特色。妇人说老人家，我是想你们看了菜单点菜，我好记下来告诉厨房。周老汉向着郑老汉一笑，说没想到吧，大姐说话一套是一套的。你说上联，她就有下联。妇人看着周老汉，说老人家，我哪有这个能耐，也就是为了招待好你们。这时，老于看过了菜单，便要大家也看一下，再说点菜的事。众人听了说，你看过了点菜就是了免得麻烦。老于说我再问一事，一个人的消费是多少，这样才好点菜。大家听了有些议论，有的说消费十元钱就可以了，有的说十元钱能吃什么，少说也得要十五六元钱才合适。这么一来，各人自持己见，场面上就显得乱，你说你的，我说我的，有的人嘴上白沫子都出来了。老于看到没抓拿，去看着妇人说你等一下，我们商量好了再来点菜。妇人也不说话，去过一边。这般，众人合议了一阵，意见得到一致，个人消费在十五元左右。之后，喊来服务员，点了两样特色菜，一盆跳水鱼，一盆仔姜兔，又点了七个其他的菜品，属于荤素搭配。吃下来，每人头上摊了十五元钱。有人喝酒的，酒钱由各自拿钱出了。有句话说得好，亲兄弟，明算账。酒喝多了的，几个喝酒之人蓬起趣，图了热闹。郑老汉喝酒上头，向众人说我小时候家里没啥吃的，就听过这样一句话，人少好过年，人多好种田。现在好了，东西多了，物质丰富了，反而吃不得了，我与太婆买一斤肉炒回锅肉都要端两天才吃完。嗨，放在那儿年，一斤肉一个人吃都还哒嘴。今天这顿饭吃得安逸，人多吃得闹热不说，像开了胃口，酒菜饭都吃得多了。周老汉说现在是人多了好吃饭，以后大家出来耍，我是中坚分子。众人听了呵呵地笑，吃饱了饭，说到了打麻将，就便邀人上桌。何嫂说自己不会打麻将。大家听了她的话都不相信，说这儿年不会打牌的人少，差不多的是人间奇葩，几个人还认为她在装怪。可是，何嫂确实没说假话。十七个人，坐了四桌麻将，她就在小罗旁边看，认得筒条万，就是不晓得怎么去配搭子，也就是说，她真的不会打牌。看了一阵，起不了兴趣，见众人都顾到牌上应声都没了，说个话都不容易，就一个人起身在农家乐转了一圈。出去顺着田间小路看风景，回到小区已是下午六点钟了。

此后，一群人在一处有了乐趣，过日子再也不说寂寞。又是，小区里陆陆续续搬了十几户人家来。有一户是当地之人，老两口带着一个孙女，吃过晚饭，妇人便要去小镇上的广场跳街舞。二三十人随着音乐起舞，动作整齐划一好看，引得很多人围观。张秀花是要跳舞的，晓得了夜晚镇上有跳舞的队伍，约着了小罗与何嫂去看，三个人还跟着跳了几晚上，只因晚上去镇边上过公路有运渣车来往开得飞快，过街不如白天方便，三人一商量便不去了。张秀花就把自己的老式收录机拿出来放起，几个人随歌而舞。没想到，过些日子，小区里有些人家的妇女也来参与，没几天，跳舞的人有了十几个，都说有了耍的。这么，张秀花与小罗和何嫂常在一起，三个人熟稔了，要不要说些透根底的话。一天，大家种地又约去张土鸡农家乐耍。上次去过竹林盘农家乐后，有几人嫌吃饭的钱贵了，这次就去了十一人。吃过饭打麻将，小罗看着何嫂说，你不打牌，咋个耍嘛。何嫂说你们打牌，我就去周围转转看景色去。这次，十一个人坐了两桌麻将，就是何嫂会打麻将也是三缺一。张秀花看老于已在麻将桌边坐得端正，那一桌人都齐了，去看着何嫂说今天我打不成麻将了，隔会儿与你一同去走走。小罗听着去看丈夫老王已在手搓麻将，这一桌已没了座位，看着两人说，看样子，我今天都要和你们一起去看田园风光。这下，三个人邀邀约约出了农家乐，放眼看去，美景当前。春天来了，树叶发芽，花儿开放，沿途迂回，村落田舍，小渠流水。三人一边观望一边说话，心情悠闲自在。小罗问何嫂，现在的人，普遍都打得来麻将，你怎么就没学会。何嫂先不肯说，转念一想，小罗把与丈夫老王是二婚的事都说了出来，这才向两人讲了自己不会打牌的原因。

原来，何嫂的丈夫在一九八九年的时候得了一场病医治无效死了，她便带着十岁的儿子生活。那时，她有三十五岁。少妇当年风韵犹存，热心肠的邻居劝她再嫁，如是愿意，可帮她说一门婚事。何嫂想丈夫刚死不久，怕亲戚朋友闲话，不肯答应。过了三年，孩子上初中了，她感到自己要上班又要顾孩子有点累人，心思活络了些，想着有一个男人来当这个家，自己也好过些。只是，她这么想，又不好说出口，念头就闷在了心里。也是时光悠悠，过了有一年。一天，她走在路上接到一个年轻人给的单子，一看是一家俏红娘婚姻介绍所的广告。心下一阵思量，这办法好啊，自己去了也没人知道，说不定就能会着一个想象中的男人，重组一个温馨家庭。于是，她顺着单子上打印出来的地址找到了俏红娘婚介所。接待她的是一位化妆描眉的中年妇女，收了她五十元钱的介绍费，问了她一些生活状况，登记了她的姓名年龄，要她回家去等候，过两天再来探望消息。何嫂听了话，回家里一个晚上都没睡好觉，脑子里一会儿风一阵雨一会儿艳阳的，就想自己会遇着个怎样的男人。在她心里，自己已是半老徐娘了，要求不高，不奢望男人相貌堂堂风度潇洒，只要有收入会过日子，真心对自己，容纳自己的儿子。当然，有钱更好，因为自己现在上班的工厂业绩和效益已露滑坡现象，好几个月都没得了奖金，听车间主任说，如果生产的产品卖不出去，今后发工资都成问题。所以，何嫂心里的念头，趋于幻想，也趋于现实。过了两天，她又去了俏红娘婚介所，上次接待她的中年妇人看着说她来得正好，约她明天上午来与一个男人见面。何嫂听了话回家里，一个人兴奋了一天。第二天心里有些激动又有些忐忑不安地去到俏红娘婚姻介绍所，中年妇女向她介绍了一个穿西服打领带个子瘦高的中年男人。中年妇女请两人在一张小玻璃圆桌两旁的塑料椅子上坐下后，给两人各倒了一纸杯开水后走开了。男汉向何嫂做了自我介绍，并讲了些自己的事情，又问了何嫂一些情况。之后，两人约了下次见面的时间和地点。何嫂回家后，心里就盼着了几天后约会，人就像度日如年。好不容易到了那天，一个人兴冲冲去了约会地处，望穿秋水等了半天没见着人来，心情从盼望变成失望，只好怏怏而归。回家想了一个晚上，第二天她不得不鼓起勇气在电话亭拨通了俏红娘婚介所的电话，听到了中年妇女的声音，有些不好意思地说了与男汉约会不爽的事。中年妇女支吾了一会儿，说帮她去打听一下，要她隔些天来询问消息。过了一个礼拜，何嫂去了俏红娘婚介所，中年妇人告知她那男汉已在别的婚介所谈成了姻缘。何嫂听着有些气愤，抱怨中年妇女，说你们当红娘的，怎么不调查一下，就让这些脚踏两只船的臭男来与人相亲。中年妇女说声抱歉，还帮着骂了一通那个臭男，接着承诺，过些日子再帮她相一次亲。

这样，过了半月，何嫂依约去了俏红娘婚介所，中年妇人热情地接待了她，告诉她男士还没来，请她椅子上坐，又倒了一纸杯开水，借故走开了。过了一会儿，中年妇女领着一个男士过来向她介绍，又请男士去小圆桌对面坐下，接着去倒了一纸杯开水放在男士桌面前，说声你们慢慢聊就离开了。何嫂见男士个头不高身体略胖，样子歪瓜裂枣的，心里就不愿意了，想离开，又觉得这样做不好得，一个人敷衍地坐在那，男士说了些啥话都不晓得，直到男士问过她两三遍话才反应过来，一点不撒谎地说了自己的名字后就没得了话说。男士大概猜到了她的心思，也不说话了，两人默默无语坐了一会儿，男士起身走了。中年妇女看着男士离开后，过来问何嫂怎样。何嫂摇头。中年妇女笑笑，说婚姻讲缘分，有的见面就成了，有的不知要等多久。她送何嫂到了楼梯口，说了声再见转身走人。这下，何嫂想自己两次相亲都没搞成，未免有点心灰意冷。过了两个月，一天看见电视上曝光了一些歪婚介的新闻，自此，心里那点还想去找婚介所相亲的念头才没了。这么，过了有两年，她儿子上了高中，冷不丁地在街上遇着一个下了岗的女同事，两个人说了些以前的事情，妇人晓得了何嫂还是一个人带着孩子生活，就要给她介绍一个男人，一席话说得声情并茂还天花乱坠。说那男人在八十年代后期下岗过了没两年，老婆就与他离了婚，先帮一个做标件生意的老板打工，过了六七年自己积累了些生意上的经验也积累了些钱，关键是有了些生意场上的人脉，便在老板的扶持下自己开了铺子，过了几年就看到人变了样子，不再是那穷嗖嗖的板相，手里拿着大哥大，听说还要买奥拓车了。何嫂听了话没作声，心里有了想法，自己一个人孤单地带着儿子过了这么久，现在儿子都大了，这时来说起与一个男人重组家庭的事，就是自己愿意，儿子会怎么说。不过，男女再婚，是为了有个依靠。可以这么说，何嫂内心是愿意的，就怕儿子反对。妇人看出了何嫂的心思，冲着她一笑，说你是怎样想的，我猜得到，只是有些话不能说出来。哎，你我这辈人辛苦，离婚又结婚的人也多，单亲家庭也多。这不，我也是二次婚嫁。只是，人辛苦一阵总要为自己想一想，都四十多岁的人了，也就图找个老伴。何嫂听了话，心思被妇人说动了，答应她去见见那个男的，问了男人姓氏。同事告诉她姓齐。于是，两人约好了等消息。过了两天，妇人来找到何嫂，说那老齐同意见面，约好了星期三上午九点半在人民公园大门口等。何嫂应承下来，这事没敢对儿子讲。星期三上午去了公园门口，看见妇人身边站着一个男人，个子胖墩，样子看起来有点老，穿西服打领带，裤子熨得笔挺，脚上蹬的皮鞋擦得透亮。看着何嫂，一双眼从头到脚就没离开过，眸子里透着打量的眼神。不是妇人好看，想要瞧个究竟。果然，当两个人去僻静处坐下，彼此问了些话，老齐问起何嫂的生活状况。何嫂是个本分的人，也就实打实地讲了自己丈夫害病死了，自己带着儿子生活。工厂裁减职工下岗，考虑到一个女人带着一个小孩生活不容易，就留在了岗位上，每月拿着基本工资。这样，母子俩不愁油盐柴米，日子平平淡淡过来。老齐听后笑了一下，说妇人运气好，不像自己，一九八六年就下岗了。当时生产组二级工每月三十二元五角，下岗累计半年工资决算，一次性拿着发的二百五十元钱回家去自谋生计，那个心情啊，嗨，你没下过岗不知道。我是一个男人，突然就没了工作，不能养家糊口，内心里惶恐啊，今后怎么办，真的是找不着东南西北。好在我老婆上班的单位裁员时考虑到我已下岗，便留下她在岗位上。这样，一家三口每月就靠着她的工资吃饭。过了两年，她嫌我找不到事做，挣不到钱回家，说话东嫌西嫌的，日子久了向我提出了离婚。听她这么一说，我如雷轰顶，整个人成天晕头晕脑的，躺在床上就不想起来。可是，老婆不依不饶，找事情与我吵闹。没办法，只得与她去办了离婚手续，住房归她所有，女儿跟她一同生活。还算她有良心，把我下岗时拿回家的二百五十元钱留给了我。哎，离了婚后的日子怎么过的。我回到了父母家住，拿出二百元给爹娘。那时，我二哥和四姐也下了岗，要不要回来蹭饭。也是，一个家，只有老的爱小的。我老爸老妈上了年纪，每月有点收入，这些钱就用来供我们吃。过了有一年多，我二哥在西门的标件市场找到一份工作，帮一家私人老板打工。他在那里混熟了，就把我也介绍了去帮人。这么，每月有了收入，日子好过了一些，一月也能存几个钱。辛苦了几年，将就积蓄租了一间小铺子自己做起了小本生意。这时候，我前妻来找到我，她几年前嫁了人，二婚丈夫在一家私人办的小企业做工，工厂不咋景气，收入不多，又爱打牌，一个家生活得紧巴巴的。她来找我，提出要我每月拿点钱出来供女儿上学。我怕前妻拿了钱去贴家用，就要女儿来跟着我生活，现在我父女俩在一起过日子。何嫂听了话后思量，他有女儿，我有儿子，要组合一个家倒也对等。只是，晓得老齐还没说出他的意思来。去看着他问你女儿多大了。老齐说与你儿子一样，也是上高中了。这般，两人有了些话说，彼此觉得接触一段时间，分手时何嫂没得电话，约了下次见面的时间和地点。可是，何嫂到了约会的时间到了约会的地点等老齐，从下午等到天黑，老齐就是个人影不见来。何嫂过了几天去找着同事问原因，才知道老齐的女儿反对老爸再组家庭。其实，老齐本身也不愿意与何嫂共筑爱巢。原因很简单，简单得一针见血。他嫌何嫂没钱，不想和她再见面。这下，何嫂受到了打击，自此心如槁灰，谁要是在她面前提起介绍男人的事，是朋友都要翻脸。当然，岁月匆匆，人颜渐老。她退休回家，每月在社保领钱，比上班时还多了一倍。她的儿子读了大学，工作后成了家，媳妇生了一个男孩。她带孙子三年，亲家接手过去照顾孙子上幼儿园。自此，她一个人用自己的钱过日子，落得了清闲。

十四

张秀花听了何嫂的故事，生出了一些感受，觉得何嫂一个人把儿子拉扯大真的不容易。老了，又是一个人在这里过，未免孤单。是般，每天晚饭过后跳舞，总是先去约了何嫂再去约小罗。可是，刘太婆的处境与何嫂差不多，吃过晚饭养成习惯的要下楼来小区溜达几圈后才回屋看电视。刘太婆大了何嫂七岁有多，也是和丈夫离婚后就一直没再嫁人，大概都是单身的缘故，两人在许多事情上都差不多的相似，知冷知热，心情上有所照应，有些话两个说得起劲，对其他人是不肯说的。是般，两个人走得很拢。何嫂只要在小区里住，每个晚上都要去跟着张秀花身后跳舞，刘太婆便是要去的，久而久之，两个人成了张秀花的铁杆粉丝。再之，小罗和郑老汉的老婆也来跳舞，大家就抱成一团，天黑的时候，把音乐放起，五个人就载歌载舞随节拍踢踏，好像这一群跳舞的人里她几个是核心，就一个劲地长袖起舞嘻嘻哈哈自得其乐，有没有其他人参与都无所谓。说来奇怪，许多人在生活中处事上心情是被动的，晓得她几个裹拢一堆强势，一支舞曲放了一半，要是其中有人说要另放一支舞曲，也不管一旁跳舞的人高兴不高兴，红不说白不说地就便去另放一支舞曲，一众的人没办法，只得跟着去另踏舞步。怎么说呢，大家都是找乐子图高兴，心里就是有些不满不舒服，说出来又起什么作用。转过身回家，晓得你怄气，明天碰着面还问你怎么昨晚舞跳一半就走人了，今晚早些来，大家快乐，重在参与。听着话的人怎么想。当然，有赌气不去的，避着她几个说小话，说跟她几个跳舞没意思。可是，过了几个晚上，院子里冷清，就听她几个大声武气地说笑，恰又音乐声悄悄绕耳，转念一想，活了几十年，光阴随月随年的过来了，什么事没经当过，生他个默雷蚊气做甚。何况，也就是做个邻居，彼此起早落晚要打照面，人情还得敷衍，趁着彼此还没撕破脸皮，就当事情没发生过。于是，隔了几个晚上，陆陆续续又来在他几个跳舞的场边站着瞧看。张秀花见这些人好几天晚上没来跳舞，遇着了就去打招呼，大家又在一起起舞。也是，各人吃各家的饭，快乐是自找的，谁又还在意或不在意之间的回肠荡气。这样，小区里人不见多，大家蓬着一起有了乐趣，心里有了这点望头，一到晚上伙在一处说说笑笑还跳跳，春花秋月冬飘雪，日子在不经意间过了。有了一年的时间，在小区人盼望之中，陆陆续续搬来了五十多户人家。老于夫妻交物管费的时候打听了一阵，晓得现在小区里住进了有一百六十多户人家，其中二十来家是买房子占坑的，差不多一年里老远的来一回打扫屋里灰尘住几天，其他的人家也就是你来我去的走动。不过，常住人家有了八九十户，说话间都觉得小区里的人气比一年前好了些，白天在院子里能看得到住家的人散步。

　　一天，老于夫妻去物管交管理费，就在老于递钱给出纳员小赵的当儿，张秀花向物管的张经理打听了一件事，问起自己住家单元一楼才搬来的人家姓氏，说见了面彼此好打招呼。张经理摇摇头说这家人才搬来，自己不清楚姓啥。小赵听着向妇人说你们楼下那对夫妻昨天才来交过管理费，那家人老汉姓邝，他夫人姓韩。小赵三十多岁，生得瓜子脸丹凤眼，皮肤白净，个子高挑身材丰满，有一个三岁大的儿子。张秀花记住了楼下夫妇的姓后，等老于拿了收据，两人出来物管室就径直去了菜地。走拢时便看见老杨夫妻正与邝家两口子说话。过去一听，才知道邝老汉因见他人有地种菜，自家没有地种菜在那拱火。这邝老汉满脸络腮胡，由于岁月的风霜在脸上刻画出生动的皱纹，显得颧骨上的眼角布满沧桑。这人说话粗口，张嘴就是一系列脏话。骂了开发商又骂物管，说自己买房子就没听到一点儿给些地种菜的话。看得出来，老杨夫妇听他说话难受，一脸通红的尴尬，想要走开，又被他东问西问地缠着离开不得。见着老于夫妻过来，急忙去与两人招呼，紧接着说些栽菜种瓜的事。哪知，邝老汉精灵古怪诡着，瞧出来老杨是撒灰尘想走人，连忙用话去拉着他问些话，老杨，这一旁荒起的地能不能开垦。老杨看着老于说，那块地听说是开发商空出来的，哪个晓得能不能开垦。你去问物管，看他们晓得不。老于听邝老汉说话嘴里不干净，也不敢去搭理他，向着老杨一眨眼，直接就去了自己的地儿。老杨看着紧跟其后走之也乎。邝老汉看着老于冲老杨使眼色，又见他不理自己就走了过去，心里难免窝火，可又不好发作，腮帮子咬了一下吞了一口唾液，叫上老婆走人，大声说他家有地我家没地，要去找物管理论。老杨见邝家夫妻背影远去了，就向着老于夫妇连打喷喷声，老于，你看这人，样子看起来比你我还老，怎么说话就这么难听，活脱脱一个缺少家教出来的，一句话说出来妈分娘分就像吃炒干豌豆胡豆那么清脆嘣响，哪个敢搭理他。呸呸呸，今天算我晦气，碰上这倒霉蛋子。老于听了劝老杨，这事你也莫往心头去。这样的人生活里会遇着不少。样子上装横，其实就想在人面前冲愣，说话都净想把别人浸着码着才舒服，是专欺负老实人欺软怕硬的角儿。不去理他，也就没事得了。老杨听过话说我以前也经常遇到这样的人，晓得说出来的话不好听，转过身就离开了。今天也是，他来问我话，想着小区里人家少，他又是新搬来的，就回应了话。没想到惹了一身龌龊。老于，我看这种人还是少交往的好，免得听些话让人心里不安逸。老于一笑，说人分三六九等，以后与他说话注意到就是了，听他说脏话，我就跑远些，耳根子干净，眼不见心不烦。总之，一个下午，两个老男人就把邝老汉从头到脚又从脚到头地数落了一下午，两位的太太也要不要搭拉些话头。数落一会儿歇一阵儿，想起了又来数落，其中不乏举例，说得像模像样有事实根据，语气话音声讨。有时老杨的话说到动情处脸都涨得通红，老于看着忙是劝他莫要激动，注意血压升高。老于在五十八岁时，有一天觉得头晕，去医院看病，检查出来高血压，每天早上都要吃一颗降压药。同年不同月，张秀花也检查出来有高血压，同样每天早上要吃一颗降压药人才好过。同样，老杨与他老婆都有高血压的病，而且，老杨的老婆还有糖尿病，有次还去住了镇上的医院，回家后那些高血压糖尿病的药每天都离不得。确实，人老了，就是没啥病的，早上起来，身上不是这疼就是那痛，锻炼一下身体，消除些感觉上的不适，活动下筋骨，做些事情排解一下心情，一天到晚也就悠悠晃晃过去，喜乐苦愁都在里面。是般，这群人差不多上了岁数的，聚在一起就爱谈生老病死的话，讲些医院和药的故事。大家熟悉了后，彼此语言上都还互相关照。所以，老杨听了老于的劝，自是把情绪稳定下来。几个人不再提邝老汉的事，说了些其他的话，要天黑时才收拾回家。

　　第二天早上天还没亮，老于睡在床上就听到楼底下传来拍打声，他以为是楼下的人在锻炼身体。为什么这样想呢？有这么一种锻炼方式，就是自己用手掌去拍打自己身体的一些部位。老于有段时间起得早，也这么锻炼过，大约三十天后坚持不住放弃。当然，每个人都有挪话遮过的做法，也就是自己做不下去的事情，总要找个说辞。老于说自己不再用手掌拍打身体锻炼，是因为张秀花一天说他早上起床就发啪啪之声，听着心烦，影响人睡眠。其实，老于一个人苦撑着快三十天，本身都在厌烦其技，有一个台阶下，自是顺梯下坎，也就把自己没再锻炼的原因摊在了老婆身上。这会儿，他听着楼下传来的声音一会儿静了，隔一会儿又响亮起来，不像自己那阵一上来就在身上稀里哗啦拍一通了事，心里有些好奇，早上眠在被窝里的睡意顿时没了，才晓得以前老婆为啥要吵自己。无奈，他只好穿衣下床。张秀花见丈夫起来，翻了一下身裹紧铺盖低声少气地说完了，又遇到一个早起闹的，整出声音还悬丝吊墨的一会儿无一会儿有。老于笑一下，说你再睡会儿，我下去看看。说过，出屋关上门下楼，刚出单元门借着路灯光亮就看见邝老汉穿着件背心在自家住屋旁边的羽毛球场地上打拳。抱拳砸掌他拍声响，起脚一跳拍下腿发声响，弯腰半蹲一斜步，揉身一靠拍声响，老年人的身板，一通拳法打得呼呼生风，嘴里还要不要吐气发声。老于出单元门时天还黑起的，驻足看一会儿天便亮开了，邝老汉打了几个招式停下来，两人对望了一下，老于说我在这楼上住，姓于名守诚。邝老汉刚才打完一套拳法，顺势两手一抱拳，说我姓邝名志坚，前两天才搬来住。今后，大家是邻居了。老于之前想着，如是邝老汉说脏话，自己立马转身就走。今儿听他言语客气，便说是啊，老话讲得好，远亲不如近邻，不知你老贵庚几何。我今年刚过六十。邝老汉听来回话，说我今年五十有九，你大我一岁。老于听他说得比自己还小，可那一脸皱褶纹路明显得叫人不敢相信，心里一笑，说你拳打得好，手眼俱到，一看就晓得是受过名师指点。邝老汉摇摇头，脏话有些来了，看着老于说哪里受过名师的指点，我小时邻家有个老汉，通十八般兵器。他打拳，我想拜他为师，可他怎么都不答应。我只好站在院子旁边看，时间久了，看会了点皮毛。老于想他之前语言上还中庸，没想几句话熟了就口头上龌龊起来，难怪老杨要怄气。哎，不怕他打拳，就怕他嘴臭喷人。连忙看着老邝龛嘴一笑，说邝师傅，你打拳，我去停车场转几圈。说过，赶紧走了。到了停车场，看着老杨在那走步，过去和他并排一道遛圈。老杨朝他一笑，说你下楼看见没，你楼底下的老头在打拳舞棍，还弄得像模像样的。老于笑笑，说我没看见他舞棍，看着他打拳，架势还像，腰板有点僵，手有些弯腿伸不直。他五十九岁了，有这般身手也不错了。老杨放低了声音问老于，你看他那副样子，真的是个练家子。老于摇摇头，说看不出来，不好定论。嗨，老杨，记得起不，你我娃娃头那阵，街坊邻居打拳的大叔多嘛。引得你我这般大的娃儿好奇，都巴不得学几招。想得起不,到了傍晚,邻居间好多小伙儿都爱聚着一处练举重。举啥子呢,弄两扇磨子大小的红砂石中间穿孔,一根木棍搭两头,许多人还做出一副会家不忙的样子。老杨听着笑起来,笑过了说你这么一说倒想起来了。小时候心里真的有学武的念头。到了晚上没事,总爱听大人讲武侠故事,听着那些三侠五义七侠五义着迷。记得我院子里有一个中年汉子会讲故事,也不知他是从哪儿听来的,说起青城山的道士和峨眉山的和尚练武传奇之事,还有城市里街头巷尾那些打拳之人的逸闻趣事。那是绘声绘色娓娓道来。忒是那去山上学了拳脚功夫下山来横行乡里的恶徒,臭名传到师傅耳里。于是,那脸上泛着红晕的老人,腮帮子上再有几绺白胡须飘起,仙风道骨般的蹚着轻功又是藏而不露地来到徒儿住所周围明察暗访,得知爱徒做了祸害人的事情,决不姑息养奸,会点穴道,手指去徒弟身上一戳便废了武功,要不然是手掌去他身上一拍,再逮着他手腕一拧咔的一声脱臼成废人,就是找民间接骨的郎中治好,也再没本事去伤人,只能好好地做良民。老于听了一笑,说我也是差不多,小时听大人讲小五义的故事,硬是听得着迷。想着他些小小年纪就武功了得,巴不得自己哪天遇着高人传授武艺。嗨,也是自个年少懵懂,这些听来的故事传奇哪里能遇得着。不过,我读小学时看到一次现场版的较量。街坊上有两家人因一根汤羹吵嘴至动手打架被邻居劝开,双方不服气,说要请人来比试一场。有一家人与东门一个武功了得的拳师相识,约对家三天后在住家附近的一个大坝子上比武。哪想,这家人就连亲戚也都没有一个与拳师相熟的,也就不敢接招,自是气势上输了一头,见着那家人就眉矮眼低的。不想,事情过了几天被街坊上一些好事之徒晓得了,来这家人撺掇,说那家人请了东门的拳师,我等可帮你家去请西门的拳师。这家人为了在那家人面前抬得起头,当下就去那家人面前递言接招,约好星期天下午两点比试高下。这么一来场子扯大了,晓得事情的都来看热闹。这天下午,这家人请拳师在附近的茶铺喝过了茶水,约莫时分便到了坝子上等候,过了一会儿那家人和几个人陪着拳师来了。睇热闹地搭眼一看,东门的拳师胖,西门的拳师瘦,年纪都在五十开外。两家人陪拳师在人群圈里站定,接着江不放海不让地说了些立威好胜的言语后走开,留下两个拳师对眼打量。一会儿,东门拳师抱拳说请,西门拳师抱拳说承让,两个人就架蓬立式身随脚移你看我来我看你在场上绕了个圈之后立定,都抱拳向对方呵呵笑说不打了,要两家人一笑泯恩仇。一旁观众没看到一招一式拳来脚往就见打住了,不明就里,乱纷纷地猜测。还是有识相的人指点,要大家去看两个拳师站过的地方,见着地上陷下去两双大致相同的脚印痕迹,才知道两个拳师已身体催动内功发力较量了一番,堪堪不相上下在伯仲之间。两家人见两个这么有道行的拳师都舍不得出手打架争强,各家却为了一点小事就要兴师动众地争高低讨体面,想来有些不值得,也就好话言和。这么,一场针锋相对的对垒的场合散了,两家人握手言和,大家去附近茶铺喝茶。从此,各家忙自己的事,邻居家好好相处。老杨听过一笑,说这样好,不战而

| 过 往 | 139

屈人之兵,谓之上策也。于是,两个人蹚着步子在停车场绕圈子说了些别的话,看时候不早,隔会儿还要去赶场,约好下午菜地里见,各人回家去吃早饭。

这天下午,邝老汉和老婆来到了菜地,男的扛着锄头,女的打着甩手。两口子那天看好了众人菜园子靠围墙旁边一溜荒地,四处打听了一下,回家又商量了一阵,这溜儿地虽说不在开发商允肯的范围之内,倒是弯来绕去的巴着那些菜地边上。两人深思熟虑过后,觉得开荒出来,可随季节种点菜吃,也可有事情做打发时间。另外,要是开发商出面干涉,正好问他要说理的,别人买房有地种,我家买房怎么就该没地种。是般,他两人向在地里劳动的老于、老杨还有其他人打个招呼。正所谓,人情却不过面子。几个人咿呀呜回了声,倒不肯多话。其实,邝老汉看得出众人的态度,也猜得出其心里对自己的想法。确实,就他本人而言,也是不想打招呼的,这么的翕气嘘声也就是找个台阶,自个的一个入场幌子。再者,他也知道众人之所以不愿和自己多话,是自己说出来的话不好听。只是,多年养成了的习惯不容易改。还有,他也不想去改掉这个旧毛病臭习惯。有可能的说,在与人相处当中,自己装脾气怪出口就喷脏话的习惯,看到许多人避讳得露出胆怯的样子,心里头真的有一种享受的感觉。再之,与那些表面上谦虚恭谨肚子里一凼坏水的人儿比起来,自己多少有些显得耿直。在他心中,自己这般装腔作势的样子,放在一般胆小怕事之人眼中还有点貌貌然。当然,他也看得来机势,遇着比他还装腔作势之人，至少肋巴骨也要闪一下，避开为上策。因为，他也是胆儿小的，就想做出一副威武的架势，让旁人侧目。这样，有这些体会，知道会有些怎样的结果，邝老汉夫妻开地种菜，时间久了，渐慢和大家打得拢堆说话来着。邝老汉的妻邝韩氏，虽是语言上生硬样子板脸，到底是女人家，不惹急了嘴上说话不带脏字，大家倒爱与她谈笑。邝老汉见妻子与众人相悦甚欢，要不要在一旁露出笑脸。一次，老杨对老于努努嘴，你看，邝老汉恶暴暴的样子，笑起来也挺人情味的。老于听着一笑，看看老杨说这是怕恶想法的解释。

十五

老于听了老杨评说邝老汉的那句话后，一连想了几天，自个悟了些念头出来闷在心里，就是张秀花看他平白无故发愣问他想什么，他也不说出来。其实，他那些渣渣瓦瓦的念头没个大处，可是不得了，稀奇古怪的善恶都有，有的是好心好念，有的不伤大雅，有的损人，是故藏在心儿里。久了，说不定在心里烂掉，说不定又生出其他的妄念。是好是歹，只有他自己才晓得。说实在的，这就是人心叵测的地方。确实，老于是个本分人，生成是在百姓家庭里长大，为人处世胆小怕事，许多事敢想不敢做，只好在心里闷。又之，从懂事起，渐慢倒是六十岁的人了，生活上经历过了许多人和事，看过多少过往，明白事体瞧得出些机势，逢人喜欢与温顺之辈相处，遇着恶人跑得飞快，明白惹不起躲得起的道理。在与人交往应酬上有一套办法，交友谨慎不亏自己。做事不走前不掉后，只在人中间自在，又要大家高看他，真真假假的要不要使些性子耍些手段。这么来，做人活到这把年纪，为人处世也算得上是得心应手少了许多麻烦，自我感觉还是好的。一个老朋友对他做了如此评价，说他啥子事都明白，就是爱装闷，遇事情保着自己不吃亏，态度上喜欢左右逢源言语含混不清。老于知道后哈哈笑，说这朋友眼光如电，一双眼像手电筒，照得着别人看不到自己。怎么就不知道，人啊，聪明是一样的聪明，糊涂是一样的糊涂，可处境就不一样。其实，人之间交往和做事，就看心和胆。心狠的胆大的自是占着上风，胆儿小性子懦弱的处着下风。还有，就是那些原先胆子小为人处世显得心肠好的人，怎的在不经意之间就变得胆子大了心肠硬了，说话做事像打了翻转似的出人意料。当然，这在老于眼里才是厉害的角色，也是老于心中自是要去咀嚼的体会。张秀花和老于生活了几十年，要不要还不明白丈夫说出一些话里的意思，后来才有所反应，晓得丈夫是在说自己对一些人生的感悟。有一天，天空下着细雨，夫妻俩在屋里闲话，回首往事，聊起过去的人和事，聊到了社会与家庭和个人，又谈及了自家的状况，由不得的一声感叹。远的不说，就是认识的熟人圈里，看着他人有权势，看着他人有钱花，再看看自己不如人的处境，内心杂陈泛浮酸溜溜滋味半天奈何不过，还得想法儿去化解这难受的心情。觉着一个人从小到大及老，一生怎么过来仿佛是命运安排。这么一说，心里好受一些。可是，仔细一想也不尽然。其实，人一辈子的生活方式，多少与自己的性格有关。性格呢，关乎着做事上的取舍。有句话，胆小怕事，这点道理，老于心里是悟到了的。只是拿捏不透，或是不好把握，使得自个人生有很多贻误，错过许多机会，后来明白，已是过往旧事矣。

也是，时光不抛锚，岁月天天过。很快，一晃就是半年多，春去夏过秋来。这期间，小区里又接二连三搬来二十多户人家。有的人家住一楼，想在屋外扩地盘，把房子旁边的花树毁坏。一些住户看着去物管反映，说绿化带是全体业主的，怎么让他们随便破坏了扩充住房面积。张经理听后带着物管的同事去处理，向那些人家讲了物业管理规定，暂时控制住了乱砍滥伐占地的现象。这下，那些人家看着小区里一些人家户有地种菜，便买了锄头去开垦开发商建房后留下的二十多亩空地。这些地已被建筑垃圾破坏得不堪，可挡不住此些人的心里要种地的愿望。这家去了那家又去，似过江之鲫络绎不绝，如桑蚕食叶一般，热火朝天干劲十足用锄头一点一点地把地里埋着的建渣和石头烂砖头挖出来，恢复成以往的田亩撒种子栽菜秧，心里一股劲就憧憬收获的景象。就是那买房时开发商给了地的一些人家看着也心跳眼热，好处谁肯嫌，贪字多一点，纷纷扛着锄头去占摊抢位，就十多二十天，那差不多二十来亩的土地便剩下围墙边的旮旯边儿，最后也被一些反应慢的人家开垦了出来，有总比没有好。这当儿，开发商住在县城里，公司的蓝图随着商业圈开发区筹措新楼房选地买田的构架开拓疆域，哪

| 过 往 | 143

还顾得上这边因楼房难卖而剩下的空地,打个电话让售楼部留驻的两个销售员去过问一下,又打电话委托物管去干涉一下。可是,他几个去又怎挡得住这些人家的意图和激情。你去过问,你去干涉,他扛着锄头提着塑料桶就走人。你总要上班,你总要回家去,嘿,他扛着锄头提着桶儿又来了。想想,开发商急忙忙的要去开发新的区域,丢弃的土地就空置在那儿,一时间又没用场,落得他辛辛苦苦地开垦,不是刨一锄头建筑垃圾出来,就是刨一锄头石头疙瘩,装在塑料桶提着去一边倒掉,千难万难开出一溜儿地种菜,能轻易地退场。所以,售楼部的人过问了,物管的人去干涉了,也就是草把扎个人样儿吓雀雀,时间久了不起作用。那些住家户,看着地里长出蔬菜水灵灵的鲜,瞧着他几个有了收获喜悦样儿,挖地谁还肯耽搁。任由你些在他耳门子边上唠叨,他就像看老虎与驴子的把戏,先还试探着来,要不要的避一下,瞧出本相来,你是老虎连先前的驴都啃不倒,谁还肯听招呼,那汹涌出来的劲仗,巴不得开出来的地多些,比他人多栽些菜秧秧。本来,任何事都有个开头,一件事头开得好,以后做起来顺,要是一件事开头就糟糕,后面理不顺会一塌糊涂。所以,万事开头难。再有,一句地方俚语说的,头家吃醋带坏路。他那几个来过问的还有来干涉的人士,做起一副要管不管的样子,很快就被耕耘者们从头到脚看穿了行藏。售楼部的人以后是要走的,懒得去搭理。物管的人除经理之外,差不多的是招聘的附近村民,大家今后是要见面的,谁肯真心去得罪人,说几句干涉的话就卖好,抽根香烟唠家常。开发商也曾派员来看过,望着以前一片砖头瓦块水泥渣遍布的场地如今恢复成了良田,回去做了汇报。上层人士开会讨论,得出结论现当当的房子都没卖完,又卖得个艰难。倘若是再建楼房心里没底。况且,一时间也没钱来修楼,这块地也就由了那些买了房的人家去种瓜得瓜种豆得豆罢了,反正过些年到了时候空起的地要还给当地村民。常言道,没有不过风的墙。消息传到小区里,那些开了地的人家没有一户不高兴。忒是那些买房开发商给了地又去参加大开荒的住户,那欢喜的劲儿就像吊额虎吃了肉似的哒嘴,猴子捡了玉米那般筋绷得很,倒是老于和老杨还有洪大爷和几家人,因当时想着事情没个落处,担心竹篮打水一场白忙活,便不肯随波逐流去参与。现在看到那些人笑出来的笑容都丰满,自个落得一头瘦。眼馋不是,说嫉妒也不是,心里有点落空的滋味要不要扰人不好受。这期间,邝老汉夫妇进城卖一处房子,讨价还价后办手续,房子卖了刚拿着钱,儿子就来说要租铺子做生意。两个人只好拿出一半的钱给他,还不放心,守候着杂七杂八的事儿办完,就耽搁得有两个多月,回到平安镇家里见到这情景,心里窝火呐。觉得自己当初怎么就老实巴交顺着那开发商划了线砌墙的边儿开了一畦儿地。哎呵,当时还感到是自己耍了脾气逞强,现在看来,才晓得是后浪拍了前浪。回到家里就与老婆商量,那方土地已被他人占领,就是还有些没开垦的空地也是有人记号着了,就是那个喉巴气喘的老邢,也用锄头在空地上做了记号,开不开荒都是他的地盘。也是,先来后到的规矩，这是人们早有的习惯。邝老汉想半天都没法子，只得和老婆说心思。妇人想一阵，说既然外边讨不着便宜，只得就近找好处。他们在外边种地闹欢，我们便在这羽毛球场边搭个鸡圈养鸡生蛋，不也是讨了便宜。何况，那二十亩地里总有自家开了荒的一畦地种菜呐。妇人的话有时胜过男人，邝老汉听了还没反应过来，看着老婆说占地的事都是在小区外边，我家要是在院子里弄个鸡圈，是否会遭人非议。妇人笑笑，说你呀，有时胆大无边，有时胆小如鼠，也是有贼心没贼胆。那些人家在背地里垦地开荒，你气不过，守着这偌大的羽毛球场难得有人来，在自己的屋墙边上搭个鸡圈又怕个啥。嗨，枉自在那舞拳耍棍，你显给我看。邝老汉听老婆的话有点洗刷自己，呵呵一笑，说我在你面前打了几十年的拳，又不是不晓得，也就图个好看。只是，这事在院子里还没人起头，我们去弄个开始，就像开荒地一般，俺先去挖一溜儿地，尽让后来的占了便宜。妇人说老邝，事情不一样。那荒地是在外面摆起的，谁人屋边上有这么大的坝子。地处的位置不一样，条件也不同，哪能拉着一处说。你都没弄清楚我话里的意思，就在这口吐怪话。邝老汉嘿嘿一笑，看着老婆说你心里这事我听明白了的，点头也是赞成，可还是觉得不要着忙。常言道，枪打出头鸟。先把蓝图画在心中，我不想去惹这个麻烦。嘿，你晓得不，那几家砍树子想扩屋基的，听说是赔了树子钱的。妇人看着丈夫说他赔树子钱，绿化是大家的，钱到哪儿去了，也没听物管说起个，就只晓得收管理费。邝老汉嘻嘻一笑，说我告诉你，那赔了钱的瘦高个儿曾老师，听说以前是资阳县农村教书的。他对院子里住的季医生说山高水低的，我住这，时间久了，还怕耐不过他。季医生以前是金堂县一个村里的赤脚医生，这次砍了树子赔了钱，就让屋边上空出来的面积闲在那儿。放出话来，只要有人敢占屋基修墙，自己便要跟着干。那天，我走他几个人身边过，看到院子里的陆先生站在一处不说一句话，就一旁笑眯眯听着曾老师说东道西，时不时哼哼几声了事。听说陆先生以前是一个单位里当官的，也是砍树子想扩屋基赔了钱的。妇人听着话哼了一声，说我晓得你的意思，他几个的心思配合着了你的想法，就看哪个稳不起要去做，你好在暗地里睃个从头到尾，摇着鹅毛扇儿看他是啥结果再做打算。邝老汉笑了，说老婆厉害，有一双慧眼，自己的想法一下就被打在了七寸上，要不然就是一箭穿心。妇人笑起来，看着丈夫说与你同吃同住几十年，还看不透你那点小肚鸡肠，你道老娘好哄。走，跟我出去看看。有了计划，以后该要实施，心里也得有蓝图才是。

  邝老汉没得话说，随老婆一道出了门去屋外实地考察。夫妻俩哼哈一对，你有说的我有答的，围着羽毛球场转了几圈，就设计好了鸡圈要搭在球场边的小区围墙与自家屋墙之间的角落里，自己捡鸡蛋吃还闻不到鸡屎臭。而且，院子里有人路过羽毛球场，眼里不警觉还看不出来旁边搭得有鸡圈。妇人想着鸡圈选好了地址，巴不得立刻动手搭起来，看着丈夫说这儿平时难得有人来，鸡圈的位置又隐蔽，干脆我们悄悄动手把鸡圈搭好，赶时间去买几只半槽子大的母鸡喂起，等着下蛋，那可是资格的原生态,吃着才享受呐。邝老汉眼珠子转了几转,才嘿嘿一笑,说你的思路好,我也想早一点吃上资格的原生态鸡蛋,那才叫人舒服呐。可是,我们还得忍耐。这个头我们不能去开,要不然以后好多事都要戳到我们身上。妇人听了有些不高兴,说丈夫胆儿小,平日里舞拳弄棍的都是在那里假打唬人。邝老汉一点都不起气,嘻嘻一笑,说胆儿小有啥不好,胆小的人命长。你我都这把年纪了,看到过好多闹胆子大的人,遇事绷不住面子一冲动就躺下了,运气好的爬起来,晓得人外有人,差不多的一副打蔫了的样子。吃一堑长一智,晓得了好好的活才是命里前途。妇人听了话白丈夫一眼不再出声,依了他的意思。

过了几天,小区里六栋底楼靠湖畔住的一户蔡姓人家闹失窃,报案现金丢了两千元钱,金项链一副,找物管要个说法,几番来回没得确切答复,一气之下,动手把户外窗子下的绿化带伤了一坝,买来地砖顺屋界限铺展开来,把以前进出的房间门砌砖封了,重新开门在铺平地砖的坝子当口出入。物管派员来干涉,一家人围着嚷着便要他找回损失,闹得来人一时间应付的语言都想不出来,只好尴尴尬尬退身回办公室向经理作汇报。张经理听了摸头扰耳一阵,鼓起劲要亲自出面去解决问题。哪知,等他刚走拢门口,屋里就冲出几个人来把他围了个严严实实,拉拉拽拽的一个要他赔钱,一个要他赔金项链。张经理遇到这个阵仗,一下子把脑子里在路上想好的话弄丢了,就一个劲地想挣脱包围圈,幸好有两个保安看见了来相劝,这才囫囵全身地退了出来,向着一家人郑重其事地说等逮着了贼人,自然挽回你家的损失。可你家强占的公共绿化面积,也应该退出来,还要赔偿损坏的花草树木。一家人听了没一个依他说法,你骂我吵又要去拉扯。张经理见状,晓得事情一时半会儿处理不了,赶紧撒脚丫子走人。这么一来,事情摆在那里不能决定,那些赔了树子钱的人家看着乘势起哄,跟着就你先我后地开墙破土。一时间,说出来不算,做出来是好汉。几家人都在自家户外的绿化带开拓了坝子,有阳台的扩宽了面积。邝老汉夫妇看见不甘落后,花了几天的时间筹备材料,在一个下午,便在自己户外与小区的围墙之间搭成了鸡圈,为了保险起见,还用些旧板子旧木条在鸡圈的一头依着屋子界线修了隔板,另一头修了一扇门仅供自家人进出。晚饭的时候,两人喝了点酒,老邝吃得二麻麻的看着婆娘说怎样,我说得没错哈,那些人的板眼一下就瞧出来了,他几个蚀了本没得不捞回来的。这下好,以后这些事的说法都得是他们背着,你我跟着后面乐得自在。妇人想着心事,对丈夫的啰唣不怎么上心。邝老汉见她不出声,问她在想啥子。妇人说这事都过了,还去纠结个啥。我在想赶场天买鸡的事。邝老汉听着一笑,说老婆胸襟开阔,想事情想得远想得实际,鸡圈才搭好,马上就考虑着了喂鸡的事情。妇人白他一眼,说就你啰唆。搭好了鸡圈,不想喂鸡的事想什么。邝老汉不再多话,自己喝酒。

十六

　　这般，邝老汉夫妻说干就干，赶场天买来四只半槽子大的鸡喂起，三只母鸡一只公鸡。哪知，他两个想着鸡圈毕竟在屋外，有些放心不下，怕自家辛辛苦苦喂大了的鸡哪一天不注意被品性不好的人撸去吃了，岂不是白辛苦还蚀了本钱。两人一商量，又去买回一条小土狗来喂在鸡圈旁边，想听着狗吠知动静。这么，晚上听着狗叫，分辨得出来有没有骚扰声，好起身照应。谁想，这养狗的和不养狗有区别，不是自家喂的狗，半夜三更听见狗儿憋嘟嘟地叫一阵又一阵的打岔瞌睡，哪个高兴。老于家住五楼，底楼屋里有啥声响都朝高处窜，要是户外弄个动静，楼上听得映山映水的响。白天还没个啥，夜静了惊醒，巴甫洛夫神经半天都缓不过来，心里默着，迷迷糊糊到早晨脑袋都还是昏沉沉的，又听见邝老汉在羽毛球场上打拳拍掌的声音。起始，老于夫妻想着邻居家的有个响动不好说得，只有忍耐。可几天过去，两人一嘀咕，觉得这样下去常常无了期，人哪个受得了。张秀花下楼去与老邝夫妇交涉养鸡喂狗和打拳嗨声的事，邝韩氏站在鸡笼边喂鸡食，一点都不理会，邝老汉倒是支吾有声，说狗儿是畜生，熟悉了环境，便不会闹腾了。至于自己打拳弄出声音，也是不得已的事情，希望邻居谅解。张秀花听了话抿嘴一笑，说既是邻居了，该知道做邻居惜邻居，彼此好有个照应。邝老汉笑了，笑得豪迈，笑过了说这个道理我懂，就看怎样来讲。我年轻时就早上起来打拳锻炼身体，几十年了，养成了习惯。要是一天不这般动动，身子骨就难受。说实话，这也是没办法。你要过日子我要生活，谁又该去将就谁。我也搬过几回家，邻居家倒没啥说的。就是有说的，说久了，自己也嫌啰唆。张秀花正要说话，邝老汉已离她而去进了屋，邝韩氏一旁见着，也随后进屋关上了门，留下张女士一个人眼睁睁地立在那里发愣。过一会儿，只好转身回家，把邝老汉夫妇的态度和说话一五一十地告诉了丈夫。老于听了老婆的话，心里就起火，骂邝家两口子死皮无赖，一点公德都没得，只图自己做得出来，把快乐建设在别人的痛苦之上，自家与这种人做邻居真的是倒霉。也是，他骂过了又不下楼去找邝老汉理论，自己倒生了一肚子气，早饭也不想吃了。这天正好赶场，便要老婆与自己一道去镇上。张秀花刚才在楼下发愣怄气过的，回来向丈夫倾诉后，心情缓了过来，这时见丈夫气得早饭都不吃就要去赶场，便劝着他说你与这种没心没肺的人怄气干啥，还要坏了自己的生活习惯不吃早饭，值不值得。说不定，你在这难受，他两个一点事都没得。我看啊，等交物管费时，把他两个喂鸡养狗的事反映一下，让物管去处理。老于听了话闷了一会儿，才把心情舒缓过来。

下午的时候，夫妻俩去了菜地，看见邝老汉两口子在种菜。那邝老汉看着老于，龇露着两颗门牙一笑。张秀花看着轻轻拉了丈夫衣袂一下，朝前走去。老于懂得起老婆的意思，装着没看见便过去了。下午，菜地里人多，老杨夫妇、老王夫妇、洪大爷老两口、周老汉、刘老太、何嫂、老李夫妇、郑老汉老两口,大家打过招呼,各家在自己地里忙活,要不要说些话调侃。老于本要对众人讲自家早上的事,碍于邝老汉夫妻在一边刨地,只好稳住情绪不说。邝老汉听众人边做事边唠嗑,要不要插话一言两句。洪大爷和郑老汉还有老杨夫妇是不理他的,现在老于夫妇也不想理他,其他的人也怕邝老汉嘴里出脏话讨没趣,也讨嫌他那种说话上吊儿咵皮爱把人浸着码着的样子,碍着邻居抬头不见低头见上的脸面,所以支吾一声便不多话。其实,老邝本人早就晓得众人的想法,也习惯成了自然,一点儿不放在心上,有时还悠然自得地认为众人对自己是一种怕了后的恭敬。是般,这老汉也实诚,晓得自己是个普通的人,虽说想法上有点妄自称大,看着比自己胆小的人也有一种怜悯,觉得大家经常见面,弄得个横眉冷对青脸磕色的不安逸。再之,人是要打堆的。人群之间,会有些利益相关的事,拢着一处也是图他有个好事情勿忘我吱一声消息。这老头活了几十岁,自有些见识,心里明白些与人相处的深浅,说话有自己的主意,做事有自己的方法。几十年来,养出一副德行,与人说话做事装出扯兮兮的板相,是不是能把胆小的一些人唬住。经验告诉他,这些人与之交往上确实有些想躲避自己的意思,虽是有躲避意思,可还是要巴着自己说话,这种有点倾斜的人际关系,让他觉得舒服。当然,在遇着比他还扯兮兮的人,他也会有躲避的意思,躲避不了,也会去巴着说话。这种体会,他诠释不出来,只能在心里折腾。远的不说,就说今早上老于家的来找自己说事，结果被自己轻而易举地打发走了，本以为老于要来找茬，可看不到踪影。这说明了什么，不就是平日里自己吊儿垮皮扯夸夸的样子在那两口子心里显示出强势。是般，下午看着老于夫妇来菜地，他宽厚地向着两人露出两颗门牙摊出笑容，心里想的是我早上态度冷劣了些，这会儿来点温柔的微笑。一冷一热，觑你的态度，好教知我其中的手段。当然，这是邝老汉的一厢情愿。他这么想，也是胆儿小的缘故。原因很简单，他本质上就是个逢善逗强，遇恶服软的人，只不过在生命的历程中喜欢装腔作势。他曾遇到过比他还装的人。有一次，只因在茶铺为了一把竹椅座凳就与一个瘦小而精悍的男子拉扯起来，大庭广众之下他做出一副凶神恶煞的样子，显露了强壮的肌肉又摆出打拳的姿势。哪知，对方是一群人，没练过拳法就仗人多。自古道，好拳难敌四手。邝老汉还在矜持，一个人提着一块砖向他拍来，堪堪躲开，又见一把明晃晃的刀子刺来，冷汗都出来了，颤惊惊滑身让过，后脑勺就挨了一闷棍，一下倒在了地上，想爬起来又怕他厮下狠手，一个身子蜷缩着难看。众人见他求饶，又见邝韩氏过来抹着泪求情，好歹一念之间，又是茶铺子里众目睽睽看着，这才放他一马。是般，经过了这事之后，邝老汉心里明白了一点，遇人争强好胜也得看机势，不要以为个头小的好欺负。因此，在与人交往上，他性格难改，可审时度势有了些分寸。看人而论凭感觉也要凭经验，该强势的做出面狠的样子，遇着相貌比他还恶的人，心里就有回旋的意思。像老于这样面目似笑非笑似愚非愚似奸非奸似诚非诚似恶非恶的邻居，在经意和不经意便有了一份心去瞧观。咧嘴一笑，完全就是老虎看驴子的心态。

老于也是六十岁的人了，生活的经验告诉他，邝老汉一番嘴脸底下的心思有挑逗自己的意味。真实地讲，邝老汉这副在众人面前兜搭说话的样儿，明明白白可以说是对自己的挑衅。因为，早上的事旁人哪里晓得。所以，谁又在意话里的名堂，都以为是闲话唠嗑。该怎么办呢？老于是个有主意的人。心里虽说已经起了强烈的反感，甚至是强烈的厌恶，本想把早上的事讲出来，让一旁的人知道老邝在装精作怪。可是，他还是稳住了情绪。觉得自己把话说出来，可能老邝已准备了话题。就是理论起来，不外乎是邻居之间的纠纷，闹得个清楚是啥。弄不好吵一架，一旁的人会是怎样的看法，向南向北的都有，仿佛都有道理。况且，有些事是见不得光的，被人一闹，反而吵起来了。由此一来，邝家养狗喂鸡的事有了噱头，瓢泼大雨落下来，谁还在乎飘毛毛雨。弄不好经这样一吵闹，他家的鸡窝狗窝会以此安营扎寨下来。这般一想，他向老婆递了一个眼色，要妇人不去理会，自己去与老杨说话。老于晓得，老杨才不久与邝老汉口头上有过龃龉。以老杨的性子，不会去争执，可内心倔强，会一辈子不去搭理老邝。还有，找着老杨聊摆，洪大爷和郑老汉是要来唠嗑的，几个人都厌恶邝老汉那副怪话连连的腔调，肯定会不理那厮。这般，大家说闹热了，任由你老邝不要脸加勇敢地东一茬西一茬凑在那油腔滑调。要是落个众人冷落的下场，看你不默息息的还能装模作样条摆。果然，邝老汉见大家回避自己，老脸一张，也有不好意思的时候，在自己的一洼地里挖土，也不精蹦了。晓得拽不起来，差不多地里的事情做完，便与老婆收拾回家。老于看他两口子走远了，向众人说了早上的事。老杨听了相劝，说老邝装起耍横的样子，就是你有理也与他讲不清楚。这些事你可向物管反映，等他们去找老邝说事。张秀花说今儿早上，我也是这么对老于讲过，不理会他，是个法子，你藐视他，让他不可小觑你。这事找物管去处理，省得我家与他直接起矛盾。郑老汉一旁笑一下，说老邝何许人也，我想物管未必把这事处理得了。洪大爷接过话问老郑，他老邝是个什么样的人，说来听听。郑老汉说他以前做什么的，有什么来头我不晓得。可看他那副德行与做事的方法，就知是上房捡瓦，下地挖沟，无所不能，无所不晓，门门懂样样瘟，遇事爱起哄，凡是凑一包，沾着利益推他不脱，碰着麻烦溜得飞快，与人相处霸说横讲一副欺软怕恶的样子，是个舂不烂锤不扁啥事都懂得起的角儿。老王听着笑起来，说郑大爷的话深刻，一番言语如连珠箭般射中了邝老汉的靶心。郑老汉笑了笑说不是我的话深刻。其实，你们也看得出来，只是知道了不说。何嫂说我们是看得出来，可是没你说得清楚。洪大爷去看着郑老汉叫声郑老，你又说说物管怎么就不能把这事处理得了。郑老汉看了洪大爷一眼叫声洪老，这事你心里可能清楚。像老邝这种人，虽说样子上惹人讨嫌，可事情上不开先河，随他人头里走而尾其后。你想，他为啥早不喂鸡养狗而在这时候成其事，也就是看着小区里有人家毁绿化扩展

| 过　往　| 155

屋基化公为私，物管去处理又处理不了。他瞄准机势做出事情来，物管晓得了又能怎样，前头那些占地的都解决不了，能把他后来喂鸡养狗的办了。老于说我也猜老邝出于这种动机，前头的是强汉，后面的不会是弱者，他倒拿捏得度。不过，我去交物管费，还是要反映这事。洪大爷听着一笑，说我也住一楼，这些事没人管得了，我都想把屋外的绿化带弄成花园。听你这么说，我倒要学诸葛亮上城楼观风景。老王听着叫声洪大爷，你老有学者风度，怎么也起打猫心肠。洪大爷呵呵笑，笑过了说头发梳光伸点，衣服穿周正些，皮鞋擦亮走路倜傥，说话上言语子雅，这是不是人们眼里的学者风度。老杨笑了一下说听你老话的意思，多少有这个味。洪大爷又是一笑，说我不是学者，以前也就是单位里搞技术活的。不过，无论做什么工作、有怎样的称呼，大家都在一个院子里生活，别人心里有的想法，我心里也有。要是小区里违章搭建的人家多起来，随心所欲地喂鸡养狗，又没得人管，肯定会破坏了大家居住的生存环境。甚者，人心也会受到损害。有一句话中肯，无赖多了，老实人受折磨。所以，老于要去物管反映讨说法，我是赞成的。无论怎样，小区里的人应该讲礼仪、知廉耻、守规矩，大家才过得安心。郑老汉笑一下说洪老的话实在，私心哪个没有，可得有个度。不该想的不要去想，不该做的不要去做，众人都有公德心，善恶分得清，院子里的人才能好好相处。老杨听了话说我赞成郑老的话，私心你只能私自己的嘛。要是净想着把别人的东西占为己有，小到一粒芝麻，大到一个西瓜，都是损害他人利益损了自个良心。一根针的故事，呵，一根针的故事我辈娃娃家时就听老人讲过。还有，就像老邝这种人，只图自己欢喜，哪管别人难受。嘎，喂条狗好逗着撒欢，养些鸡图自家捡鸡蛋吃。呔，你快乐了，你吃高兴了，想没想过狗吠声扰人梦觉，鸡屎臭得人恶心。众人听着都笑起来，洪大爷说老杨讲得好，由衷之言出自肺腑。老王呵呵乐着，说难得听到老杨掏心窝子的话，说出来精彩。大家跟着笑过了，看天色晚霞抹云，纷纷动身扛着锄头提着塑料桶儿回家煮晚饭吃。

十七

过了几天，老于夫妻去交物管费，向张经理反映了邝老汉养鸡喂狗的事。老于不怎么多话，张秀花声情并茂地叙述了事情经过。说自己去邝家讨说法，邝韩氏摆起脸色不张不理，邝老汉装着阴阳怪气的样子支吾。也是，妇人说话，学这个板相又学那个神态，把一旁的张经理听得笑，结果妇人自己都逗笑起来。张经理听了话，立马向两人说隔会儿就去过问此事，一定要讨个说法。这么，等他夫妻交了物管费走了，约莫着时候去了一趟邝家，没见着人。这时，门卫小李寻了过来，说有人来看房子，要他过去一下。原来，有家买了房子的住户，自己要上班，嫌这里远了不想在这儿住要卖房子。可要退房，这事情很难办。售楼部好不容易把房子卖了出去，这便要接手退房，从买卖的观念上都是一件不愿意的事。况且，小区里还有房子没卖出去。然而，涉及刚买房子没几天，守着合同上的条款，遇着这样的事得合理解决，于是交涉了相关的手续和相关的费用。那业主盘算了几天，委托售楼部卖房自己损耗大了些，东打听西打听后想了办法，把钥匙托付给了物管，并留下话，要是遇着来买房子的帮忙撺掇一下，成了事宁愿给些好处。当初，物管也不情愿揽这事情，只是经不住那人的缠磨，又想着帮他人排忧解难，也是好事一桩，况且还有点好处，也算没白忙活，便应承下来。话往明处说，这事成与不成也都是递个话而已，大家不找烦恼。虽这样说了，便是一件事搁在那儿，要不要那人打来电话，问有没有人买房的消息。时间久了，心理上起负担。所以，张经理听着有人看房，赶忙回了物管办公室，把那家人的门钥匙给了小李，由小李带着来人去看房子，自己在办公室等着，如那人看过房子满意，再来办公室向他讨要那卖房子住户的电话号，之后自个去商谈买卖事宜。如那人看过房子不满意，也不当有这回事，只好又等寻来的顾主。

这般，事情一磨蹭，转眼就是响午。张经理吃过饭去值班室睡了一觉，快到下午上班的时候去了邝老汉家。这当儿，邝老汉夫妻刚吃过饭，在喂狗食鸡食。看着张经理走来，老邝心里就晓得是楼上住的人打了小报告，脸上笑着，笑得酸不溜丢的。邝韩氏不理睬人，手上端着一盆剩饭剩菜汤水喂鸡。张经理向两人招呼了一声，也不等答应，去看着邝老汉笑笑，叫声邝师傅，今天来你家是想告诉你个事。邝老汉皮笑肉不笑地看着张经理,问有什么事?张经理点着头又是一笑,再叫声邝师傅,我来说的事是小区里不准喂鸡养狗的,希望你家及时地把这些畜生处理了。邝老汉收住笑容,看着了张经理,说我晓得是哪个龟儿的在你那里翻的是非。我家养鸡怎么了,在自家墙角落喂着又不挡他的路,就知道在背后乱嚼牙巴。狗似的,有本事就当面冲着我来。张经理笑一下,说邝师傅,邻居家有些反映也是好心。小区里嘛,总要有个好的生活环境,希望你们理解。邝韩氏在一旁听着接话说张经理,你讲的话我们是理解的。先不说那些暗处搬弄是非的人有何居心,只要你去把那些起头占绿化带扩屋基的事处理了,我家跟着就不养狗喂鸡。张经理朝着妇人一笑,说韩婶子,那些占绿化带扩屋基的事,物管正在研究解决方案,到时候会坚决处理的,毁坏的绿化带一定会恢复,扩占的屋基面积一定会退出来。不过,还得请你们帮助和配合我们的工作,一同来把小区里的环境卫生搞好。邝韩氏冷哼一声,说明眼人看不得欺心之事,搞好社区环境我家是一个劲地赞成和支持。可是,事情有先后,有个来龙去脉,同样是要惩前罚后。哟,可不要顺序颠倒。这样,你放开手去把那些占绿化带扩屋基的事处理好了,到那时你来看,我会当着你的面把鸡笼子砸个稀巴烂。然而,你现在就是说得个天花乱坠都不得依你想的事。张经理听了妇人的话,晓得是以事说事来搪塞自己。可意思就摆在那里,一时半会儿真的还找不出恰当的语言来回应。站在那里,直端端地看着她手上的碗不出声。邝老汉瞧着张经理的样子,去向老婆眨巴了一下眼睛,意思是话说到这份上，见好就收。妇人知会，转身回屋去了。邝老汉这才对着张经理说小张啊，不是我们不配合你。别人把绿化都破坏了，把屋子都拓宽了，过得是那样从容不迫又温良恭俭让，可你们呢，仿佛被感动了似的话都说不出来，我家看着百感交集，说不定哪天也去把屋外的空地折腾出来，这养点畜生算个啥。俗话说，光棍眼里揉不得沙子，这样好了，你要去我家坐，我给你泡杯茶，大家不说养狗喂鸡的事。如是你不愿意，就各走各的。等你把那些人家的烂事摆平了，再来找我说道。说过话，他大摇大摆地走了。中途，还回过头看了看张经理，才摇曳着脚步进了屋。张经理站在了那里，觉得这两口子找着事由说话，花脸儿扮相默契，弄得人不知如何处置。思忖到这，自个儿摇摇头，只好回办公室去慢慢想对策。

过了几天，老于夫妻趁邝老汉夫妇去地里种菜的时候，到羽毛球场溜达了一圈儿。看着屋墙与院墙之间立着一道木条门上了锁，就听得里面狗闹鸡叫声不绝于耳。两人转身去了物管办公室，找着张经理激动万分地问邝家养狗喂鸡的事情为何没有处理。张经理先让两人情绪平静下来，接着把自己去邝家的经过一字不漏地讲了一遍，告诉夫妻俩自己现在都还在想办法，并且向社区的黄主任反映了小区里接二连三发生的事情。据说，黄主任很重视这事，已经向镇上有关部门作了书面报告，相信不久便会有处理的方案下来。老于夫妇听了话心里欢喜，觉得事情有了盼头。张秀花问张经理，这事等得了多久？张经理看着妇人说中间有调查的过程，我也不知道。要不，你们可去社区打听一下，也可向相关负责人诉求诸事。夫妻两人听了话也不再多问，向着张经理说声谢谢，出了办公室，也不回屋，直接去了菜地。走拢时，小区里相处得好的邻居都在，彼此有过招呼，洪大爷问老于，你两个去了哪里，我们都劳累了一歇。老于见邝老汉夫妻在一旁，也就不肯多话，说有事耽搁了一会儿。老杨晓得老于夫妇去物管办公室讨说法，在老邝夫妻没来之前，已向几个人讲了这事，这时听老于话里有避嫌的意思，便耐住了性子不问，几个人也看出了些端倪，明白老于支吾的原因是老邝夫妻在一旁，好多话说出来怕引起口角。

这样，一干人等找了些其他的事来闲聊。洪大爷问郑老汉是怎么想起来这里买房子的？郑老汉笑了一下，说自己一天和老伴去菜市场买菜，一个女孩发了一张广告单到手上，看后觉得图片上房子造型美观，院子里景色斑斓，关键是价格便宜。忒是一句话说得入心，这是一个适合老年人养老的地方。于是，找来儿子女儿商量，一同地认为要实地考察一番再来决定是否购置。这便，坐上那购房直通车就来了，下车一看，就发自内心地喜欢上了这里。洪老，你又是怎么想起到这里来买房的。洪大爷说房子是我儿子买的，等着他把房子装修好了后，让我和老伴搬来住，才晓得这买房子的事情。说实话，这小区里是清静了些。好在人上了年纪，适应了几天就习惯了。这儿空气好，环境不错，比城里住起来舒服。何嫂听了接过话说是啊，我到这里来买房，也就看到这儿空气好环境不错，要不然跑老远的来住什么。说心里话，当初来住的时候，

| 过 往 | 161

小区里人都难得看到一个，冷清得人都有些后悔买这儿的房子，晚上到处黑黢黢的，让人都有些害怕。现在好了，陆陆续续搬来些人家，这里才有了点人气。有一洼地种菜，大伙说说话，时间上有混的，人觉得朗爽了些。小罗听过话问何嫂，你哪年买的房？何嫂说是二〇一〇年七月份买的。小罗又问你儿子给你买的房？何嫂摇摇头，说我儿子哪有钱给我买房子，他挣钱顾好自己一个家就不错了。嘿，我告诉你，是我自个花钱买的房子。小罗笑了起来，打趣地说，何嫂，看不出来，你还是个富婆哟。何嫂听了话使劲摇头，说瞧着我这副板相也不是有钱的人。看你取笑的，也不怕闪了舌头根子。小罗一脸正经地看着妇人，叫声何嫂，我不是乱说，也不怕大家笑话。不信可以问老王，我家买这儿的房子还差着钱呐。何嫂笑了起来，边笑边说我不相信，你两个长得油光水滑的人，说出这般话来。哈，就像那些打麻将下桌之人，旁人问着是输是赢，个个都说自己是输家。张秀花一旁听着笑起来，笑过了说何嫂，你不打麻将，这话说出来还真是那么回事。问起打麻将的人，难得听到说自己赢的话。洪大爷听了问这是什么原因呢？老杨听着说装呗，好教别人猜不透。郑老汉笑一下，说要讲起人的装模作样，我倒想起了一件事。那是二十世纪七十年代，我家同院子住的白老太，上午还去向隔壁的李太婆借了一元钱去肉铺子割肉，晚上就被街道办事处派人来搜查了她家。当时的情形，院子大门都站了岗，只准院子里住的人家进不许出。那个晚上，王家门前的芭蕉树下也是挖地三尺，你们猜猜看，总共从他家搜查出多少钱来。几个人听郑老汉的话说得玄乎，看他模样做得神秘兮兮的，一时间哪里猜得出来，你看我来我看你，过后都侧着脸儿去瞧着老郑想听下文。郑老汉见大家感兴趣，故意卖关子，说白老太的丈夫姓曹，个子矮小，平日里不喜欢和人交往，在院子里进进出出碰着人难得笑难得说话，久而久之，邻居家晓得他是这副德行，便也习惯了他那样儿。可是，解放后白老太与她丈夫都没去工厂和单位上班，家里则有两儿两女，生活来源就靠老汉一个人守着线香街经营的一间小百货铺子赚来的收入维持。当然，那天晚上，街道上派来的人也搜查了那间铺子。小罗听过话叫声郑老，你说了半天，还没说搜查了多少钱出来。郑老汉笑一下，说莫忙，我再问个事，七十年代，一个工人一个月的工资有多少？小罗撇了下嘴，说我是差不多快七八年时才从农村调到厂里工作的，那阵拿着学徒工的钱，一月就是十八元五角。我师傅四级工，每月工资是四十六元五角三分。洪大爷说差不多，那时我是技术员，一个月工资五十六元七角六分。老郑，你说这些干啥。郑老汉笑了笑，说我说这些，是为接下来的话垫底押韵，要不然，说出的事就平淡无奇了。老于笑了笑，叫声郑老，这不就是说从你邻居家搜查出来多少钱么，还费那么大的劲。郑老汉笑笑，说我怕我这时说出来的话对你们已经没了兴趣。毕竟，现而今的年代，有百万千万和上亿的人家多如牛毛，如我讲出邻居家搜查出来的金额有多少，可能你们耳里都听不进去。老王在一旁听了话哎哎了一阵，叫声郑老，粉都掉完了，还没看到真面目。你虽比我长些岁数，可七八十年代，我等已成年，晓得好多事情。郑老汉说声好，我现在说出来，那天从邻居家搜查出来的钱有八万多元。众人听了话都没出声，八万多元，这是怎样一个概念，时间隔了三十多年。何嫂心里觉得，这八万多元的也不算个啥，自己一个人把娃娃养大，等着儿子结了婚，她口攒肚存有了两个钱进股市炒些渣渣股，股价涨了就卖，股价跌了就捏在手里稳起，手上股票不多，反正有的是时间，随股市折腾。二○○八年股市跌入低谷，她那时正好空仓，股卡上有二万五千多元钱，看到美菱电器股跌到二千一百几元钱没气出，也不知怎么想的，别人都在巴不得割肉卖票逃出来，她反而冲进去买了十手美菱电器股票。当然，这是她的感觉，没对外人说，也没让家里人知道。进出股市，就自个儿心里依着想法。也是，炒股有如买菜，莲花白都卖到不能卖的价格，你还想怎样，总不能说不要钱就拿给你嘛。又是，过了一年多，股价涨了起来，待到美菱电器股票价位涨到一万三千五百元一手股时，她把手里的股票全盘卖出，凯旋地赚了十三万元钱。要不然，她怎么有钱来这儿买一套四十多平方米的住房。是般，她听着郑老汉口里说出八万多元时，就想着了自己去股市交易所取出十多万元钱时心里那番滋味。当然，这是何嫂的想法。其他人听着怎么想，那是别人的意思。老于的想法呢，觉得七十年代有八万多元钱，对一户人家来说，真的是天文数字。可是时间过去了那么久，这期间无论社会和个人都有了很大的变化。就拿自己来说，买这儿的房子不也用了二十多万元钱。

所以，他脑子里想着那年月有八万多元钱确实是一笔大数目，可现在听着了这样的数字有些平淡，内心惊诧不起来。当然，不只他这么想着，其他几个人差不多也是这样的心情。这笔钱在那阵对一个双职工的家庭来说真的是想都不敢去想的事，然而如今听来也就是一个故事里的噱头。毕竟，他几个人成长在普普通通的家庭，生活上平平淡淡的经历还是有的。就拿老于来说，他爹娘是双职工，两人每月工资合拢在一起一百二十元左右，可家里大人娃娃一起八个人，把一个月的钱平均摊在每个人身上也就十五元钱。当然，社会上的经济是低消费，大米一角四分二厘钱一斤，盐八分钱一斤，菜籽油和猪肉七角八分钱一斤，鸡蛋六角钱一斤，酱油分等级，有八分钱，一角二分钱，二角四分钱，三角钱，四角五分钱一斤，醋也分等级，有八分钱，一角六分钱，二角七分钱一斤，一般新鲜蔬菜都是几分钱一斤，黄豆芽菜五分钱一斤，豆腐二角钱一厢，成都三级茉莉花茶五角三分钱二两一包，蜂窝煤大的一个五分钱小的一个四分钱，一个家庭根据人口多少配给。总之，这是生活基本的油盐柴米酱醋茶，有的要号票有的不要。可以这么说，老于这样的家庭在城市里属于一般般的生活水准，遇着他母亲会操持家务，一家人日子过得丰俭自如。确实，生活之事，因其家庭之间的收入和人口多少不一样，有比老于家庭条件好的，也有比老于家庭条件差的。如是，依着郑老汉的说法，老于生活在那般的家庭条件里，要是让他开动脑筋去想有八万元之数目，那是不可能朝那儿去想的。不仅是他，几个在一起种菜的

| 过 往 | 165

人以前的家庭生活水准差不多都是这样。可是，随着社会发展的变化，每个家庭也有了发展的变化，生活富裕了，心情上对几万块钱根本就不在话下。就像老于和何嫂，还有其他人，城里都有一套房子，有的还有两套甚至几套房子，随便卖一套都是几十多万元钱，地段好的面积大的可上百万。这样，顾着眼面前憧憬，听着这以往的事情也就是说话上的闲聊，不是很在意，对偶尔引起的回忆，各自有心情上的眷念，感兴趣的凑个热闹，不感兴趣的就你说你的他想他的，混着时间赶闲儿。老于想着众人之间的闲话还要唠嗑下去，问郑老汉事情后来怎样了。郑老汉看见大家对自己讲的故事充满了先热后冷的态度，才晓得是叙述事情的过程上没拿捏好火候，心里一下子没了劲，这会儿听着老于问话，讪讪一笑，说这事在院子里的邻居和一条街的街坊间引起轰动，都说白老太装得像，上午找人借一元钱去割猪肉吃，晚上家里就搜查出那么多钱来。后来，审查出白老太的丈夫是民国一个军阀手下的军需官，根据犯罪的事实判了徒刑。

大概是郑老汉心情上的缘故，几句话简单地说完后，嘴上顺便嘿嘿了几声。老于理解了他的尴尬，看着他问时间过去这么久了，你们这些邻居现在有无往来？郑老汉说自从开发商买下院子拆房后，邻居各自搬迁去了其他地方居住，起始还有走动，渐慢地少了来往，时间久了就少了联系，也就难得见面。老杨说我们也是这般情况，邻居家好久都没见到了。老于说我家是厂里的老宿舍楼，有的人家买了新房子搬走，开始还回宿舍楼看看，过后就少往来了。不过，宿舍楼的老住户还有许多人家。可能是各家有各家的遭遇，各家有各家的事忙着，人情说话上不像了以前自在。大概是房子旧了，都望着开发商来拆迁，各家的心思都扑在了这上面，各家都有自己的想法。小罗说就是，我家住房是老王单位的宿舍楼，前些时候听说有开发商勘察了，不晓得搞得成不？倒是大家心里欢喜了一阵。老王接过老婆的话，说拆房子的还没来，事情八字还没一撇，大家心里就在嘀咕，拆迁是要钱呢还是要房子。老杨问老王，要是事情成了，你家怎么选择？老王笑笑，说事情还是个影儿，这话不好说得。老杨笑着说如果是要钱，得看他给多少。要是给少了，城里头的房子都不好买得到手。一九九七年那阵，我家住的院坝搞拆迁，我隔壁那家得了十五万。看着那么大一坨钱，心里欢喜得不得了。后来到二环路边上自家添了点钱买了一套八十多平方米的房子，装修下来，把存的七万多元的存款都用得干干净净。小罗问老杨，你家又是怎么选的呢？老杨说我家要的房子。还没等到小罗问话，老杨接着说房子是开发商找的，也是在二环路边上，签了合同，房子有七十六个平方，只是还在建设中，要等一年多时间才能入住。这期间，开发商每月给了三百元的过渡费。小罗问老杨，你家房子装修下来用了多少钱？老杨说我家的房子没装修。楼房竣工后，等得有两个月就搬了进去住。想嘛，楼房建好后，开发商就不再给三百元钱的过渡费。不管是在亲戚家借房子住还是在外面租房子住都得自己出钱，所以，领到房钥匙就赶忙搬新家住了。小罗问你家没装修，怎么住人。老杨说啷个不能住人。屋子的地面是水泥抹平了的，厕所是蹲式便器，厨房砌了灶台水池，搬了家具锅儿碗盏进去，一家人便可住进去生活。不像现在买的清水房，屋里的地面，还有厨房厕所都要请人来装修后才能住人。说实话，那阵我家没得多余的钱，也就没去想装修的事。当然，手指有长短，家里有没有钱要拿得出来才算是。院子里有几家人，就请师傅铺了木地板，厨房厕所贴了瓷砖，门坊墙柱包裹了装饰才搬了去住。记得，那几家人还请老邻居去家里耍。我辈之人去了后看着，眼里心里都羡慕不已。我就想啊，等着有了钱，也要去把房子装修一番，这样住起来才舒服安逸。何嫂听着笑起来，向老杨说你现在不是如愿以偿。也不等老杨答话，朝着众人说这些话畅想起来就会没完没了，还是聊些当下的事，大家总不能成天到晚就在这逞着嘴皮子乐。众人听着话默声了下来，一会儿，郑老汉问老于是不是该邀约大家去活动一下，好久都没去农家乐了。老于说好啊，既然说得闹热，就趁热打铁，我看明天就去，怎么样。老杨看着老于，说我那天赶场听人讲，罗家碾子那儿有家梁土鸡，菜味道好，价钱又合适，中午在他那儿吃饭，打牌喝茶都不给钱。小罗说你说讲这么亲切，找得到地方不？不要让我们这些老家伙跑冤枉趟子。众人听着笑起来，说小罗的话风趣。老杨说上前天和老伴去那儿走过，怎么走着去是晓得的。老于看着大伙说老杨都说得这么巴适，我们就去那里。这样要得不，现在天色晚了，说一阵又要耽搁多久。还有，平常一起种地唠嗑的有几家没来，得要去知会一下。干脆还是老规矩，要去农家乐的，明天早上九点大家在小区门口集合，九点半就走人，过时不候。众人听了都点头哇啦，一口声地应了。这样，大家邀邀约约收拾了农具回家。

十八

第二天，十几个人呼朋一拉地在小区门口集合，有一家开小车的，有三人骑自行车的，有人搭便车，大多数的去坐公交车，相约着在林湾公交站等候，之后走田间小路过去。这么一来，差不多众人在林湾站碰面，已快十一点钟。开车的和骑车的打前站先去，剩下的众人一路浩荡顺着乡间小路脚步踢踏。也是，没到过的地方给人一种新鲜感觉，四下的田园风景趁了闲情的意，屋楼前小渠流水淌声，田里树绿花艳舒情。见着蓬门小院，嗜，都说难得看到，心里漾出时间感，勾出多少往事在心里荡起涟漪，感慨得不行。啊，岁月呀，怎么光阴似箭，不知不觉人就老啰。也就在一干人欣喜了又惊诧交迭不已时，梁土鸡农家乐到了，看时间已是十二点半。梁土鸡的厨房就是七八十年代的农宅，不像附近其他农家砌的小楼房，老旧的房屋昭示着过去的状貌，有一种岁月沉淀了的氛围，一下子能勾起食客怀旧的情感。厨房的正面是一处很大的坝子，摆着十来张旧兮兮可以拆卸桌面的大圆桌。并且，随时还有折叠的小方桌伺候。可以这么说，这农家乐看着老旧。不过，四周团转高树参差不齐，编扎了竹篱笆一围，其间又有小树花儿开，这景致就不得了啰。坐在坝子上，天光洒脱，风轻浮云，花儿摇曳，树叶婆娑。再之，吃的菜又是三个乡厨子炒的，各有其技，都是些地方菜，味道随他勾兑，分量足，价钱又不贵。又再之，农家乐的老板是三十多岁的少妇，模样三分姿色，七分高挑，体态丰满，皮肤白净，站在蓬门旁，迓客莞尔。端菜上桌的服务员是附近聘来的村妇，正是当年，各人各面，体态不同，风韵各异，话音俚语，动作麻利，服务上热情又大方。遇着食客说些嗲情笑话，不怕挑逗，她还丢眼色呐。有一个笑话，有一天，一个食客说了一段荤段子，正好一个服务员端菜上桌，听着话儿色色的惹得脸都红了，去瞥了他一眼。不想，那个食客一下来了情绪，酒也喝得多，菜饭也吃得多。酩酊了口没遮拦，说那服务员与他眉目传情。那服务员听着哈哈大笑，说自己都是娃儿的妈了，与你传哪门子情哟。说过话跑到一边去了。那食客晕头晕脑地说你不传情，怎么眼斜斜地看我。老板娘在一旁笑过了，说她看你是想你酒喝高兴些，菜饭多吃些。听着这话，与之一起来的几个朋友哄的一声都笑起来，把那个食客劝拉走了。哪知，那食客第二天独自来吃酒，弄得那服务员都不好去给他端菜。隔了几天，那食客与一个朋友来邀酌，那服务员还是不肯给他端菜。待到酒足饭饱，老板娘来收钱，那食客笑嘻嘻对老板娘说自己那天酒喝多了有些失态。老板娘笑笑，说这些事情经常都有，一个眼色，一句话，说不定在一个时间里遇着就扣人心弦。过了就好，不要放在心上，就像人们常说的那样，落花有情，流水无意。

这般，老板娘看着老于一干人走过来，浅浅地笑着打了招呼，问众人，听口音，你们是从成都来的？老杨接过话，说我们是成都人，住在平安镇，从那里来的。老板娘说你们到这儿来养老，好福气喔。说过这话，紧接着叫了一声李姐。话声刚落，滴溜溜跑来一个系了围腰的村妇，晓得老板娘的意思，引领着大伙儿进坝子去找座位。坝子里已有五桌人喝酒吃菜，说话声，嬉笑声闹哄哄一片。老于一行人十九个，去坐了两个圆桌。服务员李姐随即递上菜单，小罗问她有什么特色菜，服务员答她有凉拌鸡块和凉粉烧鱼。这么，众人拿着菜单子商议一阵，点了凉拌鸡和凉粉烧鱼，看价钱两样菜七十五元，后面的菜就点了些便宜的，一份竹笋炒肉十五元，一份酥花生十元，一份猪脑花烧豆腐十八元，一份回锅肉二十元，一碗白菜圆子汤二十元，时令蔬菜八元一份，一样炒了一份。算了一下，一桌菜投下来一百六十六元，两桌菜共是三百三十二元。当然，一桌子坐了十人，另一桌坐了九人，大家也不计较。就在服务员拿着点好的菜单要去厨房时，周老汉问她有无泡酒。服务员摇摇头，说没有泡酒，都是乡村自家酿的粮食酒，有两元一两，四元一两，八元一两的。这下，大家便要服务员先递菜单去厨房，才又来商议吃酒的事。来的人之间，周老汉、何嫂、刘老太婆是单身，其余的都是成双成对的夫妇，差不多是要吃酒的，只是酒量有差别。像刘老太婆，喝两三口酒就喊够了。何嫂有一两的酒量，周老汉喝三两还恰些儿。其他人吃酒，有喝得多的，有喝得少的。所以，一阵磋商后，选了两元一两的酒，先来两斤，不够再添。顺下来，打平伙的钱也有了落实，吃完后桌面上算账，按人头平摊。众人听了都觉合意，只有那开汽车来的邬老汉说了一句话，说自己开车不能喝酒。不过，吃得亏，打得拢堆。吃下来别人出多少钱，自己也出多少钱。他这么说过，那些酒喝得少的心思想开了。周老汉想着自己提议喝酒的，打个哈哈说大伙出来耍嘛，一起吃顿饭就图个高兴，谁去在乎钱多钱少。如我要多出钱，你们还不答应呐。众人听了一阵笑。小罗说周老，你这话够意思。大家出来打平伙你多出钱，我们心里过得脸面上也过不得。周老汉正要说话，服务员拿了碗筷来，他便呼打两斤酒，顺便拿杯子来。服务员看着众人，问你们吃哪起酒？老于说两元一两的酒。服务员听了转身去了厨房，不一会儿，她提着两瓶泸州老窖酒拿着一摞纸杯过来。郑老汉看着酒瓶问你这是什么酒？服务员说是你们要的两元一两的酒。郑老汉说你们就拿用过的瓶子装酒，干净不干净哟。服务员说我们都是这样装酒的。你放心，装酒前都用酒洗涮过。说过，放下酒瓶纸杯走了。郑老汉身旁坐的李老汉瞅着大伙笑笑，说记得不，你我过去，不管是城里还是乡间，用过了的酒瓶舍不得丢，都要拿来装酒和装酱油醋。有一次，去一家农家乐，也是这般用过的瓶子装的酒上来。话音刚落，两个服务员端菜来。一盘凉拌鸡，红油闪亮，一盘酥花生米颗粒均匀，落了些儿细盐和花椒粉。大家见菜上桌，也不耽误，随纸杯依个人的意思斟酒，之后，一声呼啦地举杯喝了酒,紧接着就拿箸举筷吃起来。刚吃了几筷子,两个服务员就源源不断把点的菜端上来,众人眼里,觉得老杨的话说得不错,每盘菜的分量都足,心下里自是满意了欢喜,用心地吃,真心地喝,都说乡村酒酿好喝够味,凉拌鸡吃起来不像饲养场喂的肉鸡,是乡下人喂的土鸡。老王说这地方的酒菜安逸,下次约农家乐还到这里来。一些人听着附和说是个好提议。刘老太婆说你们下次来,不要忘了通知我。人多吃饭快乐,增加食欲。大家听着话乐呵起来,说老人家把话讲得生动,说得至情是理。刘老太婆喝了两口酒要舀饭吃,小罗听着叫服务员端饭来。服务员指了指坝子边上一棵桂花树下小方桌上放的大甑子,说饭在那儿,想吃多少自己舀。老李的老婆喝了两口酒也要吃饭,便与刘老太婆一道去甑子那儿,两桌人酒量小的看着,都跟着去了,这厢吃酒的拼了一桌,大家喝酒说话。人老了,说一会儿话就唠叨起了养生传闻,闲唠着了保健单方长寿秘诀。有的说经常吃苦瓜,清火凉血降血压。有的说多吃些野菜,比如像折耳根南瓜叶萝卜秧炒来吃凉拌起吃消油腻清心寡欲。说到热闹处,有人拿出手机来准备上网搜查,只是看着其他人不停筷子地吃着盘中的肉嘎嘎,喝着杯中酒,担心自己翻找信息耽误时间少呷些儿,说声网络信号不好把手机落回口袋了事。侯老汉说自己去年住医院查出腰间盘突出的病来,把人痛安逸啰。吴老汉听了,说难怪不得哦,好久没看到你,我都准备去登寻人启事了。侯老汉笑一下,说你登假消息嗦。郑老汉问侯老汉,病医得怎样?侯老汉说医生说没得啥子事了,就是人上了年纪，生活上要注意保养身体。我娃儿听说就给我买了一大瓶三七粉，吃了一段时间，加之身体有自愈能力，真的还有用，人觉得舒爽。老郑，你身体好，气色不错。郑老汉笑笑，说我去年也住过医院，身体做了全面检查，血压有点高，医生开了药吃，丢不脱了。出院后孩子买了几盒鱼肝油，要我吃着它坚持不断，必有应验。嗨，我也想过，人老了，血液黏稠了。记得小时候，我看到邻家前辈手背和腿杆上冒青筋，还问自己怎么没有。现在才晓得了是啷么回事。真的，听说吃鱼肝油对血管有好处。这下，吃酒的听着有了话题，铺展开来，这个说自己住医院出来娃儿买蜂王浆的，那个说自己出院后孩子买枸杞的，还有买人参的，买灵芝的，说得个热火朝天，众人众口地没完没了，直到酒喝光了菜吃光盘了，大家才向服务员要了泡菜舀饭吃。

　　这顿饭吃了一个多小时，已是两点过钟，刚才坝子里坐满了的食客还剩下三桌，有的食客走了，有的食客打起了麻将来。老于收了众人拿出的饭钱给老板娘，说要打牌耍。老板娘叫来服务员把圆桌面子撤了，给每个人泡了一纸杯素茶，又拿了两副麻将牌来。众人见着一声吆喝，邀约牌友。老杨说刚吃得饱饱的，还没走动就坐下来打牌，人不舒服。平常，老于、老王、郑老汉是与他一桌麻将的。今天，几个人听他这么一说，觉得自个有突兀的感觉，也不去急着打牌，坐着喝茶闲聊。其他人想打麻将的便去凑了两桌，剩下想打牌的叫服务员再拿两副麻将牌，哪晓得立马就被回了声音来，没麻将了。众人听了没话说，不想唠嗑的便去看那两桌人打麻将，其余的坐拢一处摆龙门阵，口渴了端起茶水喝，样子悠闲自在得很。周老汉酒喝得二麻二麻的，便没去打牌，与一伙人坐一处聊天。一旁，老于与老板娘算账给钱。老板娘收了饭钱看众人悠闲惬意的样子，向着老于浅浅一笑说你们这些老人家真幸福，退休了到这儿养老，每月有退休工资，花钱都潇洒。当然，众人来到这过日子，这样的话也是听说过的。老于对着老板娘说你不要说我们潇洒，看你农家乐生意这么好，早已是赚得个盆满钵满，生活上的油珠珠直冒。老板娘见顾客说到自己生意，不便多话，笑笑后走了。几个人看着老板娘走后，老杨朝着老于点头，说你的话讲到了实处，看她生意这般火爆，一天不赚个千儿八百才怪。嗨，八十年代我佩服过我家隔壁开出租车的，今天我佩服这老板娘，数钱大概会把手指头都要数麻。老王听着接话，说我有个同学就是开出租车的，那些年挣了点钱。当然，我说的是我这个同学，有了钱就吃喝嫖赌，没多久，钱不够用就到处借钱，后来听说背了一屁股债，与老婆离了婚，把自己一个家弄得垮塌垮塌的。周老汉听着话笑起来，看着老王说你讲起那年离婚，让我想起了一件事，也是邻居家。两口子在城边街一个生产组上班，工资合起来有八十多元钱。男的有些不务正业，喜欢在外面晃，爱说大话，做事没个准。每月发了工资，男的拿十元钱给老婆做生活费，余下的三十几元钱自己用，两个娃儿也懒得管，就图自己舒服。等到两个人都五十多岁了，大的男娃儿工作结了婚，小的女儿工作要了男朋

过往　175

友。这老婆不知咋的,年轻时苦呀累呀的都过来了,这时起了心思,觉得与男人一起生活窝囊,日子过得粗糙,遇着一点儿小事,两人就顶嘴吵架,后来闹到要离婚,一起去了街道办事处民政部门。工作人员问他们来做什么?男的说,来办离婚手续。工作人员说你俩先去交费。女的问交多少钱?工作人员说一人交五十。两个人听了话打了倒转,回家后便是吵架再也不说离婚的事了。众人听了呵呵地笑,老杨问周老汉,你听哪个说的,离婚还要交费。周老汉说我又没离过婚,怎么知道。夏天晚上乘凉,邻居家坐一处唠嗑的话。郑老汉问这两口子后来怎样?周老汉说这两人不离婚了,感情渐渐好了起来。男的在八九年得了一场病去世,女的去跟着了儿子一道生活。过了一年,儿子回来把房子卖了,妇人还来与邻居告别,过了就再也没见过面,后来怎样也就不晓得了。郑老汉颔首,说这也是家庭圆满了。说过这话,他去看着老于问你两口子昨天下午来地里种菜,看样子有什么话没说出来?老于苦笑了一下,说还不是楼底下养狗喂鸡的事去找了物管询问。老王问物管怎么说?老于把找着物管张经理的事从头到尾讲了一遍。众人听着默了一阵,老杨说看机势物管恐怕也管不了他了。哎,这就有点烦人,好好的一个小区环境,被他几家胡乱一搞,就弄骚了。周老汉说恐怕不止这些,他几家这般开了头,后来的人家看着该怎样,会不会有跟着乱搭乱建的。如是没得人出面干涉,物管又不能制止,这小区里真的就要乱七八糟了。你也听到了的,洪大爷这么德高望重的人都说跟着要开自己门前的绿化地为自家的后花园。何嫂在一旁说辛辛苦苦跑到这来买房子，就是冲着这儿环境好才来的。遇着这样的人家，真的倒霉。过几天我去交物管费，就要找张经理讨个说法。刘老太婆说你去讨说法，也算上我一个。一个小区里没得个规矩，随便哪户人家想咋子就咋子，只顾自家安逸，侵害到大家的利益，也没得人站出来讨公道，这样过日子哪点舒服。老王听了说刘婆婆的话讲得好，什么事都得讲规矩，没有规矩不成方圆。我也是要去物管反映，要是物管解决不了这些事，还可以向社区反映。话说到这，他去看着郑老汉叫声郑老，你平时说话文绉绉的有条理，这会儿怎的不吱声。郑老汉笑了一笑，说不是我不吱声，是我在听你们说。见大家都看着了他，自是端庄出精神，又严肃地把众人挨个看了一眼，才接着说，你们既然要我谈谈对小区里当下出现的一些现象有何看法，我可不像平常随便唠嗑闲话。因为，我现在所讲出来的事情和想法，正儿八经地关乎着了大家的切身利益。我想啊，我们不仅要去物管反映还要向社区反映，请他们来处理这些事情。而且，我们还要做一件事情。说到这，他停住了话，去看着了面前几人。老于问郑老汉，我们还要做什么事？郑老汉微微一笑，说你们想过没有，我们小区少了什么？几个人互相看了一会儿，猜不透他的话意。何嫂说郑老头，有话直说嘛，把我们看了一遍又一遍的，弄啥闷葫芦。郑老汉笑一声，说你们就没想到，我们小区没有业主委员会。老于听了话愣了一下拍了下自己大腿，哈了一声说是呀，怎么没想到这事。要是有业主委员会，就可出面督促和配合物管来处理这些事情了。郑老，你可真是一句话提醒了大家。我看，我们真的该来好好商量一下，怎样动员小区的业主来促成其事。

十九

这下，几个人兴奋起来。有了说事，也就你一言他一语热议开了。说实话，他们几个差不多是城市里的人，也差不多是经历过房子拆迁搬到小区居住过的人家，对小区物管和业主委员会的事不陌生。郑老汉十多年前退休后，还当过小区里的业主委员。所以，他晓得成立业主委员会要走怎样的程序和做哪门子的事情。而他面前的伙伴差不多的比自己小几岁或十来岁。那时候，面前的这些人，有的上班，有的在家要起买社保。确实，小区业主委员会在小区住家户的眼里，也就是退休后的老人发挥余热的地方。有人说这是一个最基层没工资不讲报酬的部门。这些委员们大部分时间在自己家里忙家务，小区里有事开个碰头会，做的事情是协助社区和上级部门工作，监督和协助物管工作，沟通业主和物管的关系，搞好邻里之间的关系。如邻居间有的因一些小事引起的纠纷，差不多都由他们来调解。解决不了的向社区反映，涉及法律的由双方自去法院裁决。也是，郑老汉当过小区里的业主委员，对要参加去当业主委员的条件是清楚的，晓得自己已是七十好几的人了，早就过了当委员的年龄。是般，他不怎么多话，坐一旁的听他几个热情洋溢地高谈阔论。老于听了郑老汉的话是上了心的,第一时间就想到了自己要去当一个业主委员。可是,他并不知道去当业主委员该具备怎样的自身素质和条件,只是凭空想象地认为小区居住的任何能说会做的成年人都可以来参加,如果想参加的人多了,通过竞争由小区的业主来推选出委员。当然,他这样想也是实际的。然而,当选委员后该做什么与怎样来做,他脑子里是茫然的。所以,他对众人说小区成立业主委员会,自己要参加。要是当上了,就要把自己的主张落实到行动上来,把小区搞好。周老汉听了话问他,你的主张是啥,讲来听听。老于说就像老王刚才说的,没有规矩不成方圆。我就要定出规矩来。老王问他,你定什么规矩来着?老于说我们不是刚说起这事,一时半会儿哪里想得出来。不过,小区里喂养牲畜的事一定要禁止。那些破坏绿化的一定要他恢复过来,那些违章搭建的也一定要他拆除,恢复楼房的原貌。几个人听着笑起来,何嫂说老于,你说的这些现实,也说到了点子上,就看做得到不。老于说要当委员的又不是我一个,还有其他的人。只要当上了,大家齐努力,哪有做不到的。老杨看着老于一笑,说听你把话说得这么铿锵有力,我也要报名参加,这辈子还没当过委员呐。众人听着又笑了起来,何嫂说你都要参加,我也要报名参加。她话说到这去鼓励对面坐着的老王,嘿,老王,你也来参加一个。老王笑一下叫声何嫂,这些事不要找我,我没那本事。讲实话,几个人在一起说些想法啊建议呀还可以,上了台就没得说的了。何嫂听了开玩笑说,你呀,这就是红萝卜上不得席。老王笑一下,说是啊,所以说这些事不要找我。嘿,那边打麻将的许多人,可以找他们去。老杨听了扭着头看老王,吓,听你这话说得多条顺,你还谦虚个啥子。他说过话去看着老于,说等会儿他们打完牌问一下,看有谁来参加,之后大家再来合议一下这事。郑老汉听了说你们这不叫合议了,如是有心去做了,应该是筹备。接下来还有许多事情要做,向上级的社区以及镇上的有关部门提出书面的诉求,等着相关部门同意后,派人来小区里指导选举业主委员的事宜。首先在小区的宣传栏上贴出召开业主大会的通知,贴出选举业主委员的告示,业主委员是由业主在业主大会上自愿报名参加,附上自己的履历资料,交由上级部门审核。当然,这才是选业主委员的第一步骤。何嫂听了话说这事嘟么复杂,我不参加了。老王在一旁打趣,说你听这话就不想参加了。怎么,你也是根红萝卜嗦。嘿嘿,说人容易说自己难。郑老汉笑一下,看着何嫂说可能是我话说得复杂了些,其实,这事做起来一点都不复杂。如是我,在选业主委员大会上报名后,附上自己的履历资料,就等审核后再一次召开业主大会由业主来投票选举,选票多的当选委员,选票少的被淘汰。接下来委员之间选主任与副主任,再由上级部门审核认定后在小区里公示出来。几日过后,这些公示出来的主任和委员的名单被小区业主认可,小区业主委员会才正式成立。众人听了话,一时间没了说的,各人去想着心思。

  过一会儿,老于看着郑老汉叫声郑老,你懂得起,你该来报名参加。郑老汉摇摇头说当选小区业主委员有年龄界限，我早已过了这个年龄。不过，小区成立业主委员会是个好事，我可以说些积极的建议。周老汉一旁听了看着郑老一笑，说你这番话讲得高风亮节，我听着了都有些感动。这时，打牌的人看着时候已是下午四点过钟，想着回家还要走老远的路，便麻将一掀地散了伙，过来听说要成立业主委员会的事，七嘴八腔说起闹热来了。小罗问老王，你报名参加没有。老王说他们问过我，我没打算报名参加。小罗说你不报名参加，我来报名参加。老欧刚才过来看打麻将，就把你们说的事告诉了大家，说你们都要为小区的建设添砖加瓦，我心里就想着报名参加的事了。老韩和老李一旁听了都跟着说要报名参加。这样，现场报名参加的就有了七八个人。老于看着后问郑老汉，这事该怎么处置。郑老汉说你可以先把名字记下来。老于问其他人有无带纸笔的。问一阵没人喳腔，刘老太婆说出来耍，哪个想着带这些嘛。你可向老板娘问问，找她想个法儿。老于听了话，当真去找老板娘要纸笔。大概是看着天色已晚，还要走一阵乡村小道才能到公路上去等车，刘老太婆有些坐不住了，约上周老汉要一路先走，其他不打算报名参加的人看着也动身启程。郑老汉刚要起身，老于拿了纸和笔过来请他指点。郑老汉拉他到一边，说你先记下他们的名字。有什么事要问，我吃过晚饭要去停车场遛圈儿。说过话，连忙去追赶前面走的人群。老于也不着急，把几个人的名字写在了纸上。以前彼此看着晓得姓，不知名字，今儿逐一认识了。还留下了手机号码方便联系。回家路上，大家议着这事情说得欣欣鼓舞地投契，觉得早该认识了多好，多有相见恨晚的意思。

　　吃过晚饭，老于与妻子去了停车场，郑老汉与老伴已在那里遛圈儿。老于夫妻走过去打过招呼，几个人一道走步。老于心里有事，便把写了名字的那页纸拿出来给郑老汉瞧。郑老汉停住脚看了一遍，也不作声，让两个妇人前面走了，这才看了老于一阵，说这事你可要仔细想过，做这些是不拿一分钱报酬的哦。老于点头，说吃晚饭时我就好生想过了，退休在家没事做，日子便过得有点无聊。今儿你提起业主委员的事，我心里一热，想了一下，都拿着社保养老金过日子，什么钱不钱的不在意。只是，觉得住在小区里，大大小小的事都与自家相关，个人出些力，又不耽误家务，是个好事情。郑老汉笑一下，说你这么想就好。小区里差不多是邻里间的事，处理起来也不难。有什么大不了的事情，还有物管，还可向社区和镇上的相关部门反映，请他们出面来解决。老于一边听一边点头，样子上相当谦逊。郑老汉起步走，他便随在身旁，心里提了气似的，动作上亦步亦趋，说话的语气唯唯诺诺。这样，两个人不慌不忙慢慢边走边说。听了郑老汉的话，老于默了一会儿，叫声郑老，今天有了那么多的人报名，下一步棋该怎么走。郑老汉想了一阵后，才去看着老于，说这事才刚起头。你想啊，今天有那么多的人报名，这都是我们经常在一起的人家。可是，小区里还有其他那么多的人家，这选举业主委员他们都得来参加才行。老于想了一下，说你的意思我明白了，选举业主委员的事，小区里的人都要来参与，大家都可来报名参加竞选委员。郑老汉说你明白了就好。我告诉你，我们这个小区的人家都来自四面八方，来的时间又不久，这个人是谁，那个人都认不得。所以，在小区里，你要去多做事情，大家才熟悉你，才可能选你当委员。当然，这是一个方面。老于听来乐得嘿嘿地笑，叫声郑老，你说的这些我都晓得了，接下来怎么做。郑老汉笑一下，说你这么问，依我看来，你真的还不了解这事的程序。嗨，刚才不是说过吗，小区要成立业主委员会，得向社区和镇上的相关部门去反映，去诉求，还要有书面文字材料。不过，这事还不是你一个人去做，还得有小区里的其他人一同去。你呢，要与社区和镇上相关部门的负责人多交流，多沟通，让他们熟悉你。只是，做事情有时话多，有时不能多话，聪明人就是把好这个度。老于听着呵呵笑起来，笑过了叫声郑老，与你说话，受益匪浅。真的是听君一席话，胜读十年书。只是这般下来，又该如何是好。郑老汉看着老于微微笑一阵，说你呀，是打破砂锅问到底。其实，心里头早已有数了，也知道这事该怎样去做了。这时，老王夫妻与老杨夫妻都来到停车场散步，大家打过招呼，便走一处了。小罗看着老于夫妻打趣，说我两口子在楼下等你们一阵，原来你们早来了。老杨接话，说他早来了，是想听郑老面授机宜。老于正要说话，郑老汉接了老杨的话，说岂敢面授机宜，不过是我两人聊些闲话。生活之事，眼见之法，说出来人人都会明了。有句话说得是，你在做，别人在看，其实心里是有想法的。老杨叫声郑老，说你这话听起来简单,想起来有点深奥。郑老汉见众人奉承自己,心里乐得受用,看着老杨,说我说的话一点都不深奥。许多事与你无关,你不起心思。要是事情摆在了你面前,涉及你自己,你或快或慢地都会明白。老杨听着话有些没醒悟,看看郑老汉,又去看老于,再去向着老王夫妻笑笑,之后对着自己老婆摆了摆头。他老婆笑一下,说你现在糊起啰。郑老的话是说,嗨,打个比方,要是有人向你借钱,又不好意思说出来,不管怎样兜搭,最后总得把借钱的意思说出来。其实,在他向你说话绕来绕去时,你就晓得了他借钱的意思。老杨说当然晓得了,要不然成了乌鸦与狐狸的故事了。几个人听着由不得笑起来。老于在想事情,听着笑声反应过来,也跟着笑了。接着,他把心里筹划的一些想法对几个人说了出来。

二十

三天之后,老于与小罗和老杨还有何嫂一同去找着镇上主管社区工作的吴主任反映了小区成立业主委员会的事情。吴主任听了很支持,首先肯定了他们的做法,说一个有七百多户人家的小区,镇上领导一直关心着成立业主委员会的事情,鼓励他们把这事情做好,要他们写一份书面材料递交上来。告诉他们,这事情自己会向镇上相关领导人汇报。在向吴主任请求成立业主委员会事情的过程中,老于识得大体,差不多都是小罗和老杨还有何嫂发言。只是大家在与吴主任一起交谈些具体的工作事宜时,他才说出了一些积极性的建议,也请教了些工作方法。并且,还拿出笔和小本子记了下来。回来的路上,几个人去了一家超市,买了纸张和毛笔还有墨汁,专门买了一本笔记本,把买东西的钱一笔一项地记录在册。到小区后,已是午饭时候,众人约好下午碰头开会商量事情后,各自回了家。这时,老于内心有了个想法。他去了物管,作为交流,告诉了张经理小区要成立业主委员会的事情。张经理听了后表示支持,还说小区业主委员会成立后多与物管沟通,大家共同来把小区管理好。老于听着话笑着点头,拿出红娇牌香烟递一支给张经理,自己抽一支点燃后说声以后多联系,就便回家去了。

张秀花已在家做好午饭,见丈夫兴冲冲地回来,便去拿碗筷准备吃饭。老于看了看菜,一盘炒土豆丝,一盘油烘蛋,一盘酥花生米,高兴地一笑,对老婆说我要喝点酒。张秀花听着一笑,说我就知道你的脾气,这么个事情回来定是要喝酒的,事先酥了花生米儿等着。这会儿,我就去把冰箱里剩的小半只卤鸭儿砍了条油烫一下端来给你下酒吃。老于听了一喜,看着老婆说声好啊,你先去烫鸭子,我去请郑老汉来喝杯酒,顺便说些事儿。说过,转身去了门口。张秀花叫了声老于,看着他摇摇头说不是我多话,今天又没得啥菜,鸭子也是昨天剩下的,你去请他来吃酒,就不怕别人多心。况且,说不定郑老汉此刻也在家里吃酒呐。你这时去请他,看是你请他吃酒呢,还是他请你吃酒。老于刚要出门,听着话有理,又踅身回来。老婆看着丈夫回屋,拿着鸭子要去厨房,顺着话说老于,你要请他吃酒,就找个时候约他到家里来,你顺便炒几个菜,也让他看着明明白白是你的情意。当然,你想约他去下馆子,我也没说的。做人嘛,都是要讲情面,做事不能拖泥带水。老于刚要说话,就听到电梯门开响来了脚步声,接着就听有人叩门。老于问谁呀?郑老汉在门外答话,老于,是我。老于听着嘿了一声,心里觉得真是喜剧,自己都露齿笑了。原来,坊间流传着一个脑筋急转弯的段子。问,世上谁跑得最快。答,曹操。问,为什么?答,说曹操,曹操到。今儿,老于说请郑老汉吃酒,还在家里念叨着,郑老汉已经叩门来了。老于连忙去开门,拉着他进屋来。郑老汉看着桌上摆着菜还没动过筷子,便问你们还没吃饭?老于说正准备吃,你来了,我俩喝点酒。郑老汉连忙推辞,说我已吃过饭了。来你这,是想听今天你们去镇上说的事儿。老于说我刚才还说起要去你那儿,正好你来了,我们就小酌一杯,边吃边谈。说过,他拉着老人家去桌边凳上坐下,转身去拿了一副碗筷、一个酒杯过来,把泡酒一人斟了一杯儿。郑老汉这时也不好走了,两个人端酒杯呷了一口,接着拿筷子夹菜吃。张秀花把鸭子浇油烫过端上桌,自己舀了一碗饭吃,听他两人说话。

老于与郑老汉一边有礼有节地喝酒吃菜,一边慢条斯理地向他把事情的经过讲出来。小罗说了什么话,老杨说了些啥子,何嫂又说了些什么,自己又是怎样说的。吴主任听了后是什么态度,又是怎样与他们交谈的。也是,老于对这事上心,就一字不落从头到尾说起,表情上有神态。郑老汉看他讲得把细，自个儿听得认真，时不时点点头，要不要说几句话打趣，都是去补充完善老于说话的思路。当老于讲起回小区找着物管张经理说了小区成立业主委员会的事，他由不得笑一下竖起大拇指，说自己都没想到这一招儿。老于听着禁不住乐得呵呵笑起来，端杯儿请酒。郑老汉喝了酒，杯子还捏在手上，就问老于接下来打算怎么做。老于想了一下，说刚才从镇上回来后，我几个说好下午开个碰头会。我的意思是，今天下午大家先把思路整理出来，明天我们几家人找一家农家乐耍一天，大家再来好生商量事情怎么做。郑老汉听了思忖了一会儿，去看着了老于，说你这样想，也可是周全。不过，做事情该急的得急，该慢的则慢，所谓是掌握轻重缓急。老于问，什么事该急？什么事该慢？郑老汉说既然镇上的吴主任表了态支持，你们就该行动起来。首先商量怎样向镇上相关部门递交小区成立业主委员会的申报材料，等着审批后，在小区里张贴成立业主委员会的告示。接着，镇上相关部门领导会来主持召开业主大会，组织成立筹委会。之后，张贴由小区业主报名参加业主竞选委员的告示。等着在规定的时间内，筹委会把报名参加竞选委员的名单上报镇上相关部门审核认定后，接着在小区里张贴公示。也是在规定的时间内，镇上相关部门领导会来小区主持召开业主委员选举大会。因为小区当选委员的人数有规定，资质也有规定。所以，在报名参加竞选委员的名单里会有人当选，有人落选。接下来，这些当选的名单要张贴在小区里公示几日，之后，从这些当选的人中再选出主任和两个副主任。这样，小区再召开业主大会,镇上相关部门领导在会上宣布小区业主委员会正式成立。就在郑老汉说这些话时,老于眼睛都没眨一下地专心聆听,觉得话与之前说的雷同,却有周全的意思。等听郑老汉说完,他去看着郑老汉由衷地叫声郑老,听你这么一说,我几个忙碌一阵,也是要小区业主大会选举了才能当委员。郑老汉说是啊。所以你在这事上态度一定要主动积极,一定要敞亮,配合镇上相关部门的工作,小区里你做的事情要让相关部门的领导和广大业主知道。老于笑笑端起酒杯敬了郑老汉,说听你说话,如听教诲。这时,小罗打了电话来,问他下午在哪开会。老于告诉她郑老在自己家里,要她去请老杨与何嫂一同过来。回过小罗电话,老于与郑老汉喝完杯中酒就说吃饭。郑老汉是吃过饭来的,便去沙发上坐了。老于舀饭吃,夹了些菜在碗里,就去郑老汉旁边坐着吃,顺便说些话儿。张秀花看着就过来收拾桌子上的剩菜和碗筷,等老于吃完饭去厨房搁碗,听到了老杨的叩门声。这个下午,几个人就在老于家里商量起事情来。一旁有郑老汉指点,由小罗执笔书写起草了一份小区成立业主委员会的申报材料,拟定了在小区里张贴成立业主委员会的告示。郑老汉毛笔字写得好看,几个人拿出上午买的纸和笔又请老人家书写。做完了这些事,已是下午五点过钟,小罗问老于明天有啥安排。老于告诉她明天是打算去农家乐的,可有正经事要办,只好改在以后。这样,几个人约好明天上午一道去镇上交申报材料。说过后,众人向老于夫妇告别各自回家。

吃过晚饭，老于没下楼去停车场遛圈儿。张秀花去邀约人跳舞，他就一个人在屋里畅想，脑子里就默想自个要当业主委员的事，心里憧憬多，这个念头过去，那个念头又来，弄得人一个亢奋不已，激动起来，还设想了竞选演说词，踱着步来回地自说自答。说实话，他不只是想当小区里的业主委员，还铆足劲儿地想当小区业委会的主任。当然，这个想法他一直在心里鼓捣，可他行事的表情和做法是露出了端倪的。郑老汉是看出来了的，曾经问过他当选了委员还有啥打算。在这一点上他没有把心思透亮出来，担心话说出来要是连委员都没当上惹得人笑话，也就含糊其词地对郑老汉说自己还没想那么远。然而，他想当主任的念头是对老婆提起过的。张秀花听着当时就惊了一跳，说他委员都还没当上，怎么就去想着要当主任。老于看着老婆说我要是只当个委员，还不是要听主任指手画脚地调来遣去。如是这样，我又何必起那么大的心去操劳小区里成立业主委员会的事。张秀花听着话没作声，想了一两天才明白了丈夫的意思。说真的，自己和丈夫都是草根百姓，年轻时是工厂里上班的工人。好不容易丈夫调到厂里总务科当了办事员，一干就是二十多年，眼看一位副科长就要退休，一科室的人都传老于可能是副科长的候选。不想，没得一年时间，工厂与其他厂合并，自己和丈夫落在了内退的名单里，回家每人每月拿着二百多元钱的生活费过日子。好在厂里给买了社保，在家耍了十多年，满了六十岁，夫妻俩这才每人每月领了二千六百多元的社保养老金生活。所以，妇人理解自己，也理解丈夫的心思，晓得丈夫这辈子庸庸碌碌过来，心里头积压着愿望，是想在熟人面前高一头露一脸儿，想自己在六十岁这个黄金年龄段里，能在小区业主委员会当委员，甚至鼓足劲儿地想当主任，发挥出自己多少年来埋没在心里的才能，让亲戚朋友来刮目相看。是般，她对丈夫的话是言听计从。自从丈夫与老杨几个人商量起小区成立业主委员会的事，她就不多言不多语地在旁边听着，默默地支持着，生怕自己一句多话给丈夫的所想所为产生一些不好的影响。这个晚上，老于向老婆说了一件事，要她从明天起，吃过晚饭就拎上多功能收音机去小区院子里约老杨的妻子还有其他几个报名参加竞选委员的家属一起跳广场舞。张秀花老早就和何嫂及小罗还有老杨的妻子在一起跳舞，听了话默出了丈夫心里的意思，以前跳舞纯是自个找乐子，现在跳舞是要自己去带动小区里喜欢跳舞的业主都一起来跳舞，以致丰富小区的文娱活动。这么做，也是支持丈夫将要竞选业主委员的一种表现。于是，听了丈夫说的事，一个人心思和行动结合起来，吃过晚饭就拎着多功能收音机下楼，高声地放着音乐一路走，去邀约了何嫂与小罗还有刘老太。妇人要造声势，不去原来的地处跳舞，而是重新选址在小区进大门旁边的坝子上，这里进出的人们看得见。果然，功夫不负有心人，天刚擦黑，就来了十几个妇女围观。一会儿，大家跟着节拍手舞足蹈起来。

二十一

第二天,老于几人拿着写好的申报材料和书写好的公示去找着了镇上的吴主任。当时,吴主任正在开会,出来接待了他们。因为要忙着开会的缘故,大致地看过了申报材料和书写的公示,告诉他们,小区成立业主委员会的事已经向镇上相关领导反映,现交来的申报材料等开完会自己会递交上去。说过,便要去开会。老于看着赶紧问了一句,吴主任,这张书写好的公示我们回小区可以张贴么。吴主任刚走到会议室门口,听着话转身过来看着几人想了一下,说这样吧,你们等镇上的批示下来,再去张贴。说过,向着几人挥挥手,才转身进了会议室。老于几人看着吴主任进去了,这才走了。回小区的路上,小罗看着众人说时候还早,我们回去做啥。老杨说是啊,本以为有事做的,结果落了空,这时间怎么过。老于看着仨人说要不然我们去农家乐,昨天我就对郑老说过,请他和大家去耍,顺便说道说道选业主委员的事。老杨听着老于有请客的意思,叫声老于,你不要请客。我们不是说好了规矩的,大家去农家乐就是碗头开花,各出各的钱,这才有意思,以后好相处。老于说这有啥,遇着人对了,大家在一起心情上快乐,要不要请回客,调节一下气氛。何嫂接话,说老杨的话讲得好,既然说好了的规矩,一旦破了,以后大家去农家乐的事恐怕就要理扯了。老杨说是嘛,你请了客,我请不请。要是不请,心头不是欠得慌。所以，还是打平伙长久。老于听着笑起来，看着三人说，我不过就是那么一说，不想你们都不同意。好，怎么样都行。小罗在一旁笑笑，说你们意见统一了，我们去哪家农家乐。老杨说总不可能就我几个人去吧，人少了也没啥要事。还是先回小区一趟，邀约齐了人再来说去哪儿。老于说正好，我也想回去把这张公示放好，顺便叫上郑大爷。小罗说你何必跑起去叫他。大家不是留下了手机号，打个电话告诉他一声不就得了。老于没有作声，回家放好公示，便与老婆一起去叫上了郑老汉夫妇，一同来到小区门口。这时，老王夫妻已在门卫处旁边等着，小罗告诉老于，她打电话通知了其他人。过一会儿，差不多人来齐了，都是那天报名参加的委员和家属。大家商量了一阵，已是十点过钟，就去了附近一家叫味之鲜的农家乐。

  这么，一行人到了农家乐，已是十一点半钟，便去挤着一张大圆桌坐了，叫过老板来点菜。问了菜价，按照十三个人的平均消费标准要了一盘油酥花生米，一盘凉拌猪头肉，一盆芋儿烧鸡，一碗萝卜烧肥肠，一碗蒸肉酥，一碗烧豆腐，一盘鲜笋肉片，一盘揉碎豌豆，一盘回锅肉，一盘干煸辣椒豇豆，一碗肉丝汤，价钱在一百三十五元左右。大家心头闲，一人提议吃点酒，众人听着附和。于是，又叫老板打了二十元一斤的乡酿来。这顿饭，众人一边吃一边唠嗑，直到酒足饭饱下来一算账，加上每人头上一元钱的饭钱，一个人出了十三元都还有剩。几个脸上喝得红微微，这个说农家乐的菜还可以，那个说价钱也还合理，话还没说完，就被其他酒喝得少的人吆喝去喝茶。避过了老板，几个去对着那些个脸喝得通红的说你们也是口没遮拦，当着老板说这些话，也不怕下次来他涨你的菜钱。老杨是喝得二晕二晕的了，听着话舌头打纠缠地说，下次来老板要是涨了菜钱，那我们到他这来就没第二次。说过了，家属去打了一桌麻将，其他的人坐一处喝着茶水说起小区里的事来。

老于先把去镇上找着吴主任的话叙述了一遍，要大家来说说接下来该做的事。小罗说既然我们起头做了这事，当然在选委员的时候应该多考虑其中的人选。老于说怎么考虑，那是小区业主投票选举的事，票数多的才能当选。老杨说所以啊，我们在做筹备的事情上应该做得光鲜响亮些，让业主知有其人，并且有其人的努力。一旁的老李听了话说你们这样一讲，不知还有好多事情。算了，我不参加当委员的事了。众人听了都不说话，默了一阵，何嫂才看着老李说事情刚起头，你就打退堂鼓，不是影响人的情绪么。老李说不是我要打退堂鼓，是家里有事。何嫂问老李，你家里啥子事嘛，怎么早不说晚不说，这时候来了事。老李说昨天娃娃打了电话来，隔些天我和老伴就要回城去带孙子。嗨，那天一起报名参加的老张，也是要回城里去带孩子，昨天就走了。小罗看着老于，说难怪不得喔，我给他打电话没人接。老于看着老李，说你家里有事，不能参加也就算了。老李说我不来参加当委员，可我一定会投你们的选票。小罗说这样也好，家里有事脱不开身，不光投我们的赞成票，也要协助我们今后的工作。旁边的人听着笑起来，何嫂说小罗，业主委员还没选呐，你说话都有了仪式感。小罗听了何嫂的话，也觉得自己说话超前了些，不由得跟着众人笑起来。郑老汉在一旁笑过了，说小罗的话说得实在，想法都出来了，藏着掖着做啥。人做事不只是敢想，还要敢干。你们今儿不是在商量成立业主委员会吗，这是迟早的事。这么说过，众人不再言其他，谈到了正事。老于对众人说，我仔细地琢磨了一下，小区里现在入住的人家有一百三四十户，平常家里有事或者娃娃家里有事要耽搁，来来去去的人家差不多有几十户，也就是说在这常住的有八九十户人家。这里面当地拆迁入住的有二十多户，属于常住人家，其他的住户都是来自天南地北。小罗听了叫声老于，你琢磨的这些事以前我们都说起过。只是，那时小区的住户还没这样多的人家。何嫂问老于，你琢磨这些事的意思是什么？老于笑一下，说这很简单，报名参加要当委员的人多了，竞争就会激烈。我是想我们得有个准备，业主委员的产生得要合乎选举条件的。小罗笑着点点头，说声老于，我懂了你的意思。话到这，她不说了。何嫂看着小罗说你话讲到一半，怎么不说了。小罗对着何嫂一笑说有些话只能意会，说出来就没意思了。老杨听着说老于的意思我晓得，我们辛辛苦苦来筹备这事，至于当得上和当不上业主委员，自己心里得有个数。何嫂听着笑起来，连声说我明白了，明白了。老于说大家都明白了，这也得看小区大会选举的结果。老杨说这有啥子嘛，票数多的当选，票数少的淘汰，我是有了思想准备的，当不成业主委员就算啰。听了老杨的话,大家不作声了。过了一会儿,小罗看着老杨,说你也不要这样讲,怎么说也是我们小区成立业主委员会发起人之一,事情才刚起头,就说这样的话,是不是显得有点气馁。老杨说这和发起人之一又啷个嘛,选票少了不是一样被淘汰,这是原则上的事,得依着规矩来。一旁的郑老汉听着话笑了笑,看着老杨问你今天怎么回事,说些话让人听着觉得信心不足,不像你平时说话的风格哦。老杨向着郑老汉笑着说我不是没信心,只是,做事情得有退后的想法。就像我们中学毕业时说的一句话,一颗红心,两手准备。放心,这当选委员的事,我一定会争取的。老于说你这么说就好。当下,小区成立业主委员会的事镇上相关领导正在审批,你我几人要拧成一股绳,先做好眼下的工作才是。何嫂说老于这话说得好。你我动了心思花费了气力,好不容易到了这一步,千万不能泄气,弄得人上了席找不到座位。几个人听着话笑起来,小罗笑过了说事情讲到这份上,我们也不要再来讲这些噻话,还是来说说成立小区业主委员会后,我们接下来该做的事情。何嫂看着小罗说业主委员都还没选出来,如何去说别的事情。小罗扭了扭脸儿说,我们既然在做筹备的事情,肯定就要设想一些相关事宜,就像我在城里住的小区,业主委员会都有一间办公的屋子。听着话,几个人来了话题。这个说自己住的小区有业主的娱乐室,那个说自己住的小区不只有娱乐室,要不要业主委员会还组织业主去郊游。说着说着,大家说起了业主委员会成立后经费的事情。

这下，众人七嘴八舌地说开了。有的说当了业主委员做公益事情不讲报酬，可办事总要钱啊。比如说，写这小区的公示，纸和笔墨用的钱该哪个来付呢。有的说该与物管商量，要他们从收到的费用里拿些出来作开销。有的说应该去找开发商，买房子不是每户人家交的有住房基金么，拨点出来当作业委会的经费不就成了么。有的说那住房基金是准备着维修房子的，是不能随便动用的。有的说这事还是该去找物管商量，收的物管费不说，可收的停车费是占了业主大家的地盘，总该拿一点儿出来。何嫂说要是物管不拿钱出来呢。我看啊，还是多想些法子，怎么说小区里有那么宽的院子，又守着两个池塘，养点鱼捞来卖了不就有钱了。老杨去看着何嫂，说你想养鱼来卖钱，可买鱼苗的钱哪个来出。何嫂向着老杨笑笑，说买啥鱼苗，我那天在池塘边看到，一尺多长的鱼儿牵线地游，它不下鱼卵嗦。老杨说我也看到了啊，我还看到有人趁黑夜里悄悄去捞鱼回家。老于问这事物管晓得不。老杨说我看是晓得的。听说有人向他们反映过，物管也去打过招呼，可还是能看到晚上有人去捞鱼。老于向众人说大家看啊，一个小区没有业主委员会，业主的一些利益就要受到这些自私自利者的伤害，没有人站出来干涉，物管也不出面制止，大家的利益怎么能得到有效的保护。众人听着老于这么一说，便都不作声了。

一旁的郑老汉听着他几个说得闹热后静下来，看着大伙笑笑，说你们由远说近又由近说远讲了许多，听得出来，你们几个没有参与过业主委员会的事，所说的也就是在生活里看到和感觉到的一些事情而有的想法，有的说得不着边际，可也说了些事情的实在。怎么说呢，既然你们向镇上递交了小区要成立业主委员会的申报材料，这就是很正经的事了。依我的看法，听着你们现在说的这些，都是要业委会成立后才能涉及的事。所以，这之间无论你几人中有没有当上委员，内心都要诚恳，要端正自己的态度。接下来的事情怎样做，上级部门会来指导工作，其中也有规章制度，当委员的都要遵守，完成上级部门安排下来的各项事情，协助和监督物管的工作，不只是要保护公众的利益，还要使小区的业主有舒服的生活环境。话说到这，郑老汉觉得口渴，去喝茶水。何嫂笑一下，叫声郑老，你这番话讲得庄严，就像作报告似的。郑老汉刚喝了茶水，听着话笑起来，去看着何嫂说你说笑了，我还不是与你们一样，讲一些自己的想法。小罗看着何嫂叫了声何大姐呐，听郑老说，你莫打岔嘛。何嫂笑嘻嘻看着小罗，说看你听得眼睛都不眨一下的样子，好了，我不打岔。这般，郑老汉又去喝了茶水，眼睛环视了众人一遍，才又说起。他接着刚才的话，说小区的业主委员会成立后，得有处办公的地方。我依稀记得，在买房时听有人问起过售楼部经理，小区里有没有业主娱乐室。那经理说以后售楼部可能是小区业主的娱乐室。郑老汉说到这停下来，他想听几个人之中有没有人来附和自己的说法，好求证说出来的话不是妄言。老杨看了大家一眼后说我买房子时也曾听售楼的人提起过这事，只不过以为是一句好听的话，也没啥在意。郑老汉笑着点了点头，说既然听说过此事，待业委会成立后可去售楼部问问。娱乐室的事有了着落,便不愁办公的地儿。小罗听了话后去看了老于,说这么看来,等业主委员选出来后,立马就可去售楼部打听一下。老于点点头,说我也是这么想,可看这事售楼部做不了主,还得去找开发商。一是商谈娱乐室的事,二是看他们能不能拿出些钱来做业委会的经费。老杨听了话一笑,说去找开发商拿钱出来,拿哪门子钱。卖房子的事都弄得他焦头烂额的,他能拿吗。老于笑一下,说他不拿自己的钱出来,可先前不是已说了么,业主买房子不是交了维修基金吗,哪怕是就拿那么稍稍一点儿,就是一万元,让业委会的工作先做起来也行。何嫂说刚才不是说过了吗,维修基金是不能随便动用的么。老于听了话用手去摸了下额头,说是啊,这事真的有点焦人。没有钱怎么做事,就像我们买纸和笔墨的钱又从哪去报销。老李因自己刚才说了退出竞选委员后,差不多没咋说话,这时看着老于一笑,说我晓得的,我在城里住的小区,就是把娱乐室租给个人承包,一年交几千元的管理费,业委会就用这钱来做经费开支。何嫂接过话,说我也晓得的,有的小区的娱乐室由业委会自己来经营,从委员里抽出人来打理、设麻将桌和卖茶水,一桌麻将比外面麻将铺子一桌麻将的钱少些,茶水钱也便宜点。外面麻将铺子收一桌机麻钱是四十元,那娱乐室的一桌机麻收二十元。外面茶铺一碗茶收三元钱,娱乐室的一碗茶收两元。这些收入除了成本,剩下来的就可作为业委会的经费。老杨听着话笑笑,说我觉得何嫂说的可行,自己做事自己受用,吹糠见米,而且长久。不过,我还有个想法，物管能不能拿点钱出来给业委会做经费。怎么说呢，物管做了事，每月都收了业主的物管费。可是，物管还收了小区业主的停车费。汽车停在院子里，占的是业主大家的地儿，按理说业委会应该从停车费里抽成一点儿，这不又有了些经费。小罗听了话说老杨，你这不是在讲重皮子话么。嗨，老杨，今天你咋回事哦，是不是酒多喝了两口。老杨仰了仰头，说我刚才讲了啥子哦，就说了重皮子话。呵呵，啥子咋回事哟，这点酒，还不够我漱口的。就在他两个打趣的时候，老于去看了郑老汉，想听他老人家的建议，可郑老汉没出声。原因很简单，他先前的一番话是想让他们几个把心思扑在成立业委会的事情上，可并没有引起众人的注意，而是一个两个都忙着叙述自己内心的超前想法。是般，在几个人说这些话时他就一直听着想着，觉得也是个理儿，各人做事有各人的主张和见地，并且有各人的方式和做法。这时见老于看自己，眼光里有问询的意思，便去与他耳语了几句。老于听后去自己的挎包里拿出一支圆珠笔和一本小记事本来，就便循着众人说过的话做起了笔记来，一边记还一边问来着。这样，等着他记完后，向着大家读了一遍，问众人有无漏掉的建议没写上的。几个人听后也想不出有啥要说的，看天色已晚，吆喝一声，一伙人便说笑着回家。

二十二

　　第二天赶场，老于一个人去镇上找着了吴主任，问起了小区成立业委会的事情。吴主任告诉老于，申报材料已经呈交给镇上分管社区工作的张副镇长，等他批示下来，相关部门开会讨论后，社区会派人下来指导你们工作。老于听着话直是点头，等吴主任说完话，他请教了一些工作方法，还拿出了大家在农家乐说过的建议记录请主任审阅。吴主任见老于态度非常诚恳的样子，看过了记录，对他讲了些工作上的章程和工作方法。老于恭敬地拿出记事本来做了笔录，一直到吴主任讲完后才起身握手告别。之后，他去到菜市场买菜，想中午喝点酒，看着一家肉摊子的排骨好，问价钱十五元一斤，买了三条肋巴骨，花了三十七元，让刀儿匠剁块装塑料袋提手里。接着去菜市买了一元二一斤的土豆称了三斤，又去买了七元钱一斤的泡水笋称了半斤，看见黄豆芽水灵灵的，拿出两元钱称了一斤，这才打道回府。走拢屋已是十点过钟，张秀花正在看电视，见丈夫手上提满了菜，就过来帮忙。老于要她去把土豆皮刨了，自己进厨房去把排骨洗干净，剔下排骨上多的肉下来要炒水笋肉片，跟着去灶上支锅烧水，将排骨佘一遭洗净，锅里放油烧滚，听着一声嗞啦响，排骨在锅里炒得肉紧缩，放了点泸州二曲酒去腥，关小火放郫县豆瓣酱炒出红色，放姜蒜葱又开大火提香，再掺水放盐酱油白糖捂锅盖，听着咕噜咕噜开一阵，张秀花将刨了皮的土豆拿来洗干净,改刀切块下锅与排骨炒匀,又捂锅盖。老于不慌张,就便把剔下的肉改片,泡水笋切了片,又切了姜片、蒜片、葱节,泡辣椒切了马耳朵节,接着肉片裹了豆粉又兑好汤汁。这时,土豆烧排骨已做好,打起来装盆。跟着洗锅干煸豆芽。待豆芽煸干水汽装盘,洗锅放清油烧辣,放干辣椒节爆香,放豆芽炒匀放盐,放葱节翻炒后勾点酱油提香,起锅装盘。又接着洗锅烧辣放油,估摸着油温放肉片炒转放姜片、蒜片、泡辣椒节,拿起锅铲一阵翻炒后放水笋片炒匀,放葱节勾芡,推了几锅铲待收渍亮油装盘。接下来放点猪油煮了一大碗白菜汤。等到这几样菜端上桌,荤素搭配,色香味美。老于要与老婆对酌,拿两个酒杯斟了泡酒。张秀花摆上碗筷,又去捧了一捧蒜香带壳花生放桌上。两人刚端杯说吃酒,就听到叩门声。

张秀花去开门,见站着的是小罗,连忙招呼进来。老于在老婆去开门时喝了一口酒下肚,拈了一坨排骨啃得嘴油滋滋的,正在好味暖心肠,见着小罗进屋才欠一下身子说请坐,要她喝酒。小罗哦一声笑微微,说你们才吃饭嗦。我是吃了饭来的,过来说点事情。老于说你吃过饭了,那就喝点酒,尝尝我烧的排骨。话音刚落,张秀花已拿了一副碗筷来,看着小罗说我和老于刚端起杯子,就听到敲门声。你来得巧,正好喝点酒,大家说些话。说过,去厨房拿了个酒杯来。小罗这下不好推辞,去桌边坐下来,看着两口子哈了一声,说真的不好意思,就像蹭饭吃一样。老于笑笑,说有啥不好意思的,以后我们都要在小区里共事，像这般你来我去的时候多着呐，客气什么。说着，拿酒瓶给小罗面前的杯子斟酒，刚倒了半杯，小罗用手拦着酒瓶，说声老于，不要倒了，我喝半杯够啰。这样，三个人端杯喝了酒，都去拈了一坨排骨吃。小罗叫声老于，你的手艺不错嘛，很好吃的。老于听了高兴，一张脸笑得皱纹都出来了，嘴里啃着排骨，忙不着说话。张秀花看着小罗，说我家老于会炒几个菜，亲戚朋友来了都是他上灶做菜。不是我夸他，要是狠个心不怕累，一桌席都整治得出来。小罗咯咯笑过，看着张秀花说没想到你家老于这样能干，张姐，你享福喔。老于在一旁听着两个人的奉承话，乐得嘴都笑豁了，看着小罗说你要是觉得我做的菜好吃，以后经常过来。小罗听了说好啊。不过，礼尚往来。你们以后也要经常到我家里去才行，我家老王也是喜欢做菜的。张秀花听了话嗨了一声，说忙着说话去了，你家老王呢，打个电话叫他过来吃酒。小罗说我出来时他正喝酒呐，说是吃过饭要去茶铺里打醉麻将。张秀花说吃了酒打啥麻将嘛，人昏头昏脑的不怕打错牌输钱嗦。老于看了老婆一眼说这你就不晓得了，有的人酒喝得二麻二麻的，牌才叫一个打得好哦。小罗说他可不是这样，打牌回来总是说输，就没听他说赢过。老于笑一下，说打牌的人都是那个德行，嘴里说输了好像人光彩。究竟是输是赢，只有他自己才晓得。小罗笑笑，说就是。我曾经说过他，像这样打牌没得个赢的，干脆就别去打牌算了。可他说，咋个不去，我还保着本呐。她说完，三个人都笑起来。张秀花不喝酒了，去舀饭吃。

这时，老于问小罗，你刚进屋说有点事，是什么事情？小罗说我今天去镇上找过了吴主任。说过，她两眼直盯盯地看着老于，脸上摆出了一副知道些什么的样儿。老于呵呵一笑，说我也去镇上找过吴主任，向他汇报了小区成立业委会的事情。小罗听着话脸上的样儿变了，看着老于笑着问吴主任对你说了些什么？老于笑了笑，把上午与吴主任说过的话复述了一遍，接着问小罗找着吴主任又说了些什么。小罗说我去找吴主任，他差不多也是这么说的。只是，我刚要走的时候，张副镇长来了，知道我来问的事情后，当场就说镇上很支持这事，还说下午就要为这件事召集相关部门开会。他说过后要吴主任记下我的手机号码。接着把吴主任叫到一边说了些什么，就急匆匆地走了。老于听小罗的手机号码吴主任都记下了，心里咯噔一下，脑子里就冒出了一句话：去得早不如去得巧，不想，这事被她拔了头筹。当时，一个人闷着那里不说话。小罗见老于半天不出声，心里多少猜出了些事体，对着他笑笑，说你有什么想法，可说出来，我过来就是和你一起说事的。老于看了小罗一阵，说你想当小区委员，我也想当小区委员，大家应该互相扶持才好。小罗说是啊，所以我才来与你商量。老于，大家不打诳语，你除了当小区委员，就没想过其他。老于没想到小罗的话说得这样直白，又去看了她一阵，说我有其他的想法，你呢。小罗点点头，说我也有其他的想法。老于，我把话亮开了说，我当上小区委员，你也当上了小区委员，我会投票选你当业委会的主任。老于听了话怔了一下，一时猜不透这妇人的想法，望着她说你选我当主任，我也选你当主任。小罗笑了起来，笑过了说那这话就说好了，要是你我都能当主任，你当正的，我就当副的。老于有点惊奇了，神态上露出愕然不解的样子，看着面前的妇人眼睛都瞪圆了，半天出不了一声来。小罗心里想笑，脸上止不住露了出来，看着老于说我讲的是真心话，一点儿杂质都没有。我来你家之前，我那口子就与我说起过这事，他都看出来了你的心思。老于默了一下，说你家老王看出了我的心思，那他是怎么说的。小罗笑笑，说我家老王说你在这事上跑前忙后的一阵，肯定不是想当个委员就了事的。还说我跟着不拖步子地劳神费力，也是有这样的想法。老于听了话，心思转了过来，看着小罗说我不明白，你刚才说我两个要是当主任，怎么是我当正的你当副的。小罗笑笑，说我从来没经历过这些事，露头出面地应对没得经验。我家老王劝我来着，说胆儿小，活得老，胆子大，多打岔。你是胆小之人，又是妇人家，要是晚上遇着有啥事的，怎么去担当。所以，做人做事衡量一下自己有多少斤两。要是能耐不够，遇着事情办不下来，惹了笑话还会自找麻烦。我觉得我家老王说的话有些道理。这般，我夫妻思前想后了很久，有了一致的看法。今天来你这儿，就是把话挑明，免得做起事来有所猜忌。老于听了话，散去了心头的疑团，看着小罗说你说话是个直爽的人，我也就不掖着藏着了。小区组建业委会的事才起始，你我都参与了，肯定有所争取。至于能不能达成所愿，要看事情的结果。这样，既然话都说开了，就便少了周旋。以后这事情上我有啥消息有啥想法都告诉你，你有啥消息有啥想法都告诉我，多一人多些想法，多一人多一份力，我们商量着做。小罗笑了说好啊，我来这说了这么多的话，就是这个意思。人要明白，才能团结，两根筷子肯定比一根筷子好用。老于听了高兴得笑起来，说小罗的比喻风趣且又恰当。说过了，一口气喝了杯中的酒，要小罗夹排骨吃，自己去舀饭吃。

傍晚的时候，张秀花约了小罗和老杨的妻子还有何嫂一起到小区门口跳舞。听着音乐节奏声，不一会儿，就有小区里的几个妇女参与了进来，一些男人在旁边看着也学着手脚比画。晚上九点钟，老于和老杨到大门口来看，跳舞的妇女差不多有二十多人。随着乐曲的节拍，还跳得婀娜多姿。过了两天，镇上同意小区成立业主委员会的批示下来，吴主任打了电话通知了小罗。这样，老于和小罗还有老杨与何嫂去了镇上，吴主任和主持社区工作的黄主任接待了他们，对小区成立业委会的事情做了步骤性的指示和安排。老于拿出小本子，把两个主任讲的话认真记录下来。之后，吴主任要开会，黄主任和老于四人一同来到小区，先去物管办公室找张经理。不想，张经理办事去了。这样，大家便在院子里转了一圈。一路上，老于把前一阵本子里记下的一些事走一处说一处地向黄主任做了汇报，差不多有一个多时辰。随后，几个人又去物管办公室，见到了张经理已在办公室，打过招呼，众人寒暄些话坐下来。接着，黄主任告知张经理小区成立业委会的事情，大家围着事体说了一阵。之后，黄主任叫上张经理，两个人去一旁说了些话。过来，黄主任看着老于四人说我和张经理现在要去找售楼部经理说事情，你们照吴主任讲的话去准备一下，先按照该有的格式和程序把小区报名参加业主委员的公示张贴出来，等着我去把该做的事情安排好后，再来联系你们。说过，黄主任和张经理去了售楼部。老于四人商量一阵，按照吴主任讲话的要求，去把郑老汉写好的公示拿出来张贴在小区门口。傍晚张秀花在小区门前放音乐跳舞，参加的人众差不多有三十多人，一旁将近二十人围观。在乐曲停下的间歇，大家便议论起了小区成立业委会的事。

第二天上午，小罗打电话通知了老于和老杨还有何嫂，四人去了镇上吴主任办公室，社区的黄主任也在那儿。大家谈到小区业委会的事，吴主任讲了一些工作上的事情，老于汇报了张贴公示的事情。吴主任听后告诉老于四人，因为镇上相关领导要在你们小区召开业主大会，昨天黄主任与你们小区物管的张经理去找到你们小区售楼部的经理商量，售楼部经理同意了镇上的安排，答应了可在下午的时间把售楼部作为开会的地址。这事镇上作了安排，今天是星期二，也就是在星期五的下午召开小区业主大会。所以，你们回去后尽快写出开会的通知张贴出来。还有一件事，在你们小区成立业委会之前所做的工作中，应该有一个人来负责这事。我和黄主任商量了一下，咨询了罗红缨同志的意见，她推荐了于守诚同志。老于听到这话，心情一下澎湃起来，激动得脸都红了，去看了小罗一眼。小罗看着他抿嘴笑微微的，笑意里有一种含蓄，让老于想起了那天在自己家里两个人说的话。旁边的老杨和何嫂听了吴主任的话，都去看着了老于不出声。于是，吴主任看了看黄主任后对四个人说既然没得其他意见，在小区业委会成立之前的工作就暂时由于守诚同志来负责。老于听了吴主任的话，心里的欢喜劲儿乐得直朝脑门囟涌。但他毕竟是六十岁过的人了，晓得遇事要稳起，要盖得住脸面，还要懂得谦虚。他看吴主任叫声主任，谦虚地说我没做过小区里的工作，担心自己做不好会让大家失望。吴主任看着他，说于守诚同志，我们看到你在小区筹建业委会工作中积极的态度，相信你能把工作做好。你不要担心，在工作中遇到困难，你可以找我和黄主任，还可以找镇上的领导，我们都会帮助你的。老于听到吴主任这么说，心里悦意极了，脸上还装着。他知道，这时间哪怕是沉默一会儿，都会让其他人产生感觉。老杨看着他在沉吟，叫声老于，你不要推辞了，我们都支持你。小罗与何嫂听着话，在一旁连声附和，说老杨的话讲得好，我们都支持你。这下，老于赭色着脸儿说，既然领导这么信任我，大家又这么支持我，那我就恭敬不如从命。如果我在工作中有什么不妥之处，请领导多指导，大家多帮助。吴主任听着笑了笑去看着了黄主任，然后看着老于四人说事情在这里决定下来，我和黄主任相信你一定能担当起这个责任。希望你和他们共同来把小区成立业委会之前的工作抓起来，广泛地听取业主的意见，并邀请他们参加业委会竞选委员的工作，无论当选和没有当选，大家团结一致共同努力把居住的小区建设成一个精神文明、环境优美的小区。吴主任讲到这停了下来，他问黄主任有什么说的。黄主任笑了笑后看着老于四人说吴主任讲的话，也是我想说的。现在，我就表个态，以后坚决支持你们的工作。吴主任听黄主任说完话，看着老于，说于守诚同志，你也说两句，说完了就散会。老于向着吴主任点了点头，之后想了一下说了话，首先，我感谢吴主任和黄主任对我的信任，要我负责小区业委会成立之前的工作。我呢，一定不辜负两位领导对我的期望，一定和小区的同志共同努力，心往一处想，劲往一处使，完成上级领导安排下来的任务，把小区筹建业委会的工作做好。说到这里，他看着大家默了下，说我的话讲完了。吴主任听着拍手鼓掌起来，众人见着都跟着拍手鼓掌。

二十三

老于四人回家途中，先去一家超市买了几张白纸准备写通知用。在出镇口小街上有一家卤菜摊，老于看着仨人说我去买点卤菜，今天中午大家就去我家吃饭，顺便商量一下写通知的事。老杨笑笑，说这事我不反对，今天你是应该请客。这么，老于去买了半只卤鸭子，称了一斤卤鸡爪，拌了一份猪头肉，用了五十三元钱。回到家，老于酥了一盘花生米，从冰箱里拿出冻肉，炒了两大碗菜，煮了一大碗白菜圆子汤。接着，打电话约来了郑老汉夫妻。吃饭的时候，小罗的丈夫、老杨的妻子都来了，连同何嫂九人齐齐地围着桌子坐了。张秀花拿出泡酒给众人面前的酒杯里刚斟满酒,老杨就端酒杯儿嚷开了,老于,你今天当上了我们的领导,来,我们都来祝贺你。老于端起酒杯子高兴地笑着,说老杨,你快不要这样说。这事才起头,也就是暂时负责小区业委会成立之前的工作。何嫂在一旁笑着,说你不要谦虚,虽说是暂时的,可到底是镇上吴主任封正了的。小罗说不管是不是暂时的,你现在就是小区工作的负责人,也就是我们几人的领导。郑老汉端着酒杯笑眯眯看着老于,说啥子事都有个开头。用时髦的话讲,起跑线上领了先,百尺竿头再进一步,祝贺你。说到这,郑老汉起身把酒杯凑向老于。众人看着纷纷举起酒杯趋前,闹嚷着声音喝了酒,才又安营扎寨坐下来夹菜吃。老王啃了一坨鸭子看着了老于,说我今天在停车场遛圈儿时,听到五栋的一个眼镜对身边的两个人说道,他想参加竞选当委员,公示张贴出来,却不晓得去哪报名。小罗接过话问丈夫,你说的是不是五栋住的老魏哟,张贴公示那天下午我去大门口打纯净水,就见他站在公示前仔仔细细看了又看,我都提着水桶回家了他都还孜孜不倦地站在那里。老于,我看你现在既然负责小区的工作,应该把你的手机号码去写在了公示上,这样方便小区的业主与你联系。老于看着郑老汉叫声郑老,隔会儿请你帮着写星期五下午召开业主大会的通知,就把我的手机号写上去。郑老汉听着笑眯眯地点头,说我有一句话,事情得讲个章法。小罗的建议好,你应该把自己的电话写在公示的下面。怎么说呢,涉及小区业主报名参加业主委员竞选的事宜。老于明白了意思,说这事还耽搁不得,我这就去写上。张秀花在一旁叫声老于,现在大家都端着酒杯祝贺你,这写电话号码的事我去做。说过,她去拿着笔墨就要出门。小罗看着起了身,叫声嫂子,这闹热的时候你一个人去,未免有点儿单调,我陪着你一道去。说过,两个人出了屋去。老于看着这一幕情景心里由不得一阵热络,说小罗人好,知道心疼人。说过后去看着老王一笑,说老王啊,你有福气哦。老王一笑去端起了酒杯,说嫂子还不是一样的啊,今天是你高兴的事,主动地抢着去写电话号码。来来来,不说这些,大家喝酒。这么,众人喝酒吃菜,等着张秀花和小罗回来落座,大家直是地说了一阵好话,这顿饭吃了一个多时辰。收拾停当,几个人围了桌打手搓麻将,老于四人与郑老汉去坐在沙发上议事,一会儿工夫,众人字斟句酌把小区召开大会的通知拟定出来,由郑老汉伏在茶几上写好后去张贴到小区大门口。这事做完,几个人觉得时间尚早,一同去小区大门外面的茶铺喝茶。一碗茶两元钱,老于掏出十元钱请客。

  大概是小区里买房的差不多都是外地人家,出于各种原因有很多买了的房子无人居住。再之,现有居住的人家因家里的事情来来去去,平常小区里住家的也就是七八十户。过了两天,找着老于报名要参加竞选委员的业主也就六个人。过了一夜,其中有三个人给老于打了电话说家里有事,便又退了出来。针对这种情况,真的出乎老于一干人的意料。本以为报名的人会很多,哪知则是寥寥几人,而且还有几人没过一天直便就退出了。这么一来,老于几个人心里都有些着急,这事刚开始还担心报名的人多了竞争力大，现在又担心起报名的人少了事情该怎么做才好。到了星期四上午，老于与小罗去了吴主任那里做了汇报。下午，有两个业主找着老于报名要参加竞选。星期五上午，再有两个业主报名参加竞选。统计下来，报名的业主共有十一人。下午业主大会，镇上的张副镇长与吴主任还有社区的黄主任来到小区，一同来的还有一位房产商委派的代表，物管的张经理也参加到会。这边，小区参加开会的业主有五十来户。业主大会在下午三点钟开始，张副镇长与吴主任和黄主任分别讲了话。接着，房产商委派的代表和物管的张经理先后发言。再接着，老于陈述了小区业主委员选举筹备工作的经过。接下来，吴主任宣布选举工作开始，报名参加竞选的十一人依次站起身在业主面前做了自我介绍。这下，黄主任从自己面前的桌上拿起一份老于和小罗下午一点钟去打印出来写着姓名、性别、年龄和上班时有的工作职称的履历表唱名，这被念着姓名参加竞选委员的业主站起身来发表自己竞选宣言，之后，由参加大会的五十多户业主举手表决。赞成的举手，不赞成的恭坐，黄主任清点了举手名额后在履历表上填写上票数。接着，黄主任又去拿起一份履历表唱名，这念着姓名的业主起身来发表自己竞选宣言，再之后，由业主举手表决，递次下去，待到十一个竞选者相继选举完毕。可能是考虑到参加大会的五十多户业主的人数不及小区住户的十分之一，在选举开始之际，物管的张经理与房产商委派的代表去找到售楼部的赵经理，统计了买房子业主留下的电话并做了表格，有二百六十多户。过来时正好吴主任宣读完十一人的票数,一点不耽搁地委派了老于与小罗用自个儿的手机摁了免提,照着表格上电话逐一打了过去,告知小区召开业主大会选举业主委员的事情,并询问了电话那头业主对该事情的想法和态度。大部分的业主接着电话都表示小区成立业主委员会是好事,纷纷表示了支持的态度。因为小区里人与人之间都不熟悉,电话里都认可现场所选的票数。当然,也有一部分业主表示弃权。这样,老于与小罗当着大家的面在表示支持态度的电话号码旁边打了钩,对表示弃权的电话旁边画了圈。这么,一直忙到黄昏点灯时候,通电话的事情才完毕。吴主任当众依次宣读了竞选者的票数,因小区业主委员名额是九人,十一人中淘汰了票数少的两人,一个是在五栋住的老魏,一个是何嫂。其实,小区里标号有十栋楼房,其实只有八栋,其中第三栋楼房由一个商家交了十万元定金要买下来开医院,实际上只有七栋楼房居住了业主。当选委员的是,一栋楼一个田姓妇人。二栋楼有两个委员,一个姓冯的老汉和一个姓吕的妇人。四栋楼也是两个委员,一个是孙老师,另一个是当地搬迁户姓庞的妇人。五栋楼是老杨,六栋楼是小罗,九栋楼是老于,十栋楼是老叶。参加大会的业主见选举出来了业主委员,看时候已是黄昏,因要忙着回家煮饭,听着吴主任话音刚落,有的人就起身要离开,吴主任看着情形宣布了大会结束。等着其他人走后,张副镇长向九个当选委员表示了祝贺,并且发表了热情洋溢的讲话,希望他们团结一致把小区的工作搞好。之后,吴主任也讲了话,说的内容与张副镇长讲的差不多，只是讲话完后安排了老于与小罗明天把当选委员的名单在小区里公示出来。接着，黄主任向当选的委员说了祝贺的话。他的话不多，但是语重心长，要当选的委员做好小区的工作。接着，老于表了态，说自己当选了委员，今后绝不辜负大家的期望，一点儿不含糊地完成上级安排下来的任务和做好小区里的工作。待他说完后，已是晚上七点半过钟了，这才散会走人。

老于回到家，张秀花已吃过了饭。晓得丈夫要喝点酒，酥了一盘花生米，煮了两节川味香肠切片装盘，焖了一碗土豆块和着四季豆的粑粑菜，拌了一小盘熟油辣子泡菜。老于当上了小区业主委员，心里一直暖烘烘地兴奋着，知道老婆吃过了饭，便想她坐下来陪自己喝杯酒说些话。张秀花摇摇头，说这阵都快八点钟了，那一帮跳舞的姐妹恐怕都等着了，我这就着急赶过去呐。老于笑笑，说我开完会过来，没看着大门那里有人。张秀花说开完会大家就回家做晚饭，我都吃过饭了，其他人可能也吃过了，大家都守着时间的。老于看着老婆说你也莫着急，喝杯酒过去不迟。张秀花看了丈夫一眼说声老于，我晓得你高兴，本应陪你庆祝一下的，可喝了酒去跳舞，满嘴的酒气咋个得行。再者，你刚当上委员，我总该注意些影响。好了，你一个人喝着。要是觉得不安逸，你可打电话找郑大爷来嘛，你两个也可唠嗑些话。老于看了看桌上，说就这些菜，怎好请人吃酒。张秀花说你打个电话给他，等他过来。冰箱里有一坨肉，你炒个菜不就成了么。嗨，我也要去跳舞了，免得去晚了别人等着嘀咕话呐。说过,拎着多功能收音机开门,脚才迈出去,就看着郑老汉来了。妇人连忙打招呼,郑老,你来得刚好,老于正愁一人喝酒不安逸呐。郑老汉笑着说今天有高兴的事,喝酒还愁啥。老于在屋里应声,郑老,你来得正是时候。老话说得好,一人不喝酒,二人不打牌。来,我们喝一杯说话。话音刚落,人到了门口迎郑老汉进屋。郑老汉笑着说我吃过饭来的,就想过来和你说些话。老于拉郑老汉在桌边坐下,拿杯子斟了酒,说我是脚刚落屋,你坐会儿,我去炒个菜来。郑老汉连忙拉住老于,说有请不如偶遇,桌上的菜足以小酌,何又劳烦。老于不依,说今天的菜上不得桌面,我去炒一盘生爆盐煎肉来。郑老汉也不依他,拉着老于的衣袖就不松手,说油酥花生米和切片香肠都是下酒的菜,又去炒盐煎肉做啥。老于有点累,听过郑老汉的话后,当真不去炒菜了。两人坐下来举杯碰了一下,郑老汉说声老于,祝贺你了。老于喝了酒,叫声郑老,这没其他人,你是晓得我心里志向的,事情真的是才起了个头,后面会怎样,不好预料。郑老汉笑笑,说你这头起得好啊,顺风顺水地去,估计心想事成。不过,事情到了关键地步,说话做事越要谨慎。饭一口一口地吃,事情一点一点地做,慌张不得,结果才是想要的。许多人做事为什么功亏一篑,就是见着事情要成了,心里急迫起来,脑子里乱了分寸,不像开始那样谨小慎微,说话不检点,行事上大而化之,遭之事与愿违的情形,只好去蹉跎后悔。老于听着话连连点头,说郑老的话提醒得是。用当下的话来讲,细节关乎事情的成败，所以一定要小心注意。我知道，成功后的欢喜才是最实在的。这般，两人喝酒，又去说起其他。

第二天，老于把郑老汉正楷写着的当选委员名单在小区大门前公示出来。小区里进进出出的人看了，倒也有些说议。都觉得小区成立业主委员会是好事，人家有个啥事的有了反映的所在。可以这么说，业委会是从业主中产生的，其主旨就是维护业主的利益。而且，这些委员都是自愿来担当的。关键是，业委会能够协助和监督物管的工作，让住户安心地在小区里舒舒服服地生活。公示张贴出来三天后的上午，九个委员接到通知去了吴主任的办公室，张副镇长和社区黄主任都在场，大家选举了小区业主委员会主任和副主任。老于当选主任，小罗与四栋孙老师当选副主任，并由镇上出公示去张贴在小区大门口。这天，老于高兴得不得了，可他知道，主任的正式任命还有待几天，也就保持着欢喜不过分的样子。中午回家进了屋，冲着老婆哈哈笑说要喝酒庆祝。张秀花早就接到了丈夫打来的电话，提前把饭菜做好候着，酥了花生米，去场上卤肉摊砍了半只板鸭，煮了一碗蛋花酸汤，泡酒放在了桌上。老于高兴，不想喝泡酒，叫老婆去把存放的一瓶泸州老窖头曲拿出来，拆了酒盒子，开了瓶盖，两个人一人斟了一杯。张秀花问老于，你不打电话叫郑大爷过来喝一杯？老于摆摆头，说我想过了，本是邀他几人喝酒的，可郑老那天的话提醒了我。事情刚有个眉目，说话做事还是低调些好。等过几天，我当主任的事决定下来，再请他喝酒。张秀花听着点点头，说你这样想我赞成，越是关键的时候越要把细。说过,两人对杯儿喝了酒吃菜。老于心里乐得透,啃着鸭子喝酒,嘴里还发出吱吧声。老婆笑他,他哼着调调,今儿,今儿我真高兴。

过了三天是星期六和星期天,到了星期一下午,小区又在售楼部召开了业主大会,镇上张副镇长和吴主任还有黄主任到场讲话。之后,吴主任宣布了于守诚同志担任小区业主委员会主任,罗红缨同志和孙绍文同志担任小区业主委员会副主任的任命。接下来,物管的张经理和房产商委派的代表也发言祝贺,老于代表小区业委会发言表态。大会结束后,业委会的委员留下来继续开会,张副镇长和吴主任还有黄主任分别做了小区工作方向和任务与工作方法的讲话。跟着,老于也慷慨激昂地发了言,说自己一定要带领小区业委会的同志听从上级领导的指示,完成上级领导安排下来的任务,努力做好小区工作中的每一件事情。小罗在老于的话说完后,也跟着发言,说自己一定和同志们一道协助好于主任的工作。等着她发言完毕,大家讨论起了小区工作中的具体事情。老于拿出他记事的本子照着记录讲出了业委会的工作经费和筹建小区俱乐部的事情。经过众人一阵商议,小区俱乐部房子的事由房产商来解决。至于业委会工作经费的事情由物管方来协助解决。那房产商委派的代表倒也爽快,说解决小区俱乐部房子的事自己回去就向老总汇报,还让老于与委员们等电话。只有物管的张经理听着要物管帮着解决业委会工作经费,便愁眉苦脸地诉起苦来,说小区里住家的业主不多,每月收的物管费就少。况且,物管的保安有八个人，清洁工有六个人，加上管理员有三人，这十七人的工资都是由物业公司支付的。现在，小区业委会要找物管来协助解决经费问题，着实困难。老于听了张经理的话心里有些不爽快。不过，他有准备，说物管不是收了业主的停车费么，看是不是能从停车费里想点办法。怎么说，小区业主停车都是占着业主大家的地盘。张经理听着话半天没作声，耐不住大家都在等候，他才说这事情待向物业公司老总反映后才能答复。这么，无论房产商委派的代表和物管张经理怎样的态度，事情总有了期瞻，等待也就是时间问题。接下来，吴主任做了总结性发言，要小区业委会在开会后尽快做出具体的工作方案，把小区的工作开展起来。同时，敦促房产商委派的代表和物管张经理尽快向各自的主管老总汇报，争取在短时间里落实小区俱乐部和业委会办公地点及业委会所需的经费。他说完后，会议便结束了。

二十四

送走了镇上的领导和房产商委派的代表和物管张经理，老于召集业委会委员开了会，众人你一言我一语说及了小区里有待解决的事情，小罗做了记录。会上，老于没怎么说话，像是在听大家的发言，心里想着了自己的打算。开完会，已是暮色苍茫，小罗提议诸位委员一起去餐馆打平伙吃顿饭。老于不同意，做决定第二天大家与家属去农家乐。孙副主任说自己明天上班，一个委员说自己明天也要上班，另一个委员说家里有事，也就当场向大家告假。散会后，小罗独自去问老于，今天是小区业委会正式成立，到会的人齐，为啥不去吃顿饭庆祝一下。老于告诉了自己的想法，就是因为小区业委会刚成立，大家就去餐馆里吃饭庆祝，恐怕影响不好。小罗觉得老于的话在理，也就不再多话，各自回了家去。路上，老于打了电话给郑老汉，约了他夫妻第二天去农家乐。这般，老于乘电梯上楼，进了壁厢就忍不住嘴里嘿嘿乐了起来。回到家里，心情放开，抱着老婆踏着心上的节奏转了几圈，就嚷着吃酒。张秀花早就得到消息，晓得丈夫要庆祝，早已在厨房里做了菜肴，听着话去厨房端菜，酥了一盘花生米，烧了一大碗老于最爱吃的排骨烧豆筋，切了一盘煮腊肉，煮了一碗番茄白菜秧煎蛋汤。张秀花想着吃过饭要去跳舞，就由着老于独酌。这般，两人吃着菜说了一些话。说实话，老于在提名候选主任时，心情一度亢奋不已，激动得几个晚上都没睡好觉。今儿宣布主任的正式任命，心情是又兴奋又紧张。待之自己当选主任，心情又一度地亢奋激动起来，当着众人的面，神态不好表露，心情就控制着。好在经历了这么多天刺激后有了些适应，虽说样子平静着，可心里一直有一种热烘烘的冲动。进屋后，当着老婆的面激动了一阵，这时喝着酒吃着菜，心情渐慢平复下来，瞅着老婆嘿嘿笑一笑，然后呀一声说不容易啊，从选委员到当主任，这事差不多经历了快要一个月，终于如了自己的愿。说过端酒杯喝一口酒，就递酒杯到张秀花面前，说你喝一口酒嘛，咱俩也祝贺一下。张秀花摇摇头说你不要劝我喝酒，要是喝了酒我今晚就不去跳舞了。老于，我喝了酒，是怕嘴里冒酒气别人闻着嫌弃，要是不去跳舞呢，又怕他人说闲话。哈，于守诚刚当上主任，他老婆就不出来跳舞了。嘿，这话好听不？老于听妻子这么一说话，觉着在理，一时无语。张秀花见着丈夫闷着头吃菜喝酒，冲着他笑笑，说你也不要烦闷，明天中午我陪你喝。老于看着老婆点点头，说你有这样的话我听着也是高兴的。说实话，你也是为我着想，这一阵，你带着大家跳舞，也是够累的了。张秀花看着丈夫笑起来，说跳舞有啥累的。老于，我不是说的，跳了一个多月的舞，心里还默着了这事。到了晚上，不去跳一会儿人还不自在，总觉得一件事搁在心里头。老于一笑，说以前不是有这话吗，抽烟喝酒有瘾，跳舞也是有瘾的。不过，跳舞对身体有好处。张秀花呵呵一笑，去啃了一坨排骨后，问了一句话，老于，你当了小区的主任，以后怎么做？老于听了话去喝了酒，夹了菜吃，心里斟酌着意思没有出声。张秀花看着叫声老于，我在问你话，你在想什么？这样拿班作态。老于摇摇头，说这些天忙着当选的事情，会上我表了态，说要把小区的工作做好。可今天业委会成员开了会，你一句我一句地说了很多，说得有些杂乱，还为一些想法争论起来。我在一旁听了一阵，也没啥周详的思绪。考虑了一番，还是先来个徐庶进曹营少说话，等听明了他们的意思再来决定怎么做。所以，散会后小罗建议去吃顿饭庆祝，我也没同意，约了大家明天去农家乐。张秀花问丈夫，楼下养鸡的事，你在会上说没有？老于看着了老婆一阵，然后摇摇头哎了一声，说你没看到，众人差不多都在说业委会的经费，业委会的办公室，小区俱乐部的事情。要不要提及破坏绿化违章搭建的事怎么处理，还有两方池塘怎么维护，怎样改变小区里顾着自己不管他人的风气。我想过了，一上台就提楼下养鸡的事有些不妥，也就没说这事。张秀花听丈夫这么一说，也不再问话了，进厨房舀饭吃，吃过后拎着多功能收音机出门跳舞去了。老于看着老婆出屋去后，一个人就有一杯无一杯地吃酒。心里有些乐呵呵情绪，烘托着人舒服，脑子里这些天的人和事不停缭绕，老婆刚才问他的一句话搅和进来，这让他一时间的思绪很多，心里东一下西一下来回捭阖，半天归不出一个所以来。

其实，老于就是一个地地道道的平头百姓，这一辈子生活过来，在单位也就差些儿当上科里的副职。所以，一个人的前途，是自己人生的追求。至于能不能达到心里的意思，其中的因由很多，也很奥妙。确实，老于就是普通人一个，其他人具备的才能和见识，他也同样具备。同样，也与其他人一样有着自己的个性。确实，家庭教育、学校教育、生活环境及人之间交往的遭遇和经历会影响着一个人的个性，并在自己的人生中起着重要的作用。于守诚在车间里当过工人，几年后调到了总务科做干事，这让车间里的工友很羡慕，说他升职了。起始，他也这么想来，等着热络了的心情平静下来，他明白了自己从车间调到总务科上班的原因。他喜欢打篮球，认识了总务科喜欢打篮球的蒋副科长，一来二去两人熟悉了，于守诚年轻，对大他十多岁的蒋副科长很尊敬，肯帮着做些跑跑腿的小事。也是，人熟悉了，心情上总有想帮助的愿望，只不过有的愿望能做到，有的愿望就做不到。这么，于守诚在总务科工作了十多年，一直到了内退回家。可以这么说，他在工作上没有经过专门学习和培训，实际工作操作也是听科室里的领导安排，就是工作上自己有想法，却没能主张过，一点儿管理经验都没有。今儿，他当上了小区业委会主任，思维上的意识完全出于一个人的素质和本能。与大多闲暇人士一般，事情上想象多些，人之间言谈举止里悟出些理由说道，属于看着台上有人讲话觉得自己也能说几句的人。忒是生活经历，都是周围的亲戚朋友邻居同事，处境在一道起跑线上。几十年过来，其中的想象，差不多是从这些人的事体中感悟联系着自己的思维。随着人世间的变化，看见有老同学租个摊位当老板，有邻居掇间铺面当经理，心情上就浮想联翩得不得了。听说有老同学和邻居在企事业单位里有的当科长，有的当处长，有的当主任，内心里就佩服得接二连三。怎么说呢，别人都在进步，自己老是原地踢踏，这其中的差别，思来想去还风情未解。也是，就在他绵绵不断的思量中，身边的人和事又有了变化，租摊位有的赚钱搞大发，有的蚀本去给人打工。掇开铺面发财的去开公司，折本的把铺子租出去收铺面钱当翘脚老板。企事业单位里当科长当主任的老同学和老邻居中一些人看见做生意的有钱，也有离职下海搞个体，各人随了自个的命运沉浮。老于的发小钟小毛，随着几个人去沿海城市跑了几趟买卖赚了钱，就听人叫钟老总。开始，钟老总一个人还装气派，西服领带，裤子熨褶，皮鞋锃亮，遇着熟人招呼趾高气扬。没一阵生意赔了，人便像晒干蔫了的青菜，衣服皱皱巴巴穿不周正了，脸色也变了，喊他老总都不敢答应，在街上成了混混。老于那时上班的工厂还有效益，每月到了时间发工资，生活按部就班地过着。星期天去街边小茶铺喝碗一元钱的素茶，遇着认识的人，大家便要坐一处唠嗑，谈闲起熟人圈子里的光景来，说道那些能挣钱的和腾达了的人和事，话里都是崇拜，口气都是赞扬，说话到激动处嘴里舌头咂巴响，兴奋得一张脸儿红。说道那些买卖赔钱的和混得孬的，眯眼撇嘴作怪相，满口话充满戏谑。仿佛他人混迹得不好能印证出自己的能干，那一番激情，说话嘴角淌着的哈喇子都溅出唾沫星子来。有句话说得是，旁边人的优劣都能看得到，就是看不到自己好坏。当然，虽说看不到自己，可有过一些生活上的经历，多多少少能从旁人的事情上明白些人世间事态的端倪，看得多了，有时能满足内心里的想象。可以这么说，一个人看不到自己，却能从这些内心里的想象来看身边的人和事，结合着自己的处境产生些念头。只是，生活上的事情摆在眼前，付出和得到像一杆秤平衡着内心的世界，自私和贪婪总是作祟般干扰心念。并且，在付出和得到中产生出来的耻辱和荣耀影响着心情。随着日子过去，自己对自个的看法该是怎样，谁又肯说个自己的不是。不过，事实教育人。看到亲戚朋友，邻居同事有吃得好穿得好的，用钱手甩的伸的，心里不得不承认事情的客观存在，自家不如人家，便又想着自己去奋斗去努力。可是,做人又该那样凭般,内心就含着一口不服之气,折腾来折腾去还是不尽如人意。人老了,回想起往事,才晓得自己年轻时做事眼高手低,理解事物差不多是事后诸葛,总是落人后面位于散淡之列。噫吁乎嗟叹,又来怨自己命运乖张。当然,无论一个人有怎样的过往,经历的事情俯首仰面都会有一番心得体会,有的忘记了,有的则在脑子里沉淀下来,遇着事情又恍然如梦地泛浮起来。是此,老于独自喝酒,心里前前后后反反复复想了许多事情,往事倒要多一些,是是非非纷纷扰扰没个主题。说实话,他一时间心里乱糟糟地找不着头绪,心里亢奋着满腔热气就想自个儿喝酒吃醉。

第二天,老于与委员们带着家属去了农家乐,同去的业主也就郑老汉夫妇。路上,一行人不再是以前那般老于前老于后地叫他,而是改了口一声声于主任地呼唤。开始,老于还说几句谦虚话,神态和动作还有些不自在,便是老杨一句话说得他醍醐灌顶,嘿哈,老于,你这小区业委会主任又不是假的,有啥不好意思的。这么,老于听着呼唤才顺受下来。到了农家乐,大家坐下来喝茶水,说起了小区的事。张秀花先嗨了一声,说我昨天走羽毛球场边过,你们猜看见了什么?小罗笑笑说我猜得着,总是邝老汉不打拳打羽毛球了。众人听着呵呵笑起来。张秀花没笑,朝着众人严肃地摇摇头后告诉众人,我看见邝老汉两口子把他门前花园的花草扯了一片,空出的地上栽了些小葱蒜苗,旁边有两三棵小树还有刀砍过的痕迹。我走过时,他两口子还侧眉侧眼盯我一阵。老杨听着说树子长得好端端的，为啥要用刀去砍呢？张秀花撇了下嘴，说老杨，这你就不懂了。树子上砍几刀，是要树子慢慢枯萎，好让走过路过的人看见，这些树子是自然脱枝落叶地干枯。这样，他两个说不定演出双簧，装模作样地找些人来看，咿呀哎呀说些树子怎的就萎枯了呢的话，等着时机成熟就动手扯树连根腾出地儿来，好多栽些小葱蒜苗。老杨嘿了一声，说老邝夫妇这么做就有点恶劣了。这种人不知怎么想的，就图自己心里一些儿私欲，就要破坏小区的绿化损害大家的利益，也不怕人怒天谴，栽葱葱蒜苗手戳着石头崴了指头。众人听他话说得风趣，忍不住笑起来。小罗笑过了肃着脸儿说小区业委会刚成立，他就阴到地使法儿来一手，我看回去后应该管一管，损坏的花草树木要他家买来补栽。吕阿姨说这事可要知会物管，大家一起来共同执法。张秀花默了一会儿，说还有件事。这邝老汉家喂的鸡，不晓得咋个的，比周扒皮的鸡还叫得早，半夜三更就影响得四邻睡不好觉。老叶听了后，说这事情可向物管反映，先由他们来处理。老于在几个人说话时就一直听着，这时表了态，说老叶的话有道理。接着向大家笑笑，说我们来开个会，议一议今后怎样来开展工作，怎样督促配合物业管理来解决小区现在所表现出来的不良风气和不良现象。说过这话，老于便和一同来的五个委员坐到一处，商量起开展小区工作的事情。郑老汉作为业主的身份特邀参加会议，其他的人去了一旁坐着喝茶说闲话。

冯老汉第一个发言，说小区业委会刚成立，首先要做的是解决业委会办公的地点和经费问题。跟着，田阿姨补充了小区设立俱乐部的事情，并建议俱乐部的经营权可以由业主承包，向业委会上交租金。接下来，老杨提出每月从物业管理所收取的停车费中按适当比例抽成的办法。紧跟着，小罗根据以上所说事情涉及财务，说出了业委会建制上自己的一些看法，提议在委员之中选出一名管账的会计和保管钱的出纳。于是，大家经过一阵自愿报名和认真筛选，最终田阿姨当选为管账的会计，冯老汉当选为保管钱的出纳。田阿姨和冯老汉都是擦边六十岁的人了，田阿姨少言寡语，长相稳重。冯老汉头脑灵活，说起话来插科打诨有板有眼。这时到了饭点，大家便坐了一大桌。吃酒的时候，老于与郑老汉端杯儿私密了些话。待到吃过饭，家属去打麻将，委员们又坐一处商量小区的事情。老于听了郑老汉的建议，让小罗把众人的提议逐项记录下来，之后由大家一项一项地讨论认定，形成工作方案。翌日，老于去找了物管的张经理洽谈从停车费里提成经费的事情，商量的结果不欢而散。张经理说这事自己不能做主，得要等物业公司老总答复后才能决定。过了一天，老于与小罗去找房产商的老总被门口保安拦住见不着面，回小区集合委员们开会商量办法。隔了一日，约合着几人再去找房产商老总，受到了老总的助理接待，告诉众人老总知道这事，只是现在在外地开会，回来后安排日子通知诸位再来商谈这方面的事情。这下，几个人也不回小区，直接去镇上找着吴主任请求帮助。吴主任主管社区工作，自然有管理的经验和工作方法。先要几个人把情绪稳定下来，告诉大家这事情不是朝夕之事，里面涉及着文件的条款和单位自身的利益，其中需要多方面协商，也就要等候些日子。他还告诉大家，镇上相关部门会出面斡旋，相信能尽快解决此事。

二十五

这样，过了有三月，买下三栋楼准备开医院的客户因为资金链出了问题，没能力来买楼房了，所交的十万元定金按合同也不能要了。房产商在建造三栋楼时是按照客户的要求设计成了一楼开诊室其楼上住院部的医院模型，这下客户不要了，又拿不出钱来。开发商没得办法，十万元定金是不退的了，只好重新来改建楼房。这样，楼下面准备做医院花园的空坝平整了出来，修了一个大花台，栽上了一棵大黄桷树，花台的周边铺了瓷砖，在旁边不远处安装了几台锻炼身体的体育器械。这般，又在镇上领导的斡旋下，开发商把三栋底楼的两间小屋和一间大屋给小区做俱乐部和业委会的办公室，还从每户业主在购房时交的一项五十元房屋维修基金给了业委会作日常开支的费用，总共有两万多元。物管也答应每月从现有的停车费里抽四成给业委会，有五百多元。这些钱田阿姨做了账，钱交给了冯老汉保管。接下来，老于几人兴致勃勃地张罗起俱乐部和办公室装修的事情。请人粉刷了墙壁，安装了电灯，简易地装修了一间卫生间。买了三桌机麻，买了二十几把大靠背竹椅子，配上了房产商买房子打广告在池塘边布景儿后留下来的几张小方桌。这样一来,眼见得小区俱乐部整顿齐整,交给了冯老汉夫妻先打理着。考虑到俱乐部是小区业主参与的娱乐地处,麻将桌的费用比外面收费低些,一桌机麻收费十五元。冯老汉夫妻打理俱乐部的事务,准备开水和打扫厕所,每天从一桌麻将十五元里提成五元。俱乐部总共是三桌机麻,其余的小方桌是手搓麻将。开张这天麻将桌免费,还摆出花生瓜子招待业主吃。这般,小区有七十多位业主到场,喝着茶水吃着花生瓜子听老于宣读了致辞。接下来,俱乐部三桌机麻和四张小方桌坐满了牌客。第二天起始,也就三桌机麻运作。过了些日子,来俱乐部打牌的人越来越少,打牌客伙也就坐一桌机麻。逗不准时候,打牌的人又多起来,坐个两桌或是三桌。也有人多的时候,三桌机麻坐满人,其他人只好在一旁观看。于是,每天下午孙副主任学校下班骑着摩托车回家,先来俱乐部一趟,与冯老汉当面对账。这孙副主任是当地人,平时与业委会委员交往中不怎么多话,爱与当地拆迁过来的住户乐趣,看着打麻将的熟人就开玩笑,乡村俚语地问一声吃票子没有?意思是赢钱没得。他也爱打麻将,俱乐部开张后,只要下午得空,就要来打牌耍,而且不打小牌。一次,他与人打麻将,没得几盘就输掉二百多元,旁边看打牌的唐大娘不忍目睹,离开俱乐部回家去看了一会儿电视又来观阵仗。唐大娘与孙副主任是一个村子的,开发商买村里的土地圈到了几家人的一些田亩。作为赔偿,给了这些人家一些钱,便在桂花小区买了住房安置。是般,唐大娘重回麻将室观战,径直去站在孙副主任旁边问了一句话，爬起来没有？一旁看打牌的人中有几个是城里搬来住家的，先没明白话里意思，问过当地人才会了意，唐大娘问老孙把输的钱捞回来没有。可能唐大娘问话的状态庄严肃穆，一旁看着的人都不由一阵乐呵呵笑。

也是，业委会的办公室在俱乐部的旁边，一间屋子，也是粉刷了墙壁，安装了电灯，屋中间对拼了两张新写字台，进门的墙边和靠窗的墙角分别摆了一个新书橱和一个新文件柜，有几把一色新的皮沙发坐垫木靠背椅子。这办公室布置好后，买了一张乒乓桌安放在三栋楼前才平整出来的空坝上。之后，老于安排人去停车场栽了一排拇指粗细的小树。这么一来，从房产商那领来的钱就用得差不多了。究竟怎么用的，没召集业主开会讲个说法，也没有把账目张榜公布。这样，引起了广大业主的猜疑。有的业主找到个别委员询问，也问不出个所以然来，有委员说用钱的事是老于一个人说了算，还有的委员说用钱的事都是老于和他身边两三个人掌控，自己都不清楚是怎么回事，便请问话的业主去找老于几个咨询。可好不容易找到老于，他便说做账的事自己是外行，该去找田阿姨和冯老汉。可是，田阿姨和冯老汉对业主的询问讳莫如深，有时还脸色怪异地要业主去询问老于。当业主再去询问老于，看得出老于的一张脸拧得出水来，语气生硬地说自己又不管账，找该问的人去。几番往来，一些业主对老于有了看法，觉得他做事情与上台时说的话有了前后差别，对业主的态度也是前恭后倨，有一脸二面之嫌。关键的是，老于不喜欢和广大业主交往，经常就是他几个耍得好的人去农家乐吃喝玩乐。确实，小区业委会成立了大半年，老于说话做事起了变化，真的是，这种转变让熟悉他的人都感到快了点。遇着业主向他反映事情，听到喊他主任，便与之多说话，还笑脸一张。如是碰着面说个话老于前老于后地称呼，便冷眉冷眼支着脸色，差不多地说两句，有时连话都没一句就走人。以前，老于但凡有个事就要去请教郑老汉，自从主持了业委会工作后，便没有再向郑老汉叨问事体聆听教诲。只是，他邀约亲近的几个人去农家乐玩耍，是要邀约郑老汉夫妇参加的。不过，郑老汉心里明白，两人说话再也不是从前那样了。一天，几家人去了农家乐，刚坐下，小罗就讲了一件事情。昨儿，小区里因检修线路临时停电。差不多时候，小罗去大门旁的纯净水机柜打纯净水。因为停了电，机柜也不生产纯净水了，只好在一旁等着。一会儿，渐慢来了几人打纯净水，大家依次排队，由于站着那里心情空闲，几个人闲聊起来。先说到小区的用电，再又说到小区的用水。四栋一个姓吴的老汉说这小区停电又停水的，用水肯定是抽的地下水。五栋一个姓陈的老太听着话去看着了小罗一会儿，说我们小区怎么用的是地下水，为什么不是自来水呢。一栋一个姓白的婆婆说你买了房子，不晓得这么回事嗉。上次停电，我就晓得是怎么回事了。哎，这小区抽的水有一层蒙蒙，只能淘菜洗衣服用，煮东西吃就不敢了。这时，蔡老太路过，听着话搭腔说啥子不敢吃喔，人家当地人吃了几十年，还不是上好。看那镇当头住的肖婆婆，活到了九十多岁，一直吃用抽的水，人健朗得

| 过 往 | 229

很。嘿,我说句实话,我就用抽的水煮饭吃。白婆婆听了话用眼神扫了众人一眼后嘟了嘟嘴,又头朝着蔡老太转了一圈回过看着众人小着声音说你要用抽出来的地下水煮饭吃,那是你自己的事,怎的说得个道貌岸然。众人听了白婆婆说小话,碍于蔡老太立在当处,都不好作声。过一会儿,小罗朝着众人笑笑,说你们不晓得,为了安装这个纯净水机柜,那时还没成立业委会,只得去找物管,我不知跑了多少趟路,才促成了这事。一旁的蔡老太听着话笑起来,说我知道有家人为安装这纯净水机柜出过力,那是二栋住的黄老汉和他妻子张老太,因为老两口带着孙子要冲奶粉,隔天就要去镇上的向阳小区打纯净水,来来去去的时间久了,我在大门口都看见过好几回,黄老汉向物管的人以及张经理反映情况,说别的小区都有了纯净水机柜,我们小区为什么不安装一个来方便大家呢。小罗听了话,觉得蔡老太与自己打顶张,脸儿红了红看了众人一眼,说蔡婆婆,你看见了黄老汉反映情况,就不晓得我也反映过这事。蔡老太摇摇头,说黄老汉打水要去别的小区,走路要经过大门口,我是看到了的,至于你在哪反映情况我不知道。小罗听了话仿佛受了委屈,说了声摩诘呵,多少人背地里做好事不被人晓得。说到这,她去看了众人一眼,眼光落在了身边一个老汉身上。这老汉瘦卡卡的身躯,个头不高,脸上有一特征,鼻子下留了一撮胡子,手上拎着一个装水的蓝色塑料桶,来在小罗身边站着多时,没说一句话。这老汉表情木然,与小罗对眼斜楞一阵,轻微地点了下头。就这瞬间,小罗露了笑脸问了话，大爷贵姓，住哪一栋？老汉思忖了一下，说自己住在十栋，便不作声了。小罗晓得老汉不愿说自己姓氏，也晓得他不愿与自己多话。只是，心里憋着话想说，也就不管了，冲着几个人一颔首，说人啊，就怕卷起舌头说话，把不可能的说成可能，把有理的捣成无理，使得做善事的人出了力讨不到好。说过话，眼睛看了众人一圈，不经意的眼光又落在了旁边老汉身上。老汉见小罗说过话又看着了自己，不由得摆摇了几下脑袋，说我家在海南买了房子，在这里住的时间少，不知道这里的事情。说过话，转过脸看一边去了。小罗听了话，又看老汉一副不想理人的样子，心里有了些不爽快，觉得这老汉的话无厘头。哦，不在小区常住，就来撇清高，一副事不关已高高挂起的样子。一时间无话。不想，蔡老太走人，一边走一边说你几个善人时常伙着到处玩耍吃喝玩乐，怎么就没想着组织小区的业主去一回农家乐呢。小罗听着话由不得一股气从小肚子往上蹿，想大起喉咙吼几句，可看着蔡老太慢悠悠的步伐，怕自己吵嘴占不到上风，只得忍了这口气。等了一会儿，小区通了电，机柜里出水，个人打了桶水回家。在回家路上，小罗心里窝着火说不出话，回到家总觉得胸口上硌着东西半天吐不出来。气不过，想起了刚才身边站着的那个上嘴皮留着一撮胡子的老头，觉得这老汉说话做事有点冷漠。在海南买了房子怎样嘛，你在这个小区也有房子，回到这住，好像小区里的事与他无关似的。所以，今天几个业委会委员和家属聚在一起，就把事情说了出来。老杨听了话，摇摇头，说是有这种人，大家的事情，一点儿都不关心，该出力时一点儿作为都没有，可事情有好处就出来了，还一副正南齐北的样子。就像一句话说的，这种人属道士的婆娘，吃献食的。听着话，众人笑法不同地笑一阵。过后，冯老汉结合小罗的话讲了自己的意思，说蔡老太讲这种话自己在其他业主嘴里也曾听到过，都说老于上台大半年了，就看见固定的和几家人去农家乐玩耍，怎的不组织一次小区的业主也去农家乐。老于听了话笑而不语地低头思忖了一下，再抬头去看着小罗和老杨，说听了蔡老太讲的话，你们有怎样的看法。老杨摇摇头，说现在业主委员不齐，等孙老师下班后，晚上业委会开个会，大家来商议此事。

隔了几天，小区门口贴出一张通知，写着了周末去玫瑰园游玩的事情，并注明了玫瑰园派汽车包接送，一人一天的费用预交一百元。看到通知，有的业主想都没想就不去了。有的业主交了钱，一打听玫瑰园就是在附近十多里路远的农家院子，就吃一顿中午饭，就要收费一百元，觉得不划算，纷纷要求退钱。剩下两人不退钱的，因人数不够一桌的原因还是没去成。有了这事，广大业主私底下对老于又有了些说法。忒是有的人听蔡老太讲了她与小罗对话的原委，觉得这次组织业主去农家乐，老于有搪塞的意思。怎么说呢，一个人吃一顿午饭就要消费一百元，这对平常节约成了习惯的广大业主在价钱上就不容易接受。这顿饭吃什么，怎么就这么昂贵。还有，广大业主都是去过农家乐的。消费水平一般都在一二十元钱左右，鸡鸭鱼的特色菜都能吃上，吃下来人还舒舒服服的。是般，有人猜测起了老于几个人去农家乐的消费水准,一个人一顿午饭就要一百元钱,而且经常去这般高消费,吓,这些人非富即贵。然而,私下里一打听,老于和他老婆拿着社保养老金,每人每月二千七百多元,其他人也是差不多,有几人的养老金拿得多点。这么一来,好听的话有,难听的话也有。过了一阵,有业主向老于讨说法,要他把房产商给的二万多元钱怎么用的,做明细账公示出来。老于回答得也干脆,要查账找田阿姨和冯老汉。大概心里有些觉得几个人要来找自己的麻烦,上午说过话,下午就和老婆回了成都儿子家里,过了几天,才又回桂花小区居住。这几个业主都是上年纪之人,受他一个推诿后就不见了人,去找着田阿姨和冯老汉,都说查账的事要得到老于的批准,现在去了成都,事情如此,只有等他回来。本来,众人之所以要老于公布账目,是提醒他小区的钱怎么用出去的应该让小区的业主明白。出于好心,劝他应该端正态度,做些对小区有益的事情。然而,老于是个心思缜密之人,被人拿话一说,自然明白些意思。经过深思熟虑后,找着小罗几人交换了意见,觉得一个劲地和业主纠缠着不是一回事。可是,老于又不想公布账目,绕来绕去几个意思都含混不过去。其实,小罗几人心里明白老于心里是怎么想的。他几个何尝不是和老于的心思一样。有些话不说出来,是要烂在心里头的。这样,几个人的碰头会从下午一点钟就开到五点过钟,面对部分业主提出来的问题,想不出一个法子来应对。看着到了要回家做饭的时间,也就在有人起身要走的时候,老杨扔掉手上的烟头,看着老于笑笑，叫声老于，我想到了一句话。这件事不做，可以做其他的事嘛。嗨，这叫什么来着。老于听着话怔了一下，刚要起身又坐了下去，要走的人也停了脚，大家都看着老于，想听他对老杨的话有啥说法。老于默了一会儿，脸色慢慢舒缓开了，瞅了老杨一眼，嘴里一声二声念叨，老杨啦老杨，你脑袋真的够用，不像我，脑壳里想问题就在一个层面上倒不过弯，唉，没办法，这就是人与人之间的差距。嘿嘿，有了想法，我们可以好好地捋一捋。这样吧，今天时间晚了，我们明天开会来讨论这事。小罗见老于脸色好看了，问了一句话。老于，明天我们在哪儿开会，总不会在这办公室和去你家开嘛。老于心情好起来脸上有了笑意，看着小罗说会在哪儿开，你们说了算。小罗转头去看着老杨努努嘴，老杨会意，冲老于一笑，说我建议哈，这个会还是去农家乐开好，我们几家习惯了，说话做事方便没得人打岔。

过了几天，老于带领着业委会大部分成员会合了物管的张经理及物管的两个保安队员，一道去对小区里违章搭建进行整顿。这样，先去到了五栋楼一户姓穆的人家。穆家只有一个老妇人在屋里头，家里其他人都出去了。老妇人脚有点瘸，听着说要拆改造阳台时多占的面积，生怕丈夫和娃娃回来说家务败在自己手里，一个人拦着门不让进，任凭老于做思想工作，她都不依，说自己有高血压，还有轻微糖尿病。要老于带人去别的人家，要不然就等自己的丈夫和儿子回家后再来。听着老妇人的话，众人一时无法，只好去旁边的吴家。这吴家也是住五栋底楼，与穆家单元不同，也是改造阳台多占了绿地。是般，吴老汉看着老于带领着一群人去穆家，自便是跟着去围观了此事，自然有了搪塞的借口，向老于和张经理说办事要一碗水端平，老妇人家的违章搭建都没拆除，凭什么要拆我家。吴老汉早就不满老于的所作所为，也是极力要求老于公布账目的人之一，说老于当上了业委会主任就一意孤行地做事情，从来不联系群众，没做过一件让业主高兴的事情。老于听了话心脑撞气，半天才反应过来，说小区的俱乐部都建好了，自己怎么就没做一件让业主高兴的事。吴老汉是当地人，平时爱去场上的茶铺喝茶。早些年种树子有了钱，买了小区里的房子，娃儿想去温江发展，在温江城里买了商品房住，时不时地回来看看二老嘘寒问暖。听了老于的话，吴老汉说有了俱乐部又咋个，没茶水喝没电视看的，我又没得钱去打麻将。老于说楼外面的坝子上有乒乓桌呀，你可以去打乒乓啊。吴老汉呲了一声，说我去打乒乓，你来陪我打嗦。我人老了腿脚不方便，你帮我捡乒乓。我听说，你几家人裹着一处，成天忙不停，就想的是约着去哪儿农家乐消遣，哪里顾得着我们。哦，这事情就找着我们了。告诉你，这种事又不是我家起头，你不要吃柿子按到软的捏。老于听了话闷着了，晓得自己怎么说吴老汉都有对子，一时半会儿说不清楚。小罗在一旁看着叫声吴大爷，你支持一下我们的工作嘛，我们也是为了小区做事。吴老汉想了一下后看着小罗，说这样，我也不多话，只要你们去把那些人家的拆了，我就不劳烦你来，自己都动手拆了。要是今天你们硬是先来拆我家，那就从我身上踩过去。众人一看事情不好办，只好去了六栋底楼一户姓蔡的人家。蔡家住在小区湖边上，守着风水宝地去临着湖边的屋墙另砌门楣，又把新开门前一大片公共绿化地修造成了私家花园独自享受。因之前家里遭了贼偷，张经理几次去解决事情没有结果，还吵了嘴不欢而散。是此，张经理见着要去蔡家，借故打电话，落在了一行人后面。蔡家夫妻都是五十多岁了，从南充乡村来这买的房子。一个儿子和儿媳跟着过来，在温江开了一家小饭馆。由于要打理饭馆生意，在饭馆附近租了一间屋住，也就把三岁的儿子交给爷爷奶奶照顾。这般，老蔡夫妻两人正逗着孙子取乐，看着一行人来到门前，自是晓得怎么回事。老蔡也不拐弯抹角，向众人讲述了自己屋里遭窃的前后经过和损失。接着就直截了当地表态，只要业委会能帮助追回所受的损失，一凭地任由拆除自家违规搭建。并且，损坏的绿化认赔。老于听了话心里犯难，这家人掉东西的事他是听邻里说过的，那时，业委会都没有组建，全都由物管处理。眼下，老蔡的话说得个咄咄有词，意思也敞亮，谁个听不明白其中的由头，软软地有那么个要求，其实很难办到。于是，老于想起了请张经理出面来与老蔡说一下当时的情况，看能不能够找到些相互间交流的话题，有助于今天工作的进展。可是，他去人群中看了一遍，没见着张经理的身影，问一个保安，才知张经理接电话去了物管办公室。这下，几个人商量了一阵，由小罗去向老蔡理论，要老蔡家支持业委会的工作。老蔡很淡定，又把刚才表态的话说一遍。众人听了又一阵商议,觉得事情不好处理,见已快中午,大家都要回家做饭吃。老杨提议晚饭后召集业委会的成员开个会,大家来讨论这事情。老于听后同意了,几个人便各自回家。老于走到单元门前,看见邝老汉夫妇睁眼看着自己,有一副咻咻不已的阵仗。他很快进了单元门里,等电梯时,脑子里起了一个念头,今天要是先去了邝老汉家处理喂狗养鸡和索赔损坏的花草树木,又该是一个怎样的情况。想到这他又想着邝老汉夫妇看着自己的样子,自个都有些沮丧。

二十六

进了屋,老于心情有点郁闷,便想喝点酒。张秀花早有准备,酥了一盘花生米,烧了一碗豆腐,煮了一大盆五花肉萝卜连锅,打了蘸卤。两人端杯对酌,老于便把上午去拆违章搭建的事情说了,还说了自己的看法,觉得小区的人和事不像自个当初想的那么简单,遇到事情各人的想法各样的情态都出来了,缠人脑壳疼的复杂。张秀花听了话不像丈夫那样想,对丈夫说别人是一个样子,可自己又是个啥样子,两者之间总得沟通,不要光依着自己的性子来。还有,做事情遇着意见不合做不成千万不要去抱怨。就如自己当初去小区带动大家跳舞,有的人跳得好好的,突然就不来跳了。起始,自己也有点怄气,我放起音乐不也是图大家快乐吗。后来一想,每个人做事多多少少受着自己的个性支配,自己的意思只能自己顺受,要去迎合他人的喜怒哀乐，或是他人来顺受自己的意思，别人能理解否，自己能否做到，这都很难猜测。所以，最后不要去猜测。这么想来，心情就放开了。现在，我养成了习惯，每天晚上都去跳一会儿舞，别人来不来是他的事，快乐是自找的，我跳舞我快乐。其实，仔细想想就会明白，一个人想着为他人做事，其实都是为自己做的。俗话说得好，你不吃锅巴，跑去围着锅边转做啥。就像你当业委会主任，不就是自个努力去争取么。现在当上了，自己的意愿达到了，也应该好好地想一想，怎样来解决业主之间纷纷攘攘的事情，以及小区今后的发展。老于开始还听老婆的话，听到后面心里就不受情起来，打断老婆的话，说我今天遇着事本来就索肠不欢，想喝点酒与你说些话开心起来。没承想你啰里啰唆地说些自己的感受也就罢了，怎么就说起想吃锅巴围着锅边转的话来了，洗我脑壳嗦。张秀花看丈夫脸色垮下来，晓得自己再多话一句要吵嘴，酒也不喝了，便去舀了一碗饭，夹些菜在碗里去坐在电视前边吃边看。老于一人吃酒，想了一阵心事，没得个思绪，喝了几杯觉得没情趣，舀了饭吃。刚吃完，小罗来了，两人说起上午的事，各人说了自己的看法。老于有过了上午的经历，遇到的那些违规搭建的户主说起话来一套是一套的，仿佛理由充足得很，一时真的还找不出应对的法子。可是，这是业委会与物管第一次的联合行动，没想到事情的结果就是这样不了了之，以后小区里的工作又该怎么开展。小罗觉得应该先由业委会牵个头把那些违规搭建的住户召集到一起开个会，然后物管再来处理这些违规搭建的事情。这样的话，就形成了分工合作的局面。老于听了后觉得小罗说的话是个法子，思索了一会儿说出自己的想法，认为召集违规搭建住户开会的事，也应该由物管来做，业委会只监督事情的进行和事情处理的结果。想到这，老于有点兴奋起来，看着了小罗，说我们该做我们应该做的事情，比如业主反映的情况和我们看见的现象，把这些情况和现象收集整理出来反映给物管，督促物管去处理。说到这，他轻轻地叹了一口气。小罗听着后看着了老于，问你想到了什么？是不是觉得物管做事不得力？老于点点头，说是有些儿。你看哈，今天在老蔡家，就没见到张经理的影子。问底下的保安，才说他有事走了。怎么说，也该打个招呼才是。小罗看着老于笑了一下，说依我的看法，一件事起，都有一件事的来由，啥子事都该防患于未然。小区里违章搭建的事发生那么久了，物管早就该处理。可是，他们不管任其发展，才落到今天这样的情形。你看，走这家，这家人有高血压糖尿病，走那家，那家人瘦老头挡着门，说起话来让人都不敢去挨近他，生怕他倒地不起来，弄不好还要付他的汤药费呐。再者，那家姓蔡的，说家里丢了东西，这都是以前的事情，我们咋个知道其中的原委。当场拿来说事，晓得是个借口，就弄得人不知所措。老于听过话默了一会儿，看着小罗说那个物管张经理，是个圆滑之人。为了从停车费提成的事，我与他说了多少次，他都推三阻四地打马虎眼。打电话约好了的，去了都见不着人。有几次在小区里远远地看着了他，竟然从旁边的小径走了。小罗听着话由不得噗嗤笑了一声，说老于的话风趣，还说张经理做事就是那个风范，遇着麻烦事就躲。你记得不你和我还有田阿姨几次找他报销所用的经费，他都推三阻四不签字，还说我们报账的数目与所用的实际金额不符。唉，你说气人不气人。老于听了话看着了小罗撇了撇嘴，说你讲的这些事我都晓得，这个张经理，我就搞不明白，他为什么不支持我们的工作。说真的，要处理小区这么多事，哪能不花费些钱，他难道不清楚这些事。小罗朝着老于点点头，说他不可能不清楚，我看他是故意要这么做。老于，我还有事要向你汇报，有好几个业主问了我同一件事情，业委会的一个委员一月手机话费从小区的经费里提多少钱，主任一月又是提多少钱，副主任又是提多少钱。还问我，说业主中有人传闻，业委会的一些人用小区的经费去农家乐吃饭，还问我有无这事。老于问小罗，你怎样回答的呢？小罗摇摇头，说你晓得的，我又能说什么。俗话说无穴不来风，老天不枉人，问到这些事，我不好答复，也就没出声。老于听过话双手抱着胸前闷在了那里，就见着眼珠子打转。小罗看他不言不语的，接着讲了自己的看法，说今晚开会，大家是不是议一下这事。老于想了一阵才点了点头，说了声好。有句话说得是，篱笆不扎稳，风声透过墙。这样，你这就打电话给孙副主任和两个委员，请他们务必参加这个会议。

吃过晚饭，业委会的成员陆陆续续到了办公室，孙副主任和庞委员还有叶委员都来参加了会议。这三人平时是不怎么与大家碰面的，今夜来开会，小罗遵照老于的意思在电话里说明了这次会议的重要性，无论如何必须全员到会。孙副主任白天在学校教课，晚上还要给一些学生补课，事情就有点多。想着自己在小区业委会挂了名，有些事得敷衍，所以小区里开会什么的也就差不多避场，就是千呼万唤后来开会也少话，瞅着有空便走人。庞委员和叶委员是因与他几个说话上不怎么投兴趣，总觉得隔着些意思。再者，见老于事事都自己说了算，就是他几个熟的人说话还听一下，一旁人说的话等于白说。是故，学了孙副主任的样儿，开会不积极，就是来开会也都不咋发言。这天，听着小罗在电话里敦促得厉害，到了晚上这才姗姗莅临。开会伊始，老于讲了今天与物管一道去拆除小区里违章搭建的事情经过和自己的看法，要求大家围绕此事来发表自己的意见，有利于以后的工作。接着，小罗结合与老于说过的话讲了自己的想法，提到了物管在事情中的态度和作为。并且，认真又具体地分析了其中的原因。这下，与会者有了话题。老杨说小区里违章搭建的事是发生在业委会成立之前，物管没有制止和及时做出处理，这是物管在小区工作上的失误。冯老汉说这是一方面，论及物管在与业委会的协作上也是消极的，我与于主任和罗副主任去物管要停车费提成的钱，三番五次都遭到张经理的推诿，有时还躲着人不见面。田阿姨说，有次看见一个业主在池塘边树荫处躲着钓鱼，我去物管办公室反映找不着人，后来只好找了守门的一个保安去，那保安是当地人，走路慢吞吞的，走到湖边隐秘处，钓鱼的业主早已闻风走人回了家。说实话，搬家来时，池塘里看着一尺来长的鱼多得很。现在，根本见不着了。叶委员说我还听着业主私底下议论，说家里的电灯或开关以及水龙头出了故障去找物管派人修理，不是脸难看，就是事难办。找着张经理呢，安排物管的肖师傅出勤，解决问题倒也快当。要是张经理不在，去办公室找着其他的工作人员，差不多推三阻四地支吾，自个去寻不着肖师傅，着急了只好去场镇上花钱找师傅来修理解决问题。小罗听了话嘟着嘴巴笑一下，说换个灯泡修理开关及水龙头都是些生活中的小事，自己想法儿和请人来修理都能解决。可有些事就是私人和去请了师傅来也解决不了的。五栋楼一单元的电梯坏了，去找张经理派人来修，差不多等了快一个月才修好。八十多岁的李婆婆向我反映，说小罗呐，我上下楼乘电梯都习惯了，这电梯坏了，每天只好从楼梯上下真的不方便，买个菜上楼就不敢下楼了。这么样地耽搁人，你们业委会是不是帮忙催促一下哦。我去找到张经理反映此事，张经理说修电梯的钱不是小数目，这事得向物管公司汇报得到批示后才能处理，一下子抵得我半天说不出话来。于是，众人你一言我一语地这么一说，印象里都觉着物管办事不称职，冯老汉说出了自己的看法，既然物管在其位不谋其事，可不可以提出申请换一家物管呢。老于心里早有这样的想法，认为由业委会出面另去聘请一家新物管，今后业委会在话语权上会占主动。只是，这更换物管的事不是小事情，其中发生的牵扯难以预料。所以，他有这个念头也就埋在心里，对谁都没说过。今晚有人提起此议，自是趁着了心意。不过，他告诫自己，这事最好不表态，让他几个把话题提起来，弄得如火如荼时再来调解，也好向镇上相关部门反映。也是，几个人越说越来劲，他就在一旁默观，也就看到众说纷纭滔滔不绝的情态下有一个人与自己一样坐在那里一言不发，这人就是孙副主任。

老于与孙老师接触甚少，业委会成立以来，两个人认识后，见着面点个头就过去了，平常难得说话。老于觉得孙老师少言寡语的有点猜不透。可孙老师呢，觉得老于做事情有自己的想法，行为上各自说了算，别人怎么说话，他样子上听着，其实心里根本就不想听，是个独断专行之人。是般，他从个人的感觉里清楚了老于的心性如此，也就从个人的角度考虑，既然与之对话不会接受，何必去多言一句。自古有一句话说得是，话不投机半句多。可是，这晚这个点上，老于冲着他一笑，说想听听他的看法。孙老师处事谨慎，突然听老于要他说看法，一时脑子里蒙圈，不晓得老于的意思。可他毕竟是教书多年之人，头脑里的知识与生活上的见闻丰富，一转念想自己也是业委会的副主任，开会大家都发了言，自己要是一句话都不说，也不是个办法，便顺着开会时老于说过的话发表了自己的意见，认为当天上午物管在事情处理上确欠妥当。老杨听了话叫声孙副主任，今天你不在现场。要是你在，话不会说得这般轻巧。走一家一事无成，走两家还是办不成事，到了第三家，户主说他家以前被窃，还要业委会协助物管帮着追回损失。听他这么说，物管的张经理都不见了踪影。你说，这业委会的工作以后该怎么做。孙老师沉吟了一下，说依我之见，业委会应该和物管好生沟通，我们把所看到的现象和我们的想法与物管交流，共同来把小区的工作做好。众人听了他的话，觉得是老调重弹，都是跟着众人说过的话絮语唠叨。老于清楚孙老师内心的想法，说话不得罪人，做事也不得罪人，会上的发言模棱两可。这般，老于看了小罗一眼，有所暗示。小罗明白其意，等着孙老师话音刚落，就去看着众人笑笑，讲起了前些天一些业主问起她业委会成员手机话费补贴的事情。说到这，她脸色严肃起来，说面对业主的询问，自己与于主任交换了意见，觉得这事还是不向外说为好。因为大家要相互联系，一个月下来的费用还没个定准，担心事情说出去会引起不必要的传闻。还有，在经费上的一些花销，希望在座的每一人管好嘴，不该说的千万不要说，以免业主听到后私下话里话外的猜忌。众人听她话里有打招呼的意思，也就不再多话。老于见着，宣布了散会。下来，老于与小罗还有老杨去停车场走了几圈，小罗与老杨说起会上提出换物管的事就一直不停口。老于不肯多话，要不要的在两人热情洋溢的话中流露出些自己的看法推波助澜，最后三人拟出来几条意见，现在的物管与业委会交集上不协调，尤其是停车费提成上拖拖拉拉的有分歧，再有是物管在小区的管理上存在缺陷和失误，并且在处理小区的事情上不积极。这么，三个人统一了看法后，一致认为更换物管的条件还不成熟。因为，他仨根本还不知道该怎样去做这件事。所以，决定把更换物管的事缓一缓。当然，心思已萌动，想法上多了些惦念。

也是，时间过得快，不经意之间夏去秋来桂花飘香。在一次农家乐的聚会上，老于与到会的委员及家属说起了更换物管的事。这次，经过了长时间的打听，对更换物管该有的过程基本有些了解。于是，几个人针对小区物管在小区不作为的事反复讨论了一番，鉴于小区里的脏乱差列举了若干不当之处。由于孙老师上班和叶委员回了成都没来聚会，老于决定用电话通知，这个周末的下午，全体委员必须到业委会办公室开会，把更换物管的事提到议程上来，并讨论怎么聘请新物管来小区的事情。这般，老于与小罗到镇上找着了吴主任，反映了业委会大部分委员提出更换物管的要求，并且书面呈列了小区里存在的许多问题。吴主任听过反映，很快向镇上新调来管社区工作的梁副镇长作了汇报。梁副镇长随即召集了相关部门的相关人员开会，讨论了这事，并作了指示，更换物管不是小事，要认真调查，做到事实清楚，尊重小区业主的意愿，并要吴主任主持这项工作。这般，吴主任与老于和小罗一阵商量，着手对撤换物管的一些工作各自发表了意见。吴主任持慎重态度，要求老于和小罗所汇报的材料真实清楚，换物管的诉求有说服力。这么，时间过去两月到了冬天，老于几个人经过一系列努力，收集了小区一些业主反映的小区存在的事情，依据反映事情的业主签名和盖的手印，以此整理出来一摞材料，上报给了吴主任。紧接着，吴主任向梁副镇长作了汇报。差不多过了有两个月，等着镇上派人调查的报告出来，吴主任通知了桂花小区业委会成员来他办公室开会，宣布同意桂花小区改选物业管理公司的决定。这下,在吴主任的主持下,小区业委会成员反复讨论了一阵,一致同意下周星期五的下午在小区俱乐部召开业主大会,告知小区广大业主更换和聘请新物业公司的事情。接下来,大家围绕着聘请物业公司的事进行了一番讨论,就怎样来聘请物业公司,又该聘请怎样的物业公司达成共识,众所共同的认为这是一个双向选择的事情,走出去,请进来,实事求是地向外告知小区实质情况,同样,小区也要认真了解物业公司的实质情况。这般,会议结束后,老于一干人忙碌起来,写出公示张贴,跟着请人做了一份小区实质性的资料,又将资料复印了几份。这期间,老于与委员们一道陪同吴主任和黄主任到小区里走了一遭,对存在的损坏绿化违章搭建及两处池塘不能排流造成池水污浊,还有邝老汉喂狗养鸡和一户业主在住房过道偏隅处养鸡都做了认证。访问了几家业主,有说物管不怎么管事的,有说物管还可以的,遇着一个业主说自己楼下水表龙头漏水,找着物管解决,物管要他去场镇上请卖水龙头的老板来修理。她觉得自己每月交了物管费的,正想找地方投诉呐。老于听到业主说要投诉,吩咐小罗当场做了记录。接下来,老于几人通过不懈的努力,在有关部门的共同帮助下,对应聘的几家物业公司实地反反复复地考察和甄别,终于认定了一家裕申物业公司,双方交换资料做了实质性的接触,顺利地签下了合同。这么,到了星期五下午,小区召开了业主大会。老于主持了会议,小罗一旁做笔录,吴主任和黄主任列席了会议。老于首先作了更换物业公司的发言,接下来,其他委员也发表了相同的意见，有的还列举了现况和实例。孙副主任和叶委员之前忙自己的事情，对更换物管的事情有所耳闻，因没有参加这次事前一系列的活动，到会后听到委员们的发言，觉得所言符合自己眼观，也相应地说了些看到和听到一些业主讲的物管在小区里不作为的事情。这么一来，这次会议由业主投票，一致性通过了更换物业公司的提议。当然，就在老于几人未雨绸缪主张要撤换物业公司时，张经理是听到了一些风声的，口头上向本公司老总作了汇报。当看到业委会张贴出撤换物业公司的告示，他向本公司总部做了书面汇报。公司老总马上召集上层人员开会，众说纷纭地讨论了这事，得出的结论是桂花小区住户少，公司在收入与付出上得不偿失，没必要在这事上纠缠，也就做了撤出的准备，只要有新物业公司进入，立即办理交接手续。又因为，公司是房产商聘请来的，出于人情和以后的业务发展，物管公司老总向房产商老总进行了电话知会。

事情过去有一个星期，裕申物业公司正式入驻了桂花小区。这天，老于很兴奋，那么大又那么久的愿望，终于得以实现。新物管的刘经理对他很尊敬，来的物管人员晓得老于是业委会的主任，对着他就举手敬礼，眼里都充满了敬意，透露出热情，这让老于内心很满足。他和业委会的成员看着新旧物管做了交接手续，新物管留下了旧物管的小赵和原来的六个清洁工。这便，直待旧物管的管理人员和保安离开，这才和业委会成员陪着新物管的刘经理与两个新物管的管理人员还有新物管的保安陈队长一道去熟悉小区的环境。并且，两个管理人员各人手里拿着账册,从一栋楼走起,对电表水表及一切楼房里的设备和设施还有小区里有价值的树木都做了入册登记。说实话,新物管的到来,还真的让小区的业主耳目一新。这新物管除了刘经理和两个管理人员,其他随同来的保安连保安队长有九人之数。这边,刘经理与两个管理人员还有保安陈队长与业委会的成员去熟悉环境,其他的八个保安都端正身体地站在小区大门两侧,看着进出的业主就举手敬礼,挨到了一定时候,便有三个保安组成一队去沿着小区里的道路赳赳武夫地巡逻。只是,这情景维持了半月有多,新物管感觉到了老物管遇到过的问题,就是小区里居住的人家户太少,相应收的物管费就少。初步计算,每月可能连支付员工的工资都成问题。于是,新物业公司根据实际情况做出了人员调整,小区里留下了刘经理和一个管理人员及陈队长与四个保安,其他的人员被总部安排去了别的小区工作。过了一月,留下来的那个管理人员和三个保安也调离去了别的小区,重新在当地招聘了四个保安,其中一个保安懂一些水电及管道的维护,聘他当保安兼职维修工。留下的小赵管理着账目和现金,便是固定的员工,其他六名清洁工有一人自愿离开,又裁员一人,过了一周,新物管除了刘经理和陈队长,那个保安也被总部调去了其他小区,紧接着又从当地招聘了两个人来当保安。广大业主看到新物管的一系列举动,私底下有过一些猜测和议论,大致也猜着了什么。为了求证,咨询过小区业委会的一些委员,得到的答复是新物管内部人员调整,是物管内部的事。其实,不管小区有些业主怎样猜测，新物管里里外外多多少少的人员安排是出于经费开支来的。也是，事情怎么做，都是看在钱的分上。

二十七

这样，日子慢慢过，一月复一月，眼见得春暖花开来到初夏。一天，陈队长在物管办公室打晃，看见小赵做账。自古道，欲望起，念头来。小赵有几分姿色，个子高挑，皮肤又白净。可能是感觉有人瞅她，抬头看是陈队长瞪着一对火热的眼睛在自己身上，不好意思地抿嘴一笑，脸上泛红，又去埋头做账。哪知，她这一笑在陈队长眼里看着妖冶，肚子里抽出一口气上来，脑子里起了邪念，就想要把小赵搞到手。小赵是当地农村户口，有三十多岁，是有夫之妇，已有一个四岁大的孩子。陈队长从乡下来城市打工有了些年了，年龄在三十岁左右，也是结了婚的人，老婆还在乡下农村，养着一个两岁大的孩子。确实，陈队长要是人理智些，有过了一眼惊艳不起色心，也就没了以后的事。只是，他觉得在这小区的物管，除了刘经理和自己是总部派来的，其他的人都是当地招聘来的，自己尊着刘经理，余下的人都不放在眼里，气势上有一副我说了算，情态上显露出为所欲为的样子。小赵呢，想着在小区里上班，每月能挣二千多元钱帮衬家务，工作上认真踏实，做事谨慎小心。可是，她遇着了陈队长，也就难逃一劫。其实，陈队长也就是一个普通人，从乡下出来，先随本村人来城里修楼的工地上做活路有三年。因觉得包工头经常克扣自己的工钱，还对自己吆来喝去想骂就骂。一天，他忍不住顶了包工头几句，就被撵走回了老家去。在农村屋里耍了大半年，见同村一起去打工的人都挣钱回来过年，心里羡慕得难受。当父母知道了情况，便在家摆了一桌菜，请包工头来吃酒。都是一个村的人，喝酒吃菜也随便。包工头当着小陈的爹娘就口没遮拦数落起他来，说他二十多岁的人了还不懂事，吃不得苦受不得累还小气，说几句就张口要走人，不知道挣钱有多辛苦。就像我这等人的，在老板面前受了再大的窝囊气都只有忍，过了来慢慢消化，还不敢有一点儿抱怨之心。哎，等你到了我这样的年龄，这些事经历多了才能明白。世上的钱多得很，有钱人也多得很。关键是，你有没有钱。你没有钱，你要去挣钱，就得听老板的话。他说什么你都得听，他叫你做什么你都得做，而且还要任劳任怨孜孜不倦。你要是不听他的话，不照他说的去做，你也可以不挣他的钱。这个找你做事你懒眉懒眼的。那个找你做事你听不得人家的吆喝，你又能怎样。耍一阵把日子混了，等到你和别人比起来，他有的你没有，想买一样东西，半天都拿不出钱来。这时，还不是想去挣钱。只怕这会儿你年龄大了，一点儿社会经历都没有，人之间的事都不晓得怎样相处，由着自己的性子来，被别人呔几句，脸上更挂不住。还有，老板找你去做工，你不愿意，他可以找别人。你仔细想想，人与人之间的交往，很多事情其实跟别人没啥关系。好生琢磨，一个人生活得好坏都是自己找的。听了包工头的话，小陈的父母都觉得讲得实在，还劝儿子有气量些，王包工头能说你是乡里乡亲的缘故，这是为你好。想一想，他怎么不去说认不到的人呢。

这样，过了年，小陈又跟着包工头去了城里打工。有句话讲得好，吃一堑长一智。小陈虽说心胸狭隘也要装些事，晓得包工头脾气躁，动不动就吆喝人，没说几句话，其脏话怪话就脱口而出，平时只好忍受着。不过，他有些奇怪，觉得父母的话没说错，这包工头对自己手下的人才是这个样子。换了其他人，说话的语气像变了个人似的，态度好，脾气也好了，说出来的话都是干干净净的。过了有三年，小陈实在受不了包工头的批评，遇着一家保安公司招工，就悄悄地去报了名，很快就被录取。直到上班的前一天，他才向包工头和同村来的工友说出当保安的事。包工头听了还舍不得他走，劝他留下来。说工地上活累些，挣钱比当保安多。小陈听着话心里就嘀咕，馊饭好吃，窝囊气难受，要是留下来在你手底下干活，不知何年何月才能出头。顺着你呢挨骂好点，话里还算干净，要是惹着气恼，还不是脏话怪话被你骂个头破血流，哪点安逸。第二天，他就去物业公司报到，当了一个小区的保安。有一句话讲得好，改头换面人精神。到了新环境，与新的人打交道，想法和做事都不一样。以前，他基本上是一个很呆板的人，只有被人吆来喝去的份，做事情很被动，遭人骂了还不敢顶嘴，过后被骂他的人说几句好听的话，心存感激得眼泪鼻涕都想流出来。现在，他决定要改变自己的状态，在新的工作岗位活出个样儿来。说实话，一个人从一个环境出来到新的环境谋事，其感觉真的有重新别类的不同，往时的经历不知不觉地体会出各种念头，无论哪般，无论好恶，打算和实施，一股脑儿夹杂着憧憬让内心可乐。其实，生活很简单，是个人的事，也是个人融入众人之中的事。然而，生活也很复杂，因为人之间的交往，大大小小多多少少的事都得应酬。怎么去应酬，都是自己心情和态度的事，没有老师教你，只能自己去懂得。小陈想起王包工头说过的话，挨骂也是为了让人能长见识。嗨，我呸，我来骂你几句看看。嘿，小陈真的还见到过王包工头挨骂时的样子。不过，他觉得王包工头还是有过人之处，挨了骂还笑得出来。这般，小陈一改过去的木讷相，人变得活跃起来。以往，王包工头要他帮自己买个午饭，他心里都有几个念头，生怕包工头不给他饭钱，又怕旁人笑他拍马屁。还有，在家里时，除了父母能支使他做事，亲戚家的想叫他做个事都难，觉得丢份。再者，想着今天帮包工头买了饭，让其他人眼里看着显得低下了，要是做事养成习惯，岂不是成了跑腿之人。可见，他的心啊，一点儿亏都吃不得。而今，当上保安换了处境，虽说每月在工地上挣的钱比保安多了去，可心情上觉得自在，性子不再像以前那般拘僵，人开朗了些，学会了说话。工作中与同事淡淡相处，闲事少管，也不在事情上去争风吃醋。听主管的话，叫自己干啥就做啥，手勤腿快默默地去做，不多二分言语。过了两个月，他渐渐感到只是这么老实巴交的不成个事，又调整了自己的心态，主动地去主管面前说好听的话，积极地去帮主管泡茶、掺水、买饭做杂务。当然，他坚决地又是生硬地想自己学会溜须拍马，自是在言谈举止上露出许多青涩。一些人笑话他，可他撑住脸儿一点儿都不在乎，要改变自己和自己的处境，认为这是自己人生中必须要经历的过程。不过，主管也晓得他说巴结话欠水准，做事情心里的企望又浅显，一个准的愣头青讨好卖乖。只是，人在江湖哪个不喜欢奉承。就这样，主管在公司里的事情上肯照看他。过了一年，他回老家成了亲。又过了两年，他有了孩子，再过了一年，待到公司要派员工进入桂花小区，主管推荐他当了保安队长。

没想到，小陈当了队长后人起了变化，以前受夹磨之人，现在要夹磨他人，性情不经意间翻了个转。来到这里，除刘经理外，在物管里他就是最嗨的了，那欢喜的劲儿抓腮挠痒的想折腾，忒想手下的保安唯他马首是瞻，听他发令就诺诺，他指那，这些人得认着方向就奔那，一点儿不得有误。刚开始，一同来的保安表面上听他指令行事，可心里不怎么搭理他。这些，他心里知道，自己是从那儿扎堆出来的。没过半月，同来的保安都撤回总部去了。这下好，他留下来管理那些从本地招聘起来的保安，有了裁员的权利，自是随心所欲喝来呼去颐指气使，而那些保安看他有点霸道的阵仗，想着每月有二千多元的收入，自是肯听他的话。是般，他想打小赵的主意，从身边周围的环境来看，都是他有利的条件。还有一个好处，小区里除了这边大门进出，在院子侧面还有一道大门。只是，这道大门一直上锁不让通行。小陈他单身来到小区，便在这侧门边的值班室里搭了铺。这样，他想撒几颗米支起个竹筛筛罩麻雀子,都是他自在得很的事情。于是,这小伙儿放出了手段,有事没事就在小赵身边转悠,献殷勤卖好处,说话挑逗眼里放情。小赵是过来人,啷个不晓得他的心思意为。起始,小赵看陈队长对自己找话说缠得个没完没了的,瞅自己的目光没落下过热情,只是受限于自己的庄重还不怎么放肆,心里想着男人都喜欢调侃女人,说得热闹,看得淡薄。任凭风浪起,稳坐钓鱼船,自己不去理会也就是了。可是,有一句成语,色胆包天。这小陈看小赵是个柔弱女人,自己又是个欺软怕硬的家伙,真还成了对儿。遇着业主来交管理费,他就躲一边去。要是遇着其他保安进来,他要定了场子,便一点儿不当一回事,想做的照样做,想说的如般说,没有些些儿顾忌。最让小赵郁闷的是,一两个保安为了讨好陈队长,竟然顺话攀折来凑合,你一句我一句净是说些男女之间怪头怪脑的事。小赵晓得陈队长这些赤裸裸的话是冲着自己来的,是那么坦荡那么直接,还有旁人鼓噪,她一个人都不晓得如何是好。想回去告诉家里人,又担心自己受着陈队长的管辖,弄不好失去这份工作。何况,这样的事情又怎好对人说起。想过千头万绪还是自己忍耐,就像盼雷阵雨来得快去得也快一般,等陈队长心里的欲望淡下来,事情也就过去了。不过,她虽是讨厌陈队长在自己面前晃来晃去打嚓,可内心里还是有一点儿喜欢,毕竟是一个追求者嘛。确实,她自己都有些弄不明白心里为啥有这样的感觉。然而,她低估了这个打工仔的能耐。

陈队长见自己软磨硬泡小赵都是一副讳而不避的样儿,两个多月过去，人被吊足了胃口，还猜不透她的心思。想了又想，觉得空说一阵不如行动，生出一计要在她身上来试一试深浅。一天下午，陈队长见着办公室里无人，关上了门，径直凑近小赵身边，说自己昨天去温江城转耍，看见一件女式衣服做得新潮，许多女士都围着瞧看不转眼。小赵说别人看衣服跟我有啥关系，你来讲这些话。陈队长嘿嘿笑着，说你皮肤白，穿在身上一定好看，我想与你买来着，却不知穿着大小。小赵晓得这汉子的意图，赶紧立起身来，本是想出门去，可陈队长笑微微地挡住了去路，使她迈不出步子。如是推开了这厮，作恶之人不择手段，事情以后会怎样不得而知。可见，她的勇气给她的力量不够，身体挪动了几下，竟然无力站在了原处。觉得无奈，眼泪扑簌簌流了出来。陈队长看着卖乖，呀的一声问小赵，你怎么啦，怎么哭了起来，让人看着心疼。说过，一只手去搭在她的肩上，另一只手去搭在了她的手臂上，也就是把她整个人搂抱着了。小赵使劲想喊，可话就在喉咙里打转发不出声来，身子就在男人怀里哆嗦，感到了一种不可抗拒的野蛮绑住了自己，由不得眼睛一闭黑，身子一软坐了下来。凑巧，陈队长没把她抱住，两个人一下子脱开了，一个站着，一个坐在了椅子上。说实话，这情况有点喜剧。陈队长有些感到小赵已经屈服，不想她一坐下去就拉开了两人的距离。想要继续纠缠，看着白日天光的，担心来了人撞见不好，笑嘻嘻地看着了小赵，说我两个都这样了，你也不要怪我莽撞。说心里话，我是真心喜欢你的。晚上你来我屋里，我等你。说过，转身出了办公室。小赵满脸通红地坐在了椅子上，刚才使劲地挣扎现在觉着浑身无力，只能不作声在那儿发愣。等陈队长走后，她才立起身来收拾自己的东西。她想逃，想离开这里，想避开陈队长的胡搅蛮缠和对自己的胡作非为。想到自己不明不白地就遭到陈队长恶人耍霸的调戏，心中的委屈上涌，眼泪泡在了眼眶里，脑子里就一个念头，这样下去，后果不堪设想，也就在这时，一个业主进来交物管费。

小赵没有逃也没有离开物管办公室，而是下班后回了家里。事情很简单，那个业主笑微微地来交费，她不好推脱，只好坐下来收钱开收据。等她办完事要继续收拾自己的东西，先前心里想离开的念头突然淡了。她问自己，为什么要离开呢？我可以去告他啊。可能是脑子里有些乱，想法一茬是一茬的，刚才发生的事拱得心里难受，该怎么办呢，她自己都没一个主意。这样的事能对丈夫说出来么，说自己遇到色魔被搂住亲了嘴摸了身，丈夫听了会怎么想。要是嚷出来被外人知道了，自己出门又怎么面对熟人。再一想，自己要是退出物管不上班了，被家里人知道问起理由，又该怎么解释，其中有些话又怎么说得出口。所以，她想了又想，屈辱和害怕把人都僵紧了，回家后没有告诉丈夫下午发生过的事，就是自个儿去愁眉不展。丈夫看她闷闷不乐的样子，问她话又是一副心不在焉的神态，出于关心，接二连三问她有什么事情。小赵支吾了几句，推不过话由，才说下班路上遇着一个在城里上班回家的闺密，还说出了闺密的姓名。丈夫见她话说得吞吞吐吐的，问遇着闺密你怎么不高兴,有什么事么。小赵沉默一会儿,编出一段话告诉丈夫,闺密讲述了同在办公室上班的一个男人吃了她的豆腐,她想上告这个男人,却不知道怎么办。小赵的老公听着话笑起来,说人都走了又没留下证据,拿什么去告。嘿,你去告诉她一个法子。那个男人尝到甜头一定还会来性侵,那时用手机录下来就可以告了。小赵问丈夫,告了他能得到怎样的惩罚。她丈夫看了她一阵,说这事谁经历过,哪里晓得会是怎样的结果。不过,电视剧经常有这样的情节,都是证据坐实了后把色魔送上法庭。说过话去看着老婆说你怎么啦,问话问得个这样把细,想帮闺密打抱不平。小赵听了丈夫的话有点心慌,怕问起来自己隐不住话露马脚。后来听丈夫把话岔开了,便不想多话了,看着丈夫说我都是个弱女人,打啥抱不平。哎,不说这些话了。这个晚上,小赵一夜都没睡好觉。要天亮时,她刚迷糊了一会儿,就梦着了陈队长抱住她,一下给吓醒了。她不敢惊动了睡着的丈夫,闭着眼躺在床上,脑子里就想着了陈队长冒犯她的情景,一点儿顾忌都没得。哎,早上要去上班,碰着这个色魔该怎么办呢?

二十八

小赵进办公室的时候,刘经理和陈队长都在屋里。她向刘经理打了招呼,看都不看陈队长径直去自己办公桌前坐下来。陈队长也不怄气,来到她桌前笑嘻嘻地叫了声小赵,刚才刘经理对我说了，从今天起，你到银行交钱让我陪着一同去。小赵没理会面前的男人，一股脑儿整理写字台上的东西。刘经理在旁边看着小赵没吱声，说这是我的意思。昨天下午去镇上开了会，提到了安全的事情。小赵哦了一声，向着刘经理说一句，我知道了。陈队长见她答应了，也不说话，乐滋滋地走了。小赵见他走了，心里自在了些。早上出门上班的路上，她脑子里一直纠结着怎样去面对陈队长，在要到小区大门时，终于想了一个法子，只要刘经理没在办公室，自己就锁了抽屉去外面，有业主交费才一起进屋里来，莫给这个色魔单独在一起的机会。可是，这才答应了刘经理的话，她心里就犯嘀咕，要那厮陪着自己去银行，这不是两个人单独相处的机会多了吗。她又想起昨天下午陈队长趁着办公室里没有其他人就敢肆无忌惮地搂抱自己，要是两个人走到无人之处被他抓住机会对自己大肆骚扰，那时该怎么办，又如何来应对。哎，要是自己现在辞职不干，回到家里又该怎么说原由。这样一想，她又起了一个念头，陈队长都吃了自己的豆腐，这么大的一个事实自己也承受了，还怕了他不成。他要是再来占自己的便宜，一定要奋力反抗。总之，她思绪辗转反侧，不知怎么来应付，也不晓得怎么来处置，无可奈何的还是自己。

陈队长有一辆摩托车。下午的时候，小赵要去银行交钱，陈队长就骑着摩托车来等她。小赵看都不看他一眼，各人去把钱装在了挎包里出了办公室径直走了。陈队长看着连忙锁了摩托车，一路快走跟了去。两人走到无人处，陈队长就向她赔不是，把一句流行的歌词搬了出来，说小赵长得美，自己一时冲动没按捺住，才有了荒唐的狂野。小赵听了话气都不朝他出，心里就想，你把我浑身都摸了个遍，做了流氓强盗的事，道歉有个屁用。陈队长见她不出声，装激动地发誓，说自己以后对她不会再有这样轻狂的举动。只要肯原谅了这一回，今后什么都听她的。小赵还是不作声，到了银行交钱，陈队长就标直标杆地站在她身后，一步都不挪动。小赵经常来交钱，与营业员都熟悉了，一个营业员向她开玩笑，说你今天来交钱，怎么有一个帅哥在背后站岗。小赵朝营业员笑笑，没有说话。陈队长接话说我是来保卫她的，以后她来交钱，我都会跟在身后。营业员看了看陈队长，然后去对着小赵有意无意地笑了一下。等着办完交款手续，小赵起身走时，营业员看了看两人后又冲着小赵一笑。小赵不明白营业员冲自己笑的意思，转身一看陈队长在身后站得端端正正的，也觉得这厮故作姿态的样子好笑，只是两人之间碍着是非，便一句话不说一点儿脸色也没有地走了。陈队长看见，连忙去跟着了她身后。就这样过了几天，小赵向刘经理提出换人陪着她去银行交钱。刘经理想了一下对小赵说了实话，他自己和陈队长是公司派来的，名额编制在总部。这小区的保安是在当地招聘，都是合同工，来的时间不久，还在熟悉阶段。你知道，小区物管掌握着他们的花名册，工资都是要上交报表公司批准后才派发。所以，陈队长陪着你去银行交钱，是公司决定的。小赵听了后没得话说。又过了几天，看着办公室就小赵一个人，陈队长拿了一件才买的衣服要送给她，说那天就是说着衣服的事，自己没忍住才有了鲁莽的举动，今天来送一件衣服是真心道歉。小赵不理会陈队长，也不收他送的衣服。不过，这些天看着陈队长对自己规规矩矩的，还时不时地认错道歉，又要送自己衣服，内心的烦恼也就少了些。只是老话说得好，害人之心不可有，防人之心不可无。小赵近期对陈队长有了些宽宥，可始终保持着防备的念头。自古道，一个巴掌拍不响。就在小赵整天想着如何提防色魔无孔不入使诈伎俩时，陈队长也在想法子耍什么手段才能让心上人服从自己。这汉子那天拿着衣服回到侧门边小屋后半天就没出来，坐在小床边不动身地仔细思量，终于打定主意，对小赵的行为得水发干货慢慢泡。时间有的是，得凑着了巧儿，不信就要到手的人儿会跑了去。这般，过得有一个星期，在陈队长软磨硬泡之下，小赵有了些与他搭话，言语不多，态度上也有分寸。陈队长见着机会，又把那件衣服拿来送她。小赵自是不肯要，却是多了一句话，你有家室，拿回去给你老婆穿。陈队长听着话连忙搭腔，说这件衣服买得长，我老婆个子矮，她穿不得。小赵可能是真的不想要陈队长的东西，又多说了一句，你可找人裁剪过不就穿上了。陈队长逮着机会就不放，笑嘻嘻说这件衣服是浅色的，我老婆皮肤黑，穿着不搭配。不像你皮肤白净，穿起来好看。可怜见的，这汉子要讨好少妇，就把自家老婆的破绽卖了出来。

也是，世上无难事，只要有心人。一天下午，小赵扎完账要去银行缴款，恰好有两户业主来交物管费，其中一户业主要补交半年管理费,另一户要补交三个月的管理费。这么,小赵收了钱开了收据,去把刚收的钱与先要缴款合着重新数过,又重新写单。等着她要去银行,看时间还有二十多分钟银行就该下班了。这一趟,她只好坐上了陈队长的摩托车。从这以后,两个人说话多了起来,又能像以前那般要不要地开些玩笑。陈队长有了机会便见风使舵,自是大献殷勤,瞅着空儿就帮她做些拿东西递开水的事,就想小赵坐他的摩托车。因为,两个人骑着摩托车,身子时不时地会有些挨靠,这都趁着了陈队长的心愿。可以这样说,小赵是过来人,陈队长的所作所为她是瞧得出名堂的。起始,她恨这汉子用强吃了自己的豆腐,气得想要辞掉工作走人的念头都出来了。只是,她瞻前顾后地计较一阵,算清楚了个人的得失,觉得要在这里上班,就得适应这里环境。所以,她晓得陈队长还要来纠缠自己,心理上也做了些准备,除了工作上的交往和一些人之间要应付的玩笑事,自己一定要扎住阵脚,不再让这个色魔钻空子占便宜。然而,生活要改变人,时间就是考验。两人相处的日子久了,小赵经不住陈队长的挑逗和捉弄,渐渐起了好感。一天,两人骑摩托车去银行交了钱,出来陈队长就提议骑车去兜风,小赵这时也不拒绝了。骑上摩托车,陈队长有心,把车儿骑得飞快,就在那田间小路上奔驰。回到小区,差不多要下班了,小赵给家里打了电话,说要晚些下班。耽搁一会儿。两人相约后瞅着空子一前一后悄悄去了小区侧门的值班室,关上门就搂抱一起,你情我意一阵,风流汗都出来了。打开手机一看,已是晚上九点半钟，陈队长骑摩托车送小赵回家，一直送到离小赵家还有几条田坎远才依依不舍分手。路上，两个人山盟海誓没言不出。

自古有句话，纸包不住火。再有话说，好事不出门，坏事传千里。过了有半月，陈队长与小赵勾搭的事就在小区传开了。这下，两个人偷情的事败露。先还害怕，还不好意思，遇着人还躲躲闪闪。可过了几天，两人突地抹下脸皮，竟然大模大样地在人面前出双入对。陈队长爱看一本厚脸皮的书，从中悟出不少心得体会，感触深的一句话，做事情得有个态度，不要脸加勇敢。一次，他与小赵睡觉起来，见妇人好好的就流出眼泪，便去安慰，说我们事情都做出来了，也没得后悔。与其这般欢乐了愁，愁过了又来欢乐的，还不如心里做个决断。我不是说空话，为了你我可以不要自己的家。小赵见他说得斩钉截铁，抹着泪说你为了我可以不要家，我为了你也可以这么做。陈小伙听了话，说你我既然都这样想，也就不再去担惊受怕。因为，我们有了追求，是为了彼此的真爱而去追求。小赵说你这是掩耳盗铃哄自己的。我们都有家室，这般事体，晓得的人都会戳我们的背脊骨。陈小伙嘴甜叫声姐，只要我们是真心地爱，何惧这些流言蜚语。自古道，是时候生，奈何相际此遇，可惜我俩恩爱瓜田李下。不过，我们可以离开这里去外地生活。只要我们爱得实在，过些时间，身后的闲言碎语就像我们过去看到的电视画面里出现过的情景一样会变成浪漫的话，冲破不喜欢的婚姻而争取到了自己的所爱。小赵听了这番甜言蜜语，想他是一番好话，心里可着了意思，也是，过了一个星期，小赵的丈夫知道了这事，在晚上的时候，约了本村的几个男汉来找陈队长讨说法。这时，陈队长已把小赵裹紧了。小赵呢，见丈夫约了村里的人来要挟自己回去，晓得回去了日子不好过，就躲在了陈队长睡觉的值班室不出来。于是，两个值夜班的保安在小区大门口拦不住这一行人，只好一个保安守住大门给刘经理打电话，一个保安随着这闹嚷嚷的人群去了侧门的值班室。陈队长是要横了的，早有准备，就拿了一把砍刀和一根棒球棍站在了值班室门口，看着一群人走近，话也不搭一句，就把砍刀舞了起来，东劈劈西搁搁不让人靠拢。看着他玩命的架势，小赵的丈夫与村里人谁肯上前，围了一阵话都没说出来一句便撤退了。路上，遇着小罗和几个业委会成员，小罗问什么事，一行人也不搭腔，就朝大门走去，在大门口遇着刘经理，小赵的丈夫认识刘经理，只因老婆的事脸面上不好意思不肯说话，还是一同来的村民向刘经理讲了事情的经过。说你这儿的保安歪，要了别人的老婆还拿着砍刀乱舞，我这就去派出所报案。刘经理听了话拦住了众人，说你几人晚上到这来可有证据。如是有，去报案没说的。如是没有，这可关系到个人的名声。其实，刘经理说这番话是有意思的。他对陈队长和小赵之间的绯闻是听说了的。因为只是听说，作为陈队长的领导，也曾叮嘱小陈做事要守规矩和注意影响。而今看到事情发展得双方闹了起来，自己也不晓得怎样处置，之所以这样说，也是告诉小赵的丈夫做事要讲证据，不能鲁莽行事。小赵的丈夫与同来的几个人出小区的路上，就想过报案，听了刘经理的话，觉得在理。毕竟去找着了陈队长，虽被此厮耍横拦住，却没看着自己的老婆。老话说得在理，捉奸捉双，捉贼拿赃。是故，这汉子有点踌躇了。这时，陈队长走了来。刘经理看着他就问你刚才是怎么回事，在人面前耍刀提棒？陈队长装着没事的样子说我在屋里休息，就听小撒来敲门，说有一群人气势汹汹地找我，要我去躲一下。我出来一看，他一伙人都走近了，这才拿了东西出来预防。等他们走了，我才出来打听，想知道他几个搬凶纠恶地找我，究竟是啥事。这会儿，小赵的丈夫见陈队长晃出来装呆，对着他大声说你装疯迷窍，做了什么事自己还说不知道。他看陈队长手上没了东西，欺身上来就想去揪捉。陈队长当保安，平时也要练练手脚的，此刻看着小赵丈夫的双手前后罩着虚实要锁拿自己的肩头，闪身下挫避开，却见一腿朝自己面门踢来，连忙倒地一滚，逃出圈外，摸着一块砖，身子倏忽打挺站起，脚踏虚步，一只手指着面前的男汉，说你要是再扑过来，我手上的板砖定要拍你个头破血流。就在这时，刘经理上前去拦住了他。劝说他理智些，顺便把他手里的砖头夺下来扔去了旮旯里，又劝小赵丈夫与那一伙人冷静些，有话好好说莫要动手脚。

小赵的男人晓得自己打不过陈队长，手脚停了下来，杵在那儿发呆。一同来的村民看着陈队长网了人家的老婆还作恶逞凶，去把陈队长围着了，要他把小赵交出来。陈队长走到大门来，小赵已躲到一边去了。是般，他就来了个不承认，傲兮兮地看着众人，说饭可以乱吃，话不可以乱说。小赵有自己的家，怎么跑来向我要人。这时候，小区的一些业主和业委会的部分成员都来到一旁观看，都知道陈队长与小赵偷人的事情。知道得多点的，晓得小赵是迫不得已。小罗和老于就在小赵手上领过几回钱，就看到过三次陈队长在小赵身边死乞白赖地干缠，见着人来才匆匆离开，等着人走了他又踅进屋去。这便，小罗看着小赵的男人站在那里一副喷嚏都打不出来的样子，心里起了些同情，去看着旁边的何嫂吓了一声，说人不要脸鬼都害怕。你看，他把人家老婆搞了，还装疯迷窍给别人打招呼话不可以乱说。张秀花在一旁听了说这种人鬼画桃符的，在我们小区当保安，哪个敢放心。做了坏事，还一副有理的样子。何嫂问张秀花你家老于呢，怎么没看着他。这种事情，他是主任，就该代表业主向物管提出来，像这些品性不好道德败坏的渣男就不该要他在小区上班。一粒耗子屎，要坏了一锅汤。张秀花告诉何嫂，老于有事回成都去了，今天下午打了电话说明天上午回来。我看，不管怎样，这个陈队长都不能留在小区。小罗，你也是主任，这阵可去找刘经理交涉一下。走，我们陪你去。这么，几个人找着了刘经理，你一言我一语地把刚才说的话又说了一遍。刘经理请小罗去旁边说话，几个人也跟着去了。刘经理当即表态，这事造成这么恶劣的影响，我会向公司汇报事情的经过，肯定要求对当事人做出严肃处理。至于你们提出陈队长不能留在小区上班，我也会向公司做出如实反映，一定给出一个满意的结果。不想，陈队长耳朵尖，站在那里听到了刘经理说过的话，由不得沉思起来。

二十九

这个晚上，小赵在后门值班室听着丈夫领着村里人寻过来，趁陈队长拿着砍刀东舞西舞把众人吓退去了小区大门，自个便悄悄去到三栋楼上躲藏了。直到夜深才睬着院里无人回了值班室与陈队长会合。两个人经过这么一折腾，先前有的欢乐劲儿荡然无存，随之而来，心中堵着了烦恼与忧愁和担惊受怕。小赵的心里，想着了明天怎样面对丈夫孩子和自己的爹娘以及亲戚朋友邻居同事还有小区的业主。陈队长想的不同，自把小赵搞到手后，他内心除了迷恋男贪女爱的肉欲之欢，早就不在乎身边的亲戚朋友邻居同事和小区业主会怎样看他和说他些什么。刚才在大门口听到刘经理与业委会的几个委员对话，心里有了些担心，怕刘经理当真把自己所作所为反映给公司。要是公司把自己调走，后果就会与小赵分手。他要着这个心眼儿，就想拿话把小赵诓住，自然不肯把大门口听到的话说出来，兜转着意思赌咒发誓要与小赵爱到海枯石烂。这个时候，小赵最想听的就是这些话。觉着有了依靠，去躺在陈小伙怀里，听他说了誓言又听他啰唆了几个古今为了爱情奔跑到天涯海角的故事，提心吊胆的感情世界里憧憬着野花开放妖艳自在的浪漫。并且，为故事也为自己流下了难过的眼泪。她含着泪看着陈队长说事情到了这种地步，怕是得不到家里的原谅，今后你可要好生对我。陈队长见小赵的话投了自己的意思，赶紧用手去揩了她脸上的泪水，柔声细气地说你放心，我一定对你好。只要你愿意，为了你我可以与老婆离婚，我们重新组建一个家庭。小赵听了话后说事情是逼出来的，到了现在的处境，只要你真心对我好，我也就随了你所愿，要与丈夫离婚，爱你一辈子。这样，两个人说了一晚上的话，强调了一个意思，就是彼此深爱着，出于自愿地深爱着。为此，可以抛弃原来的婚姻家庭。要天亮的时候，陈队长送小赵出屋。不想，却被小赵的丈夫在暗处用手机录像逮了个正着，有了两人通奸的证据。

上午十点过钟，小赵的丈夫和一位镇上派出所的民警来小区找到了刘经理，出示了那段视频。昨天晚上，陈队长还在小赵丈夫面前气焰嚣张。现在，他与小赵不得不在证据面前低下了头。不过，两个人抵口说自己是清白的，只是一见钟情就身不由己地相爱着了，并且相爱得可以去死。陈队长咬定一句话，说小赵是被逼的。她老公领着人到这里来闹，她知道后吓得不敢回家，半夜三更来到小区门口彷徨，我看到了安慰她，这才让她去了自己住的值班室，说话到天亮。送她出来，不晓得就被录了像。大概是昨晚两人统一了口径，说过了这几句话就不再作声了。任凭怎样问，都是缄口不语。这时，老于从成都回来，在小区大门口就碰上小罗和老杨，当面就说起了陈队长和小赵的丑闻，三个人立马去了物管办公室。老于随即代表小区业委会向刘经理说出了处理意见，陈队长和小赵不能留在小区上班。小赵听了话一下子哭了起来，如雨打梨花一般。说真的，她觉得自己无辜，好好地在这里上班，遇到陈队长死缠不休追着自己不放，直到弄出勾当来。现在，工作耍脱了，名声也玷污得黑，回家怎么面对亲人，出门又怎么面对熟人。想到这，心尖上都痛起来，哭得个一发不可收拾。她老公觉得自己头上戴了绿帽子，看着她鼻涕眼泪的样子心烦，出了办公室外透气。这下，派出所来的民警和刘经理还有老于小罗老杨出了办公室去旁边的一处空地上站着商量了一阵。觉得录像证明了陈队长和小赵晚上在一起，就像两人所说是怎么回事，还有待进一步调查。如果事实不是两人所说的那样，而是触犯法律法规，将交由相关部门处置。只是现在，两人所作所为在小区广大业主心里造成了不良的影响，这事得严肃处理。刘经理去给公司的老总打电话，反映了陈队长的事情，又汇报了与镇上派出所来的民警和小区业委会的主任及委员商量的结果，建议把陈队长调回公司由总部来处理，小赵在小区物管工作的去留问题也由总部来决定。接下来，几个人去到小赵的丈夫面前，告知了刚才大家商量后的处理意见，他要是同意，可先把小赵接回家去。小赵的丈夫听过话默了一会儿，想到老婆与那个姓陈的男人在录像面前咬着牙关不松口地说清白，一时真的还没办法。反过来想，觉得事情闹不清楚也好，也是难得糊涂好过日子。于是，就向几个人点头表示同意，跟着一起进了办公室。哪知，陈队长听刘经理说了要调他回公司去等候处理，先还闷在那里不出声。等民警和老于小罗老杨走后，看着小赵的丈夫要把小赵接回家去，他突地感到小赵跟着丈夫回了家去，也就跟自己像断了线的风筝一般，以后要在一起断是不能的了，心里不由一阵刺痛，满脑子尽是舍不得的念头，嘴里喊着小赵的名字——淑英。小赵刚起步要跟丈夫走，听着陈队长喊她，又停了下来，默不出声低着头站在那里。

小赵对陈队长心还是热的，再是，跟丈夫回去，心里忐忑不安怕受气挨骂，还有，一时羞于见到家里人。怎么说呢，这样的处理结果对她来说是好的。毕竟，事实的真相自己晓得，只要自己细牙咬定嘴唇说自己是清白的，旁人再怎么说也是一时传言，过一阵就会随风飘散。确实，她此刻彷徨不定，是出于事情发生不久就闹了个众人皆知，自己该怎样来面对，一时间理不出头绪来。说真的，她在这样的处境中，根本是没有勇气要跟陈队长走的。然而，看着她踯躅徘徊的样子，陈队长会错了意思，以为小赵情系自己意属自己，内心的那点欲望被邪气一冲，也不管身边的人，走近小赵叫声淑英，我们发过誓言的。你不离开我，我不离开你。小赵听着话不敢看他，满脸通红不作声。小赵的丈夫把老婆拉在自己身后，拦了陈队长说你吼啥疯话，她是有夫之妇。陈队长这时真的像失心疯似的，伸手去薅小赵，嘴里连连叫着淑英，你告诉他，你是要离婚的，我也要离婚的，我们说好了是要在一起。刘经理与旁边的两个保安见状，急忙去拦拉他。陈小伙这时啥也不顾了，就一股脑儿挣扎着身子往小赵那里扑。当然，随便他怎样折腾，被两个保安擒拿着手臂隔开在小赵面前。小赵的丈夫就要老婆跟自己走，小赵慢腾腾地挪动起了脚步。陈队长看着急了，脸红筋涨地吼了一声，眼泪流了出来，声嘶力竭地叫淑英，你不要走，告诉他们，你对我说过的话。小赵看到他这副样子，脚步又停下来，就是不说话。陈队长被拦着，身子左突右突一阵不能靠前，眼看着小赵的丈夫去拉老婆要走。忽地，他看见了墙角边放的农药瓶子。这农药瓶子是一个星期之前他给小区生虫的树木喷洒用过后放在那里的，瓶里还剩了一些。这下，他突地身子朝后一缩，趁两个保安猜他意图的瞬间，挣脱身去拿在了手里看着众人，说我们在一起是发过誓的，我们要是不能在一起，就死给你们看。小赵的丈夫见他诈死耍活的样子，使劲拉着老婆出了办公室，刚走几步，就听着屋里哦豁一声，接着便看着一个保安背着陈队长急忙忙跑出来，一路不倒拐地奔去医院。原来，陈队长见小赵跟着丈夫走了，一时情急就擎着瓶子把剩下的农药喝下肚去。几天后，医治无效死了。郑老汉听着消息说了一句话，赌近盗，奸近杀。冥冥之中，人在做，天在看。

当然，小区的物管发生了这样的事件在小区业主心里产生了极其恶劣的影响，许多业主言谈之下都说现下的物管没有以前的物管好。至少，以前的物管工作人员多，有个啥事都能找着人，不像现在的物管，有事半天找不着人。并且，现在的物管裁减了员工，保安人数减少了，清洁工也减少了。又是，现在的保安都是当地人，没有经过正规的培训就上岗。白天两个保安守门，晚上换两个保安守门，就守着值班室看手机，什么事情都不管。新物管刚入驻时，在大门口安装了门禁，让住户花五元钱买一张进门卡出入。一家几口人，买一张卡也不合适，想进出方便，一个家每个人买一张卡也不合适。这般，刷卡进出还没一个月，遇着一家人买一张进门卡的人身上没卡进不来，保安又是面熟了的，只好起身打开门禁让他进入。有业主刁蛮的，进了小区还抱怨些话，说自己花钱买了房子住，进出个大门都不方便。时间久了，保安也有点懒其事，打开门禁就用一块砖头抵住门栏下端，让人不再刷卡随便进出。小区居住的人进出，没在小区居住的人也随便进出，弄得没一点儿规矩。小区业主觉得管理不善纷纷向业委会反映，老于要么回了城里，要么邀约了几户关系好的人家去田野游或是去农家乐玩，哪里找得着他，就是在小区找着了，也是推三阻四支吾几句了事。这老头当了主任后，内心世界膨胀得厉害，除了恭维的话听之受之，其他任何话都听不进耳朵里去。有的业主看着小区这般状况，觉得住这里安全感都没得，只好卖了房子走人。这种现象，使得一些业主觉得老于当选了业委会主任不称职，有了一些议论，认为老于成天脑袋里只想着怎样和自己相处得好的一些人玩乐，并没有为广大业主做有益的事情。又是当然，一些业主私底下的议论，会给其他业主产生坏印象，心态好的呢也不去说事，遇着脾气躁的呢就在背后乱说。这样一来，老于的形象在部分业主心里打了折扣，甚至有了不好的印象。遇到犯难的事宁肯去找物管解决也不去找他。物管解决不了，事情就直接去向镇上的主管部门反映，结果电话又打给了老于，要他协助物管把事情处理好。老于只好找业主询问事体，业主也学他的样儿来个不张不理，话都不与他说一声就走人去了，有的还学他支支吾吾的样子，弄得他很尴尬，窝一肚子火，气窜脑门地害自己一张老脸涨得通红，心里就哼哼叽叽地发出声音，谁找谁呀，犯得着拿出这般脸色神情。可是，他没去想一下，业主这般看待他，是对他所作所为不满意，甚至对他产生了不信任。可以这么说，这就是他愚蠢，自己也是小区里一户业主，当上了业委会主任，怎么能忘其根本。当然，这也是他个人素质低下，一点儿都没意识到自己的言行举止将会给自己带来怎样的后果。更没想到的是，三个多月以后，邝老汉的一句话让他下不来台，自己把主任的职务辞了，还与老婆乘着夜色搬家走人。

三十

原来，小区里发生了这么多事，邝老汉看在眼里闷在心里。这点好，他不去参与挑拨，也不去说三道四，就在屋旁边悄悄地搞自家的事情。先在羽毛球场搭了个棚子做私家停车库，准备以后停放家里要买的汽车。得陇望蜀，又扩大面积把屋外周围绿化带上的花草扯得干干净净栽蔬菜，还原生态地把自家屙的屎尿沤肥去涸菜苗，弄得个臭气随风袅袅地四处飘散，使得空气里满是刺鼻气味。这不只是臭，而是臭肮了，大晴天是干焦焦的臭，下雨天是湿闷闷的臭，使得走过路过的业主闻着了心里发翻想呕。老于住五楼，啷个闻不到臭味，就是关了门窗，臭气从缝隙一股股透进来。想着臭气是邝老汉那家没造型的人身上屙出来的,心里就想发吐嘴上连连干喁。一天上午,老于闻着从楼下飘上来的臭气,忍不住下楼去交涉,刚走到邝家开发出来的菜地边,就见邝老汉在菜地里锄土,看着老于过来就停下手上活路,杵着锄头站在那里一脸横眉冷对的样子,瞧得老于由不得停住脚步叫一声邝大爷,我们说些话。说过手就去衣袋里掏出香烟,准备要递一支给老邝。这情景有点微妙,两个人仿佛在试探。如是邝老汉准备接香烟,老于会趋前一步递上,这样,两人便好说话。可是,邝老汉就不动声色地站在那里瞧着老于,使得老于婉转手势自己去抽起了香烟,拧着姿态站在了当处。邝老汉盯眼看着老于,心里猜着他此番找自己说话的目的,不去接他的香烟,也是为了自己有话好说。如此想过之后干咳一声,说你有什么话,讲出来我听着觉得是件事情,就听你的,要是其他,就最好别谈。老于一笑叫声邝老,小区这段时间要整顿绿化地面,广大业主反映你家开垦了小区绿化,种出来这片菜园子。还有,许多业主反映你家菜园子浇肥使用自家尿水,破坏了小区空气。邝老汉呱巴了一下嘴唇,叫声老于,你我没得往来,也没得交恶。有句话说得好,井水不犯河水,你来说这些话是啥意思。老于听老邝说话扯兮兮的,话里又带脏字,正着脸色说我讲的这些都是群众反映的意见,一点儿自己的意思都没有。邝老汉耸耸肩头,撇了撇嘴叫声老于,你我搬来小区住有多少年了,狗似的,进进出出看见了多少事。当初,你和我一样是个白丁,现在你当了小区主任。可是,你看得见是谁家先开垦了小区的绿化地,是谁家先占地砌墙扩大阳台面积。可是,小区里这些事有谁来管过。你上台后,对这些事又有哪些举措。今儿,你不去找那些个起头做事的人家,却来找我,这不是半夜吃桃子,按到耙的捏么。老于本以为事情刚刚谈起,商量有待继续。晓得邝老汉说脏话,心想忍一忍说过了事。没想到老邝说脏话,口气还嚣张,一时半会儿哪里谈得拢来。就在老于沉吟当际,邝老汉的老婆端了一盆淘菜水出来,一边四下浇水,一边说大天白亮的强不欺弱,我家老邝说得好,你有本事先去摆平了那些起头的大户,不要有事无事到我家门前唏这唏那叨三唠四地惹是生非。话音刚落,妇人就朝着老于这边浇水。老于见妇人浇水在自己面前,晓得再不走水就要浇到自己身上,只好走人。路上,老于碰着了老杨,便把刚才的事说了一遍。老杨劝老于想开些,老邝这个人你又是不晓得,嘴巴臭脾气怪,好米都要说成糙米,牙巴缺了还要扮相咬铁丝,干嘛要去和他一般见识。老于说我是晓得他的,去也是有思想准备的,可话还没说两句就被他乒头榔棒地回一通夹脏带怪的话,紧接着他老婆端盆脏水出来东泼西泼嘴上放刁乱说,就要泼我的脏水。你说让人生气不生气。老杨看着老于,说不生气是假的,这邝家两口子做事只图自己爽快,从来不考虑其他人的感受,这种自私自利的行为,哪一天总要受到报应。这般,老于听了老杨的劝,心情平复下来,看天色好两人要去走绿道,说着就拿出手机打电话邀约人家,你一句我一句地就说去将就吃农家乐共进午餐。于是,要通知家属,老于和老杨分手回家,约好十五分钟后在大门口会合。

也是，闹热时间过得快，光阴荏苒三月，小区的许多业主去镇上找吴主任反映情况。新来入住的十栋一楼靠停车场住的一户人家和六栋一楼靠湖边的一户人家效仿那些违章搭建的住户扩展阳台面积，把屋面前绿化带的花草树木严重损坏，六栋一楼蔡家隔壁的宋家更是妄为，出钱找人把屋门前的绿化地推平造私家花园，引得九栋和十栋对望住的一楼住户纷纷仿效，方式不同，买锄头买铁锹的自个儿去把屋门前的绿化地荡平，栽菜栽花栽葱蒜苗个图喜好，楼上有的住户看着眼红，没地方就去湖边上开地种菜。一时间，小区里闹哄哄开垦忙。一楼住的洪大爷看着都动了心，要出钱找人把自己屋门前的绿化地打造成独家花园。还有，两方池塘里的鱼被小区里隐名埋姓的业主乔装打扮，今天来钓明天来钓得没了踪影。再者，池塘没有排水去处，水质浑浊泛污，小区的物管和业委会没人出面过问，就是广大业主向他们反映了情况，也没有人出面来处理这事。这般，吴主任找到老于和物管刘经理，拿出一摞小区业主的投诉材料，要两个人商量后拿出一个方案来处理好这事情。老于当即向吴主任承认了自己的过失，并保证要和物管一道来做好小区的工作。刘经理听老于做了自我检讨，随即表态，积极配合业委会的工作，根据当前的情况，大家共同努力，撤除小区的违章搭建，解决湖水排污，恢复小区绿化地带，还小区良好环境。接着，三人对一些事和一些事的细节交换了意见，做了具体安排。老于回到小区，当晚就召集了小区业委会成员开会，传达了上级领导的指示。接着，就协调物管处理小区违章搭建和破坏绿化地及湖水污染的事情进行了讨论，小罗做笔录。众人把事情分成两部分讨论，先议起了小区拆除违章搭建恢复小区绿化的方案。老杨先发言，讲述了那天老于与邝老汉的一场对话。大家听后认为老邝家占地面积最大，把整个羽毛球场打造成了私人停车库，竟然欲望不能满足，又破坏住房周围的绿化栽蔬菜，还搞粪水实验，严重破坏了小区生态环境。这次小区开展撤除违章搭建恢复小区绿化行动就先从邝家做起。可是，田阿姨和冯老汉觉得这次行动不宜先去邝家，应该找源头的先从违章搭建的第一家做起。冯老汉补充了自己的意思，说邝老汉脾气躁满嘴怪话，这次行动从他家开始，如是邝老汉跳起脚闹，以不是自家起头违章搭建为由使刁耍横，可能会给这次行动带来阻碍。小罗听过话不同意冯老汉的说法，认为邝家也是小区住户，应该遵守小区的规章制度，不能说长一副横蛮的样子就能撒滚耍泼到处胡作非为。老于听着小罗的话拍掌起来，说小罗的话讲得好，业委会的决定不能因个别业主耍横刁难就避而绕之，这样，业委会的工作又怎么进行。邝家占地面积最大，造成不良的影响也最大。我赞成先去邝家，撤除违章搭建的行动从他家开始会起到势如破竹之作用，接下来的工作会更好做。这样，撤除违章搭建的事情定了下来，众人又议论起湖水排污的事情。小罗首先谈了自己的看法，认为湖水排污得从进水和排水做起，两方池塘工程不小，这就涉及人力和物力还有经费的事情。众人听到提及经费的事，自然产生了很多想法。于是，大家莫衷一是议论纷纷。老于觉得湖水排污工程不小，需要的费用也不会少，便想到了房屋维修基金。老于自从当上小区业委会主任，领到了房产商给的两万元做业委会经费开支，自此以后，每当小区发生基础维修的事，他都要朝这方面去想。小区的围墙维修，还有小区里哪栋楼发生单元电梯坏了需要维修，他都积极地提出了动用房屋维修基金。当然，这些申请都被房屋管理局一一驳回。这事老于与小罗还有老杨议论过，怎么当初业委会成立就收到房产商给的两万元，以后就不行了呢。三个人为这事想了很久，百思不得其解。一天，几人在农家乐说起此事，冯老汉在一旁听着说房产商给的两万元是不是每户业主买房时交的五十元钱哦，这钱是什么来着呢，有个啥说法呢，一时半会儿想不起了。不过，这和房屋维修基金是两回事。当时，冯老汉也是随口一说，纯粹出于个人猜测。不过，老于和老杨还有小罗从这句话里有了些意会，房屋维修基金是不能随便动用的。可是，老于的性格里有一种因素，说得好听呢是坚持，说得不好听呢是钻牛角尖，这一点他老婆心知肚明，且有一套应对法儿。这次开会，老于自是又把心里的想法说了出来，他也知道，自己提出的建议能不能得到认可，总是一种积极的态度，说不定，通过不懈的努力能心想事成。老于内心始终有一个观点，只要有钱，才能丰富手中的权力。这么，众人又对湖水排污所需经费的事进行了一番讨论，最后对小区撤除违章搭建的事和湖水排污的事分别拟定出了方案。第二天，老于和小罗带着方案的书面材料去了镇上找到吴主任作了汇报。经过审阅同意了在下一周的星期一上午，将对小区的违章搭建进行清理和拆除。至于湖水排污的方案，因涉及经费来源的问题，需要重新商议。这样，到了星期一上午八点钟，社区的黄主任还有五名城管人员来到小区。老于与几个业委会成员，刘经理与两名保安早就在大门口等候着了，大家简单地寒暄了几句，接着说了些工作上的安排，之后，老于径直领着众人去了邝老汉住家地处。

邝老汉早就听闻了小区最近有拆除违章搭建的行动，至于要从哪家拆起，他和老婆是不晓得的。这个星期一早上，老邝骑着电三轮载着老婆去小区围墙外开垦出来的那一畦地里施肥浇水回来，进小区大门就见着几个业委会委员站在那里与几个业主交谈。邝老汉平时和小区的业主不怎么来往，也懒得招呼，所以他骑车放慢了车速，进大门也没人理他。只是，看着一些人的动静，联想着小区撤违的事情，心里总有那么一点儿感觉，所以，他和老婆回到家里，抓紧时间煮面条一人吃了一碗，待老婆去灶上收拾，自个就去到湖边朝大门口张望。见老于领着人群左右不顾直接顺着路朝自己站着的方向过来，心里猜测会不会是要来自己家。这么一想，他连忙回家，见着老婆端着一个瓷盆在搅和喂牲畜的食物，憋着声气对老婆说先不要忙手上的事，可能来我家了。妇人见丈夫一脸有事的样儿，心里也有些紧张，声音沙哑地说这么快啊，怎么办呢。邝老汉颔首默了一下，说有啥咋办的，事情不是我家起的头。这样，你在屋里待着不要出来，我去门外看着，自有对策。说过话，他出了屋,老远看着一行人朝自己家走来,自便俏模样地在门前空地上打拳,对着来的人不张不理。黄主任看他一趟拳打下来,称呼一声老人家,说我们找你说点事。邝老汉看着黄主任笑一下,说你对人客气,有什么事情请讲。黄主任看着邝老汉笑笑,说我们今天来,就是想请老人家协助我们的工作。邝老汉一笑,说我是一个闲暇之人,该怎么协助你们工作,请指教。黄主任一笑,说谈不上指教,就是想请老人家先把绿化带上种的菜处理了,恢复原来的样子。再者,羽毛球场的占地也应退出来恢复原状。还有,小区不许喂养鸡鸭,请你也做处理。邝老汉听着话笑吟吟地说既然是你敬我,那么我也敬你。今天你说的话,我都依你。只是,竹笋尖尖,不是我先冒这个头。这样吧,你们去那起头的人家处理好了事情,不要你们再来,我一定照你的话做。黄主任见邝老汉答应得爽快,觉得老邝不像老于在路上说的那样是个口吐怪话蛮不讲理之人。可是看到面前绿化带一大片的损坏,还栽着了蔬菜,又听到狗叫声,便去看着了邝大爷说老人家,我们今天来,也是要去处理其他人家损坏绿化违规搭建,希望你配合好不好。邝老汉听着话一笑,说你对我讲的话我相信。只是,他几人领着你们直端端地就奔我这来,就让我心里不服。怎么说呢,喂狗养鸡占绿化带栽菜不是我起的头。自古说打蛇打七寸,那些带头的人家你们不去先行处理,却来找着我这效仿地行事,多少有点欺负弱者。再者,我已表态,只要那些先带头毁坏绿化违章搭建的人家处理了,我自然恢复绿化带上的花草,也不再喂狗养鸡。

老于听着话,看着邝老汉,说既然你有这样的想法和态度,为何不带头先做个表率。邝老汉看老于一眼,说我为啥要做这个表率。那些人家破坏绿化违章搭建,你们在做啥。在一旁看着,谁又出个声气,整天就几家人忙着去农家乐耍,谁来认真来管过小区里的事。小罗听了话叫声邝大爷,今天我们不来讨论这些事好不好,下来你有什么话可向业委会反映,我们一定认真聆听,有则改之无则加勉。老于接过话叫声老邝,现在不就是在处理小区损坏绿化和违章搭建的事吗。从你这开始也是一样。邝老汉冷笑一下,说这么做肯定不一样。有句话说得好,提衣挈领,撒网擎纲。做事要讲章程讲规矩得有个顺序。你今天领着队伍来撤除违章搭建,不去找那几家开头的,首先就来我家,是不是有点颠倒了顺序做事。老于,我们住一栋楼,你一直就看我不顺眼。你以为我不晓得你是怎样一个人,心里装的啥子花花肠子。老于听着话撇嘴笑笑,叫声老邝,你晓得我是怎样的人又能怎样,我肚里的肠子你那双眼睛看得穿又能怎样,这都和今天的事情没啥相关。告诉你,来你家是业委会讨论过的,你占了羽毛球场,又把屋外绿化地破坏最大,在小区里影响最恶劣。邝老汉听了话仰头笑笑看着了老于,你说的啥我不想听,只想告诉你一句话,当初那些人家违章搭建你们能及时出来制止,怎么会有今天这场事。我已表过态了,事情我不走前,也不当后,你们还是去别家吧。老于摇摇头,说事已至此摆开,由不得你来推三阻四。老邝,是你自己动手撤除呢,还是由我们来动手清理。邝老汉盯眼看了老于一阵，嘴里嘀咕了一声狗似的，老于，我晓得你是怎么回事了。嘿嘿，你没当小区主任时就私底下七拱八翘拉帮结派说我的坏话，当上了主任说不说我坏话我不晓得。我看到你整天就顾着身边一伙人四处地耍，对广大业主不闻不问，做事不公开办事不公正，群众老早就对你有意见。今天的事，你没提前召开业主大会通知一下，一股脑儿领着众人不倒拐地就来我家，我看你是有了心地来找我麻烦。告诉你我可不是软柿子，别怪我对你不客气。老于撇了一下嘴，严肃着脸儿叫声老邝，你不要说脏话。有言道，农夫不惧累，将军不怕血。我不在乎你客气不客气，今天到你这来，就是要处理你占绿化带栽菜和喂鸡养狗的事。说过，他过去把老邝家栽的菜扯了几棵。这时，邝老汉的老婆在屋里看见连忙跑出来拦着，说你做啥，有啥权利来扯我家辛辛苦苦栽的菜。老于说我是小区主任，今天就要扯你占了绿化带栽的菜。说过话，他要几个保安来跟着动手。邝老汉的老婆看见急忙去与保安周旋，邝老汉看老于招呼众人来动手扯自家栽的菜，眼儿珠子都瞪圆了，用手去搡老于一下，却被老于让开了。小罗在一旁看着，说邝大爷，你占大家的绿化带栽菜就不对，怎么还要动手打人。邝老汉说我没打人，你们听好，我要打的是嫖婆娘的怪物。老于听了邝老汉的话脚下一软打了一个趔趄站住，看着邝老汉一双眼里喷出火来，说我扯了你的菜，你就张嘴打胡乱说。今天可要给我讲清楚，当众还我清白。邝老汉冷笑一声，说还你清白，你做的事，要我给你说清楚。告诉你，若要人不知，除非己莫为。走哇，我们去桃花源农家院,那里有人能给你说得清楚道得明白。老于听了话一张脸涨得通红,嚷着声音说走去,今天你要是不说清楚我决不罢休。邝老汉咻咻两声,说真的不怕假,我这有电三轮,与你去一遭何妨。老于,不是我说你,这事你不是一两次。老于听着邝老汉的话一下子气得脸乌黑,腿一软坐在了地上就喊心口痛,众人看着就忙去搀扶。小罗在一旁看着了邝老汉叫声老邝,东西可以乱吃,话是不能随便乱说哦,这要负责的。邝老汉哼了一声说罗主任,我咋不说其他人呢。做得受得,我要是乱说了他一句,我负法律责任。老于听着话就气得脑壳乱晃,嘴里白沫子都出来了。众人看着谁还敢多话,抬着他就忙去找小区大门,见他喘息得嘴边挂白沫子,出了小区大门就急忙送医院。

三十一

也是,邝老汉红口白牙骂了老于,气得老于住进了医院。在众人眼里,大家都鄙视邝老汉的,觉得他平时说话粗口,喷出来的都是些臭话。张秀花在自己家里听到丈夫遭到辱骂,下楼来含泪带嚷地要找老邝讨说法,要老邝还自己丈夫一个清白,却被小罗老杨拦住了,说你丈夫都去了医院,救人要紧,这事以后找他算账不迟。当然,这是几个人救急做事的想法。可是,事情却出乎了意料。老于在医院住了一天,缓过来些气儿,并没有要去找邝老汉讨说法的意思。躺在病床上就一直唉声叹气。张秀花守在病床旁看着丈夫难过的样子，问他如何来处置这事。老于摇头，就看着天花板出神。张秀花想劝丈夫不要郁气心中，说邝老汉狗嘴里吐不出象牙，就是没有想到，邝老汉能说出这样的话来，不只是骂人却比骂人更具中伤。嗨，老于，我们可去告他诽谤。老于听了话还是不作声，脑袋在枕头上摇摆。张秀花见着丈夫这个状态，忍不住说你这是什么意思，他这般诬蔑你，怎么也要他把事情讲清楚，他说的话不符合事实，定要他还你一个清白。老于看了老婆一阵，摇了一下头说我想过了，人言可畏，事已至此，不想去争辩了。张秀花听了话看了丈夫一阵后叫声老于，他对你都造成了伤害，你都不去和他理论，难不成如他说的那样，你真有此事。老于听了话激动了起来，脸色红一阵白一阵，在病床上摇头摆脑几下，对老婆说我俩来到这里生活，时常都在一起，有这些事你能没有察觉。嗨，老话说得是，世上之事，一怕欲加之罪，二怕诬蔑之词。你是我的老婆，你都要这样去想，事情又怎能理论清楚。说过话，老于耷拉着脑袋一阵摇头，苦瓜着脸儿长长一声叹息去望着了墙角不出声气。张秀花看丈夫一脸痛苦的表情，连忙说我没那般意思，只是觉得你受了这样的侮辱，不站出来要求他澄清事实还你清白向你赔礼道歉，心里自是愤愤不平。老于啊，老邝他这是猪尿包打人不痛骚气难闻且又侮辱性极强，如不向他讨说法，我们做人是不是活得窝囊。以后我们下楼碰着他怎么面对，又让身边的朋友说三道四和其他熟人怎样来看待我们。老于听了话没反应，脸就朝着墙角那里发怔，

| 过　往 | 283

过了一会儿才扭头去看着了老婆，小声说老邝骂人的话都说出来了，大家也都听着了，影响又如何，他向我赔礼道歉有什么用，像你刚才说的向他要一个清白，有用吗，怎么说得一个清楚，别人信吗。我去告他诽谤，他又能怎样。处罚他，怎样处罚，能把他弄去关起，这么个事情也就是骂人的一句话，又能拿他怎样。到头来，事情来来往往，他骂我的话反反复复，我却要伸出一张老脸受着，怎么去解释，旁人看他的笑话还是看我的笑话。唉，我低估这个人了，也低估了他骂人的伎俩。张秀花听了丈夫的话沉默一阵，觉得有一点儿道理，可心里又觉得不该这样，看着丈夫说他骂了你，气得你高血压犯了，心脏梗起住进医院，一些儿说法都没得，总不可能就算了嘛。老于腮帮子动了几下，然后朝着老婆摇摇头，说我仔细想过了，事情都这样了，我要是去追究，好像是在维护自己的名誉，其实，各种猜测和说东道西的话都会挂在我身上。如污水泼衣，洗涤了终是污染。解释给谁听呢，有一句话说得好，流言止于智者。所以，我不想去追究了。张秀花看着丈夫一会儿，说你就这么简单地放弃了，以后老邝对我们说话做事的看相不是要蹬鼻子上脸，那才叫人难以忍受呐。老于眯着眼一会儿，然后睁眼看了老婆一会儿，小声说我想过了，不打算再当小区主任，出院后就写一份辞职报告。张秀花听了话心里咯噔一下，眼睛不眨地看了丈夫好一阵，小声地叫了声老于，这事你可要想清楚。当初是那么急切地想当小区的主任，现在这么轻易地就说不当了。这样一来，以前的努力不是白费了。还有，老邝在一旁看着还不高兴得跳起脚来。老于默默地向老婆点点头，说我不只是要辞去小区的主任，还打算不在这里住了，老邝跳起脚地高兴又何妨呢，自己跳给自己看当锻炼身体，有多大的劲仗呢，跳累了还不是自个回家煮饭吃。我搬走了，眼不见心不烦。说实在的，老邝这个人就是一条咬人的狗，谁遇着谁倒霉。张秀花听这话愣住了，很快，心里就觉得堵得慌。本来，老邝骂人的话丈夫就该去理论清楚，可丈夫偏偏就退避了。是的，老邝的骂口确实惊奇，旁人第一次听着会去猜测事情有没有或是不是，如果老于将这话去回骂老邝，旁人听着也就是一句骂人的话，没有了去猜测的意思。这么一想，丈夫的说辞也语出中肯。只是，人再怎么蒙受不白之冤，也不可能这么一塌糊涂地塌糊下去。怎么就不要在这里住了呢，这可是一家人辛辛苦苦花钱打造的居所，怎么能说放弃就放弃了呢。这么一想，妇人心里一阵翻腾，想说的话刚才说过了，一些没说出来的话闷在心头很想出一口气，可看着丈夫萎缩在床上一副委屈的样子，也不再说话了。

这样，过了一个多星期，老于出院回家后，随即打了辞职报告，说自己遭秽言之诟，一气染疾，经医虽愈。可空山谷音，兰草梅花。我欲声名完美，却遇宵小玷污，颜面夫复何求。况且年事老迈，已无精力再系小区主任与委员职事。躬念笃恳，诠详。老于递上辞职报告，当天下午就偕同老婆坐车回了城里。过了有一个月，在一个晚上请了搬家公司搬了家具回了成都。没过多久，房子按当初买的价钱变卖，赔了装修的钱。怎么说呢，老于费心费力搬到这里生活，就图这里田园风光好看，居住的环境优美，享受大自然空气清新。不想，却落得搬家离开，也是大失所望的事了。那么，邝老汉说他嫖婆娘的事是否真实，不得而知。小罗曾见到过张秀花，两人为这事说得个声情并茂。小罗问张秀花，你家老于为什么邝老汉这般诽谤都不敢面对，而采取夹沙带泥的逃避方式。没做过这些事，根儿都是正的，难道怕他不成。张秀花朝着小罗直是摆头，陈述了自己和老于在医院里说的话。小罗听后想了一会儿，说老于没做过这样的事，以这样的方式来处理问题，百分之八十是对的。老邝这种人是个茬头，又不要脸又不要命，惹着了麻烦，不晓得还有啥邋遢事做出来，不知还有啥脏话骂出来。张秀花问小罗，为什么百分之八十是对的，百分之二十又该是什么。妇人之所以要这么问，也是想知道旁人对此事的看法。小罗看了张秀花一阵，摇摇头说我的话讲出来你可不要多心，这百分之二十就是老于不敢真的去面对老邝把事情说清楚。张秀花苦笑一下，说这不是敢不敢的问题。我家老于说了，这件事继续纠缠下去，老邝输赢都是那骂人的一句话，其他的有什么呢。而自己呢，却要方方面面去应对是不是，这样一来，什么样的话都会堆集在自己身上，遇着愿听解释的，帮着掬一把同情眼泪骂一声老邝造谣可耻，要是遇着看笑话之人，怎么解释他都站一旁哧哧笑着不露一句话，瞧人的眼神里透着深邃的光芒，猛不然地冒出一句那婆娘好不好看之类的话来，弄得被造谣者情何以堪，搞不好人站在那当场呆板。所以，有句话讲得好，说不赢该输，打不赢该挨，吃不赢该饿。惹不起他，躲他还不行，俗话说，粪不臭，挑起来臭。千万不要被老邝这一坨屎惹得满身上下都是难闻的味道。小罗听了话默了一会儿，去看着张秀花说你家老于这样想也对，遇着了歪人，躲开是赢。不过，老于受了这么大的委屈，家里人又怎样来对待这事。张秀花说儿子看着他老汉受委屈，高矮不依，闹着要去找老邝说清楚，被他老汉拦了下来。老于说了，你是我的儿子，为了我可去赴汤蹈火，可老邝也有儿子，你去找老邝讨说法，他儿子也会赤胆忠心地站出来。就为了老邝那句风刮过来又吹过去的烂话，文质彬彬地争过来斗过去说不清楚倒也罢了。如是动起手了会有什么样的结果，谁能料得到，打得个头破血流还冤冤相报何时了，这样值得吗。小说今古奇观里有一个一文钱小隙造奇冤的故事，就是告诉人们要正确地来应对邻里间的纷争。老邝骂我的一句话，也就是相骂无好口的一句混话脏话，理较个什么，能理较得清楚。我和你妈说过了，我们时常在一起，怎会有这样的事情。也就是说，身正不怕影子斜。之所以我要辞去小区主任，又要搬回城里住，这是经过了深思熟虑的。老邝这个人就是个茅房里的石头又臭又硬，还带着座山雕的愚而诈，被他这样一骂我还醍醐灌顶，遇着老邝这样的人，平白无故大家相安无事，要是和他沾到点事，弄不好就是找些虱子往自己身上爬，这种人最好是离远一点儿，遇不着就平安。小罗听了话笑笑，看着张秀花说你家老于这么想得开也是他的造化，人不做困不作因，便宜了老邝一张臭嘴。

嗨，张姐，自从你家搬走后，我和老王想着大家在一起时的快乐，时常就念叨着你们。要是你们有空了可来我家玩耍。张秀花笑笑，说我倒是想来哦，情况你是知道的，老于恐怕不想来。这样，要是有空，你们回到城里，大家可打电话相约一处聚聚。小罗听了话点头笑笑，然后走了。看着小罗走远，张秀花想起了小罗刚才的一句话，什么人不做困不作因的意思有些不太懂，猜了一阵也不知小罗这话是说老于呢还是说老邝。确实，妇人对丈夫在这件事上还是有猜疑，心里就像揣了一根把红苕，总想把事情搞清楚。可是，事情怎样才能弄明白，遇着了才知惘然。刚搬回城里，儿子晓得了这事，便要去理论，被他老汉一番话挡下来。有句话说得形象，跌倒不痛爬起来痛。接下来几天，大家都猜着了老邝骂的这句话，想其真伪，脸色上都布满了沮丧。好在事情没得凭证，这句话不能通透。随着时间过去，乱七八糟的心情才逐渐平复。

　　然而，在小区里，众说纷纭的桥段就多了起来，沾着男女的事，系列桃色新闻，说起来就嚼牙巴劲。这个说老于恐怕做过这些事，才不敢去找邝老汉对质讨说法，要不然怎么擂边鼓都不敲一下就搬家跑人。有的说老于是个正人君子，不会去做那些事，这都是邝老汉打胡乱说。有的说老于是不是正人君子谁分得清楚。人精神点，衣服穿大套点，再提个公文包，走在街上样儿不俗，就说他是个人物，骗子也晓得这样打扮自己。老于这个人怎么样，谁说得个清楚。就像邝大爷说的，在没当小区主任之前，几个人裹着一处就说他人的不是道自己的能耐，装聪明的巧，卖愚笨的破绽。当上了小区主任，一伙人三天隔岔地就去这个农家乐和那个农家乐，小区的账目从不公布，花销从哪来呢。听冯老汉说哈，老于搬家走后，身上就揣着小区的经费七千多元没交出来，冯老汉去找着他讨要，说还有一千多元拿不出来，推说以后再还。想想，老于是这种德行的人，这闹腥的事落在他身上，也就有其原因。大家的钱你揣在身上做什么，绷个啥子漂亮嘛，喊你拿出来还拿不出来，怪不是邝大爷骂他，都是自作自受。还有好事的主，就去守着邝老汉打听，还问老于嫖的那个婆娘风骚不风骚，样儿迷人不迷人。邝老汉一不做二不休，晓得老于不在小区里住了，便是天花乱坠地说一通，就像老于是乱来的嫖杆子一般龌龊。有句俗话，造化弄人。自从老于搬家走人之后，邝老汉在小区还红了一时，占羽毛球场搭棚和在绿化地种菜也没人来过问了。一天，众人在菜园地里做活路。也不知咋的，这天的人来得齐，有洪大爷夫妇、郑大爷夫妇、老杨夫妇、小罗夫妇、周老汉、何嫂、刘婆婆及其他几户人家。邝老汉夫妇在自己一畦地里撒白菜秧种子，旁边一畦地是刚搬家来不久的陈姓夫妇。这陈姓夫妇都大个头儿，平时晓得老邝嘴臭，便是少搭话。不想出了老于的事情，邝老汉在陈家夫妇心里提升了好感，劳动的时候遇见有了招呼。陈家妇人比丈夫大几岁，平常也是爱说闲话的人，这时看见老邝撒完白菜秧种子站在地头上喝水歇气，便问了一句话，邝大爷，你是怎么晓得老于去桃花源农家乐嫖婆娘呢，你去过那里嗦。妇人问过话笑了起来，笑声里有一种意味。邝老汉听了出来,连忙对妇人说我没去过那里。不信,你可问我老伴,她都晓得此事。一旁的人听着说话声闹热,都停下手上的活路闲下来竖起了耳朵。邝老汉的老婆听着了陈家妇人的问话,也听出了笑声里的意味,又见着周围的人都停下活路听说话,便去看着了陈家妇人说桃花源农家乐就和其他的农家乐一样,只是规模大些有住房。我家老邝爱钓鱼,我们经常都要去河对岸的一家池塘钓鱼。这池塘的老板会做生意,钓的鱼你可以带走,也可钓上来现做来吃。老板烹鱼的手艺不错,味道很好吃。所以,每次去钓鱼,差不多够吃就不钓了,就等老板做出珍馐美味来大快朵颐。说来也巧,在老邝钓鱼的旁边,经常有一个衣着光鲜的中年人在那里钓鱼,也是钓上来的鱼要请老板烹饪。这样见面的时间多了,彼此有了交流,说着钓鱼的事又说起老板烹鱼的手艺,话也多了起来。有一回,老邝过生日,我们就带了一瓶好酒去喝,邀请中年人坐了一桌。至此,大家熟悉了,只要在池塘钓鱼遇着,就要一起吃鱼一起喝酒,晓得了中年人姓张,是桃花源农家乐的老板。他呢,也晓得了我们的姓氏,也晓得我们是从城里搬来平安镇桂花小区住的居民。一次吃酒,喝到酒酣耳热之际,张老板问老邝认得一个叫于守诚的人不,和你同住在一个小区。老邝看了我一眼说听到过这个人。张老板说这个人很风流哦,带着女人到我的农家乐开房两三次了。老邝又看了我一眼,说不可能哦,听说这人正儿八经的。张老板笑一下,说有些人的脸活在皮肉上,有些人的脸活在骨子里,谁能看得透。我的小工登记过他的身份证,说城里这么远的,怎么找到这的。他说就在这里不远住,说漏了嘴后来又敷衍。嘿,我那些小工没见过世面噻,晓得带着来过夜的女人都是跳舞认识的。嗨,这也是个人隐私,不该说的。所以,老邝和我听了话都藏在心头不敢说出来,要不是那天把老邝气犟了,这话可能说不出口烂在了肚子里。陈家妇人听了呵呵地笑,说纸包不住火。从古到今一句话,若要人不知,除非己莫为。老杨在一边听着心里愤愤不平,看着身边的郑老汉说老邝的婆娘说话才取巧呐,明明是吹喇叭的说了事情,还装模作样说话可以烂在肚子里。郑老汉听了有些感慨,说老于是个有心之人,是一个念头出来想啊想清楚后才去做的人,什么事该做,什么事不该做,都是由着头脑里想好了过场才去自饰其文。就拿他与邝老汉的事来说,这也是一个人荣辱的大事,怎么一个说法都没有就一走了之,以为辞职报告写那些话就能清者自清浊者自浊,任其老邝人前人后鼓唇摇舌摆。其实,这样的做法让旁人看来,他或许就干过这事。周老汉在旁边听着叫声郑老,我听你话里有惋惜老于的意思。只是,可怜之人必有可恨之处。当初,他把你捧在手心里尊敬,要你帮着出谋划策,待到他成事之后,对你渐渐疏远。我和何嫂都受过他冷落,如果邝老汉说的都是真的,老于这人就不正派,不配和不该来当小区业委会主任。老杨见众人的说法不在自己的思维上,便顺着话说如果老邝说的是真话,老于这个人的素质就有问题。郑老汉点了点头,说一个人应该有良心,还要有善念。再之,在生活上遇事情的取舍上应该有分寸,日子才能过得从容不迫和自在。老于不行，生活里欲望太重，藏在内心又深。平时看不出来，一旦目的得逞，人就像变了个样子。说实话，以前我都觉着老于这人实在，都还肯与他说个话。自从他当上主任，骨子里膨胀，看人爱理不理的，大家少了来往。小罗听着叫声郑老，你说老于有些变化，我家老王曾经也这样说来，还说他是要要这个份，没想到遇事这般窝囊，对邝老汉骂的话连一句辩口都没有就搬了家，使得我们和他经常在一起的人都牵扯上些难听的言语，瞧过来的眼神里都像有探索的光芒，好像我们一伙似的，整得人脸上都无光彩。嗨，这句话我算有体会了，跟着好人有福享，跟着孬人受窝囊。洪大爷听了话笑起来，叫声小罗啊，你后面的一句话说对了一半，你们和老于在一起好吃好耍了二三年，也是快乐地享福了一阵，看看小区的广大业主，大家得到了什么好处。老杨听洪老汉的话里影射了自己，叫声洪大爷，你自家门前都打整成了私家花园，怎么还说没得到好处。洪大爷笑一声，说小区里都弄得纷纷扰扰的了，我不替自家做些打算，我还是人吗。老杨听着话一时语塞，众人见状也都不说话了。去看那边，何嫂和邝老汉的老婆说在了一起，周老汉看着起身也去凑了热闹。

过了一个月，社区的黄主任召集桂花小区的业委会成员开了会，宣布由孙副主任担任小区业委会主任。这孙主任以前当副主任时就与小罗和老杨不怎么招呼，当上主任后，说话做事都不与两人沟通，自个说了算，使得小罗和老杨有职不在位的感觉。不久，孙主任将老于辞去业委会委员的空缺做了安排，任命一位刘姓中年男人当了委员。这刘姓男人四十来岁,家住二栋二单元二楼。情况和孙主任差不多,白天上班,小区的事情也是抽空参与。这般,孙主任任命了刘委员后,在处理小区的事情上几乎都和刘委员商量,吃过晚饭就去约着刘委员到停车场走圈,顺便交流些小区里的情况。这样一来,小区的事情没个知会,收入和支出没有公示,广大的业主过着自己的生活。半年之后,小罗递交了辞呈。她告诉丈夫,自己厌倦了在这里的生活,想卖了这里的房子回到城里过日子。老王不同意卖房子,说回到城里待久了,要不要来这里住几天,呼吸新鲜空气,人会很舒服。这么,两个人走之前去看了自己的菜园子,遇着几户人家劳作,晓得了两人的打算都依依不舍。老杨看着小罗说你怎么会有这种想法,老于的所作所为是他自己的事和我们一点儿关系都没有,为啥你要去辞职。小罗摇摇头,说老于跌了一个筋斗,让自己晓得了些事体。一个人应该知道自己的能力大小,不能做的事莫要去逞强。力所不能及的事情,鼓捣去做,只会自讨烦恼。郑老汉接过话说小罗的话讲得实在,让人听了有点启发。一个普通的人,生活里想复杂了,心思乱糟糟的,弄不好害了自己还殃及旁人。洪大爷在一旁说了一句话,他说小区里发生了这么多的事,又落得这样的环境,让我这个快到八十岁的人开了眼界也明白了一个道理,做人都有定数,不该自己的莫去强求,把心思端正,是老百姓就过老百姓的日子。说真的,现在的人有吃有穿,生活好过了,心静下来,日子才能过得有滋味。这样,才会感觉到与日俱来的快乐。其实，感恩生活，是知道了怎样去生活。众人听了话都没作声，心里觉得这老汉的话有些在理。确实，一个普普通通的人，生活在自己所属的环境里，心思应该朴实，有理想，有文化，日子才会所愿般的安逸。

二〇一九年二月五日修改

慈 家

一

张秋芸出生在一个豆腐世家，她懂事后就知道，从制作豆腐到销售豆腐，都是她父辈们每日的工作。爷爷供奉着祖母，自便是这个家庭事业的朝奉。老爷子有三个儿子两个女儿，因守着传下来的豆腐作坊，大儿子取名守仁，二儿子守义，三儿子守根，大的一个女儿取名守芹，小的一个女儿取名守萍。两个女儿的名字含有谐音，芹是勤快的意思，萍是平安的意思。如是，女儿长大嫁了人户，得了聘礼出了陪奁也就了却一桩心里装了多少年的事情。只是，儿子长大娶了媳妇，有了家室生儿育女，却是三兄弟守着父母在一个大大的屋檐下同吃同住，一日的劳作也是为了自己的饭碗。还有，各家所有事体上的花销，都是爹娘出钱操办。至于零花钱，也是出于爹娘规定了的月份，给多少都是一视同仁，让三兄弟觉着心安。这便，手艺是传承了的，假使几兄弟要另立门户，这得看老爷子的意思，还要一家子坐下来商量，该怎样来操作人为，都要公平得当。当然，另立门户关系着一个家业的财产分配，其中的公允涉及自个的家风与家教，弄不好孩儿们会因分家事情上的一些得失产生误会，担心一些言语传到街坊邻居耳朵里惹出些嘲笑和闲话，有失门楣光彩。所以，这事处置是慎重的。还好，张家豆腐作坊的三个儿子遵从着君臣父子的传统观念，循规着认知的良心道德默默地日出而作日落而息，大家同在一口锅里舀饭吃，同在一个屋檐下生活。天长日久，或许生活中长期疲乏有过一些怨言，私底下有过一些歧想。可是，他们还是要日复一日地劳作，长久地等待着想知道自己父亲心中的一个秘密。这个秘密让人猜想，就是三兄弟中谁来继承父亲的这个位置。

张秋芸的父亲在家排行老二，也是有点自知之明，晓得自家老爹喜欢长子和幺儿，在继承位置这事心念上便要淡漠些。不过，好事谁个不想呢。心思没到那个份上，人还平静。要是动了念想，心思变得最快。这汉子有时睡觉都梦到父亲突然垂顾他并在家庭会议上宣布他当掌门人，还请来亲戚参加他就职大事的九大碗宴会，吃得乐呵呵笑醒过来才知是梦了一场。可是，他感到这样的梦境很能璀璨自己的心灵，叫人有舒服的感觉，也便肯想这样的好梦时不时来缠绕他的睡觉。一次，三兄弟在一起做活路时说到继承父业的事情，守义便说自己指望不上这事，要是能当上，一定照着老爹经营的路线来走。不想，兄弟仨在热气腾腾的房间里说话做事，他们的父亲就站在旁边，一声咳嗽让人听得熟悉，赶忙肃静，几天下来心思仿佛被收了一般，闭着嘴使劲做事才过得。针对这种现象，很快，这个家庭开了一次会议，父亲对三个儿子讲了一席话。他告诉孩儿们自己年轻时也想过豆腐坊掌门人位置的事情，也知道这种经历很烦恼人。他说自己年龄才五十有七，正是精力旺盛、经验十足的当口，还要经营管理自家的豆腐坊。时间有多久呢，这得看身体力行，希望孩子们不要为这事操心，做好分内的事情，以后他会做出妥当的安置。听了老爹的一番话，三个儿子齐齐地摒弃了杂念，每天都努力地劳作，都一门心思地想自家的事业做大做强。这么，过了有六年，突然有一天，家里人开了会，父亲当着自己的娘亲与三个儿子还有众亲人的面宣布掌柜位置传给大儿子守仁。本来，父亲传位给长子是天经地义的事。可是，守义听了老爹的任命内心就痛苦极了。怎么说呢，大哥木讷诺诺就是拉犁也要人去指引方向，怎么能担此重任，觉得小弟守根担任司职才是明智的选择，有益家业的发展。守根做豆腐还要去卖豆腐，头脑聪明、手脚勤快、言语伶俐。其实，守义这么想也就是一个托词，自己具有守根的一切优点，而且还老成持重，认为老人是过于袒护，才会让一个偌大的家业由一个老实巴交人来掌管。以后，自己的前途在哪里，何时才能自家门户独立。于是，这汉子顾不得传统上的束缚，也顾不得街坊邻居杂言闲话，向爹娘提出另立锅灶的要求。一次不同意，二次便哭诉，三次有了答应分了自己那份财产，带着怀孕的妻子与两个儿子和一个女儿离开东门老屋去到西门找着地方落下新户。由此，一个大家庭为这事情闹得不欢而散。负了气地出走，心中落来些怨尤，到底有些隔阂。也是，相见不如想念，除了祖母去世他领着妻儿老小回去守灵尽孝了几天，多少年就一直没回去看过爹娘。后来，光阴磨砺了性格，岁月平添了思念的亲情，守义才带着妻儿回了老屋，看着爹娘老迈的容颜，内心涌起了悲伤，总觉得耽搁了赡养老人的时光。人的善良，就是能顾及亲人和他人。能力者，施行善事；无能力者，心生善念。

说实在的，世道有变化之势，老百姓有生活之法。守义一番豪情万丈地离开家要去新地方撑起属于自己的家业，怎么说都是不容易的事情。自古道，万事开头难。第一次做豆腐来卖没有人来买，只能自产自销，一家子吃得豆腐都有了酸味。第二次不敢做多，卖不脱只好赔笑脸降低价钱或送人当拉拢买主。好在豆腐是家常菜，花钱不多，吃得热和。况且做出来的豆腐厚道，时间久了，渐便才见有人来光顾，只是打算盘看账目，进出还是亏本，没办法与老婆商量，妇人孩子在家看店，自己挑豆腐担子去街上跑摊。一天中午，守义挑担来到御河桥边，当时又累又饿，看见路旁有一饭摊子，过去瞅着一位大姐卖牙牙饭，问过价钱，有一番啰唣。他拿出了五文铜钱，那位大姐很快给他盛了一牙饭一碗烧豆腐来。他饿极了，一口气吃了大半，觉着肚皮有些饱感才缓过神来，吁声叨咕出一句话，说自己做豆腐吃豆腐没想到饿在途中还是吃豆腐。不过，这顿豆腐真的吃得香。也是事情奇巧，他今儿这般小声地自言自语,却被卖饭的大姐听得清楚,便过来与他说话。这大姐是摆饭摊的,一样菜就是烧豆腐。只因长期购货的那家豆腐店老板近来有事耽搁了些日子,这几天正为买豆腐做菜的事操心,所以两人说的话也就是豆腐。大姐说大哥卖豆腐的,可是帮别人家卖豆腐?守义笑笑说豆腐是自己家里做的,只是小店刚开张不久没啥买主,也就挑担卖些。说话时去看大姐,妇人长得一般好看,就是脸上有几点雀斑。大姐听过话,倒没在意他的瞅瞧,自个去了豆腐挑子,见豆腐细白厚道,用手指压了一下觉得实在,才又回到守义身旁问大哥的豆腐多少钱一厢。守义刚才瞅着妇人多瞧了几眼,有些不好意思,便去看了四周,见吃饭的人不少,陆续还有来的,大多是拉黄包车的还有与他一般挑担的,也有几个穿布长衫的,大概是教书的先生。这时听着大姐问话,便回答豆腐十文铜钱一厢。妇人正要说话,一个穿布长衫的顾客吃完饭用手抹嘴后向老板娘说还要一牙饭一碗豆腐带走。妇人听着忙去操劳,回过来对守义说教书先生辛苦,赊着账吃饭还不忘家里人。接着,两人又说起豆腐的买卖。大姐对守义说可以长期订购他的豆腐,一天三十厢,天天不能间断,一厢豆腐还是十文铜板。晓得大哥是新店新开张,互不赊账,一手交货一手拿钱。守义觉得大姐爽快,心里默了一下,算出有些薄利就便答应了。这下,二人谈拢了买卖随即互相报了姓氏,知道了大姐姓陈,在家排行第三。守义便叫她陈三姐,约定好饭摊处就是以后交货的地方。陈三姐是个性子耿直的人,晓得了守义的姓氏与豆腐铺子的地址,对他不再大哥地叫了，直呼张豆腐，还请他明日早早送豆腐来，不要耽误自己做牙牙饭的生意。守义想着自己五个一文的铜板吃顿饭就谈妥一桩生意，便想快些回家说喜讯，心里一团高兴，要把挑子里剩下的几厢豆腐送妇人。陈三姐不肯受这份人情，说什么也不要。守义只得挑担子启程，脚下如生风般快捷。

可以这么说，活人真的有些诀窍，而这些诀窍也得靠自身的运气。刚才守义还在为挑子里的豆腐怎么卖出去发愁满街打转，此刻却满心欢喜不亦乐乎。这样，他挑着豆腐担子回屋时，妻子娃儿向着他愣神。豆腐没有卖完就回了家来，他还高兴得想笑？守义稳起，要学评书里说得玄乎卖个破绽，不去理会众人的看望，径直去到灶边端壶倒水喝。大儿子去翻豆腐挑子，以为老汉捡到了什么宝贝，瞧一瞧空空如也，就剩着几坨没卖出去的豆腐，抬头去看着老爹，不知他高兴什么。看着丈夫去凳子上坐下来，妻子才问他怎么回事，豆腐没卖完神情还这副兴致。守义笑笑对妻子说以后自己不再挑担子沿街去卖豆腐了。妻子问他为什么。他说豆腐不好卖，风吹人冷四处转。妻子听着话面相难过起来，说如是这样，以后这个家咋办。那十三岁的大儿子去挑起担子说娘亲莫要伤心，今后孩儿去卖豆腐。守义瞧着这情景才知道自己的破绽卖大了，连忙说出了自己今天的境遇。妇人听丈夫说过事情，不由咋舌一下，随即念了一声阿弥陀佛，说了一句话，做人提脚，老天指路。守义听了老婆的话想了一会儿觉着受用，乐呵呵笑起来，称赞妻子今天讲了文绉绉的句子。大儿子爱听评书，写不来字，满脑子评书文化，见着爹娘说笑便来凑热闹，说老爹今天出门遇贵人，就像薛平贵遇王宝钏。守义听着话呸了一声说儿子乱比较，自己是一个做豆腐的，怎么能攀上将军的光彩。现在是一九一七年，不剪辫子都不敢出门，你娃儿懂个啥，往后可不要乱说乱比方，免得被人抄了去还不知道是怎么回事。嗨呵，快去撮三升黄豆来泡起，今天晚上还要赶夜功哩。大儿子知趣，听着老爹呵斥没见着他老人家怄气，心里放宽下来，自然做活路跑得飞快。妇人看见问丈夫，三升豆子够么？他想了一下后，扬起声音朝儿子呼着多撮一升备用，看见儿子向他摇摆了一下身体点头答应了，才去朝着妻子说自己想到是头一次，弄掐点儿稳当。妇人听丈夫的话有道理，也不再啰唆。守义说自己吃过饭了，现在去睡一觉，晚上好推磨子哩。还对老婆说等大娃子泡好豆子也让他睡一觉，晚上好帮着推磨。说过话看着妻子大着肚子，一双小脚做起事来艰难，便劝她也要好生休息，晚上还要站在磨子边掺豆子哩。妇人说自己不出气力，知得分寸。正说着，那十岁大的二儿子带着五岁大的妹子回家来。这两兄妹年龄相隔太大，中间有着一个女孩一个男孩，只因出麻子的时候敞了风找郎中无法医治而殁。所以，那时社会医药落后还在中草药阶段，患天花、生水痘、出麻子都是孩子的坎，医治得过来才便有命活人。无可奈何，夫妻俩难过了好久。这时，二儿子带了妹子一上午回家来吃午饭，见老爹去里屋睡觉，便向娘亲说在街口上看着了外国人，蓝眼睛大鼻子，叽里呱啦说的话听不懂，许多人觉得稀奇，都去围观着看热闹。妇人听了后叮咛儿子带着妹子千万不能去挤热闹。二儿子怕大声说话让老汉听到了挨骂吃不成午饭，告诉娘亲是妹子犟着要去的，自己不敢走拢，牵着妹子的手远远地瞧。妇人白了儿子一眼，说声去，饭在锅里热着哩。二儿子如听天籁之声，连忙拉着妹子去灶边。就在这时，突然听着老爹喊站住的声音。这孩子吓了一跳，以为自己什么地方惹了老爹讨嫌，赶忙站住。原来，守义刚躺上床，突的想起一事，起身出了屋来。二儿子见老爹从口袋里掏出一个铜板来了，又猜不出意思，直到听得吩咐才明白过来，要自己吃过饭后去街口找书簿老儿，一个铜板是订金，明日下午请他来写三个字。二儿子去接过老汉手里给的铜板，这才装起不慌不忙的样子去灶头上揭开锅盖端饭吃，妹子一小碗，自己一大碗，一碗小葱炒豆腐。兄妹俩走街串巷地耍了一上午，回到家肚皮早就饿了，吃起饭来香喷喷的。妇人看了一眼，叮嘱女儿吃慢点，女孩正在大快朵颐却不停当。妇人怕自己催急了反而让娃儿呛着，便不再管她，去瞧着了丈夫问请书簿老儿做甚。守义冲着妻子眯眯一笑，说自己回来的路上走得快脑子里也想得快，那陈三姐之前对我左一个大哥右一个大哥地喊，谈好生意了就喊我张豆腐，一路回家来就想这个问题，现在想通了。妇人听他把话绕来绕去半天没说出名堂，便笑他啰唆。他说不是自己啰唆，事情得有个来龙去脉。当初开店时，请书簿老儿写了诚实豆腐的店招，这时仔细想来，觉得有些自说自唱的意思。其实，一个人诚不诚实是得由别人来说的，自个儿说自己诚实，能拿出什么来证明呢？他人又怎么来相信呢？况且是做生意，难不成不赚钱吗，想起来都有些心口不一。妇人听到这里笑起来，说丈夫今天扭捏，说了许多的话就如南方人下面调味道半天端不到桌上来。他听着话也笑起来，说自己这就去下面，接着告诉妻子自己想做的事情就是把店招改写成张豆腐。妇人拿眼瞧住了他，不笑也不作声。守义说陈三姐叫他时就有了些影儿，张是自己的姓，自己是做豆腐的。啊，张豆腐，嘻嘻，张豆腐，这名称好，回来了自己原始的面目，不造情又不自卑，不哗众又通俗，实际又好称呼。妇人听着又笑了起来，笑他一个简单的事儿故意弄舌掉文说一大堆的话。守义问妻子自己的想法好不好，实用不实用。妇人说你当着家便是你做主，自然说了就算。说到这里，妇人收住笑容去看着丈夫又问怎么今天不请书簿老儿写店招而要待到明天下午。守义听着话笑了，告诉妻子这样做是要讨吉利讨有趣。妇人是了解丈夫的，所以明白丈夫心头想的什么。因为，这事情还有等一天的过程。今天做好豆腐，明天打早给陈三姐送去，双方守承诺生意才能继续。所以，这是心情上的企图，有一份担心在里面，怕所做的事情中途遇到麻烦。是故，祈盼在心中默默，怎么好去说破，怕说出来泄了天机，该成的事情不成。说实在的，这样的事儿，许多人都遇到过，做事在人，成事在天，事情上忙忙碌碌面对也就得了。妇人知道，若是事情颠倒一下，自家的豆腐生意好做，丈夫便没有在这事情上要讨吉利讨有趣的话了。

二

　　当然，妇人这样想，倒也真实，这心情上的一寸光阴，暗示着猜不透的人生。好笑呀，众生颠倒又颠倒众生，才有这般乖张。总之，夫妻俩繁衍后代经过了些岁月，就如上山的樵夫，晓得些生活的路数。于此，两人相信生活上的自然，该敬畏的敬畏，该避讳的避讳，劳累的人儿在贫困间舞蹈，脚下踢踏着步子过活，想得少做得多，烦恼来了愁一阵，累了睡一觉，天亮又是新的一天。这夜子时，一家子点着油灯忙起来。妇人掺豆子，男人推磨，先是那十岁的二儿子帮着父亲，待要到了丑时大儿子来替换，二小子才睁不开眼地去摸着床上睡了，接着仨人忙了一个多时辰，直到豆子推完，妇人才去歇息。留下父子俩去操作，先是用麻线筛网过滤豆浆筛出豆渣，紧接着去熬制筛过渣的豆浆。儿子去烧柴火，老爹站在蛮耳子锅前用搅棍时不时去兜锅底搅和，看着火候到了下泹水和匀叫儿子烧把柴火焖着，瞧着浆汁敛卤时舀在布了纱布的木厢格子里，舀满后抄纱布搭住盖上木板，放石块压榨。这当口打不得晃，儿子焖好柴火便要来给老子做下手，一点儿都不敢散漫。如此这般，父子俩去熬制过了三锅豆浆，两人才歇气一阵，估摸着豆腐成型，便起身动手去撤了木厢格子让豆腐在水缸里漂起。这时天要见亮，他去整理挑子装豆腐，儿子便去收拾锅灶，待到事情弄顺，儿子才去睡觉，他挑起豆腐担子出家门。这一天，天下冬至，寒风起始地平线，南方树凋水凝，北方霜雪堆白。他挑着担儿走了一阵路，觉得冷风不只吹着脸，还从旧薄袄的下摆吹着肚皮，吹得人直打哆嗦，没奈何只好歇下来，去挑筐里摸出几根垫草，搓成草绳系在腰间系紧，继续挑担前行，一路甩手甩脚使劲，赶到陈三姐饭摊才感到身体有汗，放下挑子一看四周无人，望天色曙光露在云端，就便等着了。过了一会，自己觉得又冷又饿，只好来回走着跺脚驱寒，心里有了些事情上的忐忑，生怕这桩豆腐生意搞不成。大约在他东想西想过得有一炷香的时候，看见陈三姐走了过来。他顿时高兴起来想招手，可又感到自己不应该这么外露，得稳重面貌才妥当，便立着身子朝望方向，满脸笑微微地表现友好。陈三姐走近了打声招呼，问他来了多长时间。他说有半个时辰。陈三姐说让他久等了，接着去看了豆腐，觉得满意了请他挑起担儿跟着走。两人也不再搭话，一前一后走了一袋烟的工夫到了一条小巷当口处的一间小屋前停下来。他看见屋檐下放着一张小方桌，小方桌上放着一个大筲箕，陈三姐请他把豆腐放到筲箕里去。他听支派，去从竹筐里端出一个木板又一个木板，一个木板上放着四厢豆腐。他把豆腐放到筲箕里时，陈三姐在一旁过目点数，待到三十厢豆腐装进筲箕，陈三姐便去数铜板，他便去把盛豆腐的木板叠成两叠放进竹筐。陈三姐数好铜板请他过目，他数清楚后装进口袋。陈三姐请他明日挑了豆腐还是在饭摊处等候，他这才点头说是挑了竹筐离开。不过，他注意到，在他走过了巷口陈三姐才开门进屋。一路上他就想这个问题，为什么不把豆腐挑到屋前而要挑到饭摊等候，走了两条街才明白过来，这是避讳，妇人家怕闲言闲话。

就在守义等待陈三姐的时候，守义的老婆在家一觉睡醒了过来。妇人看了一眼在熟睡中的女儿，便自个儿轻手轻脚去穿衣服。有一件事耽误时间，就是用一条长长的白布去裹自己的一双小脚。有时，妇人裹着脚会生出一个念头，便想去给五岁的女儿裹脚。一天，她把自己的想法告诉了丈夫，可丈夫不愿女儿裹脚受痛便不同意，说现在不是清朝了，男子都剪了辫子，你看见还有几户人家的女子在裹脚？妇人说男儿去读书，读书求功名，女子去裹脚，裹小脚好嫁人。丈夫笑她，说她都晓得小时候裹脚痛得恼火，怎么要去对女儿施威，何况我们是劳动人家，女孩家也是要做事情的，我不赞成，以后你不要再说这样的话。妇人不好去犯丈夫的意思，也就不再说这般话，只是裹脚对她来说有很多的故事，会引起她许多的念想，不过，也就是想想而已，想过了就过去了。这便，妇人裹好脚后去到锅灶边烧火煮饭，等着灶前吊着的陶壶里的水热了，才去灶膛里架好柴火后起身拿来木盆倒水洗漱。这段时间是忙碌的，早上煮的是稀饭，妇人一边洗漱还要去灶膛里添柴火，一双小脚走来走去，也是累人，好在天长日久成了习惯，倒也随了人事。妇人洗漱完毕，便去理了几根小葱淘净切细，接着去捞了一碗泡菜切碎，随即又去舀了一碗豆渣，准备就绪后，去揭开锅盖看稀饭煮好，便去熄了火，又接着拿来平常装豆浆的木桶洗干净后去把锅里的稀饭舀在了桶里。这下她要炒菜，便呼儿起床。那小儿子往常是醒了的自然醒了，起来拿碗去水缸舀水漱了几口嘴，再提木盆去陶壶里倒水洗脸。这时，妇人已给女儿穿好衣服，便叫小儿子看顾他妹子洗漱。大儿子忙过了三更才睡，此刻正鼾声里做梦，妇人便不唤他，自己去锅边炒菜。锅里先放一点清油，再放一撮盐，接着放豆渣锅铲炒几下撒点葱花起锅分成两份，之后，掺水用竹刷把洗锅，又在锅里放一点清油，放一撮盐，放下泡菜锅铲炒几下撒点葱花起锅分成两份，便叫儿子来端菜上桌。小儿子懂得起，两样菜各端了一份，看着娘亲舀饭，欢喜得跑了一趟又一趟。直到灶上的事收拾停当，大家围桌坐凳吃饭起来。妇人想着丈夫的生意，吃了一碗饭便不吃了，起身去开铺板门。小儿子看着娘亲做事累人，放下碗去帮忙，等着做完事才又回到桌边继续吃饭，留下妇人在铺里经营买卖。不知咋的，今天生意好，买主接着来，水缸里的豆腐捞出一厢卖一厢，没到小晌午豆腐售尽，只得劝买主明天再来。妇人叫小儿子去搊铺板关门。小儿子听话，上好了铺板门便带着妹子出去玩耍。这一趟溜达，差不多要挨到中午的时候才回家吃饭。妇人看着两兄妹出家门，这才自己拿出针线缝做，等着丈夫回来诉说今天豆腐好卖的行情。这时大儿子起床来洗漱，妇人见着便吩咐儿子吃过饭去寻他老爹。大儿子刚端着碗喝了一口稀饭，听了话问娘亲做啥。妇人说你老爹天没见亮就挑担出门，这时候了还没归来。大儿子撮了些泡菜吃又吞了一口稀饭下肚，才拖长声音问老爹去的方向。妇人告诉儿子，你老爹说过御河边。大儿子想御河边，围着皇城是半圈，走路要走大半天，该到哪里去寻。这大孩子起床来就想着茶铺上午有一趟评书，便要去茶铺墙边站着听。为啥要站着墙边听，因为可以一个子儿都不出，人则可有所闻而受其乐。这时听了娘亲的话，只得去顺着了意思，说吃过饭就去寻。

其实，妇人的丈夫此时正在王卖肉的铺子前徘徊。说句实话，冉冉时光，他家已经很久没沾过油汤肉味。今天口袋里有钱，心思就有些活泛，想买点猪肉回去滋润一家子，可又想到了日后的经营，有些犯犹豫不能定夺。那王卖肉见他在店前迟疑，把挂着的肉瞅来瞅去就是不肯下手，猜他是个真买主，便想做他的买卖。开个玩笑，说有一方前胛连着槽头的肉可以便宜些卖给他，并取下那块肉与他瞧。守义看着那块肉膘头厚，心想炒回锅肉油气重便也喜欢，问卖肉的多少钱？王卖肉竖起一个巴掌翻一下起四个指头说九十文钱。守义摇摇头，说贵了。王卖肉说这坨肉有三斤多重，价钱上已是优惠你了。守义想着买了这块肉要花脱口袋里不少的钱，向着王卖肉又一阵摇头说不买了。王卖肉刨出几根骨头说买了这块肉，这两根猪骨头送你熬汤。守义瞧着骨头上的肉剔得干干净净，摆摆头就要走人。王卖肉急了，问他愿出多少钱。守义想了一下，伸出手掌翻了一下又伸出两根手指。王卖肉说添十文钱拿去。守义去荷包里摸钱，不经意溜落了一个银圆在地上，连忙躬身去捡起来要揣荷包。王卖肉看得把细，把肉挂秤上有三斤七两，说大哥赚了。接着喔了一声，说大哥呐，我既然买卖上打了你让手，你可把刚才落地上的银毫子付我钱。他听了话呵呵一

308 | 过　往

笑，说我有铜板付你钱，为啥要把银毫子与你。说过话，拿出一把铜钱，五文钱的数了十枚，两文钱的数了十枚，接着又去荷包里翻找，数了十枚一文钱铜板递给王卖肉，清讫完毕后把骨头放在竹筐里把肉挂在挑子前头，欢欢喜喜走了去。常言说得好，欺头好吃，窝囊气难受。什么是欺头呢，就是占了便宜的意思。一个评书老儿说书时问听众，天下什么东西好吃，众人各说不一后去瞧着了评书老儿，老叟说欺头好吃。大家想一阵，觉得可到心坎上去了。守义那天也在听评书，感受到了言语上的舒服。可今天，他感受到了言语与事实结合在一起的舒服更不一般。喜滋滋地走了几条街，他脑子里爬上一个念头，去猜想王卖肉今天舒服不舒服。想着王卖肉把槽头肉连着了一点儿前胛肉卖给了自己决没有亏本，说不定还是要了个花招使了激将法，只不过自己花铜板买了肉还买到了自己想要的斤两还有一堆相送的骨头，如是去其他肉铺摊肯定是买不到的。想到此处，他不由暗自笑了起来，还嘀咕了一句，周瑜打黄盖，两相情愿的事。这样，他一路想来一路走，差不多时候来到住家巷口，老远看见自家的豆腐店铺板门关着，心里一惊脑子里先前想着的好处如前浪被后浪拍散，急着脚步回家，见着妻子坐在门里边处缝针线，便问怎么这样早就关了铺子。妇人朝他笑着，说今儿做的豆腐早都卖光了，不关了铺子别人来买豆腐拿什么来卖给他。守义听着话愣了一下，接着才呵呵笑出声来。妇人见丈夫一急一咋又愣又笑的样子，问他做什么古怪不定的，还买了肉回家。守义告诉妻子肉是先买的，只是走到巷子口看见关着铺子不知怎么回事,听着说豆腐卖完倒是出乎意外,想过来觉得今天好兆头定要喝杯酒。妇人笑他绕话答意,起身去提肉,问他是中午喝酒还是晚上喝酒。他想了想说中午吃,吃过了睡一觉,晚上好多推些豆腐。妇人去把肉放在灶头上,又把锅里热着的饭菜端上桌将就他吃饭,接着出门站在屋檐下连声呼唤二儿子,呼了一阵没有回应,倒把邻家六岁娃儿小顺子唤了过来,见着大娘着急便帮忙去找寻。妇人回屋里见丈夫吃过饭已睡觉去了,便去灶上烧火煮肉,一会儿,二儿子牵着妹子回家,闻着锅里热气在屋子里荡漾着肉香,不由得精神为之一振,身体上来了干劲,问娘亲有什么事要做。

妇人起身摸出十文钱递给儿子,吩咐着拿了筲箕去菜摊买五斤萝卜煮肉汤,买一斤蒜苗烩肉。儿子听了话说声妈妈吔,冬天里哪有蒜苗卖。妇人暗自一笑说忘了季节,接着吩咐去买一斤韭菜,没有韭菜就买半斤葱。儿子听话急就去拿筲箕,刚转身被娘亲喊住,吩咐拿着一个碗去,买了菜顺便买点中江甜酱郫县豆瓣德阳酱油回来好烩肉,剩下的钱交回来。儿子想着要吃肉,浑身都来劲,问就这些了吗。妇人说就这些了,快去快回。儿子如得令一般,去拿了筲箕拿了一个碗一溜烟跑出家门。这孩子是做家务的能手,也是平时家里零星购物的买办,出了门就晓得去的方向,一路小跑去到李卖菜的挑子摊前,花三文钱买了五斤萝卜,花三文钱买了一斤韭菜还要李卖菜白搭了两根葱,这才去到陶酱园铺柜台前,花一文钱买了一挑板甜酱,二挑板豆瓣小半提笪酱油回家。进屋来看见娘亲把煮过的肉放在菜板上,过去嗅嗅,热气腾腾的香,眼看着肉的堆头有些分量,不由心上欢喜肚里难受,恨不得吞上一口才快意哩。妇人正在淘米,见着儿子这般瞅吣,便打招呼肉还没有煮好。这孩子听娘说话大声,怕惊动了吃过饭正睡觉的老爹,要是老人家醒过来高兴还好,若是惹恼怒了,轻者罚站,重者罚跪,弄不好中午这顿饕餮大餐就只有看望的份。这事有前者之经历,三年前哥儿就是看到有肉吃欢喜。哪知,欢喜得鸟儿打破蛋,菜板上用手捞了两片肉来吃被老爹看见罚站。大家吃饭时他就在一旁站着观风景,看得泪水泡在眼眶里。那顿饭守义是把老丈人岳母娘请来吃饭的,还是外公外婆瞧着孙儿哭的样子不忍心劝着女婿罢了罚,哥儿到了方桌前,瞅着碗里的肉被众人稀里哗啦吃了一半,忍不住大哭起来。他老爹看着还要再罚,外婆劝住了,夹了些肉在哥儿碗里才算了事。想想,这事对孩子的影响有多大,一个印象留在脑子里,要是还不谨慎,不是自讨麻烦。于是,悄声默息去把剩的三文钱交给娘亲,把打酱的碗放桌上,又赶紧去洗菜,之后便去灶前烧火。

三

妇人想着丈夫要喝酒,油酥了一碗黄豆,待到要炒回锅肉时去摸出十二文钱,要儿子去干杂铺打三两散装崃山春酒,顺便把哥儿喊回来。二儿子说大哥找爹在路上,哪里去寻得。妇人说你大哥出门去找了半天没回来,一定是去了爱去的地方。

二儿子听话，晓得大哥爱去马家茶铺站墙角听书，出了门就奔那个方向。果然，走拢一看，大哥站在门墙边的旮旯头，神情专注地透过木格窗缝朝里瞅，还张着嘴笑微微的，遇着人从身边走过也就挪挪脚步，一点儿不受干扰。这小兄弟担心大声呼唤会招来旁人的注意，便悄悄来到大哥身后，用手碰了碰哥儿的手臂，附耳说妈就要炒肉了，叫我喊你回去。这大孩子先不相信，转过头见兄弟拿着酒壶，这才相信了。也是有趣，说书人正讲着明末清初洪承畴在大牢里不吃不喝要绝食，正襟危坐时房梁上的灰尘掉下落在身上被他用手弹去，不想被清朝第一妇人目睹做了判断，说此人爱惜自己衣服都如此，绝不可能要去了断自个的性命。讲到这，就听桌上敲了三声响后，说书人嘴里出言，要知以后，且听下回分解。当哥的听着，拉着兄弟飞快就跑。两人一同去干杂铺打了酒，然后欢天喜地回家。到了门口，大哥突然有了主意，要兄弟先进屋去，自己随后进来。兄弟知道哥儿的想法，灵犀剔透也不说破，自己径直前行。进屋看见娘亲正把炒好的菜端上桌，妹子围着桌子坐得规规矩矩地瞅着菜闻着香气袅袅，便去把酒壶放桌上，正要说话，回头一瞧老爹在灶头角处洗漱，就噤住了声音。妇人问他找着你哥也无？二儿子进屋后就一直想着了怎样来答应，担心直说对哥儿不利，又怕说谎被问出连累自己，真的在困惑间徘徊。就在这时，大孩子走进屋来叫声娘，还做出一副有点累的样子，使得小兄弟瞧着肚里好笑。妇人看出端倪，只是不忍心说出来，瞅了瞅两人便叫去收拾一下准备吃饭。

两兄弟俩知道行藏已被瞧出了破绽,自是悄悄在屋里踅了几个来回,过来看见娘亲在给大家舀饭,各自忙去端了饭上桌,抬头一看桌上摆了三碗回锅肉、一碗酥黄豆、一大陶盆肉汤煮萝卜,心里欢喜就端端正正去坐凳上。这家人做事守着自家的规矩,如是请客吃饭,男女是不能同桌的,规整点的都有桌子放饭菜,有时简慢就用一块榫卯方木板搭个台子便是女人的饭桌。还有,就是男娃儿有时也不能随老子一桌,弄不好就被赶去围在女人桌边,这得大人来安排。当然,若是平常,一家人就随便了,也就回归了自然。菜端上桌,各自不分先后地去舀饭吃。要是一顿饭有好菜,便有了些讲究。今天有肉吃,这两兄弟坐上凳子不说话,一家人都静静地等着,直看着老爹来坐在了凳上,就盼他老人家呷酒吃菜,众人也好举筷跟进。可是,守义有个习惯,吃豆渣菜端饭上桌就呷,如是有点好菜吃,便会稳住情绪说点事来韵个味。今天这顿饭,守义先讲了家里的形势,接着讲了今天这顿肉菜的来由,跟着再讲自己的展望。接着,对大儿子说吃过饭后去多泡一升豆子。大儿子听着直是点头。守义见儿子明白了自己的意思,才去看着妻子说这生意的事还是摸着石头过河的好,明天生意好了再添些豆子斤两。妇人说你管理着这个家,你说提棍打贼,家里人没有敢不拿棒的。守义开心地笑了,说妻子话讲得话丑理端。接着,他对二儿子说吃过饭收拾归一,去看书薄老儿把店招写好没。二儿子听着点头,心里望着老爹快些喝酒。守义不着急,看着小女儿问今天吃肉高兴不高兴?小女儿学她两个哥哥,不说话直是点头。这下，守义才端酒杯喝了酒，用手抹了下嘴，去拿筷子夹菜吃。众人看着他吃了菜，这才端碗吃饭。也是，桌上摆放三碗肉是讲规矩的，父亲面前的一碗肉、一碗油酥黄豆是老人家单独享受的，两个男孩面前放了一碗肉，碗里的肉多一些，妇人与女儿面前放了一碗肉，碗里的肉少一些。开始，两兄弟端碗吃饭心里各有意思，恨不能一碗肉就倒在自己碗里，可老爹在一旁吃酒，害怕动作过分了讨骂，要是弄去一旁罚站，那滋味不好受，说不定自己到嘴的肉会少吃几片。是般，两人有礼有性筷子上较劲，如农人打连盖一般快当，等到菜碗里的肉要见底便慢了下来。这有点意思，眼睛就瞅着桌上的菜碗等望头。什么是望头呢？这是一句俗语，意思是事情上想他人给点好处。两兄弟吃饭慢下来，是想娘亲看着了夹些菜来，还有就是老爹酒足饭饱后剩些菜两人分吃了快乐。总之，一家子觉得生存上有了前途，这顿饭吃得展眉开颜的。

也是，就在守义的豆腐店生意渐好，一家人日子有些好过的时候，老屋那边传来消息，守义的父亲病得膏肓。原来做豆腐是个晚睡早起的活路，分家之后，守义的老爹心里有气郁积心中，人时常不舒服。过了几年，一天推磨子受热，脱了外衣吹了风，开始是咳嗽，去草药铺抓了几服药吃不见好转，抵不住浑身无力就躺下了，过些日子越发严重起来，咳嗽出来的痰里见血。请了郎中老儿来诊治，吃了几服草药不见好转，反而大便里也见血色。老郎中见状告诉家里人不是药不好，是病人心里郁结沉疴散解不开，还抱歉让家里人去另请高明。可想,这家人听了话该是如何的惊慌。大哥守仁听了郎中老儿的话,晓得老爹是不行了,急忙跑来告诉兄弟。可怜,守义听着消息如雷贯耳,头上像挨了一锤打到心里去了,脑子一急肚子里泄了一股气一屁股跌坐地上眯着眼牙根咬紧半天缓不过,慌得大哥守仁在一旁惊慌失措,眨眼挠腮没办法。守义的老婆见状连忙去呼来隔壁居士帮助,掐了一阵人中泼了一碗冷水才慢悠悠醒过神来,嘴里嘀咕着旁人听不懂的话。隔壁居士见过阵仗,抬手臂在他脸上拍响一巴掌,他喷出一口玄痰,人也安静了。守仁见兄弟缓过来,说家里有事忙,即便走了。过了一会儿,守义对妻子说要去看老爹。妇人知道这事耽搁不得,吩咐二儿子与他同往。这样,守义在二儿子的搀扶下摇摇晃晃从西门去东门走了近半个多时辰回到老屋,走拢就看到守仁和守根还有守芹和守萍都在家里。老母亲看着他进屋,什么话没说就直抹眼泪,守仁正把熬好的汤药倒进碗里,兄弟仨就一起去父亲屋里。走到门口,就听着父亲呻唤,接着啊了一声,守仁跑得快,一下子进屋去了。他和兄弟跟在后面奔进屋里,就看见大哥拿布抹着父亲嘴角上的血渍。老头子看见他进屋,一只手就去床上乱抓,喉咙里吼噜噜有什么话要说,结果涌出一口血沫,人便飘失了气力瘫在了床上,一双眼瞪着他不动,瞳孔里的光慢慢收缩。守义见着慌了神,连忙去床前跪下,嘴里不停地说爹爹呀,孩儿来晚了,爹爹呀,孩儿来晚了。他娘亲看着事情不妙,说跪着哭有什么用,还不快些去请了郎中来。守义听了话急忙起身跑去巷尾院子请郎中。那郎中老儿晓得他爹的

| 慈 家 | 315

病情，要他去另请高明，说过话便不再理他。守义想着事情紧急，便也顾不到那么多了，双膝一软扑通一声跪了下去，拱手作揖不迭说救人救急，老先生慈悲心肠，务求去诊治小人的父亲，要不然，我跪在这里生根都不起来。老郎中见他这般模样，摇头叹口气说我已给你老爹诊治过了，哎，已是病入膏肓，老夫也是束手无策。守义听着话急得不得了，眼泪花都出来了，说老先生是个好人，我娘亲说远水救不了近火，务必请先生移尊前往。郎中被他请不过，说你起来先回去，我随后拿了药囊就去你家。守义听了话不敢打岔，只得各自起身站到一旁张望，瞅着老先生出门才又随在了身后。守仁老远望见郎中来了，就忙回屋里抬了凳子放在床前，听着脚步声过来，忙去捞起门帘恭迎。老郎中去床前凳上坐下，见他老爹睁着两眼无气息，忙拿出诊垫去抓过一只手放上面摸一阵无脉，紧接着去抓过另一只手放上面摸一阵无脉，去捏十个手指冰凉一片，又去瞧了瞧两眼瞳仁放大散了神光，晓得人已死去，便用手去把那睁着的眼皮抹得合上，起身来对三兄弟说你家老爹过世去了。

守仁听了郎中的话眼里就断线般流泪，用手去抹都抹不住。老郎中说节哀顺变，说过话就要走人。守仁奉上诊金两个五文铜板。郎中说都是邻居，这事情上肯定要相助的，把诊金再三推过坚决不收，守仁便陪送郎中出屋。两人刚出门，老妇人瞧着两人面貌神色不对，才听郎中说节哀两个字，心里一急眼泪流了出来，朝着屋里奔去，到了床前伏在丈夫的身体哭说老头子你怎么走了,怎么丢下我一个人过活,以后我又怎么办啊,哭得个声嘶力竭的不起来。女儿守芹和守萍跟着娘亲身后跑进屋,听着娘亲凄惨的哭诉,忍不住去跪在床边抹泪痛哭。守义在郎中替父亲摸脉时就在旁边,听着郎中说父亲去世便伤心难过地流下了眼泪,看着母亲哭喊着去父亲身上伏着不起,他和兄弟去扶娘亲,可娘亲推开了他们。他与兄弟便去跪在了母亲身后,扑簌簌地伤心落泪。过一阵,他才吩咐二儿子回家去报丧,要儿子的妈带着娃儿一起来守孝。二儿子刚要离开,他突然想起了一件事,连忙起身把儿子叫过一边,附耳说了一席话,无非是打点生意上的事。二儿子听着只是点头,过后跑着回了家去。这么,过了几天,忙完了父亲的事情,三兄弟又来商量赡养娘亲的事。说实话,这些天来守义心里一直抛不开一个念头,觉得自己当初不该闹着分家出来,觉得这多年没能守着双亲身边侍奉是自己一生最大的缺憾。呀,子欲孝而亲不待。并且,这句话的意思以前没意识到现在意识到了,心里深深地有了一种愧疚,这种感觉在他心灵上笼罩着了一层阴影。当然,守义曾试图过要去抛开这层罩着他心罩着他人的阴影,可是不论怎么努力都做不到。安葬了父亲后,三兄弟商量,母亲一年在每个儿子家里住四个月。过得有一年,守义与几个熟悉之人在一处讲起了孝字,他便说起了心里的愧疚。一位老夫子说他幸好生在百姓家,若是生在帝王家早就被拉出去砍了。他听了不信,说先生话太没有着落。老夫子要他自己去省悟。他猜不透,悟不着,心里背着个包袱过日子难受。一天,守义去大哥家接娘亲。去的路上他割了一大坨猪肉买了酒，邀约了兄弟守根一同前往。这天，一桌子摆着用豆腐做的好几样菜，大家酒喝到一半时，守义对着大哥守仁和兄弟守根说娘亲年纪大了，这样接来接去的行走不便，以后就由自己长期来奉养娘亲，省了老娘来去的劳行之苦。守仁和守根听了话不干，说这般轮流奉养娘亲好，大家都能行孝敬之事。守义见两人不答应自己的请求，去到女桌吃饭的娘亲面前跪下磕头说娘亲啊，不养儿不知父母恩，孩儿悔不当初，没能好好孝敬你和爹爹，受到了良心的惩罚，这么多年一直生活在内疚与痛苦里，心里受尽折磨，日子过得不容易啊。老妇人听着话抹泪起来，去摸着他的头说我的儿，你怎么这样傻啊，说过话就哽咽得出不来声音。他去伏在老母亲的双膝上号啕起来，许多年的委屈顺着眼泪在此刻源源不断地流淌出来。看到这般场景，一旁的人都热泪盈眶，大哥守仁和兄弟只好成全了他的心愿。

四

张秋芸是守义的小女儿，生在一九二三年九月份，她上头由于又有了一个兄长，自己在家排行老五。在她满月酒上，爹娘特请街上的一位教书先生给女儿取了一个好听的名字秋芸。这女孩子生下来皮肤白净，样子福相，就受着家里人的喜欢。忒是守义本人都时常对老婆唠嗑，说待小女儿满了七岁，就要送去学堂读书。可以这么说，目不识丁的夫妻有这般大胆的想法，一半受了社会办学风气的影响，还有就是出自两个人心上的愿望。而且，这个愿望在有意和无意之间流露出来，传染了儿女们的感觉，一致认为小妹长大后去读书，有了出息大家脸上跟着沾光。当然，小女儿从小就受着这个家庭的影响，在她能做事的时候也便爱劳动，做一些力所能及的事情。这样一来，一家子都喜欢她，把她捧在了手心里。父母慈佑兄弟姊妹爱护，仿佛她今后有个出息都是大家的盼头，把心思与气力和谐一处了，生活辛苦快乐无限。过了几年，守义的生意比以前拓展了几家，除送豆腐与陈三姐饭摊外，还要送豆腐去王砂锅一家，还有要送豆腐去一所孤儿院与一座庙子。如此，自家门前生意也是顾客络绎不绝，过日子的光景比以前灿烂了许多。也是，一个家庭的温饱能够自给自足，那么这家子在为人处世的态度与方法也会改变。这一点不该受到嘲笑，因为家庭与社会的生存不可分离。守义一家生活在社会炮火连天、动荡不安的时期，要忙生计又要顾及安危，的确是不容易。好在大自然有个生活法则，世间事变化无常都有定数，春夏秋冬时间不急不慢。

张秋芸读书到初中毕业时就辍学在家，原因很简单，家里没钱继续供她上学。本来，她央求过爹娘让她去读师专。可是，她老爹不同意，说女孩子能读这么多书在周围邻居间有几个？还告诉女儿为了她读书把她大哥的婚事都挪后了两年。张秋芸听了老爹的话有些难过，为了她大哥也为了自己。可是没办法，只好在家帮着做家务。这期间她二哥结婚三姐嫁人四哥说亲忙下来，她年龄有了二十二岁。这年是一九四四年，守义夫妻想着小女儿到了谈婚论嫁的时候，赶紧托媒人说了一门亲事，嫁给了比她大了七岁的袁本善。袁本善的老爹是卖布的商人，有三个儿子，袁本善是老幺，分过家后在东大街有一处两进带门楼的房子，楼上住人楼下做了铺子。东大街是成都的闹热地带，袁本善有生意日子自然过得比上不足比下有余。成亲那天在盘餐市饭店包了十来桌酒席请客喝酒吃饭收了礼金，还请吹鼓手在屋门前吹吹打打闹了一个时辰，觉得够了风光才息了阵。送走了亲戚朋友，袁本善才上楼揭了新娘盖头欢喜得手舞足蹈，两人上床乐陶陶。回门那天，张豆腐家在陈三姐的豆腐饭店办了两桌饭菜喜庆。张秋芸小时候曾随父亲送豆腐去过陈三姐饭摊，呼陈三姐是陈三娘。陈三娘喜欢小女孩，说她长相可人勤快听话晓得礼貌，有时还要舀一小坨牙牙饭舀一勺烧豆腐招待她吃。可想而知，这女孩会是多么高兴，坐在饭摊的旁边吃着招待餐，望着天上艳阳高照，眼前御河水绿茵茵荡漾着波纹水光，一旁吃饭的人们以为小姑娘是陈老板的亲戚，都笑微微地看着她，这会在孩子的心里留下多么美妙的印象。后来，陈三姐卖牙牙饭攒了些钱，便在饭摊附近的路边上买下一间旧房子做起了饭店生意。起始，还是卖牙牙饭的套路，每天来的食客都是往常的主顾，为的是牙牙饭能多吃一口，烧豆腐能多吃几坨，油气又足，调料有味菜色好看价廉物美能够吃饱肚子。说起来，这也是做吃食生意的窍门，那些顾客就是冲着这些来的。晓得陈三姐在西玉龙街开了饭店，一拨人都来朝贺，这一来饭店名气大噪。陈三姐这时已是五十多岁的人了，脸上有几粒雀斑,再之做好的豆腐撒有些花椒面,使得味道麻辣,食客在背后好心好意称呼她做的菜叫麻婆豆腐。过了些时候,引来了一些新顾客,吃的回数多了,就不想吃大锅烩而想吃盘盘鲜,渐慢兴起了小炒。炒菜都是平常自家做法,放了郫县豆瓣还要放几粒太和豆豉,这其中的奥妙就是吃了碗菜里的豆腐有豆豉下饭。陈三姐是这样想的,一份豆腐有几坨,使筷子的动作稍微快些,两三下碗里的豆腐就吞下肚里,剩下的几粒豆豉就跟碗里的饭有仇似的,不吃个干干净净决不罢手。这路数与饭店炒的回锅肉大致相同,一盘回锅肉放几粒太和豆豉菜味增香,也是吃了盘里的肉有豆豉下饭。这么一来,菜品价廉物美提高了知名度,顾客多了陈三姐先还能应付,久而久之就感到力不从心,只得与家里人商量,请了一个厨师来掌灶。不过,烧豆腐这样菜还是自己主厨,其中有些奥妙之法只能心会不能言传。这般,人有名,树有风,麻婆豆腐也就在了传闻中。也是,人图热闹,尤其成都人,坐在茶铺里喝茶摆龙门阵,说出话来要听的人相信,赌咒发誓在所不惜。总之,喝茶之人喜欢唠嗑见识。老百姓的能说啥呢,也就是眼前看到的事和自己当下的想法,有喜欢说的有喜欢不出声气听他说的。众人你来我往一阵神说,唠起街面上的吃食如数家珍。说过了麻婆豆腐好吃,说过了担担面的味道,又说起城南门一条巷子一家屠宰场,独自揽干负责屠宰牛羊供应附近的居民。为什么供应附近的居民呢,因为这些居民大都是清朝旗人的后裔。那时,城市里的大部分居民不吃牛羊肉。真的,饮食习惯是慢慢来的，就如当初城里人不吃黄鳝泥鳅。是般，屠宰场除供应牛羊肉之外，其他的牛头牛蹄和内脏都弃之不要，丢弃在屠宰场旁边如垃圾一般。不想，一对小夫妻寻找生活之法，捡了牛头牛肚打整干净煮好切片吃，可能在煮的过程简单膻气味重，加了酱油熟油辣子葱花也压不住那股膻气味。没办法，吃之有膻味，弃之有肉，况且食物能果腹，只能慢慢琢磨着怎样来消除此物的膻味。接下来，煮牛头皮和牛肚时多放葱姜，加八角大料，掌握煮的火候。果然膻味少了些。接着，捞起来凉冷后切片吃，膻味又少了些。再接着在调料上丰富材料，膻味又再少了一些。一份拌废片吃在嘴里，还有那么一丁点膻味。也是，这对夫妻本来就在找生活之法，既然把牛头皮和牛肚做到这般味道，两人一通商量，决定在自己屋门前摆一个凉菜摊子。刚开始生意不好，买主很少。小两口不气馁，继续琢磨事体，讲究细节上的操作，秘制了煮牛头皮和牛肚时放一节牛肠子，调料上的一些搭配。买卖上有了价廉物美的思路，认为牛头皮和牛肚没出钱的，花费就在人工和柴火及调料上，应走薄利多销的路子。这样一来，果然有了成效，卖出的废片就大份，调料味重，红油亮色，价钱便宜，买主渐慢多了起来。论及味道，一个美食者说要是吃一份拌废片没一点膻味，怎么知道是吃的牛身上的东西，还建议小夫妻给凉菜摊子取一个名号，这么才师出有名。小两口一琢磨，在摊架子上挂出了夫妻废片的牌子。过得不久，一位儒雅食客买废片时建议改废字为肺字，于是，招牌上改成了夫妻肺片。没想到，改了一个字，店招名称上了一层境界，引来一片商机。小两口卖夫妻肺片赚了钱，后来买了房子开了店铺。南门那家屠宰场晓得牛头牛蹄牛内脏能做出美味来，也不再丢弃而是根据市场行情廉价卖出增加收入。可见，世上的事充满玄机，前事没能等着后来的结果，谁能猜得个透彻。所以，做人本分有良心，做事踏实认真，好心自有好报。

张家请酒这天，陈三姐已是快六十的年纪了，见着从小长大的小女孩成亲后回门就来自己的饭店里请客，心里一根丝地欢喜。也是好人情买卖得乖，顾不得年龄大了，系上围腰去灶上烧了两碗豆腐出来上桌。有见得，从香积厨过来，不是天上珍馐，做出人间一道美味。请客两桌，就便每桌上了一碗，众人去看，碗里豆腐边亮着少许红油，浸润得成块成型的豆腐粉红粉嫩如染胭脂，翠绿颜色切节的蒜苗断生刚熟，撒上一点儿粉粒花椒，热气一烘这碗菜的香味就在空中散开。花椒淡香飘散，接着五味氤氲既至，闻着沁人心脾。大家举箸一尝，豆腐入口鲜烫滑嫩其味顺和，一股馨香就窜到脑门囟去了，让人脸红沁出些汗舒服。有句话如是，花钱不多，吃得饱吃得好吃得高兴，大概说的就是这种成本低做出来美味的佳肴。其实，豆腐家常菜人人会做，但是，要像陈三姐这么简单地就把豆腐菜做得出神入化在这个城市里传扬，真的是难有上其肩背。一个厨子烧豆腐不懂窍门，做出来的豆腐外嫩内涩，一个食客吃了说没烫过心如呷生豆腐。后来去陈三姐饭店吃过了，就连连称赞吃到了好味，豆腐的鲜烫是从里朝外才能感觉滑嫩。从此，这食客家里来了亲戚朋友无论是本地的还是外地的都要去陈三姐饭店吃一碗烧豆腐，众人吃过一般欢喜，回去与人说起菜肴，问吃过麻婆豆腐没，吃过的接话说得绘声绘色，听得那没吃过的人心里就暗暗发誓要去尝鲜。想想大致如此，吃食东西，官都不究，有好吃的能吃，谁肯去忍嘴怠慢自己，你不吃别人也是要吃的。有时，食客会问陈三姐豆腐这般好吃是怎么做的，也好回家去弄弄。陈三姐便会告诉其方法，先锅里烧开水放点盐下豆腐氽烫捞起备用。接着，锅里放油烧辣，放豆瓣煸香炒出红色，放豆豉粒炒转加适量清水熬开，再放氽过水的豆腐，待到豆腐烧开，放酱油不多不少，放一点儿老卤放一些儿蒜苗翻转，勾水豆粉芡起锅装碗撒上花椒粉就好了。那时没有味精，食客问老卤是什么东西。陈三姐说是用猪骨头鸡骨架熬汤出来后封陈起来做的调味品。食客咋舌，说这东西便有些淘神了。陈三姐笑斯，说人生在世，吃东西怕啥麻烦。其实，陈三姐烧烩豆腐还有一法，就是豆腐不氽开水，锅里放油烧辣，放豆瓣炒香煸出红色，放豆豉粒炒转加适量清水熬开，直接下豆腐烧，待起锅时勾三次水豆粉芡，同样，豆腐能烫过心裹香。

  这般，张家的这顿回门酒吃得安逸。临走的时候，陈三姐还祝福小两口今后的日子称心如意白头到老。想想，这是多么美好的人情，小两口心里自是感激。张秋芸的丈夫出生在有钱人家，长大后有个嗜好有个怪癖，嗜好就是打牌总是要赌钱，怪癖就是人高兴了要弄点诗文。这天的遭遇对人有刺激，灵感在酒味里糊涂，当着佳人面本想嚼些诗文出来，可半天酝酿不出句子来，回到家睡到半夜突来情绪，叫醒妻子看着自个儿在床前走了三个半回合，嘴里诵出一段文来，豆腐麻辣味，花生颗粒脆，汉子去游山，常在梦里醉。吟哦过后脸上露扬扬自得神色，回头望着妻子问做得何如。张秋芸笑了，说丈夫做的是顺口溜，意思还叫人听得明白。这汉子晓得妻子是读过书的，听了话也不怄气，还让妻子瞧清楚，自己再去酝酿，说过，便又去床前来回踱步。可惜，想过了古代的旧诗又想过了现代的新诗，耽搁了半天嘴里也没有吟出像样的句子，忍不住灰心丧气回到铺盖窝里躺起，等着妻子过来温存了一阵才缓了心气，两人一场盘桓，闹得风光绮丽了事。只是，这汉子小气，歇过气下来，刚才那做诗的情景又上心头，总想要妻子佩服了人才舒服。接下来几天，便去翻看些平仄韵切的书籍，还去揣摩了一些古人的诗句，就想有些心得体会涌上胸襟，吟唱出文采斑斓的词段，也好摇头晃脑地卖弄。可是，有些事謇也难遣也难，就是吃饱了肚子撑的，鼓足了气力去做也是不容易，过了一段日子，自己也不敢大情怀了。张秋芸早就看出丈夫的行踪，不便揭秘，心中有个愿望，也想丈夫有一天站在自己面前献上一首诗。哎哟，这将是多么美好的事情，在执子之手到了白头时回想起来这将又是多么浪漫的事情。然而，等待中的盼望，时间慢慢把念想空旷。夫妻俩过了几年光阴，张秋芸生了两个儿子，丈夫也没为她做出一首诗来。就在张秋芸又怀上了孩子的时候，丈夫染上痢疾。也是人寿有命，过了些日子，袁本善因病无治而离开了人间。这下，孩子失去了父亲，张秋芸成了寡妇。虽然是守着铺子里有现存的买卖，可孩子太小，又没有帮手，货柜上的物件便卖一件少一件，难有货源的继续，半年下来，一个布店就弄得七零八落不像样子。顾客来买一截布，不是没有料子，要不然就没想要的颜色，时间久了，生意自然萧条。没有办法，只得听从老人的劝说，把铺子和住屋一道卖给了娃儿的大伯，得了现款走人，去东门街买了房子居住，从此退出布匹买卖生意的江湖。这年，张秋芸生下了一个女儿，又多了一张嘴吃饭。本来，张秋芸买了东门街的房子还有些余钱，一家人朴实勤俭地过日子，生活也便过得去。在妇人心里，有什么想头呢，就是盼着儿女长大能挣钱帮衬家里。只是啊，做人有时会心花乱意。张秋芸听说恒生银行存钱利息高，便生动了念头，私下想着钱能生钱总比把钱干搁在家里好。于是，拿着钱存了进去。开始，银行到了时候还能生些利息，可没过多久，市面上用的金圆券贬值，物价飞涨，早上拿着的钱去买一斤米，到了中午一样面额的钱就买不着一斤米了，如是挨至下午米还要涨价，弄得人心惶惶。没奈何，与其他人一样，张秋芸只得去银行把钱连本带息取回。只是这取回的钱能买多少东西呢，谁都说不清楚。有句笑语，说的是驴子驮起去，竹篮提回来，有得些懊恼与伤心。

五

好在是天意，张秋芸当年去银行存钱时，脑子里不知怎么地掠过一丝想法。这与大多数人一样，当一件事要去做时，头脑里总会莫名地生起一些念头，信与不信由着俺。这便，在她把钱上交柜台当儿，她想着了一棵树上可以吊着一个人，但不会是自己，怎么说鸡蛋要放几个篮子里才妥当。也就是这样想着，妇人把本钱留下了一半。当然，她这样做了在回家的路上一直没有心安，总觉得这般做法是不是太胆小了一点。后来，在见到存到银行的钱生出利息来，她真的还有几次冲动，想把那留下的钱再去存进银行。可不知咋的，每当这时便有些不大不小的事情搅扰，会把心情弄得疲惫慵慵提不起精神来，一次次想过也就一次次放下，无所谓耽搁。也是巧，等着市面上物价乱涨的时候，张秋芸用这留下来的钱打前站去买了米盐囤起。她之所以这么做，可能是生活经验的本能使然，也可能是她家生活条件的缘故。因为，秋芸撑着这一个家真的不容易，她整天的想法都在过日子的事上操心。可以这么说，有些事想来不来，有些事想不来就来了。可以这么说，当初她若是把钱全部存进了银行，现在取回金圆券再去买米买盐，又能买得多少呢？这又是怎样的情景呢？说不定一家子会忍饥挨饿。她是母亲，她熟悉孩子们饱饿的眼神，她会为此而开心与难过。所以，张秋芸对生活的想法很简单，人生下来是为了过日子，而过日子就得有粮食。有语焉，民以食为天。如是，张秋芸家的情况她清楚得很，不买点米来囤起，一家人饿着肚子难受。这般，囤够了一家子能吃过半年的大米，她手里攥着从银行取出的金圆券看着米铺子漫天飞涨的米价少了点儿惊慌，倒是心里涌上一个新的念头惹人烦愁。既然手里捏着的钱不值钱了，自己的一个家除了仅有的那点粮食，其他的都不值钱了，今后的日子该怎么过，又该如何来维持生计。其实，张秋芸家的处境也还是可以的了，比起那些有一顿没一顿的家庭好了许多。如是早上起来就揭不开锅，一家子又嗷嗷待哺，这又该是如何的境况。是可此，张秋芸的想法从别人那里转了一圈又回到自己身上，别人家能过自己家也能过，这样一想，张秋芸心里稍微好受了一些。只是，担心这乱腾腾的世面不知何时有个了结，便有了想去找个事做，免得自家坐吃山空日子过得艰难的想法。可是，她想来想去自己除能缝补浆洗煮饭炒菜之外，还能做些什么呢。这样，张秋芸想了几个白天与晚上，终于有了一个主意。这时，她怀里的小女儿已下地走路了，还有点奶水，她便想到了去帮人家带孩子。真所谓，富人榜是富人过甚追求，穷人册是穷人难堪入毂。张秋芸想到自己能找到事做，也就会有些收入，拿着钱跑快些总能买到些食物，家里有些帮添日子过起来不会那么烦愁人。这般想来，心里欢喜，便央托了隔着两条街住相熟的冯大娘放出消息，就等人家来雇用她。只是，她左等右等大约到了一个月，也没见回音传来。一个下午，她心里着忙，便去到冯大娘跟前讨信息。冯大娘见她火急火燎的样子，对她说了实话，告诉她现下世面上人心惶惶，有钱的人家都想跑，哪里还顾得着找人带孩子，这事真的不好去寻着。前些天，斜对门的王姆姆见你家有得饭吃，托人带过话来，说要帮你带小女儿呢。张秋芸听着这话心里咯噔了一下，向冯大娘说了，这是怎么的话来着，鸡脚杆上有什么油气，还要眼鼓鼓地巴望。冯大娘笑起来，对着妇人说市面上东西贵，民生图食，这也难怪。不过，我已向王姆姆回过话了，说你也在找事情做，你生活上也有难处。张秋芸听着话觉得老妪替自己道出了情由还做出了正确的回应，连声道谢，心里想着的话一股脑儿搬出来，说老人家慧眼识得雌雄，要不然，穷人家叠罗汉，骨瘦得馓子一把的不好看。冯大娘劝她不要去多想，常言道，人病急了乱投医，人穷困了乱作揖，王姆姆这样做也是为了自家生计而散发出的劳动帖，为的是能挣点钱买米好养家糊口。说过话，两人道别各自回家。

这天晚上，张秋芸半夜三更睡不着觉，起来点亮油灯，满屋子打转地思前想后，来到几口袋米前驻足。既然找不到事做，便要为今后的生活思维。她是一个小心谨慎的人，迷茫了一阵，脑子里有了打算，自去把米口袋分开搁放了，第二天一早起床就去掐着分量舀米煮稀饭。当然，这是张秋芸想的办法，要细水长流过日子。只是，一家子平常早饭都是喝稀粥，三个孩子也没在意。待到中午吃稀饭，到了晚上还是吃稀饭，大儿子四岁多了有些懵懂晓事，那天看着娘亲提着米口袋这间屋里那间屋里地折腾，问娘亲是不是米口袋里少了，家里才要顿顿吃稀饭。张秋芸听着大儿子的问沉默了一阵，觉得孩子大了有些事就不该瞒他，告诉儿子，米口袋没有少，是娘亲分开藏了起来，你可不要随便去说啊。大儿子点点头说知道了，接着问她为什么要藏起来。这话让张秋芸想了一会儿，觉得一时间向儿子说不清楚,只得对儿子说等他长大自然会明白娘亲为什么要这样做。大儿子像听懂了话,转身离开,走了几步蓦然回首看着妇人问了,娘啊,家里有米,为什么要顿顿煮稀饭吃呢。不想,张秋芸被大孩子的话问得眼泪泡在了眼眶里,她该怎么来回答呢。直截了当说出自己经历过和正在经历的辛苦,还有家里所面临的困境,天真无邪的孩子能明白生活上的艰辛吗。张秋芸默了一会儿,瞅着大孩子小声地说声儿啊,我家有得稀饭吃,已经很不错了,有的人家连吃稀饭也是有一顿没一顿哩。大儿子听着话走回到母亲身旁,望着娘亲说,我知道,街当头周拉车家就是这样,他家小儿子没饭吃就饿得在门边上哭,盼望着自家老爹拉黄包车挣着钱买米回来煮饭吃。秋芸听了话心里涌上一阵莫名的难过,半晌作不出声来。大概是穷人向着穷人,都是可怜的处境,今天我有一口饭,明天有无煮饭的米。大儿子瞧娘亲不说话,摇着她手臂好一会儿。张秋芸缓过气来,她去看着了儿子不知该说什么,想起刚才提起周家的孩子望着老爹拉黄包车挣钱买米回家,别人家还有盼头,可自己找事情做都没有。一个家只有敷出没得收入,以后的日子怎么办哟。心念如此,身上的力气仿佛被摔了出去,一个人就想往下蹲,出于无奈,就如人在梦魇里掉山涧一般使劲挣扎,坠落里挣扎,触不到底的挣扎,慢慢的心底处起来一股念头。她告诉自己,孩子还小,什么事也不懂得,说什么来着也不能明白,这个家还得靠自己来撑持。于是,张秋芸打起精神,愁肠百转思前想后了一会儿,说出了一句充满希望的话,她告诉儿子，等着自己找到事做，挣到钱买米家里就煮干饭吃。大儿子听懂了妈妈的话，好像有预期的满足，欢喜地笑起来，问娘亲是不是像周拉车家那样，挣着钱去买米。张秋芸听了问不敢立即作答，待着想好话才向着儿子说大人做的事不一样，各家有各家的情况。不过，百姓人家有一点是相同的，就是有事做才能挣着钱，有了钱才能买吃穿，你晓得么。大儿子听了话点了点头，离开妇人身边去玩耍了。就这样，张秋芸带着儿女朝起暮宿一日三餐煮着炊炊稀饭生活。她曾经试过，一天里减少一顿饭改为两餐，上午一顿稀饭下午一顿干饭，只是吃饭的时间隔久了，孩子们向着妇人发出饥饿的啼哭，闹得她无法安慰，只好又恢复成一天三顿稀饭。当然，妇人知道，这也是家里存着一点米，出这般花样为的是节省。

也是，自从张秋芸与儿子说过一番话后，内心的烦恼与忧愁虽说没有尽情地释放，到底排泄了多少，心里舒服了一些。活人真的有些奇怪，生活上的忧愁与烦恼有时把人会折磨得死去活来，但一个哈欠却会打出精神，让人会有新的想法与感觉。妇人大致如斯，与儿子有过这番谈话，认识到眼前的现实，有了面对苦难的勇气。这么一来，心情上不再像以前那样低迷，自家的日子便被自家的脚步一天一天迈了过去。这样，也就在三个星期后的一天，妇人在街上遇着冯大娘。两人互相问候了一阵，聊过了一些闲话，张秋芸问起有无人家寻带孩子的事。冯大娘向她说起前次说过的那番话，不过，劝妇人别担心，只要这事有消息，便第一个来知会她。张秋芸晓得冯大娘是个应诺了话不会撒谎来对待人的,听了言语向大娘忙是感谢。冯大娘笑了笑摇摆了一个手势,放低了声音问妇人可知道社会发生了惊天动地的大事。张秋芸朝冯大娘笑了一下说你老人家知道的,我在屋里哄着孩子,家门都没迈出一步,怎么晓得市面上的传闻。冯大娘听了话一乐随即矜持地一笑,叫妇人附耳过来,告诉她北京成立了中华人民共和国政府。张秋芸听了话啊呀一声,说这可是天大的事情,问冯大娘成都该是怎么样。冯大娘对妇人一笑说成都很快就要解放了。张秋芸问冯大娘怎么知道。冯大娘告诉妇人,自己也是听说的,不久前,龙泉驿的张卖布早上起来开门,看见一队士兵露宿在街沿上。当时张老汉吓了一跳,连忙要回屋,一个士兵穿着的军官来到他面前说老乡,别怕,我们是解放军,是共产党领导的队伍,是工农的子弟兵。张老汉见面前的军官平易近人,又看到士兵们都和蔼可亲地瞧着自己,刚才悬着的一颗心放了下来,连忙请官兵去屋里坐,还叫老伴烧水泡茶请士兵喝了好驱走早上的寒气。军官拦住了张老汉,告诉他部队有规定,不拿群众一针一线,不能给群众增加一点负担,自己与士兵们得遵守纪律。这时,队伍已在集合,就要出发。张老汉听说过有这么一支爱护老百姓的军队,没想到今天遇着,心里头就有了遇着亲人的感觉,舍不得让走。去拉着军官的手,请军官与士兵们一定进屋里坐一会儿,暖和暖和一下疲惫的身体。军官谢谢了张老汉,告诉他部队过不了多久就会回来,到那时,自己能来这里,会来看望老人家。说过话,向着张老汉行了一个军礼,转身领着队伍走了。张秋芸听冯大娘说过话,去对着老妪说有这样的队伍,对老百姓好,天下也就太平了,真的让人盼望。冯大娘向妇人说快了,听人讲,张老汉看到的士兵只是侦察小队,隔不了多久大队伍就要轰隆隆地到来。张秋芸听着话欢喜起来,叫了声冯妈妈问那时候我们的生活怎样呢。冯大娘说穷苦人翻身做主人,老百姓过上好日子。张秋芸去看着了冯大娘,瞅过了好一会儿才说出话,老人家,看不出来,我得佩服你,知道的国家大事还真不少。冯大娘笑起来,向着妇人说你不要奉承我,这是你在家带孩子少出门的缘故,现在去街上走一走,到处都在说我与你所讲的事情哩。说过话,便向妇人道别回家了去。张秋芸回到屋里就去舀米煮饭,不知咋的,她与冯大娘说过了一阵话心里高兴,就便多舀了些米煮干饭,还想让孩子们好好吃上一顿,又去煮了一坨去年做的腊肉,还去把平时舍不得吃的干腌菜抓了一把泡起。张秋芸弄这道菜有点手艺,先把发好的腌菜挤干水分剁细,用中火炒,关键是放油不多不少,多了呛油少了不能提香,起锅撒些细碎葱花翻转装盘。这菜颗粒金黄饱满,衬着几点翠绿醒目,葱香味匀。三个孩子在昼夜交替的日子里顿顿喝稀饭就泡菜酸块,今天一顿饱餐,吃完了问娘亲是过什么节日,还有那大孩子拉着娘亲去一边悄悄问是不是找着事做了,把妇人问得不知如何回答。其实,张秋芸真的想把心里的话说出来给孩子们听,这样,也许自己内心会好受些。可是,每当这时她会自问说出来的话孩子们能明白其中的意思么。总是如此,想到这里便把要说的话咽下肚去,让忧

| 慈　家 | 333

愁围绕着自己发呆。确实，眼前生活的现状已让她的家庭面临贫困的境地，自己找事做又不能，这般下去，何日是个尽头，心念如是，一个人身上都冒虚汗。是故，今天听了冯大娘说的事情，她心里有了希望，而且，她觉得这个希望很近，很现实，所以，她很想让孩子们知道，也来感觉她一样有的欢喜，并且知道她对新的生活期待。

是如，大约过得有一月时间，一天上午，冯大娘手里握着一根有一尺半长竹签一头糊着三角形粉红色纸的小旗来到妇人门前呼唤张嫂子。张秋芸此刻正在屋后灶房里挽柴把子，她大儿子带着弟弟妹妹在前屋里往手上的碎瓦片上舀沙土办姑姑宴，听着叫声，大孩子起身去到门前张望。冯大娘见着便问大娃儿，你娘呢。大孩子不慌不慢回答我娘在灶房里，你找她有啥子事哇。冯大娘听了话也不作答，径直进屋朝里走去，大孩子看见老妪拿着旗子伸手去要。冯大娘连忙一闪身说莫要我的，等你娘去领着了给你。这时，张秋芸在灶房里听着声音掸了几下身上的尘土出来，问冯大娘有什么事。老妪啊哦一声，接着叫了声张嫂子，我就知道你整天家务缠身没空出门，也就不晓得天下事儿，我告诉你，成都解放了。张秋芸听了话看着老妪一阵，问这是哪天的事。冯大娘一笑，说路上行人都在奔走相告哩，解放军今天进城。张秋芸欢喜起来，向冯大娘说走哇，我们看解放军去。冯大娘对妇人说我正是来约你，咱们一道去看庆祝。说过，两人就要出门，大孩子要跟着去，张秋芸要他在家看着妹妹，大孩子不依，说有二兄弟在家带着妹妹。

张秋芸说你二兄弟才三岁大点,我不放心。大孩子听着就使性子不出声气,冯大娘说等着你娘亲回来就把小红旗给你,这孩子才答应了。成都是一九四九年十二月二十七日解放,十二月三十日解放军进城,队伍一进北门,站在街道两旁欢迎的市民就欢呼鼓掌起来,鞭炮声也立即在城里的大街小巷响成一片。这天,张秋芸与冯大娘相约出门,走至顺城街,看见解放军队伍浩浩荡荡过来,两人与周围群众一道拍手欢呼,摇着小红旗跟着队伍走,一直走到皇城这才回家。过了有十几天,冯大娘来到妇人家,告诉了一件事情,说军委会有一女干事因丈夫要随队伍去西藏,自己留在地方工作,有一个两岁大的男孩子要找人家照顾。张秋芸听了自是欢喜,拜托老妪说项。这般,几等来去,大家商议停当,孩子在妇人家全托,吃穿由孩儿家庭供给,一个月的工钱七十斤大米折价。这般,张秋芸有了事做,家里也就有了收入,自是喜上眉梢,带着这个娃,自是小心看顾。她大儿子懂事,瞧见娘亲带了孩子后心情舒畅,还有自家的伙食不再是一天三顿吃稀饭了,自是肯做帮手。只要瞅着娘亲有事做,立马就去领着小孩儿玩耍,唱歌跳舞做游戏。时不时带着小孩子去转街,一点闪失也没有。张秋芸看着,夸大儿子会体恤人。妇人的女儿与那孩子一般大,见着大哥时常得妈妈表扬,就在一旁高兴地笑,大家一起玩得开心。如是,妇人带孩子也省心省事了不少。过得有几月,张秋芸与隔壁的刘嫂嫂闲话。两人说到投契处,刘嫂嫂问妇人还可再带一个孩子否。张秋芸想了一会儿回答说,若是与现在带着的孩子一般大还可以，要是生下来几个月大的孩子带起来就有些难办。刘嫂嫂笑了一笑，问妇人想不想带，也是现在带着一般大的孩子。张秋芸笑了，问刘嫂嫂是不是有孩子人家相托此事。刘嫂嫂点头，问妇人愿不愿意。张秋芸又去想了一会儿说自己倒是愿意，只怕现在带着的孩子爹妈会有话说。刘嫂嫂问为什么。张秋芸说带两个孩子到底是要分些精神和气力照顾。刘嫂嫂听着话笑了，说妇人是老实人说老实话，自己有精神和气力，难不成不想多挣钱。张秋芸不好意思地笑笑，向着刘嫂嫂说钱哪个不想呢，总得知会孩儿的爹娘一声，有了商量不误人情。刘嫂嫂听了话朝着妇人说讪，我当你是口渴了不晓得舀水喝哩。张秋芸呵呵了声音说有些事心里头会有顾虑，可不愿得了馒头丢了鸡蛋，还招人闲话。刘嫂嫂看着妇人说我知道你的意思了，若是肯再带一个孩子，我去人户家应承下来。张秋芸说不急，孙猴子头上敲三下，你等我三天来回话。这样，过了三天，张秋芸去找到刘嫂嫂，告诉了自己与孩子的妈妈说了想再带个孩子的事情。那孩子的妈妈说妇人撑着一个家不容易，在情理之中，也是自个儿的事。大概张秋芸有点歉意，说出了可以减少些工钱的话。那孩子的妈妈听着了不同意，说妇人能将事情坦诚相告，也是一个让人相信和放心的老实人。张秋芸人听了话有些激动，说自己一定照顾好孩子。刘嫂嫂听妇人讲了事情经过，笑妇人是老实人遇着了知情达理人家。接着，张秋芸问刘嫂嫂那边的事，刘嫂嫂说孩子的爹今早才来打听过，心情上倒有些急迫。张秋芸听过话笑而不语。刘嫂嫂问妇人有什么话说。张秋芸询问那家人情况。刘嫂嫂说与你现在带着的孩子一般情形，爹娘也是从部队来到地方上的。张秋芸问他们出多少钱呢。刘嫂嫂说那是一户爽快人家。我把你带孩子的工钱告诉过他们，他们说依照样子做就行。张秋芸本想说些孩子吃穿事情，听了刘嫂嫂的话，觉得不好问了，只好莫言一边站着。刘嫂嫂问妇人怎么样，要是愿意便好去报信。张秋芸听了话又不语了。刘嫂嫂再问，张秋芸答应了。

六

到底是世人习性，三请四顾方能成事。这样，张秋芸带着两个孩子多了收入，一家子过日子从容了些。平常，见自家大儿子带着弟弟妹妹与两个孩子一起玩耍，其乐融融，自己落得些空闲。一天，张秋芸门前来了个挑担卖葱的老汉，吆喝的声音打动了正在自己屋里做事的刘嫂嫂，朗起喉咙呼唤着要买葱，可能是灶上有事脱不开身，半天出不来门，等着空出来时，卖葱老汉已没了踪影，只得叹气一声转身回屋。张秋芸是买了葱的，瞅着光景，捡了一把葱随后去到刘嫂嫂家里。刘嫂嫂拿钱与她，张秋芸高矮不要，再而三的推辞后刘嫂嫂才便收下了妇人送来的香葱。这般，张秋芸送了刘嫂嫂几根葱，心情实在了一些。怎么比喻，好像受人好处知道让人晓得内心念着回报。就如前一阵光阴，张秋芸抱了一捧青菜帮子去送冯大娘家里。冯大娘知道她来还人情，推辞有三后收下了。当然，张秋芸心中晓得，乡里乡亲的，自己这么一草芥的弄法，除感谢之外，也就是以后大家见着面好说话。确实，众人相邻，彼此谁不欠个帮助。只是，人情无形无相，又有形有相。昔有朱皇帝讨口受人饭浆之恩，后来唐解元落魄唱青云无路之调，谁能端得明白。所以，张秋芸在人情世故上有自己的想法，一直以来，她就有自己的见识主张。可以说，这也是她家没有穷垮的所在。活人有脸面，有的是自己挣的，有的是别人给的，孰好与否，其中世间的酸甜苦辣，都在自己谙悟。上下五千年，人有教化，故以光大，道理是古朴的，夫复繁求。只因邈古旷未，垂垂久衍，世间变迁，多少人情变化通透喜好，向善兮矫情乎，敦厚融言，遑论有定。张秋芸知道，以自己拿点葱葱蒜苗去回报人家的情义，真的是四两拨千斤的手段，人情上还欠点意思。可也是这么点意思，让她心里就还有些过不去，遇着面会有些话说不出来的感觉，有时处事自己都觉得有点不尽如人意。本来，街里邻居相帮都是平常的事情。受人好处，晓得人家的好处，大家才能相处下去。如是得了他人帮助还装作不知道，甚至知道了根本就不在意，时间久了，闲话便要说到点子上来，谁人敢与之交往。周王怕说，跟着就有了本分的人怕是非之说。做人啦，怎么不想洁身自爱呢？其实，这便是妇人自己的德性，没办法，爹妈生就了的，谁也劝不着，只有自己磨肇。说实话，生活之中，人情交往真的费人揣摩。这些人之间来来去去的交往，还有尊贵与卑微之间荣光与耻辱的变化。妇人有自己的经历，也有自己的愿望，只是随着时光流转而人之见老，渐渐地，有些往事已在记忆里失落。有过的愿望呢，是不是随了祈求中的念想有所改变，连她自己都说不清楚。然而，人之活着，就有自己的人生岁月。有时，妇人会去坐在自家门边的小凳上迷惘。她在想什么呢？刘嫂嫂一旁看着笑她在琢磨生活。张秋芸听了话要不然一笑，要不然会把心里想的念头说出来，会问刘嫂嫂，生活那么宽远，该怎么去琢磨才是。瞧着她认真的样儿，弄得刘嫂嫂都无话可说。大家说笑一场，也是闲话时候。

如这样，待到日子过得有两年，到了一九五三年夏天，张秋芸照顾的两个孩子陆续被爹娘领回家去上了幼儿园，这下，妇人空闲了下来。没有了事做，也就没有了收入，她心里有些着忙，虽说还是往常一般与街坊邻居聊天说笑，可心情上总有牵扯，样子上时不时要显纳呆。还好，大约过有十来天的光景，一对年轻夫妻找着了妇人要请她带孩子。妇人以为是谁介绍来的，便问了所以。年轻夫妻讲实话，告诉她没有人介绍，是听了传说寻找了几天才过来的。张秋芸听了话有些讶然，问夫妻俩从哪里来。那妻子的丈夫一笑，告诉妇人，自己和妻子都是东郊一家工厂里的工人。张秋芸想自己家住在西门，怎么的带孩子传说到了东门去，便问那妻子的丈夫，东门和西门隔着那么远，又是怎么听说的。那妻子的丈夫告诉她，说自己是一名解放军战士，随部队来到城市，退役后支援地方建设当了工人。这事是听排长说的，排长是听连长说的。连长的孩子你照顾过，现在上幼儿园哩。张秋芸明白了事情的来由，乐得一

| 慈　家 | 339

笑。当下，大家商量带孩子的事情，说好了，孩子的吃穿由爹娘供给，妇人照顾孩子白天和夜晚，一月工钱人民币八万元钱。恰时，社会用大面额票子，买一个鸡蛋约五十元钱，买一斤大米约七十元钱，也是社会稳定，百姓安居乐业。这般下来，张秋芸有了事做有了收入，心里也就没有了找事做的恍然，吃起饭来也有了滋味。过了有十多天，隔壁刘嫂嫂来问妇人愿不愿再带一个孩子。张秋芸说愿意，就是要知会自己带着的孩子爹妈晓得。刘嫂嫂听过这话，也就不多言语。两人说了些别的闲事，刘嫂嫂见妇人淘洗白菜秧，要了几根说回家下面条吃，这才走了。

东郊的工厂星期六休息。到了星期五下午，那孩子的爹娘来接娃儿回家，张秋芸心中有事相告，招待上自是殷勤周到。可是，大家说了一阵话，那夫妻俩对妇人的态度热情得不得了，让人觉得有点意思在里面，搞得妇人把想说的心里话到喉咙间又吞了回去。果然，在夫妻俩要离开时，那孩子的娘叫了声张妈妈，接着说出一席话来。原来，夫妻俩想着自己住东门，孩子在西门带着，要看孩子走个单程都得费一个多时辰，很不方便。后来，同事们知道了，帮忙在近处找了一户带孩子的人家。夫妻俩去看过，觉得满意，只是想着送娃儿到妇人家还没一月，有话不好开口，再三踌躇，今天说将出来，还请张妈妈见谅。张秋芸听了话好像心里凉了一口，刚才那冒冒热热想出的念头如燃着的蜡烛头被冷水浇灭似的，半天支不出话来，脸上还露着笑容装没事的样子，等到那夫妻俩清算了带孩子的钱抱着娃儿走后,才一屁股去坐在凳子上发愣。没办法,自个犯愁一会儿,又把希望想着了刘嫂嫂说过的话,起身去到刘嫂嫂家门外张望,瞅着一大家子说笑,只得转身回屋独坐凄凉,耳朵听着屋外的动静,时不时去门边张望,好不容易看着刘嫂嫂的身影出得门来就要回屋,急忙走出门来唤声刘嫂子留步,却不肯近前,是想刘嫂嫂过她面前两个人好说话。刘嫂嫂听到妇人呼唤,见着急促的样子,走过来几步问什么事。张秋芸先不好开口,直到刘嫂嫂催促起来,才嘟了嘴唇说出来,问起了前些天说过带孩子的事情。刘嫂嫂听着话笑一下,告诉妇人那孩子已有人家带着了。张秋芸听过话心里又像凉了一口,就如冷身子遇着寒风吹打了一个冷噤,暗自里嘀咕一句艰难,站在那里张嘴不说话。刘嫂嫂见状不再言语,说声有事回了屋。妇人看着刘嫂嫂进了门,这才转身回家,无奈脚下如踩着棉花,脚步蹒跚,在要进屋的时候,刘嫂嫂从家里出来叫住她。原来,刘嫂嫂晓得妇人难受,却不知如何劝慰才好,回到家里想起一件事情,便要说与她听。张秋芸问有何事。刘嫂嫂说街道上在登记,可报名参加工作,自己已去登记过了,就等通知,劝妇人也去报名登记,以后有事情做,也好省了找事做的烦恼。张秋芸苦笑了一下,告诉刘嫂嫂说自己知道这事,本要去报名登记的,可想到家里的实际情况,又怎么去得了。刘嫂嫂是妇人隔壁家,自然晓得她的现状。大儿子读着小学三年级,二儿子读着小学一年级,小女儿隔年也要读小学。再是,两个娃读书的学杂费都是免了的,妇人就出一学期一万元钱的书本费。当然，两个娃懂事，白天去了学校读书，回到家各自做作业后做分派了的家务，这让妇人不怎么操心。可是，张秋芸觉得自己带孩子挣钱熟门熟路，从来没想过要去参加街道上办的工厂上班，一时间反应不过来，就站在那里没话说。刘嫂嫂不好再相劝了，接着两人又说了些其他的话，见妇人的神情好看了些，这才放下心来回家了去。张秋芸被刘嫂嫂的话岔了神，虽说忧愁烦人，到底能释怀些，人不像先前那样浑浑噩噩的样子。这个晚上，妇人夜不成寐地想着自己的处境到天亮，早上下起了小雨，落在瓦上簌簌声响。不想，这小雨就落了一天，直到要黄昏时候才淅沥住了。也就在这屋檐水时不时地滴落阶檐下水凼里溅起水珠的时候，妇人门前出现了一对年轻夫妻。

张秋芸见着奇怪，又不认识，如说是躲雨的，现在雨已停了。况且，两人向着她微微笑，一副想说话的样子又恐怕唐突。张秋芸见状问了一句，你们找谁？男士连忙答应，我们找张阿姨。张秋芸愁了一天一夜，一时间没回过神来，看着男士说张阿姨是谁？男士问她，阿姨是不是姓张？以前，街坊上招呼妇人都是张大姐、张嫂子、张姆姆、张妈妈之类的称谓，男士这般称呼她，大概是不同了以前的称呼。张秋芸见两个人都看着自己，一下子有些懵懂过来，明白男士找的是自己，点头称是，问他有什么事？男士说自己与妻子在青龙街银行工作，家住实业街当口院子里，天天上下班都要路过阿姨门前，打听得知阿姨姓张，今天来有事要说。张秋芸听了话请两人进屋里坐，接着请他说事。男士看着妻子笑了笑才去看着妇人说我俩有一个三岁大的孩子，想请阿姨照顾。张秋芸听说找她带孩子，脑子里的念头电闪雷鸣般过了一遍，也是好快，默默念一声老天啊，肚子里的忧愁全没啦。连忙起身倒开水招待，弄得两个年轻人有些腼腆，起身客气一阵，大家才又坐下来相商带孩子的事情。年轻夫妻托妇人带孩子白天，早晨上班时送来，下午下班时来接回家，孩子中午在妇人家吃顿午饭。张秋芸没这样带过孩子，也就不知如何谈论价钱，依模着世上传闻，约定每月工钱六万元，管孩子的午饭，其他的吃穿与零用由爹妈自行搭理。说拢后，夫妻俩把工钱给了妇人，并说明早就送孩子过来。张秋芸接过钱满脸欢喜，忙不停地点头称是。这样，世事轮回反复无常，无名巴古地让人忧愁又让人欢喜。只是，人穷经不起折腾。妇人有事情做了，心情又如往常。过了几天，冯大娘到了妇人家来。两人多久没有见面，欢天喜地嘘寒问暖叙话一阵，冯大娘问起妇人带孩子事情。张秋芸说实话，告诉老妪小的孩子刚让父母领回家不带了，恰又来了一个大的孩子带白天。冯大娘听了话说声正好，告诉妇人有一户人家的孩子找人带，问她愿不愿意。张秋芸说能不能等些天，我去与带着的孩子爹娘知会一声。冯大娘说有些急迫。妇人想了一会儿，因为孩子也是只带白天，经不过冯大娘劝说，应了下来。大家说好，收费的条件照前依葫芦画瓢。说过，冯大娘便要去相告人家，也就起身道别。没料想，刚到门口，刘嫂嫂进了屋来。众人识得，问候了一声，刘嫂嫂也不掩饰，直接说有户人家要找人带孩子。冯大娘听着是说带孩子的话，怕自己说的事搅混，睃空走了，留着她两人慢慢去说闲讨论。

七

刘嫂嫂见着冯大娘出了屋，问妇人老妪来做什么，又这么悄莫声息地走人。张秋芸也不隐瞒，说了实情。刘嫂嫂听了笑一下，说难怪老人家听着带孩子的话就闭了嘴，原来怕岔着了她的事。张秋芸说不是这样的，孩子家等着消息，冯老嫂子就去报个信，要出门你来正巧碰着。刘嫂嫂不再说这事，问妇人怎么想，我这给你说一户人家的孩子，刚找着我的，你带不带。张秋芸有些为难，把心里想着的话讲了出来，说自己不是不想带，只是街坊邻里的听说有带两家孩子的，却没听说过带三家孩子的，真是怕人说闲话。刘嫂嫂听着话在理儿上，也不去劝说。两人无事接着闲聊，不想，刘嫂嫂一通话，无意道成偶然，使得妇人有了新的处境。可是，刘嫂嫂说了些什么话呢？不过是两个妇人天南海北地说了些自己的见识。先是说着了油盐柴米，由于隔着新旧社会近，有些比较。张秋芸吃过金圆券的苦头，说出了自家折本的事。刘嫂嫂说自己也是这般觉得。接着说起民国炮火，连年战争中的传闻逸事，还有民国期间日本侵略中国的罪行，说到抗战胜利。再接着说起解放战争，说起新中国成立天下太平，劳动人民翻身做主人。当然，两人说着这些事情，也是从这些事情的年代岁月里经历过来，自是有感觉,也有体会。刘嫂嫂告诉妇人,街道上办了识字班,教认字不收一分钱,自己已报名参加。张秋芸是读过书的,听过了刘嫂嫂的话有点不相信,说刘嫂嫂能说会道的,怎么看也不像不识字的人。刘嫂嫂不以为然,说自己小时家穷,哪有钱去认字。张秋芸哦哟一声,说刘嫂嫂日子过得舒心,就是说出底来也叫人难信。刘嫂嫂说不怕你笑话,我家爹娘穷怕了,在我的婚姻事情上对说媒的撂过狠话,不是好人家不嫁,耽搁了些年生,嫁了个厨子。张秋芸听了话笑一下,说嫁个厨子,生活上的事好过得一半。刘嫂嫂听着话受用,跟着妇人一同笑了,之后,问妇人去不去参加识字班。张秋芸刚止住笑,听着这话又笑起来,还笑得猛些,笑得咯咯的收不住。说实话,有得事情做,还有人陪着说笑,妇人为何不快乐。刘嫂嫂问笑什么,又这样陶陶然。张秋芸说你问得天真,我笑得无邪。刘嫂嫂听着话有些惑然,问道怎么说来。张秋芸说你看得见的,三个娃儿箍得我如水桶一般,还带着人家的孩子,又怎么能去参加,所以笑你问了也是白问。刘嫂嫂说你笑原来是这个意思,我不好说你。要知道,这条街去识字班报名的有大半数,有男人也有妇女。谁都晓得这个事,耳听能详哪个不会,要是落在白纸黑字上写不出来就有些恼办。我告诉你,街口处的周幺婶家有那么多娃儿,也去报名参加了。张秋芸问是不是生了八个家子娃儿,还受到街道上奖励的周家,你与她一般大,怎么叫着幺婶。刘嫂嫂说我与她沾着远房亲,才这么叫法。张秋芸说难怪不得,幺房出老辈子。话到此处想起了一件事,问刘嫂嫂工作的消息。刘嫂嫂说有了通知，去河边撺鹅卵石，二千元钱一立方米，一月结算一次，吹糠见米来现花的。张秋芸问有这等好事，怎么不见你去上班？刘嫂嫂说不是我不去，是丈夫不让去。说到这里时悄悄告诉妇人，听说就要成立麻绳组，这个不在露天坝场做活路，离家又近，我要等等。张秋芸笑了，笑得很斯文，说刘嫂嫂有福气，四个儿一个女儿都上学了，要去做事丈夫还护着有个商量，说到这轻轻地叹息了一声。

刘嫂嫂听着话，猜着了妇人心境，便要把话岔开，说妇人带孩子也是做事挣钱，也是生活的路数。接着，向妇人说起刚才带孩子的事，要不是灶上煮着东西离不开身，径直就过来，肯定比冯老嫂子快一步。哎，搞得事情没着落，倒不知怎样去回话。张秋芸不好作声，怕说话表不好情拂了她好意。心念一转，向着刘嫂嫂笑一下说你不要着急回话，容我再想想不迟。刘嫂嫂瞅着妇人笑笑说你不要我急着回话，是有想带的意思了。嗨，不是我说，带一个也是带，多带一个也是带，反正是凭劳力挣钱吃饭，何必在乎别人怎么说东道西来着。依我说，你就是办个托儿所都是自己的事。张秋芸听着话由不得愣了一下，反应过来说办托儿所可不是一件简单的事。第一就是要去办手续，还要有条件才行。刘嫂嫂说这有啥难的，你是靠劳动来挣钱吃饭，街道上肯定会支持。再者，你腾出一间屋来不是就有了条件。张秋芸默了一下说你提起这事突然，容得我想想，此事还得要斟酌。刘嫂嫂笑笑，说这是你的事了，我只不过随口一说。张秋芸冲她一笑，你这随口一说，倒有些意思。刘嫂嫂说是啊,有何不可。你想想,解放前打仗抓壮丁,人口减少,解放后社会稳定,百姓繁衍生息。现在孩子多了,瞧瞧看看,这条街上,周幺婶有八个孩子就不说了,那王篾匠四儿两女,严箍桶五女一儿,杨纸火三儿三女,何卖烟一女五儿,还有李酱油、张铁匠等家庭,哪家不是三个娃五个娃的,就是那周挑水家都是六儿一女。嗨,听说周挑水不服周幺婶家得了奖励,放出话来,还要生娃儿。张秋芸听着话笑起来,说你是亲戚家,听得到这话。刘嫂嫂说是听李酱油家说的。张秋芸说李酱油是个老实人。刘嫂嫂笑了,说他是老实人?门神才晓得。我告诉你哈,千万不要外传,这是一个关着门屋里打婆娘的家伙。张秋芸跟着笑了,说你怎么知道。刘嫂嫂说好汉不说假话,我是听他隔壁伍豆瓣讲出来的。说过了抬眼看天色,该是回家做事的时候,便与妇人作别,在出门时对妇人说要是你办着托儿所,今后我面前有说带孩子的人家就给你放消息过来。张秋芸听了话看着刘嫂嫂,说你这般帮衬,我都不知说什么感谢的话才好。刘嫂嫂笑笑,说一条街住的邻居,说这话干嘛。谁家没个事的,以后我也有求你的时候。说过话回家去了。

　　这天晚上,张秋芸翻来覆去睡不着觉,脑子里就想这件事情。天亮的时候,想通泰了,觉得刘嫂嫂讲的话有道理,如是办了托儿所,自己便可多带几个孩子,家里会多些收入。不过,有一个问题困扰了一夜,就是以自家的处境和能力,能带几个孩子。要是孩子多了,自己的精力有限,恐怕只能带孩子白天。同样，还有一个问题为难了一夜，也就是办托儿所的条件与经费。妇人是有亲戚的，只是，世上有一句话：爹有娘有，不好伸手；哥有嫂有，不好开口。大家除了在过年过节有些走动，平时在钱份上没有往来。以前，妇人家日子上有穷得打紧的阶段，她也没去亲戚处讨扰过，倒是爹娘知道了要过来给些周济，兄弟姊妹知道了要过来望慰，就是丈夫家那边知道了也要过来看顾。自然，妇人晓得恩慈，情是情礼是礼，审得尺度，有了好处必得回报。所以，妇人到了早上，也把这事想透彻了，自己的事自己担当，有多大能耐做多大的事，决不去虚晃。于是，她吃过了早饭，待两个孩子上学去了，就屋里屋外来回了几遍地勘测。到了下午，胸中自便酝酿出来规划。说实在的，妇人的想法很简单，可对她来说真的不容易。家里有一张大架子床与一张小床，办了托儿所就要拿出来给孩子们睡觉，自己一家人只得去找木板搭铺。还有，外面的一间屋用来做了托儿所场地，自己一家人就得住在里面一间屋。她设计过了，要是把隔厨房的竹篱笆墙挪一挪倒是现成的两间小屋，这么一来，厨房就得挪到屋后的屋檐下。进出要方便，还得在屋后的墙壁上开门，这些都是要花钱的事情。可是，要花费多少呢？便没有个料想处了。心里琢磨，这些事情最好去打听周详，再者，这办托儿所的事也要去街道居委会说一说，认个依据好有凭证。她想过，在这条街上还没办托儿所的，自己是第一个。既然是伊始，创造不可冒进，要是花了钱把屋里改造过来得不到居委会的准许，岂不枉自抛撒了钱财。可见，这也是妇人细心之处。这般,她第二天就抽空先去了居委会,那办事员听说后认为是好事情,要向街道办事处汇报,请妇人回家等候,通知下来立即相告。张秋芸听过话只得离开,在路过徐木匠门口犹豫了一阵才回家转。过了一个星期后的一天中午,街对门住的陈姆姆带话给妇人,说她申请的事得到批准,要她下午去居委会办手续。陈姆姆是街道上的积极分子,居委会有事都是她来通知附近住的居民。张秋芸听过话高兴,请陈姆姆进屋里凳上坐,接着要去倒杯开水招待。陈姆姆晓得妇人客气讲礼,心里顺受,连忙拦住说家里等着自己做饭吃,就要走人。妇人要送她也被挡着,这才要出门,就听着一个孩子声音甜甜地喊婆婆再见。陈姆姆回头看见身后两个孩子望着自己,一个大一点的孩子笑着,便去看着妇人说这是你带的孩子。张秋芸连忙点头,说大的孩子是他爹娘送来的,小的孩子是冯大娘介绍来的。隔壁刘嫂嫂也介绍了一个孩子给我带,因没办下手续来,我请刘嫂嫂宽些日子。这不,那孩子的爹娘还催促着呐。陈姆姆笑笑,说你自己有三个孩子,出去工作了谁来照顾。这样好,在家办个幼儿园,有了事情做也照顾了家庭,两相就宜多好的事啊。今天我去居委会学习,李主任还夸了你,说你是个吃苦耐劳做事认真的人。张秋芸听着居委会的主任都在夸奖自己,心里一团暖融融的欢喜,送陈姆姆走了还站在屋檐下相望。为何这般做,因为旁人肯帮助。中午吃饭的时候,妇人问大儿子下午几时放学。大儿子说下午两节课。又去问二儿子,二儿子也说下午两节课。妇人听过话便不问了。吃完

慈 家 349

饭，大儿子去洗碗，二儿子去抹桌子扫地，小女儿去哄着两个孩子玩耍一阵睡着了，妇人去坐在靠背竹椅上休息，一会儿也眯着了。两个大孩子收拾停当，见娘亲睡着了，不敢惊扰，悄悄拿出书本温习功课，约莫过了半个时辰，妇人睡醒过来，大儿子与二儿子这才背书包上学堂。妇人想着要去居委会，去兑了白糖开水，才把两个孩子摇醒。一个小的孩子没睡醒要啼哭，喝着糖水便笑了。妇人把家务收拾停当出屋锁门，小女儿牵着大孩子在前面走，自己背着小的孩子跟着去了居委会。

居委会在江家院子里处。这江家院子以前是一个盐商的住宅。盐商赚钱万贯，有两个儿，都讨了妻室，便把一个院子修改成了三处小院，自己住一处院子，两个儿各住一处院子。为了好分隔，修了院墙，又各自修了院门进出。在要解放时，盐商一大家子卷了金银绸缎跑了，一跑就没了踪影。至于盐商为什么要跑，又跑去了哪里，街坊邻居传说不一，没有个定准。只是时间久了，陆续有人家搬进去居住，后来有的地方破败需要修葺，便于管理充了公。居委会成立时，在离大门近的小院里有两间空屋，就用来做了办公地址，方便处理几条街上的大小事务。这时，张秋芸领着孩子走进曾经问过事的屋子，正好刚上班，那办事员已在整理桌上笔墨纸张。张秋芸晓得了办事员姓李，便叫声李干事。李干事抬头瞧见妇人背一个孩子，身边跟着手牵手的两个孩子，自是不敢怠慢，连忙抬了凳子请她坐。之后，自己去桌边端端正正坐下来，拿过一纸表格铺在桌面前，再去拿了毛笔蘸了墨汁，问过了妇人姓名逐一填写，完毕后自个先看了一遍,才又向着妇人逐一念出来参照对比有无失误,好便修改。在念到申请的缘由,还是李干事替妇人斟酌好的句子,白话文夹着文言句子相映生辉,自个儿读起来都觉得有韵味,有些小小的摇头晃脑,念了一遍又一遍,末几铿锵住了,把表格与一方印色支到妇人面前要她戳手印。张秋芸不俗,一手抱着孩子一手拿起毛笔在签过名的后边写上了自己的名字。李干事看着连忙说张同志会写字,我不知道,失敬了,失敬了。说过话把印色放到一边去了。原来,许多人来李干事这里办事连自己的名字都识不得,大小表文都是请他写作后具名自己戳手印凭证。这次,李干事以为妇人不识字,才帮助填写了表格。当然,像妇人能写字的,这般事他会十之有一二的遇着。不过,解放后祖国各地识字班扫盲班如雨后春笋般地兴起,许许多多不识字的人逐渐能写出自己的名字,写出小字条,写出小文章与大文章。这样,张秋芸在表格上写上了自己的名字后,听着李干事说的话,知道他是好心办事,也就说了感谢的话。接着问了李干事,现在登记过了,是不是可以回家筹备。李干事说是这样的,还要妇人筹备好后来居委会告之,等着派人来检查过合格就可挂牌。张秋芸听过话又说了感谢,这才领着孩子离开。走出江家院子,直接就去了徐木匠家。也是巧,徐木匠今天没有出外做活路,正在家门里整理工具磨着斧头刨铁,见妇人来到门前,连忙起身承问。徐木匠在这条街生活了几十年,平生佩服这条街上的人有二,其中之一就是妇人。觉得一个妇人家带着三个孩子不卑不亢不惊不诧地生活,

| 慈　家 | 351

又是那么自立自强有骨气，真的是不容易。所以妇人说了事项自便肯是，随即与妇人一道去了家里。一阵察看一阵策划，讲妥了五万五千元的工钱，十一万元钱买材料。怎么说呢，这笔钱对妇人来说不是小数目，犹豫了好一阵，这才答应了。徐木匠是个耿直的人，说成约定就回家做准备去了。

八

第二天早上，妇人刚刚照顾几个孩子吃完饭，徐木匠领着三个徒弟来了，张秋芸看见连忙迎着，去倒了开水招待，又叫住要上学的大儿子，拿出一千元钱要他去何卖烟处买烟回来。大儿子听话，拿着钱一溜烟地跑去了。这当儿，徐木匠的一个徒弟挑着两筐泥土来，筐里还有两撮箕白石灰与一小把干谷草，走拢来也不歇气，把两筐泥土倒在屋外地上用当扁担的刨锄挖了圆坑，向妇人要了水桶去井边提水，过来，又向妇人要了剪刀去把干谷草剪成小节撒在泥土上，然后把水倒进坑里自是脱了鞋去踩泥浆。这时，大儿子买了大半包黄金叶香烟回来，交给妈妈后便上学去了。张秋芸先敬了徐木匠一支香烟，接着又去敬木匠的徒弟，几个徒弟有的抽烟有的不抽，那踩泥浆的徒弟就不抽烟。徐木匠接受敬的香烟时说妇人已讲妥了工钱的怎么还去破费。其实，他说这话是真心为人着想，觉得妇人帮人带孩子挣钱养家糊口不容易。只是有一句话说得是，有礼不受得罪人。是故，妇人敬他香烟也就理顺了人情。抽过了烟,便安排徒弟工作。大徒弟以前是学泥瓦手艺的,后来改投自己门下学木匠技术,首先被安排着去屋后竹篱笆石灰墙上捵开一道门洞来,接下来的事就是去撤了旧灶将旧砖块再去屋后墙壁边造新灶,那踩泥浆的小徒弟便是砌灶师哥的打杂师。自己呢带着两个徒弟去搬移那堵隔屋的竹篱笆墙与建造后门。安排妥当,便要妇人去里屋收拾一下。张秋芸听了话进里屋整理了一番,把马桶搬到一个地方藏起来,之后出里屋向众人说收拾过了。徐木匠一干等人听说后立即进场,随着一阵轰轰烈烈声响,屋里一派尘烟灰雾,后墙上开了窟窿,亮光透隙,看得见竹篱笆墙已被挪动至屋中间,又一阵乓乓乓乓声响,打了地桩,钉了夹衬,把一堵墙弄得牢靠。木匠用手摇一摇,一点闪晃都没有,再用肩膀抵一抵,还是一点闪晃都没有,这才放心了,叫过徒弟跟自己回家抬门框与门来,留下大徒弟与幺徒弟在那里安心地支锅建灶。说真话,徐木匠是个厚道之人。昨天在妇人家策划好后就去木料店买了材料回屋叫来两个徒弟按照尺寸制造。他想帮助妇人,也不愿自己蚀本,就想把事情做好点,做实在些。下好料后,吩咐徒弟继续做门框,自己去了王篾匠家,估算着妇人屋后支锅灶地处的距离要王篾匠打了长五米五高二米的竹篱笆,说好了价钱三万五千元,隔天上午取货。所以,徐木匠出了妇人家便叫两个徒弟去抬门,自个儿径直去了王篾匠家。走拢一看,竹篱笆已经做好裹成大圆筒靠在屋檐下墙上,王篾匠坐在门口抽叶子烟。徐木匠去给了王篾匠钱,要了两根竹竿去扛篱笆,有点沉重,便央篾匠帮忙。王篾匠问去哪里。徐木匠说了地点。王篾匠也是厚道之人，想着隔了几户人家的路程一会儿就到，又碍于人情，才与木匠一前一后扛着竹篱笆走了。

到了妇人家，看到徒弟已抬了门过来，正在后墙窟窿上掉线画墨。徐木匠去看大徒弟已把锅灶支造起来，也正在抹着白石灰面子。张秋芸识得王篾匠，彼此打过招呼，篾匠问妇人修屋子做什么？张秋芸也不隐瞒，照实话讲了。说着话，学生放学回家。徐木匠瞧着光景便呼唤众徒弟歇了工，一道去自己家吃午饭。王篾匠瞧见也便告辞了妇人，与木匠一道走了，走过几步路就分了手。张秋芸送走了匠人，便来安排自家午饭，一时凑急，又去刘嫂嫂家讨麻烦，烧了一锅水，拿出六千元钱要大儿子去任家粮铺称三斤切面回来。几个孩子听到今天午饭换口味，一个个欢喜雀跃，大儿子更是跑去得快回来得快。刘嫂嫂的小儿子六岁了，瞅着他一家子快乐的场景，去拉着自家妈妈的手直是说要吃面，弄得刘嫂嫂怎么劝说都不听。张秋芸瞧着，在煮好面后从自己的那份里挑了一小碗给他这才了事。刘嫂嫂感谢妇人给予。张秋芸也感谢刘嫂嫂，说要不是她，自家这顿饭还不知在哪家弄来吃哩。刘嫂嫂笑自家的小儿子喧嘴。张秋芸说小孩子图热闹。两人说话，来回了人情。张秋芸吃完面条，又向刘嫂嫂讨麻烦，要去灶上搅米糊。原来，妇人带的一个小孩子在上午打墙时轰的一声吓了一跳哭啼起来，妇人哄了半天才止住了哭啼，在妇人怀里咿咿呀呀了一阵，大概是疲倦了，在要到中午的时候竟睡着了。往常，这孩子是要吃过这顿米糊才睡觉的,今天出现这情景,妇人不敢懈怠,怕娃儿饿着,自是搅好米糊等着孩子醒来。果真,张秋芸刚搅好米糊,就听到隔壁咿呀一声,晓得娃儿醒来,连忙又道谢过刘嫂嫂,端着米糊拿着自己吃过面的碗回了自己屋里,看见大儿子抱着小孩儿在床边拍哄,那自己带的一个大孩子正与女儿笑嘻嘻地吃着面条。妇人去大儿子手上抱过孩子,大儿子又继续去吃面。妇人逗了孩子一阵,等着米糊有些凉下来,这才与娃儿喂食。这时间,徐木匠与徒弟吃了午饭过来。大家打过招呼,妇人喂着孩子不能起身,向着匠人说请坐,又叫大儿子倒开水招待。徐木匠抽着叶子烟,去椅子上坐了,几个徒弟有凳子就坐,没凳子坐就站着,倒也随便。大儿子端了杯开水给徐木匠,木匠笑眯眯接着了,大儿子又端开水与木匠徒弟。妇人家有喝水杯子四个,木匠师徒共五人,大儿子端开水没有了杯子,就冲妇人叫声娘啊,没有了杯子怎么办？张秋芸说,你到院里孙大娘家借去。大儿子问为何不去隔壁刘大娘家借。张秋芸告诉儿子,刨土不能深挖。今天我们麻烦你刘大娘够多回了,待会儿还要去她家叨扰,你听娘的话就去后面院里。大儿子点头要去,木匠徒弟拦住了他,说小朋友还没吃完饭哩,我们打伙着杯子喝水就是了。其实,木匠徒弟说的话是实情,这现象普遍,心到意到,便不讲究,许多人家办招待,一个大搪瓷盅装水,众人喝着也是乐呵呵的。大儿子没气力犟不过徒弟,只得顺着了,之后拿出香烟敬徐木匠,木匠摆摆手说自己抽着叶子烟,就不再抽香烟了。大儿子便拿着香烟去敬木匠徒弟，有徒弟抽烟的接着了。办完了招待的事，大孩子才又去端起碗里没吃完的面吃起来。徐木匠说大孩子懂事有礼貌，夸妇人教导得好。张秋芸谦虚，说娃儿听话时讨人欢喜，脾气犟起来也是要怄人的。几个徒弟听着了便去逗大孩子说笑。

徐木匠与妇人唠嗑了一会儿家常事体，觉得时候不待，朝着徒弟呼唤一声，大家便去了里屋做起工来。木匠带着三个徒弟上门框安门。大徒弟向妇人要了些煤油浇在一块柴花子上去放到湿灶膛里点燃火看旺性，以便好修整灶膛里凸凹。常言道，匠人的手艺，人家的方便。这话一点不假。大徒弟见柴花在灶里燃得旺盛锅边不黰烟子，自己都觉造的锅灶满意。这当儿，木匠上好了门，里里外外推拉了几下，感觉合适，便把上下门斗上的铁钉一阵使劲猛敲钉牢固，用手去扳一阵纹丝不动，这才歇了手，又去安门闩，还是先前一样的动作，弄整牢固了，自己站在屋外，叫小徒弟把门闩上，然后自己用手去推，又用肩膀去靠，见门如立在墙上一般，才放下心来。这下，唤来大徒弟，要他去把门框墙边缝隙抹上泥浆与白灰。大徒弟遵从师命，听了话去做，还把妇人屋里墙壁剥落处也抹上了泥浆与白灰，妇人看着自是欢喜。可是，这边木匠领着徒弟抬着竹篱笆去围厨房，院子里的老少有了过问。是这样的，上午木匠的徒弟在后墙上打了窟窿，院里的耿太婆就来与妇人聊过话。妇人也不瞒她，把自己的理想与实践都说了出来。耿太婆听过话不出声气走了。隔了一会儿，院里的殷姆姆又过来询问，妇人又照前一般说了一遍。殷姆姆听过话也不出声气走了。再过了一会,院里的杨大爷与陈伯过来观闹热,也问了妇人的话,听过了看过一阵也不出声气就离开去。后来,院里的住户家也陆陆续续来人瞧看,有问妇人话的,也有不出声的,一阵后就走开了。中午的时候,院里的大人聚集在了一处,议论起妇人后墙开门的事情,说来说去有了策应,想着耿太婆是街道积极分子,大家便推她来主张。所以,当木匠众人兴冲冲抬着竹篱笆来到屋后,就给叫了暂停。

耿太婆想着大家都是邻居,怕自己说话得罪人,找了几人一道陪同,来到妇人屋后檐下,唤匠人停了工,请出妇人来。可能是上午才说过话,现在见着面要说事,耿太婆一时还磨不开情面,笑一阵迟疑一阵婉转过来情绪,叫声张嫂子说我们是邻居,又是阶级姊妹,你的事我们应该帮助,只是院子里的人们商议过了,觉得……这个……旁边的吴拉车听着耿太婆说了半天也没吐出意思来,便接过话说我来讲吧,耿太婆说的话没错,可啥子事都得有个理。院里大家商量过了,住外面的人家不能后墙开门进院子,这是为了安全,你家的篱笆墙不能朝院子里开门,还有,涉及屋基疆界,篱笆墙也不能超出屋檐。妇人听着话半天作声不得,本来,木匠与自己设计的方案就是把篱笆墙围上后再开一道篱笆门,为的是方便通途。这些,耿太婆是听说了的,就是院里的人来问起也是这么说的。现在,能说什么呢?听不听都是别人的理,忒是那吴拉车,街坊都晓得此人有一副火暴脾气,要是今天不能把他摔倒在地,任何道理都不能在他面前从善而过,弄不好骂出脏话声声俏,惹得老实

| 慈 家 | 357

人捂耳走。不过，吴拉车脾气火暴，有一个怕处，就是胆怯脾气横的人，忒是那不开腔不出气又做得出来的人。有句话说得好，卤水点豆腐，一物降一物。不想，今天吴拉车面前就有一位这般人物。徐木匠是个不善言辞的人，几句话说得脸红就拉阵仗，一个人又有气势又有力气，街坊上许多油腔滑调的人都不去招惹他。只是，徐木匠心肠软，这倒是他的弱处。是便，吴拉车见着徐木匠在此，说过话后也不再多言语，就等妇人的声音出来。张秋芸见着事情这样，也只得依了他人的意思，向着耿太婆说自古井水不犯河水，我照你们的意思去做，就篱笆墙围着不开门。耿太婆一行人听了妇人的话，觉得完成了院里住户人家的托付，各自散开去找人家叙述事情过程。耿太婆没有走，对着妇人说张嫂子，我们这样做，你可不要怄气哦。妇人说耿妈妈哩，吃饭吃米，说话讲理，我怎么会怄气呢。只是我行了方便，倒使得你们担心了。耿太婆说你不怄气就好，我也就放心啰。说过冲妇人笑笑回家去了。妇人也客气，望着耿太婆走远，这才回头与木匠商量。徐木匠告诉妇人，先前要在篱笆墙上开门，做了设计，现在不开门了，围墙的竹篱笆不够。张秋芸笑笑，说麻烦师傅去篾匠那里说项，这竹笆子的钱完工结账时我一并付清。木匠听了话点头，向妇人说实话，去篾匠家如有现存篱笆，今天早些时候可完工，如是没有，就得等到明日才能完工。张秋芸说事情出乎设想，应急便在将就。好在师傅已把屋里墙门修成，家里也就有了关栏。今天我不用灶头，倒也莫事。

徐木匠听了也不多话，吩咐徒弟顺着屋基屋檐打桩围扎篱笆墙，定要扎个稳当牢靠，自己又去默算了一阵尺寸，就去了篾匠家。走拢一看，王篾匠坐在凳子上剐青篾。篾匠见着木匠火急火燎走过来，问他有什么事。木匠把院子里的人家与妇人的对话学了一遍，问篾匠可有现存的篱笆。篾匠问要得多少。木匠说一米八足够。篾匠起身去屋里找寻，木匠也跟着去了。两人在屋墙篱笆堆靠处翻了一阵，扯出一块篱笆来，篾匠用尺子量一下刚好两米。木匠说多了浪费。两人又去篱笆处翻一阵，不是过长就是过短。这便，篾匠对木匠说，既是篱笆拦墙，长得短不得，我看你把这拿去得啦。木匠问多少钱。篾匠想了一下说打点让手给一万一千元。木匠笑了，说我也不与你还价，你相送些不要了的竹竿子怎么样，一来好扎篱笆墙用，二来也好向主人家交代。王篾匠无言，进灶房去搜寻一阵，找出几根用来烧火的竹竿子给了木匠。木匠道了谢，说自己走得忙没揣钱，等会补来。篾匠说怕你不来，走得了和尚走不了庙。说着话去把篱笆裹成筒，用细篾条系住，开玩笑问木匠扛得走不。木匠说不是扛不动是不好扛。问篾匠，你不相送一程。篾匠说我要剐青篾打凉席，你扛得走我送你做啥。木匠说你挡得上肩我就扛得走。两人说笑，事情就做成了。木匠扛着篱笆走人，几步路就看到妇人家，他从院子里去了屋后。几个徒弟正扎着篱笆墙，小徒弟见师父扛着竹篱笆过来，迎上前去要帮忙。木匠吩咐他去自己家向师娘要些木条与铁钉过来。小徒弟听话，飞快地跑去，接着，飞快地拿着东西回来。

九

　　这样，徐木匠带着徒弟一阵奋发图强地干，到了未时末牌，即便大功告成。一堵篱笆墙倚扎在屋檐下纹丝不动，屋的后门出来是灶房，开拓了面积显得宽敞，打扫过土渣，把灶台凸显亭立，后门开合，咿呀之声有音乐好妙。妇人看着自然欢喜，等着木匠与徒弟提汲了井水擦脸揩汗洗手洗脚完毕，才与木匠结账，一点不打闪摆，把篾匠那边的钱一并付清。这般，几句闲话，也不耽搁了，木匠领着众人走了。张秋芸看着还不到下班时候，又是背着一个孩子让女儿手牵着大孩子的手去了居委会，找着李干事，请他派人来家检查。李干事自从晓得妇人认得字，也是有识之士，了解到妇人处境，佩服她是有志气有气节之人。认为，不是妇人简单，是妇人的处境简单了。所以，对妇人说话诚恳，请她回家候着，等待消息。妇人回到家，刚好两个儿子放学回屋，便叫女儿照顾着小孩，自己与儿子去收拾房间。先去把以前灶房腾出来做了房间的渣土收拾了，抬来两根条凳靠墙摆开档头，妇人家以前有块凉板，现在搭在凳上成了板板铺。接着，妇人又去收拾才隔出来的外间。先前，她曾想过，把现有的这间小床抬到外面的屋里当作孩子们的睡床，再从大床与小床上抽了些床板出来搭个铺。这时，她有些犹豫了，觉得事情的成就不可枉然，自己开办了托儿所会有多少孩子来呢？谁也说不清楚，应该摸着石头过河才好。

如此想来，她去到外面屋里的花架子大床前思索，一张大床睡得住几个孩子。当然，这也是妇人的盘算，她想今后来的孩子多了，有了收入，买一张小床用得着，事情便是媲美得好。想到这里，妇人的心情顺畅了些，又接着去布置房间。她想过，要把外面屋里腾出来宽敞些，把连儿柜搬去放在板板铺的当头有了归栏，又把墙角边的水缸搬去放在灶边上，腾出来的地方把外面屋里的大方桌搬来安放，随即去大床与小床上匀了些床草铺在凉板上，蒙上一床旧铺盖里子，铺上以前用布缝补过了舍不得丢的旧草席，再又理了一床被子放上面，这间屋也就收拾好了。这时间，那大孩子的爹娘下班过来接娃儿，见妇人忙着，便问了事由。张秋芸不肯撒谎，就实情相述。正说着，那小一点的孩子家长也来接了娃儿，晓得了妇人要办托儿所，随口赞成说是好事。这时，刘嫂嫂过来说锅灶上空起啰，问妇人煮饭不？妇人听着话连忙应声，两家大人见情况领着孩子说了声再见走了。这下，张秋芸反应过来水缸里没水，急忙进屋去吩咐大儿子把后门边上放的一撮箕柴花子端到刘嫂嫂家里去，自己提着木桶去井边汲水，淘了米就过来换他。大儿子听话，端了冒冒一撮箕柴花子去刘嫂嫂屋里。刘嫂嫂看着夸他懂事，说妇人有这么个儿子是福气。张秋芸刚好担着一挑水回屋倒水缸，在隔壁间听着刘嫂嫂夸儿子的话心里舒服。这时，大儿子在隔壁听着木桶碰着水缸的声音，叫声娘啊快些。张秋芸听了说声就来，连忙淘了米去刘嫂嫂家，进灶房看见儿子坐在灶台前的板凳上烧火，锅里水已烧滚了，就去张罗。大儿子见娘亲来接替了，起身说自己要做功课就往家里走。刘嫂嫂看见说乖乖儿走慢些，等你娘做好饭，我是要吃的。大儿子说大娘要吃，没得说的。说过话便站住了。刘嫂嫂笑笑，说我哄你的，你还当真。大儿子说我知道大娘拿话来哄人的，说过话才又走了。这会儿工夫，妇人已下米入釜，热锅热势的，往灶里添了一块柴花子，就听到锅里一阵咕嘟咕嘟声响，冒出香气来。妇人揭开锅盖用锅铲去锅里搅了几下，见米粒泛白，才又盖上锅盖，去瞅灶里火势够了，便轻轻地吁了一声伸直了腰歇气。

　　刘嫂嫂是煮好饭了的，就等丈夫回来炒个菜吃饭。她丈夫是一家饭馆的炒菜师傅，有些好处，味道自己家里先尝。此时，她的两个上中学的儿子在屋里温习课本，其他的孩子便与邻家的孩子伙着玩耍，不亦乐乎。刘嫂嫂瞧着妇人有了空就过来闲话，问妇人造门修灶的费了多少钱。妇人说花了十七万六千元。刘嫂嫂默了一下，说妇人花钱值得，讨了便宜。妇人告诉她是木匠说的钱数，自己没有讨价还价。刘嫂嫂笑了一下，说自己那年请木匠来换个门斗，换了半片门板都用了二十三万五千元。妇人问那年是哪一年，是不是用金圆券的时候。说过，自己倒先笑起来。刘嫂嫂见妇人突来逗趣，禁不住也跟着笑了。两人笑过，妇人揭锅盖见饭已煮好，便呼唤儿子拿来缸钵盛了饭回家，自己去洗了锅，又烧了一锅开水灌满了两个温水瓶，这才把剩在撮箕里的几块柴花子去倒在灶边的柴圈里。刘嫂嫂说不要。妇人说端来便不好端走了。刘嫂嫂晓得妇人是故意的，也就不再推辞了。妇人家这顿饭有点简慢，去泡菜坛里捞了一大碗泡莲花白做下饭菜放茶几上，一家子坐着站着吃得脆嘣脆嘣香。妇人见天色擦黑，也就不敢耽搁，忙几下吃完饭，放下碗就去收拾隔出来的外间屋子，累了一阵拾掇妥当，出到外面屋里一望，天色黑尽夜空朦朦，点亮油灯看见大儿子和二儿子坐在茶几一旁的护手靠背木椅上悄声发怔，茶几另一旁的护手靠背木椅上坐着小女儿，正眯着眼想瞌睡，三个孩子见着油灯光亮呵啦出声活跃起来，向娘亲闹着要出屋去玩耍。张秋芸听着笑三个娃无趣，没点灯时在屋里耐着性子坐着无声，有了光亮反而闹着出去玩耍了。大儿子说刚才不是不想出去耍，只是娘亲在屋里收拾，恐有事要做，就在屋里待着了。妇人听着话也不出声，看见孩儿们出了屋，就去把油灯芯子捻小，让灯盏上的光焰如豆粒般明亮，之后，去坐在椅子上歇气。过了一会，心思又静不下来，就去把油灯拨亮了些，借着亮光去屋里一通考察。妇人心里有层意思，外间屋子用来当作幼儿园的场地，也就应当宽敞。现在，这间屋里有一张大床，一个两门开的大柜子，一张条凳，一张茶几与两把护手靠背木椅。她想，大床是孩子们睡觉的地方，条凳可以放孩子们的用具用品，大柜子里可以放孩子们的什物，至于茶几与两把护手靠背木椅，她觉得有些占地方，还有就是大点的孩子在其上下翻爬都是让人担心的事儿。这么一想，她一个人慢慢去把茶几与两把护手靠背木椅挪移到了隔出来的屋子里的小床对面，再来看外面屋里更加宽敞了，这才顺了自己的心情。当然，妇人是个普通的人，也就过着平凡的生活。只是，她生活很简单，简单得重复。她生活得很累，今天累过了明天又重复着累，岁月逾迈，日子也就一天一天过去。四季次第，生活便是按部就班。然而，每个人都有自己的愿望。妇人的愿望就是不论怎么辛苦都要把孩子养大成人过上好的生活。什么是好的生活？也就是不要像自己这般吃苦受累。这个晚上，孩子们上床睡觉后，妇人一点瞌睡都没有，吹熄了油灯坐在床前一个人发怔。这光景微妙，思绪像是慢慢飘来脑际的，一点一滴又是那样杂乱无序地游离。她想到了丈夫，想到了自己与丈夫的往事。接着，她想着了自己姑娘家的时候，想着了在爹娘庇佑下自己与哥哥姐姐度过的快乐时光。后来，她想到了一个人带着孩子过日子的生活。

十

第二天下午，李干事与居委会的两个干事来到妇人家检查，里里外外看了一遍，大家觉得妇人家办托儿所的条件勉强。一个女干事问妇人一张大床能睡几个孩子。张秋芸说能睡四个孩子。女干事又问孩子多了怎么办？张秋芸说出了自己的规划，添置一张小床与添置一张供孩子们吃饭用的矮腿长方桌和几条小凳子。女干事听完话很严肃看着妇人，说你可要尽快把事情做好，不定时候我们要来检查的。张秋芸点点头，不再说话。女干事去到大床前，揭开草席抽出一撮垫床的谷草查看没有臭虫虱子跳蚤，满意地朝着同事点点头。李干事见了后对妇人说检查过了，接着告诉了她居委会的几点要求：爱清洁，讲卫生，井水一定要烧开后才能给孩子吃喝。就在这说话的当儿，另一个男干事把拿着的一块比门牌号稍大些的木板去钉在了妇人家的门楣上，木板上用红色漆写了字，三个小字东门街，下面五个大字家庭托儿所。张秋芸看出来，字迹出自李干事的手笔。这般，没有放鞭炮，没有擂鼓响，妇人办的托儿所就开张了。几些邻居过来张望，几些邻居过来与妇人问这问那，张秋芸倒是肯实话相谈。有人笑妇人这么做，不过是想多带几个孩子。张秋芸笑笑，说行藏被瞧出来了，就是这点意思。说过话，大家挥挥手来去自由。隔了些日子，有两户人家送了孩子来，说好了都是照看白天。这般，张秋芸见托儿所来了孩子，自是欢欣鼓舞心里满满实在，觉得自己的日子有了奔头。她以前手里还攒存着一些钱，只是不到关键的时候，决不会去动用一分一厘的。现在，生活上有了来源，便想拿些钱出来置办以前办托儿所时有过的规划。于是，她拿出十六万元钱托人去买了一张木架子小床。因为在修屋子时听刘嫂嫂说过了一句话，张秋芸回家也盘算过，徐木匠对自己确有帮助。好心有好报，打听到木匠抽叶子烟，这次买床顺便拿出一万五千元钱一并托人买了两把好烟叶要还木匠人情。可是，当张秋芸拿着叶子烟去给徐木匠，木匠一点都不肯领受，还请妇人拿回去。张秋芸说自己又不抽烟，拿回去不是浪费了。徐木匠觉得妇人说得实际，这才收下了。接着，张秋芸问徐木匠做一张矮腿长方桌与六条小凳子，还有一挂腰门栅栏要多少钱。徐木匠心算了一下，向妇人说得十一万元钱。张秋芸问实际吗？徐木匠说光材料就得八万元钱，工时就需两天之多。张秋芸说我也不去讨麻烦，拣个现成就请师父做了。徐木匠谦虚，说妇人要做这些家什价钱还可便宜些。张秋芸说木匠已帮衬过一回，这次工钱得实做实收。徐木匠说活路出在手上，也不是十分计较。张秋芸不依，告诉木匠自己的托儿所现在有了五个孩子。有了收入，置办设备就是必须，出钱便是公道。况且，木匠也是以此谋生计，怎么能够事事相亏。徐木匠听了无话可说，收下了妇人十一万元钱。说实在话，徐木匠也是一个本分之人。等着妇人走后，便连忙筹谋开来。他想把事情做好些做快些，叫来两个徒弟打下手，在家里找了些现存的材料，一并拉开架势做起来。第二天，徐木匠起早去比着尺寸买了木料回来，又是一阵努力地做，到了中午就把妇人订做的物件弄了个齐整。徐木匠想着妇人送他叶子烟，心里要还这个人情，便把以前给人家做木器剩着些漆和桐油调制成妇人屋里家具的颜色，把物件仔仔细细抹刷了一遍，直到第三天油漆干透了才与她家抬过去。张秋芸看着高兴得很，要给木匠漆钱。徐木匠说这些漆都是以前用剩下的，不当事的。张秋芸说那是你家的买卖，这钱要给。徐木匠说你要给钱，我就把叶子烟还你。张秋芸听着话，晓得木匠好心，便不好作声了，看着木匠在自家屋门安上了腰门栅栏。

如是，张秋芸的家经过一番打造，符合了办托儿所的条件，这让她很是开心了一阵。这期间，街坊邻居对她办托儿所有一阵热议，每天都有人来她的门前站一站看一看，各有说法也各有见地。有句话说得文绉绉的，修剪梧桐枝，等着凤凰来。只是，妇人不去理会这些闲话。她知道，自己是为了生活，为了自己和儿女的温饱，做事情兢兢业业的一点儿都不敢懈怠。就这样，托儿所成立后不久，陆续有了七个孩子。也是妇人老实本分的缘故，她想着自己能力和家里的条件只能办到这个规模，再有大人送孩子来入托，便不敢接手了。这以后，她给自己定了个规矩，上托儿所的孩子都在两岁以上，都是照看白天，定名为白托。也是时间过得快，到了一九五五年，这年三月一日，中国人民银行发行新版人民币，以新币一元等于旧币一万元的折合比率收回旧人民币。这样，市面上流通人民币面额为十元、五元、贰元、一元、五角、贰角、一角、五分、贰分、一分。如是，人们在用钱的事情上方便了计算。也是，一个人荷包里揣一元钱上街，这一元钱能买很多东西回家。就如张秋芸每月收入托费，以前一个孩子收六万元，现在就收六元。算起来七个孩子的入托费共计四十二元，中午要给孩子们置办一顿伙食，费用大致十一二元，剩下的便是她一月的收入差不多有三十元。当然，妇人的托儿所面向社会，其收费标准得依于公允。这么，张秋芸有了事做又有收入，工作起来干劲十足。她白天照看孩子累了，晚上能睡个好觉。还有，孩子多了，她便不再像以往带孩子那般老套，自行编排出来一些照顾孩子的方式方法。每天早上，妇人总是早早地起来，先去挑水把水缸装满，之后又烧开水，把水瓶水壶灌满，接着才做早饭。等着自己的孩子起床吃过了饭上学去了，她就在门前等着家长送孩子来。等到孩子们来齐后，先是让大家自由自在玩耍一会儿，到了九点钟，才集中起来坐一处喝杯开水，再来听她教诲。妇人识得字，也就有办法。一天唱歌，一天做游戏，一天写字，这样的教学轮流转，孩子们不厌烦。她教孩子们唱歌，有时代的儿歌，也有古老的童谣。她教孩子们游戏，一根红头绳都能变出多少花样，孩子们猜其能与不能，童心悦乎。她教孩子们写字，写自己的名字。待到了十点钟过半，她让孩子们自己练习，一个人去灶房做饭。她屋里平常预备有土豆、萝卜等一些搁得住的蔬菜，差不多每天上午有菜夫挑子路过门前，她便要买些。妇人精明，买菜不去认着一个挑夫，这样每天都有菜挑子来门前。故此，妇人备办伙食也有方法，一顿饭的菜肴两样，每天菜品不重复，都是耙耙菜，星期三割一斤半猪肉烩菜里称之小油荤，星期六割三斤半猪肉烩菜里谓之大油荤。古人云，吃饭有礼，交往讲理。妇人做好午饭，待到十一点半过钟，她端出半盆水让孩子们洗手，然后去围着方桌坐下等候她端饭来。这时刻妇人一点都不着急，她让孩子们安安静静坐着，过了一会儿，才去端出饭菜放桌上。舀饭菜时依着秩序，今天从这个孩子开始，明天就从旁边的孩子起一，众人轮流转着。吃过了午饭，孩子们休息一会儿便上床睡午觉，下午两点钟起床，先喝过了一杯水，妇人再发糖果。刚开始，孩子的糖果都是自己的爹娘带来交给妇人保管，吃糖果时依着自家的糖果给予。只是，糖果的样式与档次不同，孩子间便有些花样，这个想要那个的，那个又想要这个的，不喜欢自己手里的糖果而去要旁边伙伴手里的糖果，弄得个哭哭啼啼的不安逸，时间久了，家长晓得了这事，都请妇人进行改革。这便，妇人就每个孩子身上每月收了一元钱，由她自己去买了糖果来统一分发，孩子见着手里的糖果与其伙伴一样，也就心安理得食之快乐。光阴荏苒，孩子们渐渐长大，有了谦让之心。吃罢了糖果，妇人便带着孩子做些熊家婆来了羊儿不开门的游戏，要不就给孩子讲司马光砸缸与孔融让梨之类的故事，有时让孩子们排着队手拉着手去街上溜达一圈，回屋后自由自在地活动，等着父母下班来接回家。一天，一个孩子随爹娘去亲戚家，亲戚问孩子姓甚名谁。孩子说自己姓王名小华。亲戚问能否写出名字来。孩子请他拿出纸与笔，端端正正写出了自己的名字。亲戚看着啧啧不休地称赞个没完没了，这让当父母的脸上很是光鲜了一阵。接着，孩子的自信来了，又是唱歌又是跳舞，声音与动作都有点出神入化。亲戚问孩子的爹娘娃儿上的城市哪家幼儿园，这么懂事有礼貌。孩子的娘亲告诉亲戚，娃儿上的东门街家庭托儿所。在亲戚还在回神的阶段，孩子告诉长辈自己的老师是张阿姨。至此，家长跟着孩子的叫法，称呼妇人张老师。可以这么说，张老师办的幼儿园很实惠，方便了别人，自己受益，一家人日子过得乐呵。后来，张秋芸被街道上评为了积极分子。在亲戚邻居眼里，她是一个老实本分的人，一个有骨气的人，也是一个值得尊敬的人。

二〇二〇年三月十六日修改

2